Lujo y poder

Lujo y poder

books4pocket

Jackie Collins

Lujo y poder

Traducción de Eduardo García Murillo

EDICIONES URANO

Argentina - Chile - Colombia - España
Estados Unidos - México - Perú - Uruguay - Venezuela

Título original: *The Power Trip*
Editor original: Simon & Schuster UK Ltd, Londres

Traducción: Eduardo García Murillo

Copyright © 1991 by Chances Inc., 2012
All Rights Reserved
© de la traducción, 2012 *by* Eduardo García Murillo
© 2011 *by* Ediciones Urano, S.A.U.
      Aribau, 142, pral. – 08036 Barcelona
      www.umbrieleditores.com
      www.books4pocket.com

1ª edición en **books4pocket** enero 2016

Impreso por Novoprint, S.A.
Energía 53
Sant Andreu de la Barca (Barcelona)

Fotocomposición: Ediciones Urano, S.A.U.

ISBN: 978-84-15870-79-1
E-ISBN: 978-84-9944-614-1
Depósito legal: B-25.171-2015

Código Bic: FA
Código Bisac: FICooooooo

Impreso en España – *Printed in Spain*

A mis lectores de todo el mundo.
Amor...
Pasión...
Amistad...
y
¡Poder! ¡Vividlo!

Prólogo

La pareja de la cama estaba haciendo el amor como si les fuera la vida en ello.

Y para uno de los dos era así.

Ninguno oyó que la puerta se abría poco a poco.

Ninguno observó la figura misteriosa que entraba en la habitación. Estaban demasiado concentrados en sus espasmos de pasión.

Hasta que... un solo disparo.

Y brotó sangre.

Y para uno de los dos, la muerte y el orgasmo llegaron en el mismo preciso momento.

La vida tiene extrañas formas de llevarte en un viaje inesperado...

Ésta fue una de esas ocasiones.

LIBRO I

La invitación

1

Lugar: Moscú

El multimillonario ruso Aleksandr Kasianenko admiró a su novia *top model* cuando salió, descaradamente desnuda, de la piscina interior de su lujosa mansión moscovita. Se llamaba Bianca, y era famosa en todo el mundo.

Dios, qué hermosa es, pensó Aleksandr. *Hermosa y flexible como un felino. Se mueve como una pantera, y en la cama es una tigresa salvaje. Soy un hombre muy afortunado.*

Bianca era mestiza: su madre era cubana y su padre negro. No cabía duda de que había heredado los mejores rasgos físicos de sus padres.

Se había criado en Nueva York, la habían descubierto a los diecisiete años, y ahora, a la edad de veintinueve, era la modelo más cotizada del planeta. Alta, delgada y ágil, de piel color café, hermosas facciones, labios gruesos naturales, penetrantes ojos verdes y lustroso cabello negro largo hasta la cintura, Bianca cautivaba tanto a hombres como a mujeres. Los hombres la encontraban irresistiblemente sexy, mientras que las mujeres admiraban su sentido del estilo y su humor obsceno, que exhibía cada vez que aparecía en programas de entrevistas nocturnos.

Bianca sabía cómo comportarse delante de las cámaras, y sabía muy bien cómo vender su producto. A lo largo de los años había ido creando un pequeño imperio que incluía una excelente línea de joyas, gafas de sol exóticas, una asombrosa colección de maquillaje para mujeres de color, y varios perfumes que se vendían muy bien.

Había dominado el arte de vender, y ganado una fortuna. Entonces, a la edad de veintinueve años, había decidido por fin que, en lugar de ser un hombre orquesta que trabajaba con ahínco por su dinero, debía buscar un rico poderoso que la cuidara y convirtiera el dinero que había ganado en un emporio.

Aleksandr Kasianenko era esa persona, pues no sólo era un hombre de negocios riquísimo, sino también un tipo duro y fuerte, con una voluntad de acero.

Bianca estaba harta de la larga lista de niños bonitos con los que había salido a lo largo de los años. Estrellas de cine, un montón de estrellas del rock, media docena de héroes deportivos y uno o dos políticos. Ninguno de ellos la había satisfecho de verdad, en la cama o fuera de ella. Siempre había sido ella la fuerza dominante en todas las relaciones en las que se había entrampado. Todas las estrellas de cine eran inseguras y estaban obsesionadas por su imagen pública. Las del rock se dedicaban sobre todo a las drogas y a meterse en líos, por no hablar de su monstruosa vanidad. Las estrellas del deporte estaban locas por la publicidad, y desconocían el concepto de fidelidad. Y en cuanto a los políticos... Sexualmente incorrectos. Mucho ruido y pocas nueces.

Entonces, en el momento justo, había conocido a Aleksandr. Y se había enamorado de su energía silenciosa.

Sólo había un problema.

Estaba casado.

Se habían conocido en la tierra natal de Aleksandr. Ella estaba en Moscú, para una sesión fotográfica de la que saldría una portada destinada a la edición italiana de *Vogue*, y como aquel día cumplía veintinueve años, el extravagante fotógrafo, Antonio, un gay italiano que conocía a toda la gente que era preciso conocer en Moscú, había decidido agasajarla con una fiesta masiva.

La fiesta fue una pasada. Y entonces le habían presentado a Aleksandr.

En cuanto le vio, su aspecto misterioso y taciturno, así como su aura de control y poder, la habían dejado sin aliento. Era grande y fuerte, y proyectaba algo magnético, algo increíblemente masculino. Una sola mirada, y ya estaba cautivada.

Él no le dijo que estaba casado.

Ella no lo preguntó.

Una hora después de conocerse estaban haciendo el amor de una manera acelerada y feroz en el suelo de la suite del hotel de Bianca. Su forma de hacer el amor alcanzó una intensidad animal, tan abrumadora que no consiguieron llegar al dormitorio. Fue desnudarse e ir al grano.

Después de su única noche de pasión desatada, una especie de mutua adicción se apoderó de ellos. Y así empezó su tórrida relación, una relación que los llevó a citarse por todo el mundo.

Ahora, transcurrido un año, y pese al estado civil de Aleksandr, pasaban muchos ratos juntos.

El multimillonario había asegurado a Bianca que estaba a punto de divorciarse de su esposa, pero debido a los numerosos pactos económicos que podían afectar al acuerdo con ella, el asunto aún no estaba resuelto. También tenía que pensar en sus hijas. Eran tres. «Ha de ocurrir en el momento oportuno —le había informado—. No obstante, sucederá, y será pronto. Te doy mi palabra.»

Bianca le creyó. Se había separado de su mujer, lo cual era un principio prometedor. De todos modos, deseaba más. Quería ser la señora de Aleksandr Kasianenko, y cuanto menos tiempo perdieran, mejor.

En el ínterin, Aleksandr deseaba celebrar el inminente trigésimo cumpleaños de su amor a lo grande. En fechas recientes le habían entregado un nuevo y lujoso yate de ciento veinte metros de eslora, y para celebrar su viaje inaugural había planeado ofrecer a Bianca un acontecimiento de esos que sólo se dan una vez en la vida, algo que no olvidaría jamás. La celebración incluiría invitar a varios amigos comunes a un crucero de una semana de duración, con el fin de disfrutar sin trabas. ¿Qué podía ser mejor?

Cuando informó a Bianca de su plan, ella reaccionó con entusiasmo, y empezó a pensar de inmediato en a quién invitaría al exclusivo viaje.

—¿Para cuánta gente hay lugar en tu nuevo yate? —preguntó.

—Para mucha —contestó Aleksandr con una carcajada seca—. Pero creo que sólo deberíamos invitar a cinco parejas.

—¿Por qué sólo cinco? —preguntó Bianca, algo decepcionada.

—Es suficiente. Tú haces tu lista, y yo haré la mía. Después, las compararemos y decidiremos a quién invitamos.

Ella sonrió.

—Será muy divertido —dijo, mientras ya pensaba en su lista.

—Ya lo creo —corroboró Aleksandr.

2

Ashley Sherwin contempló su imagen en el recargado espejo que había encima del tocador durante diez minutos seguidos, hasta que su marido, Taye, entró en el cuarto de baño invadido de vapor, con superficies de mármol y una sofisticada araña de cristal de roca, diseñada por Jeromy Milton-Gold, uno de los más cotizados interioristas de Londres.

—¿Qué estás mirando, tesoro? —preguntó jovial Taye, mientras aprovechaba la oportunidad para inclinarse sobre el hombro de ella y examinar su imagen, que, como siempre, era absolutamente perfecta.

—Nuevo maquillaje —murmuró en tono sedoso Ashley, irritada por el hecho de que la hubiera sorprendido. Se arrepintió de no haber cerrado la puerta con llave.

Taye desconocía el concepto de «privacidad». Bien, era imposible, claro. Era una superestrella del fútbol acostumbrada a desnudarse y disfrutar de toda la gloria (por no hablar de las mujeres) que se cruzaban en su camino. Putitas baratas y desagradables, dispuestas a cazar a cualquier famoso. Ella las odiaba a todas.

—Bien —dijo Taye, al tiempo que estiraba los brazos por encima de la cabeza—, tienes un aspecto estupendo, y muy sexy.

Ashley no deseaba parecer sexy y calentorra. Su propósito era llegar a ser un icono de la moda elegante, una víctima de la moda sobrada de estilo. Taye no lo entendía, así de sencillo. Pensaba que le estaba dedicando un cumplido, pero para ella era justo lo contrario.

Suspiró. Después de seis años de matrimonio, Taye aún no tenía ni idea del tipo de persona que ella aspiraba a ser. ¿No se daba cuenta de que ya no era la bonita rubia de veintidós años, presentadora de televisión, con la que se había casado? Ahora era la madre de dos gemelos de seis años, Aimee y Wolf. Era mayor, más madura. Sabía lo que quería, y ser la esposa florero de Taye Sherwin no era suficiente, ni mucho menos.

Habían tenido que casarse porque estaba embarazada. Nunca era la solución ideal, pero mejor eso que madre soltera. Taye era un trofeo importante. Negro y guapo. Un héroe del deporte. Una máquina de hacer dinero, con sus diversos contratos publicitarios y su estatus de superestrella.

Se habían conocido en un programa de televisión que ella presentaba junto con Harmony Gee, ex miembro del grupo musical femenino Sweet. Harmony trató de seducir a Taye, pero pronto resultó evidente para todo el mundo que él sólo tenía ojos para Ashley.

Al cabo de poco acaparaban las portadas de los periódicos ingleses, bautizados como la nueva pareja de celebridades. La prensa incluso les puso un mote: Tashley. Sonaba bien.

Ashley estaba entusiasmada. Le encantaba ser el centro de atención. Durante seis meses había sido relegada a un segundo plano, mientras Harmony se encargaba de casi todas las entrevistas importantes. Sin embargo, gracias a su recién adquirida popularidad, sus jefes del canal la miraron de repente con renovado respeto, mientras Harmony le lanzaba miradas como puñaladas.

Entonces, Taye había logrado dejarla embarazada, y allí terminó todo.

Adiós, carrera.

Hola, matrimonio.

Taye era una superestrella en todos los aspectos. En cuanto descubrió que estaba embarazada, insistió en que se casaran. Daba igual su pasado de *playboy*, estaba dispuesto a hacer lo correcto. Además, amaba a Ashley. Era perfecta para él, una auténtica perita en dulce, con sus ojos azules muy separados, la piel sin mácula, el largo pelo rubio y la figura curvilínea.

La madre de Taye, Anais, una jamaicana corpulenta, no se sintió tan complacida. «Deberías casarte con alguien de tu clase —se había quejado con marcado tono de desaprobación—. Esa tal Ashley no es más que una pija hambrienta de publicidad. No será una esposa satisfactoria para ti.»

«Tu madre tiene razón, hijo —había corroborado el padre de Taye—. Tendrías que casarte con una mujer de la isla, tienen más chicha. Chicha jugosa y oscura. ¡Deliciosa!»

La última vez que los padres de Taye habían ido a Jamaica se remontaba a cuarenta años atrás, de modo que él prefirió hacer caso omiso de sus sabios consejos. Siguió adelante con los planes de boda.

Elise, la madre de Ashley, una rubia desteñida que trabajaba detrás de un mostrador de maquillaje en unos grandes almacenes, se sentía dividida. La buena noticia era que Taye era rico y famoso. La mala, que era negro.

Elise intentaba no pensar de manera racista, pero por desgracia la habían educado en la creencia de que los negros eran seres inferiores.

Por suerte, Ashley nunca había albergado el menor complejo por el hecho de que Taye fuera negro. Le amaba más que a cualquiera de sus hombres anteriores. De hecho, él la adoraba, cosa que no la molestaba en absoluto. Ser adorada por un hombre deseado por todas las mujeres era fantástico.

Su esplendoroso matrimonio había sido noticia de primera plana. Y también el nacimiento de los gemelos, tres meses más tarde. Taye compró una magnífica casa cerca de Hampstead Heath, y todo iba bien en el mundo, salvo que poco después de mudarse a la nueva casa, Ashley sufrió un episodio grave de depresión posparto, y se negó a estar cerca de los gemelos durante los seis primeros meses de su vida. Ello obligó a Taye a instalar en su casa a sus padres y a la madre de Ashley, lo cual resultó ser un gran error. Las dos abuelas no tardaron en descubrir que se odiaban mutuamente, sobre todo cuando Anais acusó a Elise, divorciada tres veces, de tratar de seducir a su marido, una acusación que ella negó con vehemencia.

El hogar de los Sherwin no era feliz. Ashley, encerrada a cal y canto en el dormitorio de matrimonio, se negaba a salir. Los gemelos exigían atención día y noche. Y las suegras se habían declarado la guerra. Taye intentó calmar los ánimos de todos, aunque no era fácil. Y como Ashley rehuía cualquier contacto sexual, se sentía cada vez más frustrado.

De modo que Taye la engañó. Y para colmo de males, la chica con la que la engañaba (una modelo de tres al cuarto de gigantescas tetas), se apresuró a acudir a los periódicos sensacionalistas y vender la historia por una cantidad de dinero ridícula.

Los titulares fueron implacables:

MI INTERMINABLE NOCHE DE LUJURIA CON TAYE SHERWIN.

¡TAMBIÉN ES UNA ESTRELLA EN LA CAMA!

¿SE ACABÓ TASHLEY?

¡Ay, la humillación! ¡La furia! La conmoción que Ashley experimentó. Salió como una fiera de su escondite y plantó cara a su marido con rabia desbordante.

Las excusas de Taye fueron débiles. No habían practicado el sexo desde hacía seis meses. Una mujer deprimida. Bebés que bramaban. Suegras en lucha. Y una muñeca tetuda que se abalanzaba sobre él durante un anuncio de loción para después del afeitado que él estaba rodando.

Taye no estaba hecho de piedra. Había caído sobre aquellas colosales tetas como un hombre hambriento de alimento. Se había regodeado en ellas. Después de regodearse un rato, se la folló, lo lamentó de inmediato y salió corriendo como si le fuera la vida en ello.

El artículo periodístico consiguió que Ashley tomara cartas en el asunto. Contrató a toda prisa a dos niñeras, envió a su madre y a su suegra a sus respectivas casas, y empezó a ponerse en forma.

Entretanto, Taye le regaló un anillo de diamantes de diez quilates, le aseguró que nunca más volvería a serle infiel, le pagó el aumento de tetas que ella le pidió, y la vida volvió a la normalidad.

Sólo que no era normal. Ashley perdonó, pero el problema consistía en que no albergaba la menor intención de olvidar.

A medida que los gemelos se hacían mayores, empezó a pensar en su futuro, y en lo que podía hacer para ser algo más que la esposa de un futbolista. Empezó informando a Taye de que cualquier anuncio o promoción que aceptara en el futuro debería incluirla a ella. Él accedió. Tras haberla cagado una vez, iba a procurar no repetir la jugada. Ashley significaba todo para él, y no estaba dispuesto a correr el riesgo de perderla.

Así, poco a poco, empezaron a formar un equipo. El Show de Taye y Ashley. Él, con la cabeza rapada, el cuerpo musculoso y la sonrisa irresistible. Ella, con los ojos azules de un bebé, el cuerpo delicioso, las tetas asombrosas y la cascada de rizos rubios. Se aliaron con los mejores fotógrafos y no tardaron en crear una marca comercial.

Ashley trabajaba con ahínco en su cuerpo, lo tonificaba y bronceaba, perdió la grasa sobrante y ganó músculo, hasta que pareció tan en forma como Taye, pero de una manera femenina.

Adoraba sus nuevos pechos, le daban mucha más confianza en sí misma, y a su marido le gustaban también.

¿Volvería a engañarla de nuevo?

Mejor que no, porque si había una siguiente vez, ella le abandonaría, se llevaría a los gemelos y convertiría su vida en un infierno.

Dieciocho meses antes, Ashley había decidido que aparecer en anuncios con Taye ya no era suficiente para ella. Había llegado el momento de impulsar su propia carrera. Los gemelos se estaban haciendo mayores, y ella había estado pensando en hacer algo personal. Siempre le había gustado ser interiorista, de modo que había abordado a Jeromy Milton-Gold, el diseñador que había trabajado en su casa, y le había preguntado si podía entrar a formar parte de su equipo. Jeromy, el novio de la estrella pop latina Luca Pérez, mayor que él, siempre estaba buscando formas de mejorar su perfil, y le contestó que era una idea fabulosa. Si Taye estaba dispuesto a invertir en su negocio, dijo, encontrarían algo para ella.

Ashley pidió a su marido que invirtiera algo de dinero.

Él, para complacerla, accedió, pese a que su agente le dijo que era una equivocación.

Ashley se sintió muy complacida de que Jeromy quisiera trabajar con ella.

Al cabo de poco había un nuevo espectáculo de moda en la ciudad. El Show de Ashley y Jerome, interioristas de las estrellas. Ambos con parejas famosas. Ambos con una ambición sin límites.

Había empezado como una combinación ganadora. En los últimos tiempos, las cosas no iban tan bien.

—He de enseñarte algo —dijo Taye, al tiempo que agitaba un sobre grande de color crema en el aire.

—¿Qué? —preguntó Ashley, mientras se alejaba del espejo y entraba en el dormitorio.

—¿De verdad quieres saberlo? —preguntó él siguiéndola.

Le encantaba tomar el pelo a su esposa: le confería una sensación de poder. Y sostenía en la mano el poder, porque el sobre de borde dorado labrado y exquisita caligrafía contenía una invitación que, si conocía bien a su mujer, conseguiría que se corriera.

—No hagas el tonto —contestó Ashley, todavía algo irritada.

—Démonos un beso, pues —sugirió Taye, al tiempo que la rodeaba con sus brazos por detrás.

—Ahora no —dijo ella, y se libró de su presa.

—¿Qué te pasa? —protestó él—. Los chicos están en casa de mi madre. Estamos solos. Es el momento perfecto.

—No. Estamos a punto de salir a cenar, y no quiero estropearme el maquillaje o el pelo.

—Será uno rapidito —prometió él.

—No seas desagradable. Si vamos a hacerlo, hagámoslo en la cama como la gente normal.

Taye sacudió la cabeza. En ocasiones, Ashley se comportaba como una verdadera mojigata. ¡Gente normal! ¿De qué iba? Hablaba como su suegra racista, a la que apenas soportaba.

—Supongo que una mamada está descartada por completo, ¿no? —aventuró, y se acercó más.

La mirada de desaprobación de Ashley le informó de que estaba en lo cierto.

¿Qué había sido de la chica con la que se había casado? Libre y promiscua, abierta a todo tipo de aventuras sexuales. Habían practicado el sexo en los lugares más inverosímiles. Ahora casi tenía que suplicar para practicarlo alguna vez. No era justo. Todavía la amaba, no obstante. Era su esposa, y nada cambiaría eso.

—¿Más tarde? —preguntó esperanzado.

—Ya veremos. Ve a cambiarte, y deprisa. Vamos a reunirnos con Jeromy. Se marcha mañana a Miami, y no podemos retrasarnos. Ya sabes lo puntual que es siempre.

—Jeromy es un gilipollas de lo más aburrido. ¿Es preciso que vayamos?

—Sí, Taye. Por si lo habías olvidado, trabajo con él, así que deja de protestar y ve a arreglarte.

—Vale, vale.

Como daba la impresión de que Ashley había olvidado el sobre por completo, Taye decidió no enseñárselo hasta que volvieran a casa. Sabía que la pondría de un humor excelente. Eso, y un par de copas de vino, y no le costaría nada saborear una ración de lo que le pertenecía por derecho.

Sí, Taye sabía tratar a su esposa.

Con prudencia.

Ése era el secreto.

3

Lugar: París

El día nunca tenía suficientes horas para que Flynn Hudson lograra hacer todo lo que quería. Como respetado, aunque algo inconformista, periodista y escritor *free lance*, siempre estaba viajando adonde el último desastre le condujera. Sólo en el último año había estado en Etiopía, Haití, Indonesia, Japón y Afganistán. Había cubierto tsunamis, terremotos, inundaciones, guerras.

Siempre se hallaba en la vanguardia y en el centro de la acción, informando sobre sucesos, corrupción gubernamental y derechos humanos. Era un activista que no respondía más que ante sí mismo, con una página web que contaba casi con un millón de seguidores, porque cuando Flynn escribía uno de sus artículos, sus fieles lectores sabían que estaban recibiendo información fidedigna, en lugar de la basura falsificada con la que casi todas las cadenas de programas informativos empapuzaban a la opinión pública crédula.

No obstante, prefería mantener un perfil bajo. Rechazaba peticiones de entrevistas en televisión y evitaba que le fotografiaran, mientras que su casa era un pequeño apartamento en París, donde vivía solo.

Había tenido novias. Varias. Aunque ninguna de ellas había llegado a conocerle bien.

Flynn Hudson era un solitario. Lo prefería así.

Nacido en Inglaterra treinta y seis años atrás, de madre norteamericana y padre inglés, había sido educado en diversas partes del mundo, porque su progenitor era diplomático. Habían viajado a lo largo y ancho del mundo, hasta que a la edad de doce años un coche bomba mató a sus padres en Beirut. Había sobrevivido por milagro a la tragedia, y tenía cicatrices que lo demostraban.

Después de la muerte de sus padres, había llevado una doble vida: pasaba la mitad del tiempo con sus abuelos norteamericanos en California, y la otra mitad con su familia inglesa, que residía en la campiña. No le molestaba volar de un sitio a otro. Era una aventura.

Después de asistir a la universidad en Inglaterra durante un año, se trasladó a California y se matriculó en la UCLA, aunque abandonó los estudios cuando tenía veintiún años para ir a viajar por el mundo.

Recorrió Asia con mochila, escaló las montañas de Nepal, aprendió artes marciales en China, se sumó a la tripulación de un barco pesquero en Marsella, trabajó de guardaespaldas para un multimillonario colombiano que resultó ser un señor de la droga, hasta que por fin, cuando contaba veinticinco años, se sentó a escribir un libro muy vendido sobre sus viajes.

Flynn habría podido ser una estrella de los medios de comunicación, porque era lo bastante guapo para ello. Metro ochenta y cinco, fuerte y atlético, larga cabellera oscura, intensos ojos azules y una sombra de barba permanente en la mandíbula.

Gustaba a las mujeres. Y a él también le gustaban, mientras no esperaran algo permanente.

En una ocasión, se había comprometido para toda la vida. No obtuvo lo que esperaba. Se acabaron los compromisos para Flynn. Se había hartado.

Como macho alfa respetaba a las mujeres, disfrutaba de su compañía a corto plazo, y nunca intentaba controlarlas. Deseaba lo mejor para ellas, sobre todo para las mujeres del Tercer Mundo, que tenían que luchar cada día por su supervivencia. Colaboraba en lo que podía, escribía sobre los lugares a los que iba, dejaba al descubierto la corrupción, y utilizaba todos los recursos que caían en sus manos para ayudar a los pobres y los oprimidos.

El dinero sólo tenía un significado para él: ayudar a los demás.

La chica trepó sobre Flynn como un mono araña particularmente enérgico, toda piernas y brazos larguiruchos, pechos pequeños, pelo corto y enormes ojos delineados con *kohl*. Él creía que se llamaba Marta, aunque no estaba seguro. A veces, pensaba que ya no estaba seguro de nada, sobre todo después de las atrocidades que había presenciado. Acababa de llegar de Afganistán, donde había visto a un colega fotógrafo quedar atrapado en un tiroteo entre guardias fronterizos y un coche en el que iban dos terroristas suicidas. Al tipo le habían volado la cabeza, literalmente, cuando se había acercado demasiado a los terroristas para conseguir la mejor foto.

La imagen del coche volando por los aires se había grabado en su mente, así como el cuerpo decapitado de su amigo tirado en el barro. Era una fotografía que no podía borrar.

Después de regresar a París, él, que no bebía mucho, se había emborrachado por completo dos noches seguidas. Marta, o como se llamara, apareció en su vida la segunda noche, y ojalá nunca hubiera ligado con ella ni la hubiera llevado a casa.

Después de alcanzar un orgasmo poco satisfactorio, consiguió sacársela de encima.

—*Comment, c'est fini?* —preguntó ella indignada.

—Esta noche no —murmuró él—. Vete a casa.

Ella obedeció. De mala gana.

Por la mañana, con una resaca mayúscula, descubrió que se había llevado su cartera.

Se acabó la bebida.

Se acabó el sexo aleatorio.

Era culpa de él, tendría que haberlo sospechado.

En los últimos tiempos, las cosas le estaban superando. Su reciente visita a China, donde en algunos lugares se consideraba aceptable ahogar a los bebés de sexo femenino al nacer. Otro viaje a Bosnia, intentando ayudar a mujeres que habían sido violadas. Y después, Pakistán, para escribir un artículo destinado al *New York Times* sobre un ciudadano norteamericano al que una prostituta había drogado, y le habían extraído y robado un riñón.

Necesitaba un descanso.

Mientras clasificaba su correo, casi todo facturas, se topó con un elegante sobre dirigido a:

Sr. Flynn Hudson e invitada

Extrajo la invitación.

No le atraía la idea, pero después se le ocurrió algo: ¿por qué no, demonios?

Tal vez ése era exactamente el descanso que andaba buscando.

4

Lugar: Los Ángeles

Ser la novia de una superestrella del cine no le sentaba bien al ego de Lori Walsh. Oh, sí, en un aspecto todo era maravilloso. Su nombre sonaba. La gente era amabilísima con ella, gente importante. Su foto salía en todas las revistas, retozando en la playa de Malibú o paseando a sus dos enormes labradores negros. Siempre estaba incluida en las interminables entrevistas de los estrenos y las entregas de premios, aleteando al lado del famoso, con su aspecto de adorable, aunque algo torpe, novia.

Pero ¿por qué sonaba su nombre? ¿Por qué la gente influyente y poderosa era amable con ella? ¿De qué iba aquel rollo?

Porque...

Porque era la compañera de Cliff Baxter. Ese Cliff Baxter: el hombre con el encanto de George Clooney, el talento interpretativo de Jack Nicholson y un atractivo irresistible. El señor Estrella de Cine. Sobre eso no había margen de error.

El señor «Me besan el culo cada vez que me tiro un pedo».

El señor «Todo el mundo quiere ser amigo mío».

El señor «Incluso cuando esté hasta las cejas de mierda, me seguirás queriendo».

Lori, que también era actriz (aunque para su disgusto siempre se referían a ella como la «ex camarera»), había sido la novia del señor Estrella de Cine durante el último año. «Un récord», le habían informado sus amigas, como si hubiera ganado una especie de carrera asombrosa. «Debes tener algo especial», habían susurrado en su oído las esposas de los amigos del astro, con expresión algo perpleja, ¿porque sin duda pensaban que Cliff podía aspirar a algo mejor?

Sí, tenía algo especial: paciencia. Y el don de fingir no enterarse cuando su famoso novio llamaba por teléfono a una prostituta para el tentempié de medianoche en su estudio de la caseta de la piscina, o pasaba el rato viendo porno en el ordenador.

Al parecer, sus ex novias habían protestado. Y con las protestas llegó el destierro, para pasar a la siguiente.

Sin embargo, Lori era más lista que todas ellas. Ella iba a llevarse el premio. El anillo en el dedo. Era una novia astuta que aguantaba lo que le echaran.

Cliff Baxter se encaminaba a toda celeridad hacia los cincuenta, y nunca se había casado.

Lori tenía veinticuatro años, y él le doblaba la edad, la perfecta diferencia de edad hollywoodiense. Además, le quería de una forma extraña. Se sentía segura y protegida con él..., y a veces hasta se sentía amada.

La verdad era que deseaba ser la señora de Cliff Baxter incluso más que seguir su propia carrera, lo cual era decir bastante, porque siempre había abrigado la ambición de ser la siguiente Emma Stone. Emma y ella hasta se parecían un poco. Tenían el mismo cuerpo atlético y la sonrisa algo dentuda, aunque Lori se consideraba una versión más sexy de la talentosa actriz. A Cliff le gustaba muchísimo la melena de pelo rojo de Lori, si bien lo que le ponía de verdad era el vello púbico a juego. Ella se había ofrecido a hacerse un brasileño, pero él se negó en redondo. «Me gusta que todo sea natural en una mujer —le dijo—. Ya basta de coños depilados, no son sexys. Me gusta que seas auténtica, nena.»

Y así fue. Todo cuanto deseaba Cliff lo obtenía. Fue un alivio no tener que depilarse las ingles a manos de alguna polaca agobiada con tendencia a infligir dolor.

Sin embargo, ser tan sólo la novia era peligroso. Un año era mucho tiempo. ¿Y si Cliff se aburría de ella? ¿Y si descubría que le bastaban las prostitutas y el porno para obtener satisfacción?

No quiso agobiarse pensando en ello. La asustaba quedar encajonada en el eterno rol de estrella en ciernes hollywoodiense que mendigaba papeles. Oh, no, ése no iba a ser su futuro.

Para protegerse, se había impuesto como misión descubrir todos los trapos sucios de Cliff, hechos que nadie conocía de él. Estaba decidida a descubrir al auténtico Cliff Baxter, no al icono adorado de imagen idealizada y encanto basado en su actitud presuntamente modesta.

Lori era muy versada en actividades clandestinas. Había aprendido de su madre, Sherrine, a muy tierna edad, que era útil desenterrar los secretos de la gente y utilizarlos en beneficio propio. Así habían salido adelante después de que su padre las dejara tiradas. Habían sobrevivido porque Sherrine sabía manipular a la gente, como el casero rijoso que engañaba a su mujer, el cajero del supermercado que falseaba las facturas de los clientes para sisar dinero, y el instalador de la televisión por cable que ganaba dinero haciendo chapuzas.

Alquiler gratis. Comida gratis. Cable gratis. Salieron adelante. Mientras tanto, su madre hacía malabarismos con una serie de novios que también contribuyeron a su supervivencia.

Hacía ocho años que Lori no dirigía la palabra a su madre, desde que ésta la había pillado cepillándose a uno de sus efímeros novios. En aquel momento, Lori tenía dieciséis años. El novio de Sherrine tenía veinticinco y era un semental consumado. Y su madre tenía treinta y cinco y se cabreó como una mona. Echó de casa a Lori junto con el novio, quien permitió a la chica instalarse en su casa durante unas semanas, hasta que se topó con Stanley Abbson, un caballero de cierta edad que conducía un Bentley y tenía debilidad por las menores de edad.

Stanley Abbson tenía setenta y cinco años, pero gracias a la viagra aún podía alcanzar erecciones. Se encontraron en el paseo marítimo de Venice, cuando Lori se estrelló con el monopatín contra él y estuvo a punto de derribarle. A él no le había importado, y al cabo de un par de almuerzos la había invitado a trasladarse a un apartamento donde mantenía a otras dos adolescentes. Era un apartamento decente que daba al mar. Lori apenas podía dar crédito a su suerte.

Stanley (Lori había descubierto que vivía en otro sitio, en una casa grande) mantenía con generosidad a las chicas. Sólo pedía a cambio un espectáculo lésbico de vez en cuando, lo cual no planteaba problemas..., hasta que empezó a invitar a algunos de sus pervertidos conocidos de negocios para que miraran y, en ocasiones, participaran. Fue entonces cuando Lori decidió que aquélla no era vida para ella, de modo que hizo las maletas y se fue, llevándose el reloj de oro macizo de Stanley y la provisión de dinero en metálico que guardaba escondida en el apartamento. El dinero fue suficiente para pagar seis meses de alquiler en una cabaña destartalada de Venice, donde vivió los siguientes cuatro años, al tiempo que tomaba clases de interpretación, trabajaba de extra y de camarera, hacía algún trabajo de chica acompañante que no incluía sexo, e iba tirando.

Los novios iban y venían. Un vendedor de coches. Un cómico quemado. Varios actores en paro. Y un mánager del mundo del espectáculo de pacotilla que le ofreció trabajar en el porno, oferta que ella declinó educadamente.

A los veintidós años, Lori se había dado cuenta de que no iba a ninguna parte, así que decidió trasladarse a Las Vegas.

Como era una cara bonita y nueva, de exuberante cabello rojo, largas piernas y sonrisa irresistible, logró un empleo de camarera en el Cavendish Hotel nada más llegar. El sueldo no era gran cosa, pero las generosas propinas lo compensaban.

Los clientes adoraban a Lori, al igual que el director, porque podía convencer a casi todo el mundo de que pidiera el mejor champán, los cócteles más caros y los exclusivos aperitivos de caviar.

El director no tardó mucho en ascenderla a camarera jefa de cócteles de la sala VIP, y fue allí donde conoció a Cliff. Había llegado una noche, plácidamente borracho, acompañado de un séquito de seis personas y una novia esquelética tipo modelo, quien no dejaba de reptar sobre su regazo y lamerle la oreja.

Procuró no mostrarse impresionada al ver a un hombre tan famoso, aunque recordó que su madre la había llevado a ver una de sus películas cuando tenía once años, y recordaba muy bien que Sherrine había comentado en aquella ocasión que Cliff Baxter era el hombre más sexy sobre dos patas. Lori decidió que, aunque ya debía ser cuarentón, todavía estaba muy bueno.

Jugó sus cartas con frialdad.

Él flirteó.

Su novia le dedicó una mirada asesina.

Ella hizo caso omiso de la arpía.

Cuando Cliff y su séquito se marcharon, él le deslizó una propina de mil dólares.

Ella se metió el dinero en el escote de su sucinto traje y no lo compartió con el resto del personal, aunque estaba obligada a hacerlo.

Él regresó dos semanas después, sobrio y solo. La buscó y le preguntó si tenía novio. Ella dijo que no, si bien en aquel momento estaba viviendo con un camarero muy guapo que trabajaba en The Keys.

La invitó a cenar.

Ella se negó.

La invitó a visitar Los Ángeles.

Ella se negó.

La invitó a su suite del hotel.

Ella se negó.

El instinto le decía que Cliff Baxter podía ser su gran oportunidad, y que para ello tenía que ponerle las cosas difíciles. Le mantuvo en ascuas durante varios meses, y cada vez que él iba a Las Vegas ella continuaba tratándole con frialdad. Entonces, cuando intuyó que iba a tirar la toalla, aceptó su invitación a cenar.

Aquella noche terminaron en su suite, donde ella le había practicado la mamada de sus sueños.

Sólo una mamada. Nada más.

Dos semanas después, estaba viviendo con él en su mansión de Los Ángeles.

—Señor Baxter, le esperan en el plató —llamó la segunda ayudante, al tiempo que echaba un vistazo al remolque de Cliff Baxter después de llamar dos veces a la puerta.

Como la estrella no respondió, entró vacilante y vio que estaba dormido en un cómodo sofá, roncando sonoramente, sin más ropa que una bata, la cual se había abierto y dejaba al descubierto los robustos muslos bronceados y la ropa interior de color chocolate.

La chica miró al astro dormido y se preguntó qué debía hacer. Era nueva en el trabajo y se sentía intimidada por estar en presencia de una estrella tan grande. Por suerte, la llegada de Enid, ayudante personal de Cliff Baxter, la salvó. Era una mujer mayor de armas tomar, vestida con un traje pantalón al estilo de Hillary Clinton y zapatillas deportivas Nurse Ratched.

—¿Qué pasa aquí? —preguntó Enid, al ver a la nerviosa joven y el torso medio desnudo de su jefe.

—Necesitan al señor Baxter en el plató —respondió la chica, con un temblor nervioso en la voz—. Tenía que avisarle.

—En ese caso, sugiero que le despiertes —dijo con brusquedad Enid, al tiempo que dejaba una bolsa tipo bandolera llena de papeles sobre la mesa.

—¿Co-cómo debería hacerlo? —tartamudeó la chica.

—Así, querida.

Enid se inclinó y sacudió vigorosamente el hombro de Cliff.

La chica se apresuró a retroceder cuando él se incorporó.

—¿Qué pasa? —murmuró—. ¿Dónde estoy?

—Estás en el estudio —anunció Enid—. Te requieren en el plató, de modo que mueve el culo.

—Para un ensayo, señor Baxter —dijo la joven, que intervino con valentía.

—Me habré dormido —anunció Cliff con un gran bostezo—. La fiesta de despedida de soltero de un amigo. Terminó tarde, le dije al chófer que me trajera directamente aquí.

—¿Y eso le gustó a la Señorita Concubina? —preguntó Enid con sarcasmo.

—Vamos, Enid —dijo Cliff, mientras se ponía en pie y lanzaba una carcajada—. ¿Qué te ha hecho Lori? Es un encanto. ¿Por qué la has de denigrar siempre?

La mujer hizo una mueca, y empezó a extraer papeles y correo de la bolsa, para luego depositarlos sobre la mesa.

—¿Le digo al señor Sterling que viene para el plató? —preguntó la joven ayudante, al tiempo que procuraba desviar la vista de la bata abierta de Cliff.

—Sí, sí, dile a Mac que estaré allí dentro de cinco minutos. Y la próxima vez agradecería que me avisaran quince minutos antes. Ve a pedirme un café. Solo. Con mucho azúcar. Lo quiero en el plató.

—Sí, señor Baxter.

Cliff le dedicó un guiño desenfadado.

—Vete, a menos que quieras verme el culo.

La chica se ruborizó, y salió a toda prisa del remolque.

Él lanzó una risita.

—Cada vez son más jóvenes —comentó, mientras se quitaba la bata—. ¿Y sabes una cosa, Enid? Aquí viene lo peor: yo cada vez soy más viejo.

—A todos nos pasa lo mismo —replicó la mujer—. Deja de sentir pena por ti y ponte algo encima, por el amor de Dios. He visto mejores paquetes en la oficina de correos.

—Cuando quieres, eres una arpía —dijo Cliff, impertérrito—. Arpía e intratable. No entiendo cómo te aguanto.

—Porque he trabajado para ti durante casi veinte años —repuso ella sin perder la calma—, y soy una de las pocas personas que puede romperte las pelotas sin ser despedida. Y hablando de pelotas, las llevas colgando.

Él sonrió.

—Ya sabrás que ir colgado es lo mío.

—Si no vas con cuidado, te quedarás también sin tu cosita.

Él cogió los pantalones del respaldo del sofá y se los puso.

—¿No te apetece? —preguntó sin dejar de sonreír.

—No, Cliff —replicó muy seria Enid—. Soy una de las pocas mujeres en el mundo que no desea ver tu polla, tus pelotas, ni nada que puedas ofrecer.

—¡Bollera!

—Sí, querido. Y me siento orgullosa de decir que me gustan los coños casi tanto como a ti.

—Salvo el de Lori.

—No es un coño, es una depredadora. No es lo bastante buena para ti.

Cliff sacudió la cabeza.

—Por los clavos de Cristo...

—No te cases con ella, y punto.

—¡Casarme con ella! —exclamó él con una carcajada gutural—. ¿Cuándo esa palabra ha alzado su desagradable cabeza?

—Tendrías que darte prisa —insistió Enid, mientras se cruzaba de brazos—. Es poco profesional hacer esperar a la gente.

—No me jodas.

—Y cuando tengas tiempo, necesito que me contestes a unas cuantas cosas —añadió la asistente, al tiempo que agitaba un sobre de aspecto caro delante de su cara—. Se trata de una invitación que tal vez te haga gracia.

—¿No será otro evento de traje de etiqueta? —gimió Cliff—. He asistido a suficientes para llenar toda una vida. Ésta es la Ciudad de las Entregas de Premios. Se acabó. Estoy harto.

—Es una invitación algo diferente. Te la enseñaré cuando vuelvas. Ahora, te toca a ti darte prisa.

—Me hablas como si tuviera doce años —rezongó, mientras volvía a sacudir la cabeza.

—Y a veces te comportas como si los tuvieras —replicó Enid.

—Tal vez me sienta obligado a despedirte cuando vuelva —amenazó Cliff, mientras cogía una camisa y se la ponía—. No me tratas con respeto.

—Más tarde, señor Baxter —repuso la mujer con sarcasmo—. ¿Le parece lo bastante respetuoso?

—¡De puta madre!

Y con otra amplia sonrisa, Cliff salió de su remolque.

5

Lugar: Miami

Luca Pérez estaba tendido en una tumbona a rayas, sin más indumentaria que un Speedo azul cielo, su cuerpo bien tonificado de treinta años aceitado a la perfección, ni un centímetro de carne olvidado. Sobre la mesa que había al lado descansaba un vaso alto que contenía un mojito. Al lado de su bebida había un plato Lalique lleno de cerezas rojas maduras, una pila de las últimas revistas de ocio, su iPhone, su reloj Chanel de platino incrustado de diamantes y varios crucifijos sujetos a delgadas correas de cuero.

Luca, los ojos cubiertos con unas gafas de sol Dolce & Gabbana, estaba casi dormido, pero no del todo. Le gustaba relajarse en aquel estado casi somnoliento, lo cual permitía que su mente campara a sus anchas. Nada le inquietaba. Nadie le molestaba. Un día perezoso de no hacer nada, salvo perfeccionar el bronceado. Y el día era hermoso, con una luz de sol brumosa y una leve brisa. Acababa de regresar de una agotadora gira mundial, de manera que la vida en su mansión de Miami era estupenda.

Mañana, su pareja, Jeromy Milton-Gold, volvería de Londres, lo cual significaba adiós a la paz y la tranquilidad. Jeromy era un animal social. Siempre quería salir y exhibirse en bares de sadomaso y clubes gays, algo que Luca prefería evitar, aunque se habían conocido en un famoso club de fetichistas del látex en Londres dos años antes. Conocer a Jeromy había cambiado la vida de Luca. Antes de Jeromy vivía encerrado en el armario, llevando una vida gay secreta, no fuera que sus legiones de admiradoras femeninas lo descubrieran, porque Luca era un ídolo latino, un cantante al que las mujeres reverenciaban y adoraban.

Y estaba casado. Y tenía un hijo.

En aquel momento.

Todavía tenía un hijo, Luca júnior, que contaba ahora nueve años de edad. Pero ya no estaba casado con la imponente superestrella latina Suga, la mujer que le había descubierto cuando era adolescente, educado su talento, contraído matrimonio con él, tenido un hijo suyo, y convertido en la estrella que era hoy.

Suga era veinte años mayor que Luca, todavía una belleza voluptuosa con muchos seguidores en Sudamérica. Había aceptado el hecho de que su marido era gay con humor y comprensión. El divorcio, ningún problema. «Ah, pero Suga disfrutó de lo mejor de ti —había bromeado—. Ve a buscar la felicidad, Luca. Mi corazón te acompaña.»

Suga era una mujer asombrosa, y para regocijo de Luca habían seguido siendo amigos íntimos, y compartido la custodia de su guapo hijo, que había heredado lo mejor de ambos padres.

De modo que, en contra del consejo de todo el mundo (sus agentes, mánagers, productores discográficos y jefes de los sellos), Luca había hecho pública su homosexualidad. Si Ricky Martin podía hacerlo y sobrevivir, ¿por qué él no?

Y había sobrevivido. Sus admiradores eran ferozmente leales. Le adoraban. Homo o hetero, les daba igual. Era Luca Pérez. Era su dios. Ahora, era su dios gay.

De todos modos, a él no le apetecía alardear de su salida del armario. Nada de tríos ni tejemanejes raros en público, aunque de vez en cuando dejaba que Jeromy celebrara una fiesta desmelenada en la mansión..., sin permitir el acceso a las cámaras.

Jeromy Milton-Gold no era el compañero que la gente esperaba que Luca eligiera. Jeromy era ex alumno de Eton, alto, delgado y muy inglés, de rasgos patricios, cabello castaño lacio y una actitud algo esnob. Tenía cuarenta y dos años y era doce mayor que su famoso novio, bronceado, de pelo rubio y cuerpo esculpido. Componían una pareja dispareja. Sin embargo, daba la impresión de que les funcionaba.

El sobre dirigido a Luca Pérez y Jeromy Milton-Gold daba la impresión de contener algo interesante, porque era de excelente calidad, con una caligrafía muy trabajada grabada en oro, y sobre todo aparentaba buen gusto y mucho dinero.

Sentado ante su escritorio David Armstrong de su sala de exposición de Londres, contiguo a Sloane Square, Jeromy Milton-Gold abrió el sobre con un abrecartas plateado y extrajo la invitación.

La leyó con detenimiento. Dos veces.

Una sonrisa de satisfacción cruzó su rostro. Era una invitación que no iban a rechazar.

Abrió el cajón central del escritorio, devolvió con cuidado la invitación a su sobre y lo dejó al lado del pasaporte. Mañana se la enseñaría a Luca e insistiría en que aceptaran.

A veces, Luca podía ser testarudo, pero en esta ocasión Jeromy no aceptaría un no como respuesta. Esta vez no habría discusión.

6

Lugar: Nueva York

El político y su encantadora esposa recibían invitaciones de todas partes. Formaban una de las parejas más populares de la ciudad. Él, de aspecto tan sincero y respetable, con sus facciones regulares, cabello castaño bien cortado y esa actitud de «haré todo cuanto pueda por mi pueblo». Ella, tan delicada y fuerte al mismo tiempo, esbelta, de pelo color miel largo hasta los hombros, rostro hermoso y cálidos ojos castaños muy separados.

Ella se llamaba Sierra Kathleen Snow. Él se llamaba Hammond Patterson júnior, si bien, para disgusto de su padre, poco después de entrar en política abandonó el «júnior». «No suena bien», dijo.

«Yo te diré lo que suena bien —tronó su padre—. Utilizar el apellido familiar y la reputación familiar. Eso es lo que a mí me suena bien.»

Hammond Patterson júnior no estaba tan seguro. Su padre había sido congresista durante muchos años, y ése no era el papel que Hammond se planteaba interpretar. Tras estudiar derecho se forjó una brillantre carrera como abogado, y con el tiempo había aprovechado dicha carrera para convertirse, a los treinta y seis años, en uno de los senadores más jóvenes de la cámara.

Al representar a Nueva York como senador más joven, se sentía pletórico de ambiciones. Albergaba grandes esperanzas de llegar a ser gobernador del estado, y después de eso, tal vez competir por la presidencia de la nación.

¿Por qué no? Estaba en posesión de todas las credenciales adecuadas. Y sobre todo, su confianza en sí mismo era absoluta.

Hammond era un hombre extremadamente motivado. Nada iba a detenerle.

Sierra, por su parte, poseía una franqueza y cordialidad que atraía a hombres y mujeres por igual. Era inteligente y compasiva, de alma generosa. En lo tocante a los intereses de Hammond era la esposa perfecta de un político, un valor que era preciso tener al lado en cada momento, y por eso exactamente la había elegido.

En fechas recientes, la ascensión de Hammond hacia la cumbre se había topado con un obstáculo inesperado. Y ese obstáculo inesperado era haberse enterado de que había sido padre de una niña en sus años mozos. Por lo visto, había dejado embarazada a una chica, y la chica había dado a luz una niña llamada Radical.

Radical se había presentado en su despacho un día, con quince años de edad y decidida a conocer a su padre.

La furia y la estupefacción se apoderaron de Hammond. Cuando la muchacha consiguió verle por fin y anunció que era su hija, no la creyó. Era imposible que aquello le estuviera pasando a él. Imposible.

Pero Radical exhibió una fe de bautismo en la que aparecía su nombre, y le informó de que su madre acababa de morir de una sobredosis, y que no tenía adónde ir.

Tras dos pruebas de paternidad, Hammond se vio obligado a admitir que aquella extraña y rebelde adolescente, con mechas verdes en su pelo teñido de negro, múltiples *piercings* y actitud arrogante era hija suya.

Sierra, por ser persona bondadosa y considerada, había insistido en que Radical se sumara a la familia.

—Hemos de adoptarla —le había sermoneado Sierra—. Es tu hija. No tienes alternativa. Piensa en tu imagen pública si no lo haces.

Por fin, Hammond había accedido, aterrorizado por si la repentina aparición de una hija adolescente ilegítima arruinaba la imagen que proyectaba con tanto esmero.

Resultó que la opinión pública siguió amando a Hammond y a Sierra. Aceptó su transgresión juvenil. Los escándalos sexuales en que había políticos implicados no eran nada nuevo y, con Sierra a su lado, Hammond no podía cometer errores.

Radical resultó ser una pesadilla. Grosera y descuidada, causaba problemas en todas partes. Odiaba a su padre, y él la correspondía.

Irritado por sentirse atado a ella, no tardó en enviarla a un internado de Suiza, y hasta Sierra se mostró de acuerdo en que era lo mejor que podían hacer.

Radical se fue. Pero no sin oponer resistencia.

Cuando Nadia, la ayudante de Hammond, entró en el despacho y le enseñó la elegante invitación, no vaciló. Sin consultar con Sierra, le ordenó que aceptara de inmediato.

Olfateaba dinero a espuertas, importantes contribuciones a la campaña cuando llegara el momento de presentarse, porque era muy consciente de que los contactos importantes lo eran todo. Además, se trataba de una estupenda oportunidad de empezar a plantar las semillas de su ambición imparable.

Sí, Hammond reconocía una oportunidad cuando se le presentaba. No era idiota.

Sierra Kathleen Snow había nacido en el seno de una familia privilegiada. Su padre era el muy respetado premio Pulitzer Archibald Snow, un famoso académico y escritor de volúmenes de historia, mientras su madre, Phoebe, era una auténtica belleza de la sociedad neoyorquina, cuya familia se remontaba a los Padres Fundadores.

Tenía una hermana menor, Clare, casada con un pediatra, que había escrito una serie de libros muy vendidos acerca de la paternidad. Clare y su marido tenían tres hijos pequeños y residían en Connecticut. Sierra tenía también un hermano, Sean, quien vivía en Hawái con una mujer a la que había conocido en la playa.

Clare era la favorita de la familia, mientras Sean era el garbanzo negro. Sierra se encontraba en medio.

A los treinta y dos años, aún no estaba segura de cuál era su lugar en el mundo.

Era la hija de Archibald y Phoebe Snow. Era la esposa de Hammond Patterson. Era la hermana de Clare Snow. Pero ¿quién era ella en realidad?

Cada mañana, al despertar, se formulaba esa pregunta.

¿Quién soy hoy?

¿Soy la esposa de un político?

¿La hija obediente?

¿La amantísima hermana que presta su apoyo?

¿Quién soy?

Era una pregunta que la atormentaba, porque no sabía la respuesta.

Sus ilustres progenitores desaprobaban a Hammond. Aunque nunca lo habían verbalizado, ella lo sabía. Cuando Radical apareció en escena, la expresión de su madre lo dijo todo: *Siempre sospechamos que Hammond era un bribón. Ahora lo sabemos con certeza.*

Un bribón que albergaba aspiraciones de llegar a ser el presidente de Estados Unidos. Con ella al lado.

La idea logró que Sierra se estremeciera. Llevaba ocho años casada con Hammond y no le amaba. Al principio, pensaba que sí, pero al cabo de un tiempo se dio cuenta de que se había casado con él para superar el dolor de su corazón partido, y de que él se había casado con ella debido a su impecable pedigrí y los contactos de su familia.

Hammond no era el hombre que fingía ser.

Era un psicópata. Un psicópata muy inteligente.

Ante el mundo presentaba una cara sonriente y sincera, un hombre de aspecto agradable, pletórico de empatía y afecto. Con su cabello castaño, facciones regulares y sonrisa cautivadora, semejaba un libro abierto. Sin embargo, la personalidad de Hammond era muy diferente en privado. Sierra sabía con certeza que era un intolerante, un misógino, y que detestaba a los gays. Su lengua era viperina, con una vena sádica muy desagradable. Hablaba a todo el mundo de una manera despreciativa, incluida su familia, y detestaba a su propio padre. Siempre expresaba en voz alta su deseo de que el hombre cayera muerto de un ataque al corazón fulminante.

Al principio, ella había intentado profundizar en su psique, descubrir de dónde salía toda aquella ira. Era una causa perdida. El hombre encantador y atento con el que se había casado se había convertido en un monstruo secreto que la asustaba, por eso no le había dejado.

A los dos años de matrimonio se había dado cuenta de lo falso que era, y había amenazado con pedir el divorcio. Él le había informado con mucha calma de que, si alguna vez le dejaba, se las arreglaría para lograr que mataran a toda su familia, y de que él en persona se aseguraría de que quedara mutilada de por vida.

Conmocionada y horrorizada, había pensado en acudir a la policía, pero ¿quién iba a creer su historia? Era Sierra Patterson, esposa del político en ascenso Hammond Patterson, un hombre que luchaba por los derechos de todo el mundo, incluidos los gays y las mujeres.

La situación era imposible, y para empeorar las cosas, Hammond no cesaba de serle infiel; se acostaba con cualquier mujer a la que pudiera poner las manos encima.

Cuando ella le afeó sus indiscreciones, él se burló. «¿Qué

debo hacer? —preguntó con fría indiferencia—. Follar contigo es como follar con un pescado.»

Sierra sabía que debía dejarle, pero las amenazas de Hammond eran demasiado reales, y era incapaz de armarse de valor para largarse. ¿Y si las convertía en realidad y hacía daño a su familia? Sabía sin la menor duda que era capaz de cualquier cosa.

Así que se había quedado y se dedicó a ayudar a la gente. Iba a hospitales infantiles, formó un grupo de prevención de violaciones, luchó por las mujeres maltratadas, hizo todo lo posible por olvidar su vida desdichada en casa.

Hammond se sentía complacido. Había acertado con Sierra: era la esposa perfecta para un político. Una mujer hermosa y elegante, que también era una benefactora.

¿Qué podía ser mejor para un hombre camino de la cumbre?

7

Bianca cogió una toalla, la envolvió alrededor de su cuerpo reluciente y se acercó a Aleksandr.

Él agarró una esquina de la toalla y se la quitó con rudeza. La toalla cayó aleteando al suelo.

—Eres tan hermosa —dijo con su voz transformada en un gruñido gutural, mientras empezaba a acariciarle sus amplios pezones con sus gruesos dedos—. Una mujer tan maravillosa, y toda mía.

La bella modelo experimentó un estremecimiento de placer y reaccionó de manera acorde. Siempre que Aleksandr la deseaba, estaba a punto.

Al principio de su relación, él le había revelado que su esposa era una mujer muy fría, que le había informado poco después de casarse de que tan sólo su tacto la asqueaba.

Al parecer, su dinero no.

A Bianca le daba igual que fuera enormemente rico. Quería de todo corazón a ese hombre, y le encantaba su forma de ponerla caliente con una simple mirada. Sus ojos oscuros eran más profundos que un glaciar, nunca sabía en qué estaba pensando. Sus caricias eran fuertes y viriles. En cuanto a su equipamiento: perfecto. Largo, grueso y sólido, el mejor que había experimentado jamás. Además, sabía lo que debía hacer con él, un verdadero premio adicional, después de una serie de hombres famosos que consideraban la disfunción eréctil algo absolutamente normal.

Aleksandr la empujó al suelo y se quitó los pantalones. Nunca llevaba ropa interior, algo que compartían.

Se estremeció a causa de las frías baldosas sobre las que descansaba su espalda, al tiempo que abría sus largas piernas para recibir a su amante. Alzó la vista, observó la luz roja en la cámara de seguridad, y se preguntó si les estarían vigilando o filmando.

Daba igual. Aleksandr lo controlaba todo. Jamás permitiría que nadie la utilizara o le hiciera daño.

Su cuerpo sólido la aplastó cuando la penetró. Era un hombre grande, grande y poderoso. Ella respiró hondo, inhaló su embriagador olor masculino.

—Oh..., Dios... mío —murmuró—. Es tan asombroso, está tan dura...

—Sólo para ti, mi pequeña *Kotik*. Sólo para ti.

—Sí —suspiró Bianca, y movió el cuerpo para alojarle—. Tú sabes, Aleksandr, que eres el único hombre que me ha satisfecho.

Le pesaba encima. Pero le daba igual, el sexo era excitante. Le daba morbo su forma de empalarla, como si estuviera decidido a poseerla.

Nadie había poseído jamás a Bianca. Era un espíritu libre. No obstante, con Aleksandr no albergaba el menor deseo de ser libre. Anhelaba que la poseyera de todas las maneras posibles, y la poseía con sus fuertes brazos, todo el peso del cuerpo y el pene duro.

Al principio de su relación, ella había intentado llevar la batuta en el dormitorio. Aleksandr se opuso. Aspiraba al control total. Practicarían el sexo a su manera, o no lo practicarían.

A Bianca le encantó eso. Estaba tan acostumbrada a ejercer su poder sobre los hombres que fue un cambio gratificador permitir que otra persona se pusiera al mando.

Gimió de placer, flexionó los músculos de los muslos, y Aleksandr emitió un gruñido de satisfacción.

Conseguía que se sintiera como una niña pequeña, una niña pequeña traviesa. La ponía caliente a más no poder.

8

A veces, la mente de Taye Sherwin vagaba, sobre todo cuando Ashley adoptaba su pose altiva, un rasgo de su personalidad que daba la impresión de emerger cada vez que iba a cenar con Jeromy Milton-Gold. Taye sentía pena al ver a su esposa esforzarse hasta tal punto en aparentar que había nacido en Mayfair, en oposición a la modesta ciudad costera de Brighton. Ashley intentaba con desesperación erradicar sus raíces, aunque todo el mundo sabía que no era de alta cuna. Por otra parte, Taye se sentía orgulloso de su procedencia: Elephant and Castle.* Había ascendido en la escala social, y hablaba a todo el mundo sin ambages de sus humildes orígenes.

Taye no tenía ni idea de los orígenes de Jeromy Milton-Gold, pero sabía muy bien que no era alérgico a mencionar nombres de famosos como si fuera amigo íntimo de ellos ni a comportarse como si fuera el rey del mambo. O la reina. *Sí*, pensó Taye con una sonrisa traviesa. *¿No debería ser la reina?*

—¿Por qué sonríes? —preguntó Ashley, que le estaba observando.

—Estaba pensando en un chiste que ha contado hoy uno de los chicos —replicó, veloz como el rayo.

—Cuéntalo —dijo Jeromy, mientras daba golpecitos en el costado de la copa de vino con sus largos dedos.

—No te haría gracia —repuso Taye, ansioso por largarse del

---

* Barrio popular de Londres. *(N. del T.)*

pretencioso restaurante y volver a casa, donde pensaba enseñar a su mujer la codiciada invitación, antes de echarle un polvo de los buenos. Tío, qué salido iba.

—No soporto los chistes —comentó Ashley, mientras resoplaba en señal de desagrado—. Siempre son machistas y nunca divertidos.

—Debo decir que me siento inclinado a darte la razón —terció Jeromy—. Nada divertidos, pero algunas personas se creen obligadas a reír.

—Creo que la gente sólo cuenta chistes cuando la conversación se ha agotado —dijo Ashley, y dirigió una mirada significativa a su marido—. Es como si ya no tuvieran nada más que decir.

—Eso no te pasará nunca a ti, tesoro —replicó Taye—. Hablas por los codos. —Dio un codazo a Jeromy—. Ésta siempre está chismorreando por teléfono.

Jeromy frunció el labio, una costumbre que había desarrollado cuando no sabía muy bien qué decir.

Ashley fulminó con la mirada a su marido.

—Luca y yo vamos a hacer un viaje simplemente maravilloso —anunció por fin Jeromy, para romper el repentino silencio.

—Estupendo —dijo Ashley, al tiempo que sacaba su polvera y se aplicaba más lápiz de labios—. ¿Adónde?

—A algún lugar caluroso y exótico, sospecho —respondió Jeromy con un airoso movimiento de la mano—. Aleksandr Kasianenko nos ha invitado al viaje de inauguración de su nuevo yate.

Ashley abrió los ojos de par en par.

—Fabuloso —suspiró—. Qué suerte la tuya.

Taye se había quedado sin habla. Maldición, Jeromy iba a estropearle la sorpresa. ¿Qué debía hacer ahora? ¿Largar que también estaban invitados, y arriesgarse a que Ashley le pusiera como un trapo, furiosa por no habérselo dicho?

—Me irá bien el descanso —dijo Jeromy con una sonrisa condescendiente—. Espero que vigiles la sala de exposiciones de Londres, ¿verdad, querida?

Ella ladeó la cabeza y miró a su marido.

—Tú conoces a Aleksandr como se llame, ¿verdad?

Taye asintió.

—Sí, nos hemos visto un par de veces. Es un gran forofo del fútbol. Corre el rumor de que está pensando comprar un club.

—Bianca es una amiga muy querida de Luca —admitió Jeromy, mientras bebía vino una vez más—. Se conocieron hace años en un desfile de modas en Milán. Luca iba a cantar por un irrisorio millón de euros, y ella estaba ocupada exhibiendo el palmito. Tienen una historia.

—Qué bien —dijo Ashley en tono melancólico—. Apuesto a que será un viaje fabuloso.

—Sí —admitió Jeromy—. Estoy seguro de que así será.

La pareja abandonó el restaurante y volvió a casa en silencio, un silencio incómodo, que Taye rompió por fin, porque no podía soportar los malos humores de Ashley.

—¿Qué pasa, tesoro? —preguntó, con una mano sobre el volante y la otra sobre la rodilla de su esposa—. Te has enfadado conmigo.

—¿Por qué intentas siempre dejarme en ridículo delante de Jeromy? —se quejó ella, con las mejillas encendidas—. Hago negocios con ese hombre, y tú te esfuerzas en hacerme pasar por una idiota.

—¿De qué estás hablando?

—Lo sabes muy bien. —Y después, en un intento de imitarle—: «Ésta siempre está chismorreando por teléfono».

—No me lo invento —respondió Taye, al tiempo que apartaba la mano de su rodilla—. Siempre estás dale que dale, comentando a tus amigas esto y lo otro.

—No es verdad —repuso ella con voz envarada—. Yo no chismorreo. Y aunque lo hiciera, no existen motivos para que lo proclames al mundo.

—Venga, tesoro —suplicó él—. No nos peleemos por esto.

—No, venga tú, Taye. Detesto que me faltes al respeto. No es justo.

—Lo siento, cielo —replicó él, angustiado por aplacarla—. Escucha, una gran sorpresa te está esperando cuando lleguemos a casa.

—No me interesan las sorpresas —repuso ella, mientras miraba por la ventanilla.

—Ésta sí —le aseguró Taye.

—Eres tan irritante. ¿Por qué intentas siempre cambiar de tema?

—Porque te quiero, tesoro, ya lo sabes. Y no puedo soportar verte enfadada.

Ashley aprovechó la oportunidad para decir algo que siempre estaba al acecho en el fondo de su mente.

—Supongo que me amabas de verdad cuando estabas practicando el sexo con aquella escoria tetuda —escupió, la voz henchida de veneno.

—Ashley —gimió Taye—, eso sucedió hace años. ¿Cuántas veces he de decirte que lo lamento? Esa chica no significó nada para mí. Te lo he repetido un millón de veces.

—Un millón de veces no es suficiente —masculló ella, siempre aferrada al resentimiento—. ¿Te habría gustado que me hubiera acostado con otro tío? ¿Te habría sentado bien?

—Tú no lo harías. De todos modos, confío en ti.

—Sí —resopló ella—. Y yo confiaba en ti, y mira qué he conseguido.

¿Cómo había podido torcerse tanto la conversación? Cada

cierto tiempo, Ashley sacaba a colación la única vez que le había sido infiel, pero ¿por qué lo hacía esta noche?

Mejor guardar silencio y dejar que se desfogara.

Cosa que ella hizo.

Sin parar.

Hasta llegar a su casa de Hampstead.

9

Flynn Hudson tenía algunas cosas de qué ocuparse, además de escribir dos o tres artículos contundentes, hacer unas cuantas llamadas para ponerse al día, y tomar una decisión.

Aleksandr Kasianenko, un viejo amigo de antaño, le había invitado a lo que parecía un viaje espectacular. Podía llevar a su vez a una invitada, y ése era el problema. ¿A quién elegiría? Y todavía más importante: ¿quería ir con alguien?

Desde luego, ninguna de sus novias, siempre disponibles para un alivio ligero y nada más, cosa que dejaba clara desde el primer momento antes de acostarse con ellas. A Flynn no le gustaba tener corazones partidos sobre su conciencia. Conocía demasiado bien la sensación de tener el corazón partido. Había experimentado el dolor, el abandono y la desdicha que acompañan al corazón partido, aunque hacía mucho tiempo, pero la sensación de pérdida nunca le había abandonado.

Sí. Existía el verdadero desamor. Y él lo sabía todo al respecto, por eso siempre procuraba advertir a las mujeres de que, si buscaban algo más que un idilio trivial, no era el hombre adecuado.

Mientras pensaba en a quién invitar, un nombre acudió a su mente: Xuan, una periodista asiática exquisita, muy hermosa, decidida y más inclinada hacia las mujeres que hacia los hombres, algo muy conveniente.

A Xuan le encantaría un viaje así, y él disfrutaría de su compañía, como siempre.

Había escapado de un régimen comunista cuando acusaron

a sus padres de espionaje, y luego los detuvieron y asesinaron brutalmente por sus presuntos crímenes.

Xuan había conseguido salir a escondidas de China hacía once años, y al igual que él, su talento especial residía en escribir sobre las injusticias de un mundo que se había vuelto loco. Habían coincidido a lo largo de los años en muchos países diferentes y trabado una amistad íntima sin sexo, una amistad que convenía a ambos.

Flynn conocía muchas de sus historias: había sido víctima de una violación múltiple al escapar de China, y después la había rescatado un hombre que la había mantenido encerrada y sometida a palizas constantes. Tras un devastador aborto, había llevado a cabo otra audaz huida, meses sin comer casi nada, mendigando para poder alimentarse, hasta que al final había llegado a Hong Kong, donde unos parientes lejanos la habían acogido.

Forjarse una vida propia no había sido fácil. Pero Xuan era fuerte: había vencido, y seguido una carrera de intrépida periodista.

Tras meditarlo, envió un mensaje de texto a modo de invitación. Explorar juntos el extraordinario estilo de vida de los ricos y privilegiados podía ser una experiencia memorable, de la que ambos se beneficiarían.

O no.

Daba igual. Al menos, significaría un cambio bienvenido de los horrores del mundo, que ambos habían visto de cerca.

Flynn esperó la respuesta de Xuan. Confiaba en que fuera un sí categórico.

En una pequeña habitación de hotel de Saigón, Xuan y su amante ocasional, Deshi, estaban tendidos en la cama, saciados, mientras un ventilador de techo zumbaba ruidosamente sobre ellos. El sexo había sido satisfactorio, aunque no de infarto, ni mucho menos. Sin embargo, Xuan pensaba que Deshi era un hombre interesante, y todavía más importante, poseedor de información sobre actividades gubernamentales que le comunicaba. Cosa muy conveniente, pues daba la casualidad de que Deshi trabajaba para el gobierno.

Desde el punto de vista sexual, Xuan prefería las mujeres, aunque cuando la ocasión lo exigía no era reacia a acostarse con un hombre. La información era lo que importaba, y ella la conseguía como fuera.

Su móvil emitió un pitido, lo cual indicaba un mensaje de texto. Se inclinó sobre Deshi para cogerlo, y sus pequeños senos rozaron el pecho del hombre.

Él lo tomó como una indicación de que quizás habría más sexo en un futuro. Para su decepción, iba a ser que no.

Xuan leyó el mensaje de Flynn. La alegró tener noticias de su amigo. De todos los hombres informados y atractivos que conocía, él era el número uno. Un tipo de una pieza, con valores admirables y espíritu aventurero.

La primera vez que habían coincidido, ella le dijo que era bisexual, con más inclinación hacia el sexo femenino. Estaba decidida a que no se produjera ninguna tensión sexual que estropeara una amistad que intuía muy valiosa. Tenía razón. El sexo nunca se había entrometido en su íntima amistad.

Ahora, Flynn la invitaba a un viaje.

Qué amable.

Con gente rica. Gente demencialmente rica, porque sabía quién era Aleksandr Kasianenko. Todo el mundo sabía quién era Aleksandr Kasianenko, el magnate ruso del acero multimillonario con una novia famosa, la *top model* Bianca.

Qué misterioso.

¿Ir o no ir? Tendría que meditarlo.

—¿Algo importante? —preguntó Deshi.

—Nada que no pueda esperar a después —replicó Xuan.

Respondería dentro de unas horas. No se sentía obligada a tomar una decisión instantánea al respecto.

10

Cliff Baxter era una estrella de cine muy querida. Tenía sus defectos, pero en conjunto era un profesional de pies a cabeza, y siempre procuraba que trataran bien a sus compañeros de rodaje. Consideraba a Bonar, su doble, un leal amigo. Habían trabajado juntos durante veinticinco años seguidos, desde su primer gran éxito en la pantalla en 1987, *Fast Times on the Fast Track*, una película acerca de un corredor de maratón y su familia disfuncional.

A Cliff le había tocado el gordo con aquella película. En esa época era joven, viril y atractivo, muy atractivo. Además, sabía interpretar. Al director le había gustado y le había animado a hacer grandes trabajos. Ante su sorpresa y placer, había conseguido su primera nominación al Oscar. No había ganado, pero ¿qué había de nuevo en eso?

Le habían nominado tres veces más desde entonces, y sólo había ganado en una ocasión. Eso era mejor que no ganar en ninguna.

Bonar era su doble en *Fast Times on the Fast Track*, y habían sido buenos amigos desde entonces. Eran de la misma edad, ambos cercanos a la cincuentena. Sólo que Bonar tenía esposa y tres hijos, mientras que él sólo contaba con una carrera asombrosa.

Le daba igual. No deseaba verse atrapado en una institución llamada matrimonio, un lugar carente de alma del cual no había escapatoria, a menos que estuvieras dispuesto a compartir la mitad de tus ganancias, logradas a base de tantos esfuerzos.

A él le gustaba saber que, básicamente, era un hombre libre

que podía ir a donde le diera la gana, hacer lo que se le antojara, y que nadie podía impedírselo. Sólo su agente y su mánager podían decirle lo que debía hacer, y por lo general no les hacía caso.

Consideraba que la mayoría de sus amigos varones eran unos calzonazos, y si no, unos padres divorciados desdichados que pagaban una pensión alimenticia y sólo conseguían ver a sus críos cada dos fines de semana.

Era muy consciente de que todos le envidiaban. No era de extrañar. A sus ojos, era el único que sabía vivir.

A lo largo de los años había convivido con varias novias, y había aprendido muy bien cuándo era el momento de dejarlo correr. Siempre llegaba un momento en que empezaban a manifestar un comportamiento dependiente y necesitado: conocía las señales demasiado bien. De repente, comenzaban a hablar de matrimonio, algo que él no contemplaba. Nunca lo había hecho.

Hasta el momento, Lori había durado más que las demás. Era una chica divertida, y sentía mucho afecto por ella. Además, era la mejor chupapollas del mundo. Con frecuencia, pensaba que debía haber estudiado en la aclamada «Academia de Garganta Profunda», si es que existía aquel lugar. Y si no existía, debería.

La verdad era que nunca se cansaba de las expertas habilidades orales de Lori.

Por lo general, recurría a profesionales para hacer las cosas que sus novias rehusaban hacer, pero desde que estaba con Lori, las visitas de medianoche de prostitutas habían ido disminuyendo, y el porno por Internet ya no le ponía.

Por lo visto, Lori era capaz de todo.

Lori tenía debilidad por correr, y no por las calles serias de Beverly Hills. No, a ella le gustaba explorar las colinas, descubrir senderos de montaña y darle duro.

No había *paparazzi* adonde ella iba. Ni ojos vigilantes pegados a cámaras.

A veces se llevaba a los perros, a veces no.

Hoy iba sola, corriendo montaña arriba como una loca, pertrechada con los auriculares y el iPod, escuchando a Drake y Pitbull.

Entonces, sucedió. Tropezó con un tronco y cayó al suelo con un violento golpe.

Se quedó aturdida y se sintió muy ridícula, hasta que se dio cuenta de que no la había visto nadie, y por tanto no existían testigos de su apuro.

Al cabo de unos momentos de mareo, intentó ponerse en pie. Su tobillo cedió de inmediato, y cayó de nuevo con un alarido de dolor.

¿Qué debía hacer ahora? ¿Llamar a su novio, la estrella de cine, para que acudiera al rescate? No lo haría. Estaba rodando en el plató, lo cual significaba que enviaría a otra gente. Uno de ellos podría dar el soplo a los *paparazzi*, y entonces se vería atrapada con un aspecto deplorable. No era eso lo que deseaba.

Sus ojos se llenaron de lágrimas. ¿Por qué le estaba pasando esto?

Extrajo el móvil del bolsillo de los *shorts*, y cuando estaba a punto de llamar para pedir ayuda, lo vio y se quedó petrificada. Era un coyote andrajoso, que salía con astucia de entre los matorrales, hasta que se quedó inmóvil y la miró con sus ojos rojos angustiados.

Captó la mirada malvada del animal enseguida y sintió que el miedo recorría su cuerpo. Había leído hacía poco acerca de una manada de coyotes que habían devorado a un par de pastores alemanes. Si los perros no pudieron defenderse, ¿qué podría hacer ella?

Entonces, un segundo coyote salió brincando de los arbustos, y supo con toda certeza que estaba acabada.

Después de ensayar la siguiente escena, Cliff volvió a su remolque, donde Enid se había acomodado en su sofá, descalza, con el televisor encendido y un culebrón en pleno apogeo.

—Como si estuvieras en casa —comentó él con sarcasmo—. ¿Puedo ofrecerte algo? ¿Café? ¿Una copa?

Enid se incorporó impertérrita y se puso sus zapatos Nurse Ratched.

—Has tardado mucho. Un poco más y me quedo dormida.

—Lamento que mi ensayo te haya obligado a esperar —dijo Cliff con ironía.

—He de volver a la oficina —replicó ella, al tiempo que le entregaba un fajo de papeles—. Firma esto.

—¿Qué voy a firmar?

—Por el amor de Dios, si quieres que te lo explique, estaremos aquí todo el día. Tu administrador los ha enviado. Son de tus recientes adquisiciones de bienes raíces.

Cliff sabía que podía confiar en Enid, nunca intentaría engañarle.

—Si firmo, ¿me devolverás el sofá?

—Será un placer —resopló ella—. Este remolque huele a pies.

—No debes hablar así a una estrella de cine. Nuestros pies no huelen. Además, eras tú la que estaba descalza.

—¡Oh, por favor! —exclamó Enid, y agitó una invitación en dirección a Cliff—. ¿Qué quieres que haga con esto?

Él cogió la recargada invitación y la examinó a toda prisa.

—Vaya —dijo—. No me lo pienso perder. Acéptala.

—¿Sólo tú?

—Guárdate la mala leche, Enid. Contesta por mí y por Lori, le encantará un viaje así.

La mujer suspiró. Ésta estaba durando más que las otras. Debía de poseer talentos ocultos que sólo Cliff conocía.

—Lo que complazca a mi señor y dueño.

Él lanzó una risita.

—Sal de aquí ya antes de que te envíe al bordillo de una patada en el culo.

Enid recogió los papeles y se fue.

Al cabo de unos minutos, Cliff asomó la cabeza fuera para ver quién había cerca. A veces, reunía a un puñado de tíos y empleaban el tiempo libre jugando a *softball*.

Hoy no había nadie. Salvo... ¿quién se estaba acercando?

Oh, mierda, era el coprotagonista de la película. Billy Melina, una joven estrella de moda cuya evidente ambición le estaba devorando. Un semental siempre a punto en la cima de su arte. *Exactamente como era yo*, pensó con ironía Cliff.

Sólo tenían algunas escenas juntos, de modo que no podían considerarse amigos.

Contempló a Billy mientras se acercaba. No pudo evitar preguntarse si estaba predestinado a una carrera de casi treinta años como la suya. Lo dudaba. Hoy todo era diferente. Los *paparazzi* mandaban. Las revistas publicaban lo que les daba la gana. No había jefes de estudio ni mánagers poderosos que protegieran a sus clientes. TMZ* se lanzaba sobre cualquier estrella que abandonara el refugio de su casa.

No. Dentro de diez años, cuando Billy tuviera cuarenta, sería un astro olvidado, mientras que él seguiría en activo, porque no tenía planes de retirarse. Era un adicto al trabajo. Como Redford y De Niro, no albergaba la menor intención de abandonar; participaría en la carrera hasta el final.

—Hola —dijo Billy, de cuerpo bronceado y musculoso, y pelo rubio de surfero—. ¿Qué hay?

—No gran cosa —contestó Cliff—. ¿Y tú?

---

* Página web estadounidense dedicada a las noticias sobre celebridades. *(N. del T.)*

—Lo mismo de siempre —replicó, y flexionó los músculos—. Procurando no enmohecerme.

—Sí —repuso Cliff, y pensó que Billy Melina era un hijo
de puta muy guapo—. Conozco la sensación.

Vaciló un momento. ¿Debía invitar al joven actor a entrar
en su remolque para matar el rato, o mejor dejarlo correr?

*Déjalo correr, le advirtió su voz interior. ¿De veras quieres
saberlo todo sobre el divorcio de Billy de la muy famosa Venus?
¿O del escándalo del asesinato en Las Vegas en el que el chico
ha estado vagamente implicado?*

No. Tenía cosas mejores que hacer.

—Nos vemos en el plató —dijo, y regresó a su remolque.

—Sí, tío —replicó Billy—. Hasta luego.

Cliff se acomodó de nuevo en el sofá y sacó el móvil. A ver
qué estaría haciendo Lori. Tal vez la invitaría a visitarle en el
plató.

Sí, haría eso, y le contaría lo de la invitación.

La pequeña Lori se iba a poner muy cachonda.

11

—¡Ajá! —exclamó Suga, al tiempo que descendía sobre Luca como un ciclón en su apogeo, toda montañas de rizos rubios, pechos cimbreantes y caderas oscilantes embutidas en un mono naranja y verde escotado, con Louboutins dorados en sus diminutos pies, lo único pequeño de ella—. ¿Cómo está mi papaíto favorito?

Suga era una diva voluptuosa y excesiva de personalidad arrolladora. Tenía el aspecto exacto que sus admiradores esperaban, pues la adoraban debido a eso.

Luca abandonó la tumbona y se puso en pie, para después dejar que su ex esposa le rodeara entre sus generosas curvas. Percibió el olor de su fuerte perfume preferido, y muchos hermosos recuerdos acudieron a su mente. Ah, sí, el día que ella le había descubierto y rescatado de la oscuridad. El día en que habían hecho el amor por primera vez. Y lo más importante de todo, el día en que había entrado en el estudio de ella y grabado el primer *single*.

Suga le abrazó con tanta fuerza que casi le cortó la respiración, mientras le cubría con una lluvia de besos húmedos, como era su costumbre.

Luca se alegró de que Jeromy no estuviera delante para presenciar la exhibición de afecto de su ex esposa. Sabía que le molestaba el hecho de que Suga continuara siendo una persona importante en su vida. Lástima. Para Luca, era algo que nunca cambiaría. Se lo debía todo a esa mujer. Sin ella, no habría llegado a ser la estrella que era hoy, la sensación latina rubia y de ojos azules que Suga había presentado al mundo.

—Has vuelto pronto —comentó, mientras se libraba con delicadeza de su presa—. Pensaba que no ibas a volver hasta la semana que viene. ¿Qué ha pasado?

Ella hizo una mueca.

—Mi mánager canceló el concierto de São Paulo. La venta de entradas no iba demasiado bien.

—Debe de ser la crisis —dijo Luca sin pensarlo dos veces—. Nos está afectando a todos.

Suga le dio unas palmaditas cariñosas en la mejilla.

—Excepto a ti, *mi amor*.

—A todo el mundo —le aseguró Luca, aunque sospechaba que no era cierto. En su última gira, las localidades se habían agotado.

Detestaba el hecho de que la estrella de Suga empezara a declinar. ¿Qué podía hacer al respecto?

—¿Dónde está mi otro *tesoro*? —preguntó ella, con los brazos en jarras—. Tengo que abrazar a mi pequeño Luca júnior.

—Está jugando a fútbol con unos amigos.

—Lástima —dijo Suga, y frunció los labios—. Iré a buscarle.

—Ni hablar —se apresuró a decir él, mientras negaba con la cabeza—. El crío tiene nueve años, se sentirá avergonzado si le vas a ver, ya sabes como es.

—¡Avergonzado! ¡Ja! —resopló ella—. Soy su mamá. Jamás podría avergonzar a mi bebito.

—Cenemos juntos esta noche, sólo los tres —sugirió Luca, a sabiendas de que su hijo se sentiría humillado si Suga apareciá en el partido de fútbol en toda su gloria—. Nos lo pasaremos bien.

—¿*Sí*? —Ella arqueó una ceja delineada con arte—. ¿Y dónde está el señor que se tragó una escoba?

—Si estás hablando de Jeromy, está en Londres. Vuelve mañana.

—Ah —suspiró Suga—. *¡Me vuelves loca!* Pudiendo elegir entre tantos chicos guapos, y te quedas con alguien tan... seco.

—Has de conocerle mejor —dijo Luca con calma—. Deberíamos salir, pasar más tiempo juntos.

—No creo, *mi amor* —replicó ella, y sacudió los rizos—. No le caigo bien. No me cae bien.

—¿Por qué no os lleváis bien?

—Porque Jeromy no es el hombre adecuado para ti. —Una pausa significativa—. Ya lo verás. Te vas a enterar.

Luca se encogió de hombros.

—No he de enterarme de nada. Sé todo cuanto hay que saber de él.

Suga sonrió, antes de inclinarse y acariciar suavemente el paquete de su ex marido.

—No malgastes lo que tienes, *cariño*. Eres demasiado joven y demasiado guapo.

Luca no pudo reprimir una sonrisa.

—¿Eso crees?

—Ay, mi *tesoro*, Suga sabe —susurró—. Y tú sabes que Suga siempre tiene razón.

Jeromy Milton-Gold gimió cuando llegó al orgasmo. Una vez terminado, alejó con brusquedad la cabeza del chico de su ingle.

El muchacho, un joven hosco de unos dieciocho años, como mucho, preguntó en voz alta si le gustaría chupársela a él.

—No —replicó el afamado interiorista, como si la sola idea le repeliera—. Coge tu dinero y lárgate.

—Pero yo pensaba...

—No pienses —cortó Jeromy—. No te pago para pensar. Recoge tu sucio dinero y lárgate.

—¡Cabrón! —masculló por lo bajo el muchacho.

Por desgracia, Jeromy le oyó.

—¿Qué has dicho? —preguntó con ojos entornados.

El chico cogió el dinero de la mesa y corrió hacia la puerta.

En un primer momento, Jeromy tuvo la intención de perseguirle y darle una buena lección, pero después pensó que para qué molestarse. Tal vez el chico se resistiría, y lo último que deseaba era volver a Miami con un ojo morado. Ojalá pudiera reprimir el deseo de obtener satisfacción al azar.

No, eso sería pedir lo imposible. Además, después de una noche con Ashley y su aburrido (aunque muy atractivo) marido, tenía derecho a obtener un poco de alivio.

Y si Luca no se enteraba...

Jeromy era excelente en lo tocante a enterrar cualquier culpa que pudiera sentir. Además, nunca había prometido ser fiel a Luca, y permitir que un chico solicitado por Internet le practicara sexo oral no equivalía a ser un putón. Era como dedicarse al asunto de una manera muy distanciada.

Sí, así era. Sin emoción. Sin conexión. Tan sólo una veloz transacción sexual por dinero. Por la mañana, volaría a Miami, para ir a parar a los brazos de su novio superestrella.

Esperaba que la obesa ex esposa de Luca, Suga, no estuviera presente. La mujer era patética, con sus enormes pechos fofos, la voz chillona y esos ridículos rizos rubios. Ya era hora de que Luca se desvinculara de ella.

La idea de que su joven pareja hubiera estado con Suga le provocaba náuseas. Aunque intentaba no pensar en eso, había momentos en que no podía dejar de imaginarlos juntos. Suga, encima de Luca, aplastando su cuerpo perfecto con sus estrafalarias tetas, abierta de piernas para él, chupando su deliciosa polla. Las imágenes eran insoportables.

Lo que no podía entender era por qué Luca animaba a la vaca a seguir instalada en su vida. Cierto, tenían un hijo juntos, Luca júnior. Pero ¿por qué no podía Luca empezar a distanciarse de ellos? La mansión de Suga en Miami estaba a cinco minutos de la de su novio. Para Jeromy, no era una situación feliz.

Había tomado la decisión de que, cuando estuvieran en el yate de Kasianenko, insistiría en que vendieran la mansión de Miami y se alejaran de la señorita Tetas Suga, el mote que había adjudicado a la ex de Luca.

Ah, sí, quizás adquirirían una casa en la Belgrave Square de Londres, una casa que él pudiera decorar y transformar en un asombroso palacio para su joven amante.

Jeromy sonrió al pensar en la envidia de todos sus conocidos de Londres si convencía a Luca de trasladarse a Londres. Con su príncipe a remolque, podría reinar sobre todo el mundo. Desde luego, podría reinar sobre la acaudalada brigada gay que le había desdeñado por viejo cuando cumplió los cuarenta.

¡Viejo! Conocer a Luca había sido su salvavidas. Había demostrado a todos y cada uno de sus presuntos amigos que, él, Jeromy Milton-Gold, todavía contaba.

Jeromy Milton-Gold se había llevado el premio perfecto, y todos podían irse al cuerno. Tenía un novio rico y famoso, un negocio revitalizado, y estaba en la cumbre del mundo. Que les dieran por el culo a todos.

12

Hammond agitó la invitación ante las narices de Sierra como si fuera un arma.

—No vamos a desaprovechar esta invitación —dijo con brusquedad—. Y será mejor que procures presentar tu mejor aspecto. Aleksandr Kasianenko es un hombre extremadamente rico e influyente, y en caso de que seas demasiado estúpida para darte cuenta, necesito tener a gente como él de mi parte. Es un multimillonario que puede ayudarnos muchísimo.

—Querrás decir que puede ayudarte a ti —murmuró Sierra, con el deseo de estar en otra parte.

No había querido ir a verle a su despacho. Sin embargo, él había insistido en que fuera, y como de costumbre, ella había accedido.

Sufría un dolor de cabeza intenso, cosa que en los últimos tiempos le sucedía a diario.

—Eres una zorra miserable —rugió Hammond—. Dios mío, estás empezando a aparentar la edad que tienes. Por los clavos de Cristo, contrólate.

—Tal vez deberías deshacerte de mí —replicó Sierra con un destello de su antigua personalidad— y encontrar una modelo nueva. Estoy segura de que hay cantidad de carne fresca capaz de satisfacerte. ¿Qué me dices de la joven becaria que vi en el despacho cuando entré? Parece una buena candidata.

—Cierra la puta boca —contestó él con mirada gélida—. Eres mi esposa. Procura actuar como si te merecieras esa posición.

Sierra estaba a punto de replicar cuando el principal ayudante de Hammond, Eddie March, entró en el despacho. Eddie era todo lo contrario de su marido. Un hombre encantador, excelente en su trabajo y pletórico de entusiasmo juvenil. Era una joya.

En cuanto Eddie apareció, la actitud del ambicioso político cambió. De repente, se transformó en Hammond Patterson, el hombre tranquilo y encantador del pueblo.

—Deberías darte prisa, querida —dijo. Se volvió hacia su esposa y la besó en la mejilla—. Quiero que compres cualquier cosa que necesites para ser la mujer más hermosa de nuestro inminente viaje. Toma —añadió, introdujo la mano en el bolsillo y sacó una tarjeta American Express negra—. Compra lo que te parezca más adecuado. Sé que tienes un gusto impecable.

Sierra asintió. Estaba casada con el Dr. Jekyll y Mr. Hyde. Estaba casada con un hombre de muchas caras.

—Muy generoso por tu parte —comentó Eddie con una risita de admiración—. ¡Si le diera una tarjeta como ésa a mi novia, se largaría de la ciudad y nunca más volvería a verla!

Sierra sonrió cortésmente, al tiempo que pensaba: *Ojalá pudiera largarme y no volver nunca más*. Sólo sabía que escapar de las garras de Hammond era imposible. De una forma u otra cumpliría sus amenazas. No le cabía duda de que llegaría tan lejos como pudiera.

—Estás tan guapa como siempre —dijo Eddie, y sonrió a Sierra—. Mañana, tarde y noche. ¿Cómo lo haces?

—Sería prudente que dejaras de colmarla de halagos —dijo Hammond, con una mirada de afecto a su esposa—. Demasiados cumplidos se le subirán a la cabeza. Y eso me costará caro.

Sierra ya no podía aguantar más. La actuación del señor Encantador le daba ganas de vomitar.

—Será mejor que me vaya —dijo.

—Siempre un placer —comentó Eddie.

Ella pintó una sonrisa vacía en la cara y salió. Había tomado dos Xanax por la mañana para aplacar el dolor de su falsa existencia. Ahora, necesitaba otra píldora para acabar el día.

Las oficinas exteriores estaban llenas de gente que trabajaba para Hammond. Sus partidarios, su equipo, casi todos habían contribuido a su victoria.

Se preguntó qué pensarían si conocieran al verdadero hombre agazapado tras la fachada. ¿Lo descubrirían alguna vez?

No. Porque Hammond era un verdadero experto en ocultar su verdadera personalidad.

Nadia, la principal ayudante de Hammond, la detuvo antes de salir.

—Señora Patterson, nuestra nueva becaria es una gran admiradora. ¿Le importa que se la presente? Le alegraría el día.

—En absoluto —contestó Sierra con elegancia, mientras Nadia indicaba a la chica que se acercara.

La muchacha era rellenita y joven, con un leve sobrepeso, grandes pechos y una sonrisa llena de dientes.

—Le presento a Skylar —dijo Nadia—. Va a incorporarse al equipo en verano.

Sí, pensó Sierra, *del estilo que le gusta a Hammond, entusiastas e ingenuas. No tardará en destruir sus ilusiones.*

—Hola, Skylar —dijo con una cálida sonrisa—. Bienvenida.

—Gracias, señora Patterson —contestó la joven, emocionada por conocer a la popular esposa del senador—. Es un honor trabajar para el senador Patterson. Me siento muy afortunada.

Estoy segura, pensó Sierra. *¿Y seguirá siendo un honor cuando te agarre el culo y te pida que se la chupes? ¿Te enamorarás de él como la legión de chicas tontas previas a ti?*

—Que disfrutes el verano —dijo Sierra. *Que disfrutes mamándosela al senador sin obtener nada a cambio. Es inevitable. Un hecho de la vida. Pobre chiquilla, serás incapaz de resistirte a sus sinceros ojos castaños y sonrisa siempre a punto. Anda* con pies de plomo, porque te utilizará y luego te abandonará, como a todas las demás.

Salió y entró en el coche que la estaba esperando, con la tarjeta de Amex negra de Hammond aferrada todavía en la mano. ¿Qué iba a hacer con eso?

Ir de compras, por supuesto. Enfurecerle gastando más dinero del que él había pensado. Sólo le había dado la tarjeta para interpretar el papel de marido generoso delante de Eddie. Todo era para aparentar.

—Barneys —dijo al conductor—. Después, pararemos en Bergdorf's.

—Sí, señora Patterson —contestó el conductor, y puso en marcha el coche.

Sierra se reclinó contra la tapicería de piel. ¿Qué iba a hacer con su vida? ¿Cómo iba a escapar de Hammond?

La respuesta siempre la eludía.

13

Enviaron las invitaciones, y Bianca esperó con impaciencia a que llegaran las respuestas. Había dejado Moscú y a Aleksandr para unas fotos de la portada de *Vanity Fair* en Madrid. Dejar al hombre solo no era la situación perfecta, pero las fotos de *Vanity Fair* debían acompañar un largo artículo que conmemoraba su triunfal carrera y su trigésimo cumpleaños. Una cobertura tan excelente y prestigiosa era muy especial.

Bianca había sido una *top model* durante casi trece años, desde que una agencia de modelos la había descubierto a los diecisiete, cuando la vieron trabajar de camarera en el restaurante de sus padres. El hombre le había dicho que tenía posibilidades, y después le había dado su tarjeta.

Había tardado dos meses en reunir el valor para telefonearle. Y cuando había ido a su primera entrevista, había pedido a su novio, miembro de una banda latina, que la acompañara. Lo cual no complació al agente, quien había insistido en que el chico se quedara en la sala de espera, maniobra que no sentó nada bien al novio. Se había mostrado malhumorado durante todo el viaje de regreso a Queens, y habían roto unas semanas después.

El día que hizo sus primeras pruebas, había ido con su madre. Ésta, una mujer cubana atractiva, aunque algo desgastada por el trabajo, siempre había guardado en secreto su ambición de llegar a ser modelo.

Bianca era natural delante de la cámara. Reaccionaba por instinto, posaba de una forma u otra; hacía el amor con la cámara.

Cuando empezó su carrera de modelo, era joven y llamativa, con una fuerte personalidad. No tardó en convertirse en la favorita de los principales diseñadores. Esto enfureció a algunas de las modelos de más edad, quienes pensaban que era una trepa con una actitud demasiado altiva para ser una recién llegada.

Su ascensión irritó en especial al pequeño pero cerrado grupo étnico de modelos. Una en particular, Willow, hizo cuanto estuvo en su mano para sabotear las sesiones de fotos y los pases de modelos de Bianca. Willow era una gran belleza, también mestiza, y pensaba que no había sitio para las dos. Sin embargo, cuanto más intentaba sabotearla, más se resistía la flamante modelo. Al final, cuando Willow se dio cuenta de que Bianca no iba a desaparecer pronto, pactaron una tregua, y al cabo de un tiempo se hicieron amigas, e incluso llegaron a hacer una portada juntas para *Vogue*, posando una al lado de la otra.

Naomi Campbell, Tyra Banks, Beverly Johnson y Bianca, eran las mujeres de color más famosas en el mundo de la moda.

Bianca se entregó a su nueva vida. Pronto empezó a consumir drogas, hombres y fiestas, se acostaba con quien le daba la gana, hacía lo que le apetecía. Fueron tiempos divertidos, que incluían esnifar cocaína para desayunar y pasar las noches de club en club.

No afectaba a su trabajo. Era una estrella en su mundo, y disfrutaba cada minuto del estilo de vida decadente que había abrazado.

Sus diversas relaciones amorosas con hombres ricos, poderosos, famosos y, a veces, nobles, eran la materia de la que se alimentaban los periódicos sensacionalistas. Utilizaba a los hombres para su placer, y cuando se aburría de ellos, elegía otro.

Ya adentrada en la veintena se enganchó a la heroína gracias a un novio rockero, que pasaba de todo y de todos. Su familia y amigos, incluida Willow, intervinieron, y acabó en un programa de rehabilitación que duró seis torturantes meses.

Fue mientras estaba en rehabilitación cuando examinó a fondo su vida y decidió que había llegado el momento de pensar en lo que la hacía realmente feliz. No era la fama, la tenía a espuertas. No giraba todo en torno al dinero: se sentía muy cómoda a ese respecto. Era algo más. Deseaba por fin una verdadera relación, que no se desarrollara en las portadas de los periódicos sensacionalistas.

Sí. Necesitaba a alguien que quisiera a Bianca, la persona, no la imagen de ensueño.

Entonces, apareció Aleksandr, y fue como si hubiera vuelto a nacer.

Ah..., Aleksandr. Sonreía cada vez que pensaba en él.

El oligarca ruso nunca había consumido drogas, y no soportaba ver su foto en una revista. De hecho, lo detestaba. Prefería mantenerse alejado de los focos, aunque había tenido que acostumbrarse al hecho de que estar con Bianca significaba atención constante.

Aleksandr era un hombre de verdad en todos los sentidos. La quería a ella, no al icono que se había creado.

Ahora, había invitado a un selecto grupo de personas a que se reunieran en su nuevo yate lujoso provisto de los últimos avances tecnológicos, para celebrar su inminente cumpleaños, y estaba muy emocionada.

Habían discutido sobre a quién invitar, por supuesto, hasta que al final ella había cedido a las sugerencias de Aleksandr. No quería a nadie de lo que él llamaba «gente basura». Insistió en que sólo invitaría a la *crème de la crème*.

Y así fue. Aleksandr siempre conseguía lo que quería. Si bien ella había insistido en invitar a su amigo gay de tanto tiempo, la sensación de la canción latina Luca Pérez. Y también había invitado a Ashley Sherwin, que la había ayudado a decorar su apartamento de Londres.

Aleksandr no había discutido acerca de Ashley, porque hacía

mucho tiempo que admiraba a su marido futbolista, el muy atractivo Taye Sherwin.

Con una leve punzada de culpa, Bianca recordó que había ligado con Taye hacía tiempo, mucho antes de que conociera a Ashley y se casara con ella. Fue sólo una noche, en el curso de una fiesta descontrolada celebrada en Londres. Dudaba que el futbolista se acordara, y ella nunca se lo había dicho ni a Ashley ni a Aleksandr. ¡Dios no lo quisiera!

Los invitados elegidos por el ruso eran más sosegados. Incluían a la estrella de cine Cliff Baxter y a su novia actual. Al famoso senador Hammond Patterson y su esposa, Sierra. Y a Flynn Hudson, un escritor al que ella no conocía, pero al que Aleksandr ponía por las nubes.

Prometía ser un grupo estelar. Estaba decidida a que aquel viaje tan especial se convirtiera en una experiencia inolvidable.

14

Ashley no podía parar de mirar la invitación. Era tan elegante y sencilla, y al mismo tiempo rezumaba dinero y clase. Ardía en deseos de contarle a Jeromy que ellos también estaban incluidos en la lista. El señor y la señora Sherwin. El interiorista había intentado darse aires de superioridad, como de costumbre, sólo que ahora contaban con una verdadera invitación.

Ojalá Taye le hubiera mostrado la invitación anoche, antes de ir a cenar con Jeromy. Por algún motivo ignoto no lo había hecho, y no se la había enseñado hasta llegar a casa. Después, había tenido el morro de decirle que se moría de ganas de tener sexo.

Lástima. No estaba de humor.

A veces, Taye era demasiado exigente en lo tocante al sexo. Lo había hablado con algunas de sus amigas y, ante su sorpresa, todas le habían dicho lo mismo: «Tienes suerte de que se le empine». Por lo visto, casi todos los hombres que llevaban casados más de cinco años dejaban que su vida sexual se marchitara. O, al menos, la vida sexual con sus esposas.

Ashley no se consideraba nada afortunada. La irritaba el hecho de que Taye siempre la estuviera toqueteando en la cama, cosa de la cual habría podido pasar.

De hecho, para ella el sexo ya no tenía ningún atractivo. Era desaliñado y sucio, una tarea que se obligaba a realizar cada tanto sólo para satisfacer a su marido. Opinaba que Taye era insaciable. Sin embargo, también era un futbolista famoso, y sabía que si no condescendía, habría montones de mujeres dispuestas a lo que fuera.

Admiradoras incondicionales de los futbolistas. Estaban por todas partes, con sus falditas megacortas que dejaban al descubierto sus culitos prietos, tops sucintos, ridículos tacones altos, kilos de maquillaje, y un deseo ardiente de meterse en la cama con uno de «los chicos», como llamaban a sus presas.

Sí, Taye era uno de los chicos. Era el Chico Número Uno. El premio gordo.

Ashley dudaba con sinceridad que la volviera a engañar, sobre todo después de la última vez. El incidente con la chica de la página tres casi había terminado con su matrimonio, y de una cosa estaba segura: la adoraba, y también a los gemelos, y no querría correr el riesgo de perderlos, porque ella le había advertido en incontables ocasiones que, si alguna vez volvía a engañarla, habían terminado. *Finito*. Adiós. Se llevaría a los gemelos, y también la mitad de su dinero. Lo decía en serio, oh, sí, muy en serio.

Después de juguetear con la invitación, decidió que la impresión le habría salido muy cara. Se preguntó cuántas personas estarían invitadas y quiénes serían los demás, aparte de Luca Pérez y Jeromy.

Tal vez habría alguien de la familia real en la lista. Kate y Guillermo. ¡Qué guay sería surcar los mares acompañados de la realeza!

Tal vez enviaría un mensaje de texto a Bianca para preguntar quién más iba. ¿O sería de mal gusto?

Probablemente.

Había una tarjeta de contestación incluida, con sellos y preparada para enviar. Esta pareja no había querido escatimar en nada.

Bianca había pescado un ganador, y Ashley se alegraba por ella. Se habían hecho vagamente amigas cuando había intervenido en la decoración del ático de la modelo en Londres, hacía un par de años. Habían descubierto que tenían algo en común. Bianca era famosa, mientras que ella estaba casada con la fama.

Mientras compartían algunas comidas y se entregaban a los chismorreos, la *top model* le había contado historias acerca de los hombres con los que se había acostado. Era un material estupendo, y si bien Ashley no había visto a Bianca desde que ésta había ligado con el multimillonario ruso, no se había olvidado de ella, y de ahí la invitación.

Descolgó el teléfono y llamó a su madre. Tenía que contar a alguien lo de la invitación. Además, no quería que los irritantes padres de Taye se trasladaran a su casa durante su ausencia. Era mejor que lo hiciera su madre y vigilara a los gemelos, aunque tuvieran una canguro que vivía con ellos.

Elise no se sintió muy entusiasmada por la llamada.

—Sólo me llamas cuando necesitas algo —gimoteó.

¿Y qué?, pensó Ashley. *¿No están para eso las madres?*

—Echa un vistazo a esto —dijo uno de los compañeros de equipo de Taye, al tiempo que extendía hacia él un móvil—. Me he bajado un montón de estos melones.

Taye cogió el teléfono y contempló con nostalgia una foto de una morenita desnuda, provista de unas tetas descomunales, sentada en una silla de cara a la cámara, con las piernas bien abiertas. Tenía cara de puta, pero fueron las tetas lo que llamó su atención. Eran enormes, con oscuros pezones erectos, muy diferentes de los de Ashley, aunque desde que se las había aumentado de tamaño, las suyas eran bastante espectaculares. No podía quejarse.

Sintió que Mamut se erguía (el nombre con el que había bautizado a su pene cuando tenía doce años), y trató de ocultar su vergüenza por sufrir una erección tan sólo mirando las tetas de una mujer.

—¿Quién es? —murmuró.

—Una admiradora —contestó el otro jugador—. Me envía una nueva foto guarra cada semana. Un buen par de tetas, ¿eh?

—Será mejor que tu mujer no las vea.

—A mi mujer no le importaría una mierda. Eres tú el que está atado de pies y manos.

—Cuidado —advirtió Taye.

—Venga, colega —dijo su compañero con una risita de complicidad—. Todo el mundo sabe que Ashley te tiene cogido por las pelotas.

—Hazme un favor y déjalo correr —masculló Taye, con los ojos encendidos.

—Ve a hacerte una paja —rió su compañero—. Tienes pinta de necesitarlo.

Mamut estaba desmelenado. Taye fue al lavabo de hombres, se encerró en un cubículo y ayudó a Mamut a desfogarse.

¡Cojones! Esto no sucedería si Ashley le dejara acercarse a menos de tres metros de su precioso coñito. Le estaba privando de sus derechos conyugales, y eso no era justo. Necesitaba sexo. Se moría de ganas por tener sexo, pero ¿qué debía hacer un tío cuando su mujer tenía los muslos más apretados que las esposas de David Blaine?*

¡Joder! Menuda situación de mierda.

Amaba a su esposa, de eso estaba seguro. Pero ¿de veras creía que iba a quedarse sentado y aceptar su regla de practicar el sexo una vez al mes?

Y una mierda. Él era Taye Sherwin. Las mujeres le deseaban. Le escribían cartas explícitas de adoración, inundaban sus cuentas de Facebook y Twitter, merodeaban a la salida de cada partido por si había suerte. Podría echar veinte polvos al día si lo deseara.

Las cosas tendrían que cambiar, ¿y qué mejor ocasión para

---

* Famoso ilusionista escapista estadounidense. (*N. del T.*)

dejar claro el asunto que durante el inminente crucero de Ka-sianenko?

Sí, sería el momento de la confrontación, y Taye estaba por fin preparado.

15

Xuan envió a Flynn un mensaje de texto breve. *Por supuesto,* decía. *¿Dónde y cuándo?*

Dentro de diez días, fue la respuesta. *Ven a buscarme a París, nos iremos juntos.*

A Flynn le gustó que Xuan hubiera accedido a acompañarle en el viaje. Encontraba estimulante su compañía, e intuía que a Aleksandr le pasaría lo mismo. Por una vez, le apetecía algo que no implicara trabajo. Era un cambio agradable. Necesitaba mucho descansar.

Su camino se había cruzado por primera vez con el de Aleksandr varios años antes, cuando se encontraba en Moscú investigando una famosa banda criminal. El cerebro del grupo, Boris Zukov, residía en un lujoso apartamento a las afueras de Moscú, junto con su novia estríper francesa, la cual no era contraria a conceder entrevistas anónimas a cambio de dinero, con el que alimentaba su drogadicción secreta. Flynn tenía un contacto que le puso en comunicación con ella, y durante el curso de una entrevista muy interesante e informativa, había descubierto que, aparte de las drogas y el tráfico de armas, existía un plan para secuestrar a una de las tres hijas de Aleksandr Kasianenko para solicitar un enorme rescate. Seis meses antes, habían secuestrado a la hija de otro hombre rico, y a pesar de que la familia pagó el rescate, la niña fue brutalmente asesinada.

Flynn comprendió el alcance de la información, y en lugar de acudir a la policía, hizo lo que consideró más correcto, es decir, fue a ver a Kasianenko. Fue una jugada inteligente, y muy acertada, pues el oligarca ruso se encargó del problema a su manera y el secuestro no tuvo lugar.

Veinticuatro horas después, Boris Zukov había muerto al caer accidentalmente por la ventana de su elegante apartamento, situado en el piso catorce del edificio.

Nadie pareció preocuparse demasiado por el «accidente», salvo tal vez el hermano menor de Boris, Sergei, quien se enfureció por la inoperancia de la policía. Por lo visto, les daba igual. Para ellos, la muerte de Boris Zukov era un alivio. Un criminal cruel menos con el que lidiar.

Flynn pensó que, a pesar de que los negocios de Aleksandr eran legales, también era un hombre que sabía ocuparse de las cosas en plan «Conmigo no juegues». Y le admiraba por eso.

Se habían encontrado varias veces durante los años siguientes, y forjaron una amistad como sólo pueden hacerlo hombres fuertes. Ninguno deseaba nada del otro, y se llevaban de maravilla.

Habían transcurrido dos años desde la última vez que se reunieron, y Flynn tenía ganas de volver a verlo. Todavía lo admiraba. Implacable, pero honrado. Una mezcla interesante.

Se quedó sorprendido cuando leyó que Aleksandr había ligado con Bianca, la famosa *top model*, pues tenía la impresión de que era un hombre felizmente casado. Por lo visto, ahora las cosas eran diferentes.

La última vez que le había visto, el ruso le había llevado a un club elegante situado en la esquina de su hotel, y se ofreció a pagarle los servicios de una de las atractivas mujeres sentadas en taburetes o a las mesas. El lugar estaba lleno de mujeres impresionantes, pero había muy pocos hombres.

—¿Esto es un burdel? —había preguntado Flynn, algo divertido.

Aleksandr lanzó una risita.

—Si lo fuera, lo habrían cerrado hace años —dijo—. Es un club privado, y si un hombre quiere alquilar una habitación de arriba para pasar la noche, es algo que queda entre él y la dama en cuestión.

Flynn rió.

—Nunca he pagado por eso, y no voy a empezar ahora. Pero tú haz lo que quieras.

—¿Yo? —replicó Aleksandr, impasible—. Soy un hombre felizmente casado, Flynn. Yo no engaño. Demasiado caro. Demasiado complicado.

Y ahora ya no era complicado.

Pasar la mitad de su vida en un avión no constituía ninguna novedad para Xuan. Además, le gustaba volar. Una de sus ambiciones insatisfechas era tomar lecciones y obtener el permiso de piloto. Era algo que se había prometido, y que haría algún día.

Martha, una holandesa que residía en Ámsterdam, había ofrecido a Xuan todo cuanto quisiera si dejaba de viajar por el mundo y se iba a vivir con ella. «Incluidas lecciones de vuelo», le había prometido.

—Cuando tenga setenta y cinco años —había bromeado la periodista.

Martha tenía cincuenta años, estaba divorciada, era rica y atractiva, con aceptables habilidades en la cama. Xuan no se sintió tentada; disfrutaba demasiado de su independencia.

Tras despedirse de Deshi, paró un taxi y fue a ver a un grupo de mujeres pobres y a sus hijos, que vivían en un batiburrillo de barracas ruinosas a las afueras de Saigón. Cogió ropa y comida, y todo el dinero que pudo reunir, y pasó varias horas con ellas, jugando con los niños, riendo y charlando con las mujeres que, pese a sus circunstancias, eran sorprendentemente optimistas.

De nuevo en el hotel, pensó muy seriamente en Flynn y en su viaje. Sin duda sería una pasada. Gente rica y consentida de vacaciones, hundida hasta las rodillas en el lujo.

¿Sería capaz de soportarlo?

Lo intentaría por el bien de Flynn. Y si la cosa se desmadraba, se largaría sin más. Eso era lo guay de no tener raíces: cuando llegaba el momento de marchar, nada ni nadie podía detenerte.

16

Lori tomó una firme decisión. No iba a permitir que el miedo se apoderara de ella. Era una superviviente, podía afrontar aquello. Si había tenido que enfrentarse a tanta mierda en su vida, ¿iba a asustarse de dos animales salvajes sarnosos?

Miró con determinación a los dos coyotes, y después, como no se movieron, empezó a chillar y a mover frenéticamente los brazos en el aire, como si estuviera loca.

—¡Que os den por el culo, pequeños monstruos! —gritó—. ¡Largaos de aquí, maldita sea!

Fue como si un ángel estuviera cuidando de ella, porque de repente los dos coyotes dieron media vuelta y se adentraron entre los matorrales. Así como así.

—¡Mierda! —se maravilló—. ¡Lo he conseguido!

Entonces, cuando estaba a punto de utilizar el teléfono para pedir ayuda, apareció un joven corredor. Llevaba un bañador de surfero, una camiseta de la UCLA sin mangas y una banda elástica para impedir que su pelo rubio le cayera sobre los ojos.

Durante un breve momento, ella se quedó hipnotizada por las piernas paradas a su lado, bronceadas y fuertes, piernas de atleta. No podría contar más de dieciocho años, de modo que apartó la vista con un esfuerzo.

—Oí gritos —dijo el chico—. ¿Se encuentra bien?

—Ahora sí —contestó ella, más tranquila—. Esos malditos coyotes parecían decididos a devorarme.

—Qué barbaridad —comentó él, mientras se rascaba la barbilla—. ¿Se ha hecho daño?

—Sólo en el tobillo. Sobreviviré.

—¿Necesita ayuda?

—Creo que sí —respondió vacilante, y trató de levantarse.

—Bien —dijo él, y extendió la mano para ayudarla a ponerse en pie—. No debería correr sola. Eso le digo siempre a mi madre.

¡Su madre! Tenía veinticuatro años, por el amor de Dios. ¿Por qué la estaba comparando con su madre? Tal vez se le estaba contagiando la edad avanzada de Cliff.

—Siempre corro sola —contestó, al tiempo que disfrutaba del intenso olor a sudor fresco que emanaba de la axila de su salvador—. Por lo general, lo hago con mis perros.

—¿Son grandes o pequeños? —preguntó el muchacho—. Porque si son pequeños, los coyotes se los comerán.

—Son grandes —precisó Lori, y se reclinó contra él.

—Cuanto más grandes mejor.

Ella se preguntó cuántas chicas le habrían dicho aquellas palabras, porque el paquete que marcaba el bañador de surfero dejaba poco a la imaginación.

—Sí —logró articular, al tiempo que asía su brazo y se encogía cuando su pie tocó el suelo.

—Puedo llevarla en brazos, si no puede caminar —sugirió el chico.

Qué amable. No le importaba en absoluto. Podría ir oliendo su axila durante todo el camino hasta el aparcamiento.

—Eres muy amable —dijo—. Si no te importa que me coja de tu brazo, creo que lo podré conseguir.

—Entendido.

—¿Estás seguro de que no te importa?

—No. De todos modos, ya iba a dar media vuelta.

—¿Cómo te llamas?

—Chip. ¿Y tú?

—Eh... Lori.

—Vale, Lori —dijo, mientras ella pasaba un brazo alrededor de su cuello y él aferraba su cintura—. Vamos pues.

El teléfono de Lori no contestaba. Saltaba el buzón de voz. Cliff no pensaba decirle que Kasianenko les había invitado a su yate hasta que pudiera verla estremecerse de entusiasmo. Se sentiría muy emocionada.

¿Dónde estaría? ¿Qué hacía todo el día mientras él estaba ocupado trabajando?

Cosas de chicas, pensó. Ir de compras, manicura y pedicura, Pilates, calceta, chorradas por el estilo.

Sabía que estaba desesperada por conseguir un trabajo de actriz, pero a la estrella no le parecía justo imponer a su novia en una película. Aunque podría conseguirlo si así lo deseaba. Pero no quería, tenía que procurar que no le utilizara para eso, y, además, ¿qué eran las actrices? Simples egomaníacas con tetas y estilistas. Había tenido algunas novias actrices, y siempre acababan montando escenas histéricas y corriendo a las revistas sensacionalistas con historias inventadas.

Se acabaron las actrices para Cliff Baxter. Joder, no.

Cogió el móvil, llamó a Enid y le dijo que le reservara una mesa en el jardín del Polo Lounge para aquella noche. Se lo diría a Lori entonces, y más tarde ella podría demostrarle su agradecimiento a su manera tan especial.

Sí, Cliff Baxter no hacía nada a menos que le conviniera.

17

Cuando Jeromy estaba en casa, el servicio corría de un lado a otro en estado de alerta. El interiorista era un feroz tirano que esperaba la perfección siempre y en todo momento. También insistía mucho en observar las normas, sus normas. Todo tenía que hacerse conforme a ellas, incluso la disposición de las ollas y sartenes en la cocina. Cada objeto tenía que estar inmaculado, no podía haber una mota de polvo en ningún sitio.

Por su parte, Luca era de lo más despreocupado. No podía importarle menos que los almohadones no estuvieran dispuestos a la perfección. Le daba igual que un cuadro estuviera torcido o no hubieran hecho la cama siguiendo las estrictas especificaciones de Jeromy.

Cuando su amante estaba ausente, reinaba la paz. Cuando estaba en casa, ¡cuidado!

El servicio adoraba a Luca.

El servicio odiaba a Jeromy.

Después de llegar de Londres y disfrutar de un mojito en la terraza con su joven novio, Jeromy exhibió la codiciada invitación y le informó de que tenían que ir por fuerza.

Luca la examinó y preguntó quién más iría en el viaje.

—¿Cómo quieres que lo sepa? —preguntó Jeromy con un encogimiento de hombros—. Aunque ya puedes estar seguro de que será gente de categoría.

Luca arrugó la nariz. Había momentos en que Jeromy decía cosas absurdas. ¿Qué significaba exactamente «gente de categoría»? Debía de ser una de las extrañas expresiones inglesas de su novio.

—Claro que iremos —dijo, al tiempo que se reclinaba en la tumbona—. No vuelvo a los estudios de grabación hasta septiembre, de modo que me va bien.

Jeromy se sintió complacido.

—Deberíamos ir de compras —anunció, con los ojos brillantes al pensar en un vestuario nuevo—. La ropa de *sport* de Valentino de este año es divina. Los dos hemos de engalanarnos. ¿Tal vez esmóquines blancos a juego?

—¿Por qué no?

Jeromy asintió, mientras fantaseaba con lo bien que quedarían con esmóquines iguales.

—Tal vez llame a Bianca para saber quién más viene —dijo Luca—. Quizás haya sitio para Suga y Luca júnior.

Jeromy se sentó muy tieso, y estuvo a punto de derramar su bebida. ¿Había oído bien? ¿Luca había enloquecido? ¿De veras pensaba que podría conseguir una invitación para Suga Tetas y el crío?

No. No podía ser. Había que detenerlo de inmediato.

—Eso no es aceptable —dijo, y las palabras casi se le atragantaron en la garganta—. Me…, mmm…, incomodaría muchísimo.

—¿Te incomodaría? —preguntó Luca, intentando pasar por alto el hecho de que Jeromy no podía soportar a Suga—. ¿Y eso?

—Estuviste casado con esa mujer —replicó el interiorista en tono desdeñoso—. Su presencia en el viaje me haría sentir incómodo. Además, no estaría bien visto empezar a añadir invitados. Se trata sin duda de un viaje muy especial, y estoy seguro de que los invitados han sido escogidos personalmente por el anfitrión.

Luca se encogió de hombros.

—Creo que sería una estupenda sorpresa para Suga —comentó, muy poco entusiasmado por la actitud de su novio—. Necesita que le levanten el ánimo.

Levantarle el ánimo, y una mierda, pensó Jeromy con amargura. *Esa zorra podría iluminar Piccadilly Circus con sus falsas sonrisas.*

—Y exactamente, ¿por qué necesita que le levanten el ánimo? —preguntó con los dientes apretados.

—La venta de entradas para sus conciertos está bajando —explicó Luca—. Es una especie de golpe para su ego.

¡Ya!, pensó Jeromy. *Haría falta algo más que un golpe para destrozar el enorme ego de esa mujer. Haría falta una explosión nuclear.*

—Lo siento —dijo tirante—. ¿No se te ocurre otra cosa para levantarle el ánimo?

—¿Por ejemplo?

Y a quién le importa.

—No lo sé —admitió Jeromy—. Deberíamos pensar en algo. Entre los dos se nos ocurrirá alguna cosa.

Luca asintió, aunque no estaba seguro de poder confiar en que Jeromy hiciera lo correcto.

Entretanto, éste no albergaba la menor intención de inventar algo. La diva irritante no era su problema.

Entonces, tras decidir que se imponía un cambio de tema, se inclinó hacia delante y pellizcó con delicadeza el pezón de Luca.

—¿Me has echado de menos? —ronroneó—. ¿Te has portado bien?

—¿Y tú? —replicó Luca. Tal vez él fuera la superestrella de la pareja, pero sospechaba que Jeromy era el putón. No le molestaba, porque sabía que a su novio le gustaban cosas que a él no. Sólo confiaba en que fuera cauteloso y no volviera a casa con alguna enfermedad contagiosa.

—Yo nunca te engañaría, precioso mío —ronroneó el interiorista, de una forma muy poco típica de él, mientras sus largos dedos acariciaban los abdominales aceitados de Luca.

—Pues claro que sí —dijo el cantante, al tiempo que sentía

el inicio de una erección. Se levantó. No sería elegante dejar que Jeromy se la chupara con el servicio merodeando cerca—. Vamos dentro —sugirió.

—Te sigo enseguida —dijo Jeromy, mientras pensaba en el jovencito de Londres, el muchacho de la lengua hábil y la actitud hosca.

En su relación con Luca había descubierto que siempre era él quien debía practicar la felación, siempre era él quien adoptaba la postura sumisa.

Pero eso era lo que le gustaba a Luca. Y como el que tenía el dinero tenía el poder, siempre era su joven novio el que mandaba.

Jeromy aún no le había llevado la contraria.

18

—Te das cuenta de que lo has conseguido todo, ¿verdad? —dijo Clare, la hermana de Sierra, con un suspiro de envidia.

Era una mujer bonita, pero ni mucho menos tan encantadora como Sierra. El pelo de Clare era castaño, no rojizo dorado. Tenía los ojos muy juntos, no separados como los de Sierra. Pero había compensado estas deficiencias afilando sus habilidades intelectuales, y también creando una vida familiar cálida y maravillosa.

—Encima —continuó—, estás a punto de hacer un viaje increíble.

Claro, pensó Sierra. *Increíble.*

—Ojalá pudiera ir yo —dijo Clare en tono melancólico—. Me lo tendrás que contar todo. Oh, sí, no te olvides de llevar un diario. He de saberlo todo, todos los detalles. —Otro largo suspiro—. Qué suerte tienes.

No, eres tú la que tiene suerte, pensó Sierra. *Tú, con tu cómoda casa en Connecticut. El osito de peluche de tu marido y tus tres maravillosos hijos. Por no hablar de tu triunfal carrera de escritora.*

—Mmm, sí —murmuró Sierra—. Lo haré.

—¿Tienes idea de quién más irá? —preguntó Clare, mientras se inclinaba sobre la mesa del restaurante, ávida de noticias jugosas.

—No.

Tomó un sorbo de su Martini. Una maniobra audaz a la hora de comer, pero qué demonios… Emborracharse tal vez fuera lo que necesitaba. Oh, sí, a Hammond le encantaría, pensó, y reprimió una risita. Una esposa borracha del brazo. Una esposa vestida para impresionar y cocida por completo.

—¿De qué te ríes? —quiso saber su hermana.

De la locura de mi presunta vida perfecta, pensó Sierra.

—No lo sé —contestó vagamente—. De nada. De todo.

—Por el amor de Dios, no adoptes uno de tus estados de ánimo raros —suplicó Clare—. ¿Y por qué bebes tan temprano? ¿Qué te pasa?

—Porque soy la mujer de un político —replicó Sierra—. Vamos de compras. Bebemos. Estrechamos manos. Abrazamos bebés. Eso hacemos.

Clare sacudió la cabeza en señal de desaprobación.

—No sé qué te pasa hoy —dijo con el ceño fruncido—. Estás diferente.

—Ojalá —murmuró Sierra *sotto voce*.

—¿Perdón?

—Nada —dijo, y tomó otro sorbo de Martini.

—¿Alguna noticia en el apartado infantil? —preguntó Clare. Era la misma pregunta que no paraba de repetir desde que Sierra se había casado con Hammond.

—Creo que no soy fértil —contestó, pues no quería confesar a su hermana que su marido y ella nunca practicaban el sexo. Él no la deseaba para eso, y ella a él tampoco.

—Tal vez sea él —sugirió Clare—. A veces es culpa del hombre.

—¿Puedo recordarte que él ya tiene una hija?

—Eso da igual —dijo su hermana, pues quería dejar bien clara su intención—. Debería someterse a un análisis.

—No estoy segura de querer tener una familia —observó Sierra, y se zampó el resto del Martini.

—Eso es ridículo. Pues claro que quieres.

Sierra se dio cuenta de que estaba perdiendo la paciencia. ¿Por qué no aparcaba Clare el tema?

—¿Sabes una cosa? —preguntó.

—¿Qué?

—Me gustaría que me hicieras un gran favor y dejaras de darme siempre la tabarra con eso.

Su hermana sabía cuándo debía cambiar de tema.

—He recibido un mensaje de texto de Sean —dijo, al tiempo que bajaba la voz y echaba una mirada furtiva a su alrededor, como si el camarero de edad madura parado cerca estuviera interesado en lo que decía.

—¿Qué quería? —preguntó Sierra, pensando en su hermano marginado de veintinueve años, que vivía en una cabaña de playa destartalada en Hawái con una divorciada de cuarenta y dos portorriqueña.

—¿Qué crees qué quería? —replicó Clare. Después, contestó a su propia pregunta—. Dinero, por supuesto.

De hecho, tras reflexionar, Sierra se dio cuenta de lo mucho que envidiaba a Sean. Debía ser muy relajante estar sentado en la playa todo el día sin hacer nada, y suplicar caridad a la familia.

—Le envié quinientos dólares hace dos semanas —dijo.

Clare frunció todavía más el entrecejo.

—Pensaba que habíamos acordado no enviarle más dinero.

—Me dijo que tenía un problema dental y que padecía dolores terribles. No pude negarme. ¿Qué debería haber hecho?

—Oh, Dios mío, Sierra, eres tan crédula. ¿Cómo te pudo engañar así? Ya sabes que es un mentiroso compulsivo.

—Sí, lo sé, pero ten un poco de compasión. También es nuestro hermano.

—No pienso enviarle ni un centavo más —dijo Clare, mientras sacudía con tozudez la cabeza—. Me da igual que mendigue. Es un adulto, y ya es hora de que empiece a actuar como tal. Además, deberías dejar de mimarle, porque eso es exactamente lo que estás haciendo.

—No le estoy mimando —protestó Sierra—. Le estoy ayudando.

—No, no le estás ayudando en absoluto.

Sierra estaba demasiado cansada para discutir con su hermana. Tenía muchas ganas de volver a casa, meterse en la cama y dormir. La depresión se estaba cerniendo sobre ella como una nube negra, presentía que se acercaba. En otro tiempo, la vida se le había antojado llena de promesas. Ya no.

¿Cómo había permitido dejarse arrastrar a un lugar tan desdichado?

¿Era porque estaba casada con Hammond?

Eran preguntas que podía responder si quería. Sin embargo, siempre era más fácil olvidar.

—¿Cuántos años tienes, querida? —preguntó Hammond, reclinado en la silla del escritorio, mientras sus ojos inspeccionaban hasta el último centímetro de la última becaria que se había incorporado al equipo.

Skylar parpadeó rápidamente. No podía creer que estuviera en presencia del senador Patterson, y que estuviera enterado de su existencia. Todo era muy emocionante. A principios de aquel día le habían presentado a la señora Patterson, ¡y ahora esto!

—Eh… Voy a cumplir diecinueve la semana que viene —dijo nerviosa—. Y, mmm… Me gustaría decirle que es un honor trabajar aquí. Soy una gran admiradora suya, senador, y de su esposa también, por supuesto.

—Qué amable —dijo Hammond, y sus honrados ojos castaños adoptaron el modo rayos X mientras le quitaba diestramente la ropa. Observó que tenía pechos muy grandes y anchas caderas. No era perfecta como Sierra. No era una belleza, pero sí bastante atractiva.

Sentado detrás de su escritorio, se imaginó acomodando el

pene entre sus grandes pechos, mientras lo subía poco a poco y se corría sobre su cara sorprendida.

Después de la sorpresa inicial, le llegaría a gustar. A todas les pasaba igual.

—Bien, Skylar —dijo, mientras juntaba los dedos y formaba un pequeño arco—, bienvenida al equipo. Aquí todos creemos en el trabajo en común. A veces, hasta muy avanzada la noche. —Una larga pausa—. ¿Te molestaría eso?

—¿Perdón? —preguntó Skylar, sin cesar de parpadear.

—¿Te molesta trabajar hasta tarde? —preguntó paciente Hammond, pensando que la chica era un poco lenta.

—No, no, en absoluto —contestó Skylar, entusiasmada—. Para eso estoy aquí.

No, pensó él, *estás aquí para satisfacerme sexualmente. Y lo harás. Oh, sí, lo harás. Ya llegará tu turno. Y pronto.*

19

El divorcio nunca es fácil, pero Aleksandr Kasianenko estaba dispuesto a conceder a Rushana, su esposa durante diecisiete años y madre de sus tres hijas, todo cuanto quisiera. Por desgracia, lo que Rushana quería era seguir casada con él, de modo que ella y su abogado le estaban poniendo las cosas lo más difíciles posible, de una forma innecesaria.

Aleksandr estaba más que irritado. Le había ofrecido todo cuanto podía desear, y no obstante siempre aparecía un nuevo obstáculo.

El divorcio no era culpa suya. No había planeado enamorarse de Bianca, sino que había sucedido, y Rushana debería aceptarlo.

Estaba decidido a proponer matrimonio a la modelo durante el inminente crucero en yate. Lo haría tanto si fuera libre como si no. Ya había comprado el anillo, una rara esmeralda de dos millones de dólares rodeada de diamantes. Era un anillo perfecto, digno de la mujer con la que pensaba casarse. A Bianca le encantaría, tanto como le quería a él.

Nunca había conocido a una mujer como ella. Tan hermosa y, sin embargo, tan independiente y fuerte. Y apasionada. En el dormitorio, le complacía de todas las maneras posibles.

Sí, Aleksandr disfrutaba de todas las facetas de Bianca, aunque habría podido pasar de la fama. Los molestos fotógrafos que la seguían a todas partes. Los irritantes admiradores que no sabían mantener las distancias. Los parásitos que solían rodearla. Y encima, Internet, donde la gente inventaba historias ridículas cada día.

Tras un año de amor, había aprendido a hacer caso omiso del caos que la rodeaba. Bianca era suya, y nada podría cambiar eso jamás.

Sin embargo, mentiría si decía que no disfrutaba de la paz que reinaba a su alrededor cuando ella estaba en otro país. Podía pasear por la calle sin que nadie le molestara, sin fotógrafos que le pisaran los talones.

Su fiel guardaespaldas siempre estaba presente: Kyril, un hombre corpulento que vigilaba todos sus movimientos, porque cualquier precaución era poca. Aleksandr era muy consciente de que tenía enemigos, eran gajes del oficio. Era un hombre de negocios multimillonario, que a lo largo del camino había despertado el odio de un buen puñado de gente. La gente sentía celos de su riqueza. Rivales de negocios. Los dos hermanos pobres de su esposa, quienes pensaban que habría debido hacer más por ellos. No era suficiente que les hubiera comprado una casa a cada uno y conseguido empleos en que habían fracasado. ¿Es que debería mantener sus culos perezosos eternamente?

No. Con el divorcio se liberaría de la dependiente familia de Rushana.

Lo único que lamentaba era que ya no viviría con sus tres hijas. Se quedarían con su madre, lo cual era justo. Las vería siempre que deseara, pero como residían en su antigua casa, a unos veintitrés kilómetros de Moscú, no sería fácil encontrar tiempo.

Aún tenía que presentarles a Bianca, aunque esperaba hacerlo en los meses venideros. No era alentador que la última vez que se habían visto, Mariska, la menor, hubiera dicho: «Mamá nos ha dicho que tienes una novia, una puta norteamericana. ¿Qué es una puta, papá?»

Aleksandr se enfureció. Rushana tendría que aprender a contener su lengua. No soportaría que insultara al amor de su vida.

Después de Madrid, Bianca fue a París, con la intención de entregarse a las compras y a la diversión desenfrenada. Conocía a todos los diseñadores, los cuales se sentían complacidos de plegarse a sus deseos, porque siempre que ella se fotografiaba con alguno de sus modelos, las ventas aumentaban. Bianca era muy ducha en negociar descuentos increíbles, aparte de que lograba obtener muchas cosas gratis.

Se sentía muy entusiasmada con el viaje. Tenía la sensación de que iba a pasar algo especial. No tenía ni idea de qué, pero conociendo a Aleksandr sería espectacular.

Contaba con legiones de amigos en París, sobre todo en el mundillo de la moda, y sobre todo gays. Pensaba volar a Moscú al día siguiente, pero entretanto llamó a varios amigos, y todos se reunieron para tomar unas copas en el plaza Athenée, antes de ir a celebrar una cena decadente en su bistro favorito, L'Ami Louis, donde todo el mundo se ponía las botas con las divinas croquetas de patata salteadas en grasa de pato, y el buey a la parrilla, asombrosamente tierno. Como postre pidieron fresitas del bosque con *crème fraîche*. Fue un banquete decadente.

Bianca comió de todo. Por lo general, vigilaba su dieta, pero aquella noche tenía ganas de desmelenarse.

Después de cenar, su peluquero ocasional, Pierre, sugirió ir a un club. Terminaron en Amnesia, un bar sobre todo gay con sonidos increíbles.

Bianca bailó toda la noche sin la menor inhibición. Cuando salía con Aleksandr, pensaba que debía comportarse, restringir su lado salvaje estrictamente al dormitorio. Aquella noche tocaba desenfreno, y puesto que los *paparazzi*, siempre al acecho, no tenían ni idea de que se encontraba en París, era libre para comportarse sin trabas.

Ay... ¡Libre de cámaras indiscretas! Oh, cómo le gustaba eso.

Sin embargo, lo que no había tenido en cuenta eran los supuestos amigos con teléfonos móviles. Y mientras se desmelenaba, uno de ellos estaba capturando imágenes que pronto saldrían a la venta.

Su amigo, Pierre, tal vez fuera gay, pero ¿lo sabía el resto del mundo?

Por supuesto que no. Así que fotos de Bianca mientras le abrazaba y besaba, bailando con una falda tan corta que cualquiera podía observar que no llevaba bragas, contorsionándose contra un poste de estríper, y dando brincos sin parar... Bien, esas fotos eran oro puro. No tardarían en inundar Internet.

Entretanto, Bianca ignoraba por completo que le estaban tomando fotos. Bailó toda la noche con una sonrisa en la cara, y se lo pasó de miedo.

20

Si había una cosa que Ashley odiaba era que su madre intentara darle consejos, como si tuviera idea de lo que hablaba. Tres matrimonios fracasados y un empleo en unos grandes almacenes a su edad. ¿Quién le iba a hacer caso?

Ella no, desde luego, porque se consideraba muy adelantada a su madre. Había ascendido en la vida, muy lejos de sus humildes inicios. No sólo estaba casada con un famoso jugador de fútbol, sino que, todavía más importante, formaba parte de un equipo de interioristas de mucho éxito. Haberse asociado con Jeromy había sido una jugada inteligente por su parte. El interiorista gay gozaba de una reputación estelar, y ahora que estaban trabajando codo con codo, ella también.

Bien, más o menos codo con codo, porque no eran socios a partes iguales, aunque Taye hubiera invertido dinero en el negocio. Cuando había empezado a trabajar con él, Jeromy le había concedido el título de consultora creativa. Al principio, se había ofendido un poco, pero hasta el momento había funcionado bien. Siempre que Jeromy tenía un cliente célebre, le permitía contribuir con ideas. Al principio resultó divertido, pero después cayó en la cuenta de que siempre la presentaba como Ashley Sherwin, la esposa de Taye Sherwin.

Eso la cabreaba. ¿No era suficiente ser Ashley Sherwin? ¿Tenía que insistir Jeromy en que era la esposa de Taye? ¿De qué iba?

Cuando sucedió en dos ocasiones seguidas, le llamó la atención al respecto, y subrayó que no era necesario mencionar a Taye.

Jeromy se quedó confuso y adoptó una actitud muy gay.

—Lo siento muchísimo, corazón —ronroneó—. Jamás haría algo que pudiera molestarte.

Después de eso, dejó de pronunciar el nombre de Taye delante de ella, aunque de una forma u otra los clientes parecían enterados.

Al final, se había quejado por segunda vez, lo cual provocó que Jeromy adoptara una actitud más gélida.

—¿Es culpa mía que Taye y tú salgáis fotografiados dondequiera que vayáis? —preguntó, con un imperioso fruncimiento de labios—. La gente te reconoce, querida. Además, es bueno para el negocio. Ve acostumbrándote, de lo contrario te sugeriré que permanezcas alejada de las revistas.

Era cierto, no podía discutir la lógica de Jeromy. Ella y Taye eran un ingrediente básico de todas las revistas. Solían aparecer en las portadas de *Heat* y *Closer*. Y *Hello* y *OK!* habían llevado a cabo numerosos reportajes gráficos «caseros» de ella, Taye y los gemelos. En cuanto a Internet..., sus fotos estaban por todas partes. La página de Facebook de Taye tenía millones de seguidores, insistía en tuitear él en persona, y de vez en cuando colgaba fotos íntimas familiares que había tomado con su cámara Nikon favorita, un regalo de cumpleaños del que Ashley se arrepentía ahora. Siempre estaba intentando plasmarla desprevenida, y después colgaba las estúpidas fotos de ella dormida o medio desnuda.

El problema consistía en que Jeromy tenía razón, salía en todas las revistas, y eso era bueno para el negocio, de modo que al final dejó de protestar.

En cuanto Ashley invitó a su madre a quedarse en casa mientras estaban de viaje, la mujer se trasladó, aunque ella había insistido en que era demasiado pronto.

—No nos vamos hasta dentro de una semana —subrayó—. No hace falta que te instales tan pronto, mamá.

—Lo sé —replicó Elise, ansiosa por huir de su diminuto apartamento—, pero quiero que los gemelos se acostumbren a mi presencia. Y a ti no te importa, ¿verdad, Taye? —añadió, sonriendo con afectación a su guapo yerno, al cual, una vez superado el hecho de que fuera negro, adoraba.

Taye asintió. Cualquier cosa con tal de vivir en paz.

Estaban cenando en el comedor, y Elise no dejaba de parlotear sin cesar sobre cómo deberían comportarse en el inminente viaje.

—Tenéis que cambiaros de ropa tres veces al día. Desayuno, almuerzo y cena. He leído que eso es lo que hace la gente elegante en los yates.

—¿De veras? —rió con sarcasmo Ashley—. ¿Y dónde lo has leído?

—En Internet —contestó Elise, y después soltó más joyas—, y no has de llevar bragas remendadas o rotas. Hay gente que se ocupará de la colada, y no querrás que murmuren a tus espaldas.

—Demonios, se lo pasarán de miedo con mis calzoncillos —bromeó Taye, al tiempo que lanzaba una carcajada procaz—. Restos de leche a porrillo.

Ashley le lanzó una mirada de desaprobación.

—No la animes —dijo con brusquedad—. Y deja de decir vulgaridades.

—Alégrate, tesoro, sólo estaba bromeando —replicó Taye, mientras se preguntaba si existiría alguna oportunidad de echar un polvo aquella noche.

—Bien, pues ella no. Se lo cree todo al pie de la letra.

—Estupendo —terció Elise en tono majestuoso—. No me tomes en serio, pero sé de qué hablo. Lo he leído todo al respecto.

—¿Dónde exactamente? —preguntó Ashley.

—Escribí en Google «etiqueta yate» —contestó muy seria—. ¿Sabías que hay que dar propina al servicio cuando termine el viaje?

—Me alegra saberlo —intervino Taye en tono risueño—. Tendré que romper la hucha.

—No es broma —replicó Elise, mientras agitaba un dedo severo en dirección a los dos—. El servicio habla, y no os interesa forjaros fama de tacaños.

—Cuidado, señora —sonrió con suficiencia Taye—. Nadie me ha acusado nunca de ser tacaño.

Ashley ya estaba hasta el moño.

—Me voy a la cama —suspiró.

—Ni siquiera son las nueve, tesoro —protestó Taye.

—Estoy cansada.

¿Demasiado cansada para un polvo?

Tal vez.

Tal vez no.

—Te acompaño, pues —dijo Taye, al tiempo que se levantaba de la mesa.

—¿Qué voy a hacer? —gimoteó Elise.

—No lo sé —contestó Ashley—. Puedes buscar más información útil en Google.

—Sólo trato de ayudar. Aunque si no lo agradeces...

—Tienes razón, no lo agradezco —replicó Ashley, antes de salir a toda prisa de la sala.

Elise se volvió hacia Taye.

—¿Qué he hecho ahora? —preguntó en tono quejumbroso.

Él sintió un poco de pena por ella, porque cuando Ashley estaba de mal humor, no había forma de detenerla.

—Creo que tiene uno de sus dolores de cabeza —dijo, con el fin de excusar el mal comportamiento de su esposa.

—No sé por qué cree que puede descargarlo sobre mí —gruñó Elise—. He hecho todo por esa chica, sacrificios que no te creerías. Y voy a decirte una cosa, cuando su padre nos abandonó, ella tenía seis años, y yo no me rendí, seguí adelante por su bien. —Su labio inferior empezó a temblar—. A mi pequeña nunca le faltó de nada. Clases de canto, baile, piano, lo tuvo todo. Yo la acompañaba en coche a todas las audiciones. Y mira cómo me lo paga. Si no se hubiera casado contigo, habría podido ser una gran estrella.

—Apuesto a que sí —dijo Taye, mientras se preguntaba cómo huir antes de que Elise continuara con su historial de sacrificios—. De todos modos, guapa, Ashley es una gran estrella para mí, así que eso es lo único que importa, ¿de acuerdo?

Y con aquellas palabras, salió por la puerta.

21

«Llego a París dentro de poco —fue el mensaje de texto de Xuan a Flynn—. Resérvame un hotel, por favor.»

«Ni hablar —contestó él—. Te quedarás conmigo. Envía detalles de tu llegada.»

De esa manera Flynn se encontró en el aeropuerto esperando a que llegara el vuelo de Xuan.

Como llegó pronto, dedicó un rato a examinar los quioscos de revistas, compró el *Newsweek* y se dispuso a esperar.

El avión de Xuan aterrizó con una hora de retraso. Salió de la puerta con aire decidido, atrayendo la atención como en todas partes. Tal vez fuera menuda, pero no cabía duda de que era una belleza, con sus ojos almendrados, los labios gruesos color cereza, y una melena de pelo liso negro que le caía por debajo de su prieto trasero.

Llamaba la atención de los hombres, y también de las mujeres.

Bien, pues claro, ¿no?, pensó Flynn mientras la saludaba. *Las señales lesbianas estarán flotando en el aire.*

Xuan se dirigió hacia él, con tan sólo una bolsa grande con todo lo que necesitaba.

—¿Traes más equipaje? —preguntó Flynn, mientras le daba un fugaz beso en la mejilla.

—No —contestó ella, y señaló su bolsa—. Esto es todo.

Él intentó cogérsela.

Ella le rechazó con un cáustico: «¿Cómo? ¿Crees que soy incapaz de cargar con mi propia bolsa?»

Él sacudió la cabeza, divertido. En lo tocante a Xuan, nada cambiaba jamás. Era ferozmente independiente. Siempre que había estado siguiendo una historia en zonas en guerra u otros lugares peligrosos, había insistido en que la trataran como a uno más.

Sin problemas.

Fueron en taxi a su apartamento. Flynn no tenía coche. Nunca residía en la ciudad el tiempo suficiente, así que nunca había considerado necesario comprarse uno.

Su apartamento era pequeño, de una sola habitación. Ya había decidido que dejaría la cama a Xuan, y él se acomodaría en el sofá.

Cuando se lo dijo, ella se le rió en la cara.

—No, Flynn. Tú te quedas en tu cama, el sofá ya me va bien.

—Tan tozuda como siempre.

—Eso es cierto —replicó ella con una leve sonrisa.

Más tarde, salieron a cenar a un bistró cercano al apartamento, que Flynn frecuentaba cuando estaba en la ciudad. Xuan bebió vino tinto y le amenizó la velada con historias de sus aventuras en Vietnam. Le habló de los niños a los que había ido a ver, y de las mujeres que habían tenido que salir adelante superando increíbles adversidades.

Flynn la escuchaba solidario. Comprendía. Había tanta miseria en el mundo, y jamás veía la luz del día a menos que alguien dedicado (como Xuan o él mismo) lograra una plataforma para escribir al respecto.

—Tal vez deberías escribir un libro —sugirió ella, mientras devoraba un plato de espaguetis. La salsa de tomate resbalaba sobre su delicada barbilla puntiaguda.

—Escribí un libro —le recordó Flynn, aunque no recordaba si se lo había comentado antes.

Por lo visto no, porque Xuan se quedó sorprendida.

—¿Qué libro? —preguntó.

—Historias de viajes sin importancia —contestó él, un poco avergonzado—. Cuando era más joven.

—Quiero leerlo.

—No es tu estilo.

—¿Perdón?

—No te gustaría.

—¿Por qué no?

—Lo escribí cuando era muy joven.

—Ah —dijo Xuan, y sus ojos brillaron—. Y ahora eres un anciano.

Flynn rió.

—Tú eres la que debería escribir un libro —replicó.

Se inclinó sobre la mesa y le secó la barbilla con su servilleta.

Ella se puso rígida y se la arrebató.

—Vale, vale —dijo Flynn, al tiempo que levantaba las manos—. Ya sé que no te gusta que te toquen, a menos que sea por sexo.

—Tú y yo nunca llegaremos a eso —afirmó Xuan, como si fuera un hecho harto conocido.

—Tienes toda la razón —replicó él.

La hija del dueño del bistró, Mai, que trabajaba de camarera, se acercó a su mesa. Era una chica guapa que no conseguía entender por qué Flynn nunca la había invitado a salir. Aquella noche no le gustó verle en compañía de una mujer, porque por lo general cenaba solo.

—¿Les puedo traer algo? —preguntó, mientras lanzaba a Xuan una mirada rencorosa.

—Más vino —dijo Flynn—. Y quizá podríamos echar un vistazo a la carta de postres.

—*Oui, monsieur* —dijo Mai, adoptando de repente una actitud de lo más formal—. *Tout de suite.*

Él percibió el cambio de actitud. Xuan también.

—Le gustas —informó la periodista con una sonrisa de complicidad, mientras Mai se alejaba.

—Y ella me gusta a mí. ¿Por qué no?

—Ah, sí. Sólo que te gusta como cualquier otra chica. Ella quiere meterse en la cama contigo.

—Ni hablar —protestó Flynn—. Somos amigos.

—Eres un ingenuo en lo que respecta a las féminas —dijo Xuan, al tiempo que sacudía su largo pelo.

—No soy ingenuo, sólo cauteloso. ¿No conoces la expresión «no te enamores nunca de una compañera de trabajo»?

—Querrás decir «no folles».

—Sólo pretendía ser educado.

Otra sonrisa de complicidad.

—¿Después de todo lo que hemos pasado juntos has de ser educado? Soy uno de los chicos, ¿te acuerdas?

—Claro —replicó Flynn, y cambió de tema con destreza—. Sin embargo, ¿no se te ha ocurrido que tal vez le gustes tú?

—No seas ridículo.

—¿Por qué? ¿No sientes las vibraciones? —bromeó Flynn.

—No —contestó Xuan con un encogimiento de hombros—. Nada de nada.

—Ya te lo he dicho —continuó bromeando Flynn—. Puedes ocupar el dormitorio siempre que quieras, es todo tuyo.

—Tengo la impresión de que eres muy escurridizo en lo tocante a las mujeres.

—¿Y eso?

—He observado que, estemos en la parte del mundo que estemos, sólo te permites estar una noche con una mujer, únicamente una sola noche.

—¿Y tú eres tan diferente?

—Yo soy una solitaria, Flynn, siempre lo he sido.

—Y yo también.

Mai volvió y les entregó las cartas.

Mientras Flynn estudiaba la carta, se dio cuenta de que era la conversación más personal que había sostenido nunca con Xuan, y no le gustaba. No le gustaba que nadie hurgara en su presunta vida amorosa. Sólo le atañía a él.

—¿Postre? —preguntó tirante.

—Café —contestó Xuan—. Solo. Nada sofisticado.

—Te quitará el sueño.

—Es mi problema, no el tuyo.

Mai esperaba impaciente al lado de la mesa.

—Un café solo, Mai —dijo Flynn, al tiempo que la miraba—. ¿Te queda algo de ese delicioso pastel que guardas para clientes especiales?

La joven se ablandó cuando intuyó que no había nada entre Flynn y la mujer asiática.

—Para usted, *bien sûr* —dijo en voz baja.

—Gracias, Mai.

No pudo por menos que imaginar cómo sería acostarse con la francesita. Desde luego, era bastante guapa, y por lo que había visto hacía gala de una agradable personalidad.

No, no funcionaría. Al cabo de unas semanas, él rompería y ella se quedaría triste y herida. No valía la pena tomarse tantas molestias por ligues ocasionales. Además, tenía la intención de seguir frecuentando el bistró siempre que estuviera en la ciudad, y tal como había dicho a Xuan, *no te enamores nunca de una compañera de trabajo*. Una regla en la que creía firmemente.

22

—¿Te has corrido? —preguntó Cliff mientras pasaba a su lado de la cama. Tampoco era que le preocupara. Por otra parte, no era reacio a los aplausos de la crítica.

—¡Oh, Dios mío, sí! —exclamó Lori, henchida de falso entusiasmo. No le gustaba mentir, a menos que fuera absolutamente necesario, sólo que ¿para qué revelar a una de las mayores estrellas del cine mundial que, una vez más, no había dado en el clavo?

Cliff era bueno en la cama, aunque no era Supermán. Tenía casi cincuenta años de edad y era un amante de manual. Cinco minutos de juego preliminar, seguidos de un polvo rápido, para luego chupársela hasta que se corría en su boca, y pobre de ella que no tragara... Eso sí que le cabreaba.

Sabía por qué. Cliff había escuchado en una ocasión la historia de un famoso jugador de tenis que había concertado una cita al azar en un restaurante para que la mujer se escondiera debajo de la mesa y se la chupara. Pero Cita al Azar era lista: no había tragado, sino que había escupido el esperma en un vaso de papel y corrido a ver a un médico amigo que la había inseminado, y *voilà*! Una demanda de paternidad saldada con éxito.

Cliff Baxter tenía que saber exactamente adónde iba a parar su precioso esperma. ¿Y quién podía culparle?

Había transcurrido más de una semana desde el incidente del coyote. Lori se había recuperado por completo, porque no había sido más que una leve torcedura.

Cliff la había informado sobre el asombroso viaje que iban a emprender. Incluso la había enviado a su estilista personal para comprar algunos trajes adecuados.

La idea del yate de Kasianenko la intimidaba. Todo el mundo sería viejo, obscenamente rico o, como mínimo, famosísimo. Y ella sólo sería la novia, porque todo el mundo sabía que Cliff Baxter era un soltero empedernido, y no albergaba la menor intención de casarse nunca. Lo decía en todas las entrevistas que concedía, incidiendo en la idea.

Ser sólo la novia era una forma de empezar a envejecer. Se le ocurrió entonces que podía dejarla plantada en cualquier momento, tal como había hecho con la ristra de chicas que la habían precedido. Era un pensamiento aterrador. ¿Qué haría? ¿Adónde iría?

Aunque Cliff le pagaba todos los caprichos, no le daba dinero. Le había regalado una tarjeta Visa con un límite de cinco mil dólares, y conociéndolo, si se separaban la cancelaría de inmediato. Básicamente, eso significaría que estaría tan arruinada como cuando habían iniciado la relación. Le había regalado algunas joyas, nada demasiado caro. Hasta el coche que conducía era de alquiler, registrado a nombre de su empresa.

¿Qué podía hacer para fortalecer su posición?

Poca cosa, salvo continuar complaciéndole.

No paraba de pensar en el joven que la había rescatado cuando corría. Chip, con sus fuertes muslos y tensos músculos. Vaya tiarrón. ¿Estaba mal fantasear con él cuando tenía a Cliff encima?

Muy divertido: se la estaba tirando un hombre al que millones de mujeres deseaban, un hombre al que había creído amar en algún momento, y su nivel de excitación era cero. ¿Qué le estaba pasando?

Nada. Simplemente, estaba harta de ese tipo casi veintiséis años mayor que ella y que la trataba como a un accesorio.

¿Por qué nadie hablaba de la diferencia de edad cuando se dedicaba a escribir sobre ellos?

Porque nadie quería incurrir en la ira de Cliff Baxter, por eso.

Cliff pensó que Lori no se había mostrado tan entusiasmada como esperaba por la perspectiva del viaje. Había esperado fuegos artificiales y grandes exhibiciones de júbilo. En cambio, había recibido un «Suena estupendo» bastante tibio.

Mmm... ¿Lori estaría empezando a dar por hecha la buena vida?

¿Estaría derivando hacia la indiferencia?

No. Imposible. Llevaba una vida en la que sólo había podido soñar. Estaba con él, y sabía sin la menor duda que casi todas las mujeres darían la teta izquierda por estar en su lugar. Al fin y al cabo, le habían votado en *People* el Hombre Vivo Más Sexy dos años seguidos. Tenía un Oscar y un Emmy. Una carrera larga y estable. Tres coches. Un apartamento en Nueva York. Una mansión en Beverly Hills. Una casa en la Toscana. No tenía lazos que le ataran.

En suma, su vida era perfecta.

¿O no?

Sí. Sí. Sí.

Un resonante trío de síes. Tenía suficientes amigos casados para estar convencido de que permanecer soltero era la única forma de vivir. Había trabajado con ahínco para ganar dinero, y había visto a muchos pobres idiotas perder la mitad de lo que habían ganado por obra de una codiciosa ex esposa que lo pedía todo.

Podía entenderlo si había críos de por medio, porque la pensión alimenticia era sagrada. Aparte de eso... Olvídalo.

¿Estaría llegando Lori a esa fase demasiado familiar en sus relaciones en que quisiera más?

Compromiso.

La palabra temible.

No, gracias.

Cliff tomó una decisión. La llevaría de acompañante al crucero, procuraría que se lo pasara de maravilla, y cuando regresaran a Los Ángeles, soltaría amarras.

Cliff Baxter no tardaría en volver a la soltería, preparado para la siguiente aventura.

23

Fueron de compras. Gastaron un montón de dinero. Mejor dicho, Luca gastó y Jeromy le animó. Compraron ropa, zapatos y maletas de las tiendas de diseño, y por fin pararon en Cartier, donde Luca regaló a Jeromy un reloj Seatimer Pasha negro de uso diario. Por la noche, ambos exhibían su Rolex de oro, pero Jeromy le había echado el ojo a un modelo más caro.

Luca no captó la indirecta. En cambio, compró para Suga un brazalete incrustado de diamantes como premio de consolación por su gira interrumpida.

Jeromy procuró disimular que estaba cabreado. ¿Cuándo dejaría Luca de gastar dinero en aquella vaca gorda? ¿Llegaría alguna vez ese mágico día?

La noche anterior había cenado con Suga y Luca júnior. Hoy, a Jeromy le dolían los músculos faciales debido a la gran sonrisa falsa que había mantenido en su cara toda la noche. Luca júnior era irritante, pero Suga le abochornaba, y él detestaba ser visto en público con ella.

Por supuesto, los *paparazzi* se lanzaron sobre ellos. Desde que Luca había salido del armario era más popular que nunca. Su ex esposa superestrella, Suga, y su risueño hijo añadían especias a una historia que a todo el mundo le encantaba leer. Fotos de ellos juntos eran oro en polvo.

Cuando se trataba de llamar la atención, Luca era un campeón, tan guapo y encantador. Un dios latino rubio que había surgido de la nada y conquistado todo. Su música llegaba a todo el mundo, y nunca había olvidado sus raíces y los sonidos sensuales de la salsa que tanto formaban parte de su pasado. Grababa sus canciones tanto en inglés como en castellano, y siempre eran éxitos en todo el mundo. Sus letras inspiraban a la gente.

Como Suga aún participaba de su popularidad, Jeromy descubrió que él era quien estaba de sobra. Las revistas, periódicos y páginas web de chismorreo daban la impresión de pasar por alto el hecho de que Luca y él eran pareja. Muy pocas veces le mencionaban, y casi siempre le eliminaban de las fotografías de prensa. Eso le enfurecía. ¿Por qué David Furnish siempre salía al lado de Elton John? ¿Por qué sabía todo el mundo quién era David Furnish? ¿Y qué decir de Ellen DeGeneres y Portia de Rossi? Siempre aparecían juntas.

Entonces, Jeromy cayó en la cuenta.

Por supuesto. Estaban casados. Sus matrimonios habían sido sancionados por la ley.

Por lo tanto, debía persuadir a Luca de que se casara con él.

Aunque bien sabía que eso no sería nada fácil.

Cuando Luca se lo había confesado a Suga, para ella no había significado ninguna sorpresa, porque siempre había sospechado que prefería los chicos a las chicas. Pese a esto, se había casado con él. ¿Por qué no? Era una belleza y tenía un alma generosa. Además, poseía un talento extraordinario, y había decidido que su vocación consistía en alimentar aquel talento y convertirle en una estrella. Cosa que había hecho, y con mucho éxito.

Quedar embarazada fue un premio extra. El día que dio a luz a Luca júnior fue el mejor de su vida. Olvidados quedaron galardones, discos de oro y la adoración de los admiradores; tener un hijo sano era la cumbre. Le había gustado compartir los cuidados del niño con Luca, mientras veía su carrera ascender.

Entonces, un día, le había dicho que estaba viviendo una mentira, que era gay, y ya no podía mantenerlo en secreto. Ella lo había comprendido y otorgado la libertad de inmediato.

Sólo que no era libre, ¿verdad? El baboso inglés Jeromy había conseguido introducirse en la vida de Luca, y por lo visto su propósito era quedarse. A Suga no le gustaba el interiorista. No confiaba en él. Y sabía con absoluta certeza que él la detestaba como sólo puede hacerlo un hombre celoso.

Sin que Luca se enterara, había ordenado investigar a Jeromy, y los resultados de dicha investigación no eran buenos. Su negocio de diseño se tambaleaba, pese al hecho de que siempre se jactaba de sus actividades. Su vida personal también era sospechosa. No era fiel al cantante. En Londres, era una figura popular en los clubes de fetichismo y cuero, y solía navegar por Internet en busca de carne fresca.

¿Lo sabría Luca? ¿Era tarea de ella decírselo? Y si lo hacía, ¿le guardaría rencor para siempre?

Sabía que debía proceder con cautela, y tal vez urdir un plan para expulsar a Jeromy de la vida de Luca de una vez por todas.

Pero ¿cómo? Tenía que pensar en ello.

24

—Gracias, querida —dijo Hammond cuando Skylar dejó una taza de café sobre el escritorio—. Ya te advertí que habría noches largas.

—Sí —respondió ella con dulzura.

—¿Y estás absolutamente segura de que no te causa ningún problema?

—Por supuesto, senador —replicó la joven, halagada por el hecho de haber sido la única elegida para quedarse hasta tarde. Sólo llevaba trabajando unos pocos días para él, y ya se sentía especial. Las oficinas estaban desiertas, salvo por un par de mujeres de la limpieza que se hallaban atareadas fuera. Hasta sus dos ayudantes se habían marchado ya.

—Necesitaré que me fotocopies unos papeles dentro de un rato —dijo él muy serio.

—Esperaré.

—En ese caso, podrías esperar aquí —dijo Hammond, al tiempo que indicaba el sofá de piel que había frente a su escritorio—. Ponte cómoda.

—¿Está seguro, senador? —preguntó Skylar vacilante—. Puedo esperar fuera.

—No, no, querida. Siéntate. Espero una llamada, y hasta que no la reciba no podré moverme de aquí.

—Trabaja usted mucho —dijo la chica en tono de admiración, mientras se sentaba en el sofá y cruzaba las piernas.

—Sí —admitió Hammond—. Supongo que sí.

Observó que sus muslos eran un poco demasiado gruesos y la falda demasiado corta. Calzaba unos zapatos de tacón en cuña, por los que todas las chicas jóvenes parecían decantarse, nada sexys. Llevaba las piernas desnudas, no obstante, lo cual compensaba los espantosos zapatos. Se imaginó subiendo las manos por sus piernas, empezando por el tobillo, ascendiendo poco a poco, hasta llegar a los carnosos muslos, para luego hundir los dedos en lo que había más arriba.

—Mi esposa no entiende por qué he de trabajar hasta tan tarde —comentó, jugando la carta de la compasión—. La verdad es que no lo comprende.

—Oh —dijo Skylar, emocionada porque el senador Hammond Patterson le estuviera haciendo confidencias, lo cual lograba que se sintiera más especial todavía.

—Las relaciones tienen altibajos —continuó él, mientras bebía café. Hizo una pausa y le dirigió una larga y persistente mirada—. ¿Y tú, querida? ¿Mantienes relaciones con alguien?

—Mmm..., eh... —tartamudeó Skylar, pensando en su novio jugador de fútbol americano con el que siempre estaba rompiendo—. Más o menos —logró articular.

Los honrados ojos castaños de Hammond centellearon.

—¿Más o menos? ¿Qué significa eso?

—Bien, eh... A veces estamos juntos y a veces no —admitió Skylar, mientras tironeaba nerviosa de su corta falda, arrepentida de no haberse puesto algo más discreto. Pero ¿cómo iba a saber que acabaría el día sentada en el despacho del senador Patterson? Era un honor que no esperaba.

—Chicos —comentó Hammond con una risita significativa—. No podéis vivir con ellos, no podéis vivir sin ellos.

—Estoy totalmente de acuerdo —repuso Skylar, que empezaba a sentirse más a gusto.

—Este novio tuyo a ratos perdidos —continuó él—, ¿te obliga a hacer cosas que te incomodan?

—¿Perdón? —preguntó Skylar, asombrada.

—Estoy seguro de que comprendes lo que estoy diciendo.

—Mmm... No-no —tartamudeó ella.

—Cosas sexuales —precisó Hammond, mientras experimentaba una erección al ver que la chica se retorcía y enrojecía—. No tienes por qué avergonzarte —añadió, y adoptó un tono de voz paternal—. Tengo una hija adolescente. Ella me cuenta lo que pasa entre los chicos y las chicas. Me hace caso y le doy consejos.

—Oh —dijo Skylar, aliviada. Por un momento, había pensado que el querido senador se le estaba insinuando, ¿y cómo iba a afrontar eso?

—Los chicos sólo buscan una cosa —dijo muy serio Hammond. Estuvo a punto de gritar: *¡Coños! ¡Coñitos jóvenes y jugosos!* Sin embargo, se controló. La chica aún no se hallaba preparada, y no quería que se pusiera a chillar como una loca si la tocaba—. De todos modos, Skylar... Es Skylar, ¿verdad?

—Mmm... Sí, senador.

—Ya puedes irte.

—Pero yo pensaba...

No pienses, estúpida. Sal de mi despacho antes de que cambie de opinión y te meta la polla en tu boca.

—Ningún problema —dijo con desenvoltura—. Todo puede esperar hasta mañana.

Skylar se puso en pie de un brinco.

—Si está seguro... —dijo vacilante.

—Estoy seguro —contestó Hammond, mientras movía unos papeles sobre el escritorio—. Buenas noches, querida.

Algo decepcionada por la despedida, Skylar se marchó.

Hammond corrió de inmediato a su cuarto de baño privado y se masturbó, mientras contemplaba su atildado reflejo en el espejo y pensaba en la primera vez que se correría en la boca de la becaria, la primera vez que la empalaría, el tacto de sus grandes tetas desnudas contra su pecho.

Podía esperar.

¿Por qué no?

Ya lo había hecho muchas veces antes.

Sierra había ido de compras. A regañadientes. Había comprado ropa que complaciera a su marido. Aunque por qué demonios deseaba complacerle era algo que escapaba a su comprensión.

Oh, sí. Por supuesto. Se había rendido. Se había rendido a las amenazas e insultos que él le lanzaba. Era su dócil mujer florero. Era, para el público en general, la esposa perfecta.

Hammond la había encerrado en una trampa, y la única forma de escapar sería poner fin a todo.

O... Podía contarle a sus padres que su marido era un monstruo horrible, y confiar y rezar para que no llevara a la práctica ninguna de sus espantosas amenazas.

Sin embargo, eso sería correr un riesgo demasiado grande. Hammond era un hombre peligroso, y mientras ella le siguiera la corriente, todo el mundo estaría a salvo.

A cada día, semana, mes que pasaba, Sierra buscaba solaz en diversas píldoras. La tranquilizaban. La impulsaban a seguir.

Poco a poco, le estaban chupando la vida.

LIBRO DOS

El viaje

25

Seis meses después del asesinato de su hermano mayor, Boris, Sergei Zukov se había trasladado a Ciudad de México, donde con el paso de los años Boris había forjado sólidos contactos con el mundo del tráfico de armas y de drogas. Sergei había terminado con Rusia. Si bien, en teoría, la banda Zukov tenía en nómina a gente que ocupaba cargos importantes, esa gente no había hecho nada para capturar y juzgar al asesino de su hermano. Daba la impresión de ser un tema demasiado sensible, y nadie parecía decidido a hacer nada.

¿Y por qué?

Porque Boris Zukov era un conocido criminal, y aunque no había pasado más de una noche en la cárcel, todo el mundo sabía que era capaz de crímenes monstruosos. Secuestro, asesinato, tortura, tráfico de drogas y armas.

A las autoridades y a la opinión pública les daba igual que un criminal violento hubiera sido arrojado desde la ventana de un piso catorce a la calle.

A Sergei, no. A Sergei no le daba igual. Su hermano lo era todo para él. Boris le había criado cuando su madre se había fugado con un vendedor de coches, abandonándoles con su padre borracho y violento, Vlad.

Cuando su madre se fue, Boris tenía dieciséis años y era duro como una bota vieja. Sergei tenía seis, y vivía asustado.

A lo largo de los años su hermano le había protegido de todo, procurando que fuera al colegio, vigilando que no le pasara nada. Boris se había portado más como un padre que Vlad.

Éste era un hombre corpulento y perezoso, que pasaba de educar a sus dos hijos; no le importaba, por ejemplo, dilapidar el dinero que su hijo mayor llevaba a casa; jamás preguntaba cuál era su procedencia.

Boris le odiaba. Enseñó a Sergei a sentir lo mismo.

Cuando él tenía diez años, Vlad llegó una tarde a casa y fue presa de una rabia alcohólica cuando descubrió que Sergei había terminado la escasa cantidad de leche que quedaba en la nevera vacía. Le propinó una brutal paliza al niño, le hizo un corte en la mejilla con una hoja de afeitar, y luego se puso a ver la televisión con una botella de vodka.

Aquella noche, Boris regresó tarde al pequeño apartamento. Ya se estaba forjando una feroz reputación vendiendo drogas en la calle, y manifestando su disponibilidad para otros trabajos que pudieran surgir.

Cobrar deudas.

Ningún problema.

Robar coches.

Un placer.

Hasta un asesinato si el precio era adecuado.

Sí, a los veinte años Boris Zukov era un hombre de posibles.

Después de llegar a casa, tras una noche de sexo duro con una lujuriosa chica del barrio, había entrado a ver a su hermano menor, y lo encontró acurrucado en un rincón, sollozando y cubierto de sangre del corte en la mejilla, los ojos ennegrecidos, la nariz rota, y su esquelético cuerpo cubierto de verdugones obra del pesado cinturón de su padre.

No fue necesario preguntar quién lo había hecho. Boris no albergaba la menor duda de que había sido Vlad.

Con expresión impenetrable había entrado en el dormitorio que los tres compartían, donde cogió una almohada de la cama de Vlad y regresó a la sala de estar.

Su padre estaba derrumbado en la butaca delante del televisor, aferrando todavía la botella de vodka que había ido trasegando. Estaba vacía.

Boris se colocó con sigilo detrás de la butaca y apoyó con firmeza la almohada sobre la cara de su padre, sin hacer caso de los gritos ahogados del hombre.

Mantuvo la almohada apretada hasta que el borracho se quedó sin aliento.

Asfixia. Vlad lo merecía. Era un desastre de padre. Estarían mejor sin él.

Cuando Sergei tenía dieciocho años, Boris le había enviado a una universidad inglesa. A él le había gustado la experiencia, con tantas chicas guapas y sexo a su disposición. Dominar el idioma inglés había sido fácil para él. Aprender economía y teneduría de libros fue pan comido también. Cuando regresó a Moscú, su hermano le había puesto a trabajar en la organización de la documentación financiera de sus presuntos negocios legales, la mayoría de los cuales eran tapaderas de sus actividades delictivas.

Era complicado. Dos contabilidades paralelas, a veces tres..., pero Sergei resultó ser un maestro manipulando cifras.

Todo iba como la seda hasta la muerte prematura de Boris. Fue entonces cuando empezaron los problemas. Sergei había intentado controlar la situación, pero había hombres en la organización que no lo deseaban. Hombres mayores y con más experiencia. Hombres más influyentes, convencidos de que tenían derecho a sustituir a Boris Zukov. Estos hombres impidieron el paso a Sergei en todo momento, aunque se alegraban de continuar utilizando sus habilidades con los números.

Él había montado en cólera, pues sabía que, como hermano de Boris, era él quien habría debido remplazarle. Pero no: se le juzgaba inadecuado para desempeñar ese papel. Era decepcionante, porque Boris se había sentido muy orgulloso de él. «Mi hermano, el listo», solía jactarse delante de quien fuera.

Sí, Sergei era muy listo. Nunca había robado a su hermano, pero ahora que Boris ya no estaba, había empezado a manipular el dinero de los negocios, para luego sacarlo del país. Al cabo de un tiempo había amasado lo suficiente para escapar de la noche a la mañana.

Que les dieran por el culo a los hombres que afirmaban ser socios de Boris. Había cogido lo que consideraba su legítima herencia y huido a México, donde no tardó en volver a ponerse en contacto con la gente que había hecho negocios con su hermano en el pasado.

Ahora, a los treinta y dos años, cinco después del asesinato de Boris, tenía una nueva vida y más dinero del que jamás podría gastar.

Input Denim, Inc. era una empresa de confección que había adquirido, una línea de ropa que se vendía en todo Estados Unidos, Europa y Oriente Medio. También había comprado una empresa de suministros y desechos médicos a escala mundial. Ambas compañías eran tapaderas de su auténtico negocio: el tráfico de drogas.

Al cabo de un breve período de tiempo, Sergei había logrado convertirse en un elemento fundamental del tráfico, y forjar importantes vínculos con los cárteles mexicanos de la droga. Era un experto en eliminar sus huellas y hacer nuevas amistades.

Aparte de su nariz torcida, que nunca se había enderezado, y la desagradable cicatriz en la mejilla, Sergei no era feo. No era alto, pero sí muy musculoso. Se cubría la cara y el cuerpo de falso bronceado, y exhibía unos dientes blancos y relucientes, todos con fundas. A Sergei le gustaba en particular la compañía de las mujeres, y daba la impresión de que el gusto era recíproco. Su droga favorita era la cocaína. Su habilidad especial, esnifarla sobre el cuerpo de cualquier mujer o mujeres que estuvieran con él, para luego meterles una buena cantidad de coca en la vagina y chuparla. Buenos momentos.

Su ex esposa (una modelo ucraniana que se había divorciado de él al descubrir que le gustaban las orgías) vivía ahora en Nueva York y dirigía la parte legal de su empresa de confección. Su matrimonio apenas había durado seis meses.

No tenía hijos, al menos que supiera, porque follar era su pasatiempo favorito, aparte de ganar dinero.

En la actualidad residía en un ático de Ciudad de México. Pasaba los fines de semana en su villa de Acapulco, en primera línea de mar, que contaba además con un helipuerto.

Sergei procuraba estar siempre rodeado de media docena de fieles y devotos sicarios. En su negocio, cualquier precaución era poca.

Boris se sentiría muy orgulloso si pudiera verle ahora. Había tomado el control de su destino, tal como su hermano mayor habría deseado.

Lo único que continuaba obsesionando a Sergei era descubrir quién había planeado el atentado contra Boris, y quién había ejecutado el plan. Porque era un plan, de eso estaba seguro.

Quería atrapar a esa persona; era una obsesión.

A pesar de los años transcurridos, no había conseguido averiguar quién era. Esa ignorancia le reconcomía, porque la venganza era esencial para su tranquilidad.

Boris esperaría que se vengara. De hecho, lo exigiría.

Sólo existía un testigo del crimen, y era la mujer con la que su hermano vivía en aquel tiempo, una putilla francesa llamada Nona. La chica se había largado con el contenido de la caja fuerte de Boris el día después de su fallecimiento. Desde entonces, Sergei había intentado localizarla. Sin embargo, la mujer había conseguido desaparecer.

Desde que había desaparecido, hacía cinco años, había contratado a varios detectives para encontrarla, pero sólo había conseguido resultados el mes anterior. La habían localizado en Arizona, donde vivía con un hombre de negocios divorciado.

Sergei se disponía a hacerle la visita tanto tiempo aplazada.

La zorra intrigante le debía el dinero que había robado de la caja fuerte de Boris, y todavía más: le debía la información sobre quién había planificado el asesinato de su hermano.

Estaba convencido de que ella lo sabía.

Y le arrancaría la información, fuera como fuera.

26

De líneas puras, sensual, poderoso y veloz, el nuevo yate de Aleksandr era eso y mucho más. Había encargado un barco elegante equipado con el no va más en tecnología que pudiera llevarle a cualquier parte del mundo, y eso era exactamente lo que le habían entregado.

La lujosa embarcación disponía de solarios en tres niveles, todos con sus propios bares y espaciosos comedores. Una escalera de caracol conducía a todos los niveles. Había una piscina de flujo reversible, un *jacuzzi*, un gimnasio totalmente equipado y un espacio para Pilates. En la cubierta inferior había una auténtica sauna finlandesa, un baño turco, una peluquería, un cine y hasta un pequeño ambulatorio por si ocurría alguna emergencia. También disponía de diversos juguetes, desde esquís y motos acuáticas, hasta equipamiento de submarinismo y de pesca y kayaks. Todo estaba a disposición de los invitados.

El interior del yate era de estilo clásico: mármol italiano, maderas de tonos pálidos, blandos cueros beis y luces favorecedoras.

Un gigantesco buda presidía la entrada de mármol al camarote principal, que parecía más un apartamento de lujo. Dominaba el espacio una enorme cama California King, cubierta de exóticas pieles, y de las paredes colgaban pesados tapices con toques orientales. La suite albergaba dos baños de mármol, un detalle en el que Aleksandr había insistido para complacer a Bianca, además de su propia terraza, piscina de entrenamiento y *jacuzzi*, donde ella podría tomar el sol y nadar desnuda si así lo deseaba.

Seis camarotes más eran de lujo. Sin embargo, ninguno podía compararse con el principal, situado en la cubierta superior, que permitía espectaculares vistas de noventa grados.

Aleksandr había encargado el yate tres años atrás, antes de conocer a Bianca. Entonces, ella había entrado en su vida, y había cambiado los planos y también el nombre: el yate se llamaba ahora *Bianca*. No se lo había dicho. Sería una de las muchas sorpresas que le reservaba.

Durante el curso de la construcción en los astilleros Hakvoort de Holanda, Aleksandr había visitado varias veces las instalaciones para comprobar que todo se estaba haciendo tal como él lo había imaginado. Más adelante, había trabajado con un grupo de interioristas de gran talento para convertir en realidad sus visiones de opulencia pura.

Habían terminado el yate dos meses antes, y el capitán y la tripulación habían efectuado una serie de viajes de prueba, para acabar fondeando en Cabo San Lucas, México, donde empezaría el gran viaje.

Aleksandr había decidido que, en lugar de hacer un crucero por la ruta habitual sur de Francia/Cerdeña/Italia, se embarcarían en un tipo diferente de viaje. Explorarían el hermoso mar de Cortés y las diversas ciudades costeras mexicanas e islas desiertas que encontrarían durante el periplo.

El mar de Cortés, conocido en ocasiones como el acuario del mar, debido a la abundancia de especies vegetales, diversos tipos de peces y otros mamíferos marinos, ofrecía de todo para pasar unas vacaciones fantásticas. Visitarían playas de arena blanca deshabitadas, vivirían aventuras en la selva y romperían los vínculos con la civilización.

Aleksandr estaba decidido a que el viaje fuera inolvidable.

Para asegurarse por partida doble de que todo fuera de su agrado, había efectuado una visita final para hablar con el capitán Harry Dickson, un inglés rubicundo cincuentón. No podía haber fallos, todo tenía que ser perfecto. El capitán Dickson le aseguró al oligarca que así sería.

Cuando voló de vuelta a Moscú, Aleksandr se sentía complacido porque el capitán era un hombre responsable, y ninguno de los invitados, en especial Bianca, se llevaría una decepción.

Aleksandr se enorgullecía de afirmar que había creado el yate perfecto para la mujer perfecta.

Bianca se sentía fatal a bordo del avión de British Airways que la llevaba a Moscú. Experimentaba la horrible sensación de que, en cualquier momento, vomitaría sobre el hombre sentado a su lado. Le parecía que el avión volaba en una dirección, y ella en la contraria. ¡Caramba! Aquélla sí que era la madre de todas las resacas.

—Perdón, señorita —dijo de repente su obeso vecino, inclinado hacia ella.

¡Señorita! ¿Le estaría tomando el pelo?

—Sí —dijo, al tiempo que se alejaba de su aliento a ajo y bajaba su ejemplar de *OK!*—. ¿Qué?

—¿No es usted la famosa modelo?

Que pregunta más imbécil. O sabe quién soy o no lo sabe.

—Mmm, sí, soy modelo —dijo de mala gana, contenta de llevar las gafas de sol para que no le pudieran ver los ojos.

—¿La famosa? O sea, si es usted, quiero decirle que mi hija la adora, pero, eh... —Vaciló un momento antes de continuar—: Por desgracia, no me acuerdo de su nombre.

¿De veras? Por el amor de Dios, muérete y déjame en paz.

—Bianca —murmuró, arrepentida de no haber insistido en que Aleksandr le enviara su avión privado.

—Oh —dijo el hombre con una nota de decepción—. Pensaba que era Naomi.

¡Por favor, Dios, sálvame de los patanes y dile a este cabrón que se largue de una vez!

—Bianca —repitió, al tiempo que se desabrochaba el cinturón, se levantaba con brusquedad y se dirigía a la cocina, donde Teddy, un lánguido azafato gay, estaba discutiendo sobre el tamaño de los muslos de Beyoncé con una agitada azafata rubia que sólo tenía pensamientos para su novio ruso (el del aparato enorme), quien la estaba esperando en la habitación de un hotel de Moscú.

—¿Sabéis una cosa? —dijo Bianca, con una expresión que comunicaba «Soy muy famosa y has de prestarme atención»—. El tipo sentado a mi lado me está molestando. ¿Creéis que podéis cambiarlo de asiento?

Teddy estaba de mala hostia. La pasajera había interrumpido su discusión sobre los muslos de Beyoncé, y le importaba un bledo quién era o qué quería. Después, de repente, su actitud cambió por completo, porque en cuanto la mujer se quitó sus ridículas gafas enormes, se descubrió mirando los ojos felinos de Bianca.

—¡Oh, Dios! —exclamó. ¿Por qué no le había avisado nadie de que la superfamosa supermodelo iba a bordo? Miró a su encoñada compañera de tripulación y dijo con brusquedad—: ¿Qué podemos hacer, Heidi?

Heidi consiguió componer una expresión de preocupación adecuada.

—El vuelo va lleno —dijo en tono de disculpa—. ¿Quiere que hable con el caballero?

—Eso no bastará para callarle —replicó Bianca—. Ese hombre es un coñazo.

—¡Oh, querida! —exclamó Teddy, al tiempo que agitaba los brazos en el aire—. No puedo soportar a los coñazos, o a los PI, como los llamo yo.

Bianca frunció el ceño.

—¿PI? —preguntó.

—Pasajeros irritantes —respondió Teddy—. Siempre los hay.

—Podría preguntarle a la señora que hay al otro lado del pasillo si quiere cambiar de asiento con usted —sugirió Heidi—. Eso podría solucionar el problema.

—¿Y cómo me puedes garantizar que no acabaré sentada al lado de otro imbécil? —preguntó Bianca.

Heidi bajó la voz en un susurro conspiratorio.

—El hombre del asiento de ventanilla es un famoso político inglés, implicado hace poco en un gran escándalo. Dudo que esté interesado en entablar conversación.

—En cuanto me reconocen, todos están interesados en entablar conversación —dijo Bianca con un profundo suspiro. A veces, era duro ser famoso y tener que lidiar con el populacho—. Aunque supongo que siempre será mejor que el señor Hablador —añadió, y volvió a ponerse las gafas de sol.

—Iré a ver qué puedo hacer —dijo Heidi, mientras Teddy pensaba en que le contaría a su macizo novio polaco todo sobre su encuentro con la famosísima Bianca. Lo embellecería, por supuesto, inventaría que habían intercambiado correos electrónicos y seguirían en contacto.

—Es usted preciosa —farfulló, al tiempo que la miraba con envidia y admiración—. Más guapa que en las portadas de las revistas.

Bianca se encogió de hombros.

—Buenos genes —murmuró, dándole esperanzas de que podrían llegar a ser amigos, de que no todo eran fantasías desatadas.

Heidi regresó con la noticia de que la mujer del pasillo había accedido al cambio.

Bianca asintió. Estaba tan acostumbrada a salirse con la suya que no se sorprendió en absoluto. Y después, porque no pudo reprimirse, dijo:

—¿Quién es exactamente el político? ¿Y cuál fue el escándalo?

Heidi y Teddy intercambiaron una mirada. Cotillear sobre los pasajeros era contrario a las normas, pero como ambos se sentían impresionados por haber entablado una verdadera conversación con Bianca, qué demonios.

—Envió por el móvil fotos de su... ya sabe usted a varias mujeres elegidas al azar —susurró Heidi—. Como ese político norteamericano el año pasado..., el hombre de Wiener. Sólo que éste hizo algo peor.

—Sí —dijo Teddy, complacido de corearla—. El muy pervertido enviaba sus mensajes desde el lavabo de caballeros del Parlamento, y escribía los textos con rotulador en su pedazo de carne viril.

—¿Carne viril? —preguntó Bianca, y reprimió una carcajada—. Ésa no la conocía.

Teddy bajó la voz todavía más.

—Por lo visto, tiene un pene enorme.

Bianca reprimió el impulso de estallar en carcajadas. ¿Qué les pasaba a esos tíos, convencidos de que fotografiar su verga era una idea estupenda? ¿Eran los exhibicionistas de la nueva era? ¿O tan sólo unos salidos sin nada mejor que hacer?

—Mmm —ronroneó con aire pensativo—. Bien, mientras no vaya a enseñarme la mercancía.

—Creo que podemos garantizarle que ha aprendido la lección —dijo Teddy, mientras se preguntaba si sus pequeñas pero perfectas tetas eran auténticas.

—Vamos a ello —decidió Bianca—. Pero un solo movimiento de ese capullo, y se acabó la historia.

Unos minutos después estaba acomodada en su nuevo asiento. El político, un caballero de rostro enjuto, estaba aovillado en su asiento de la ventanilla bajo una manta, al parecer dormido.

Bianca sacó el iPod, puso Jay-Z y Kanye, se reclinó y soñó con Aleksandr, el yate y su futuro.

Todo estaba preparado, y si todo salía como lo tenía planeado, un día de aquéllos, en un futuro no muy lejano, se convertiría en la esposa de Aleksandr Kasianenko.

27

Mientras hacía el equipaje frenéticamente, arrojando ropa en las maletas abiertas, Ashley no sabía qué coger, porque no sabía adónde iban, y le gustaría saberlo, porque si iban a la Riviera francesa o a Cerdeña, sólo serviría la más elegante selección de ropa informal. Chanel, Valentino, tal vez incluso Dolce & Gabanna. Sin embargo, para Grecia o Sicilia la cosa cambiaría.

—Cógelo todo —la tranquilizó Taye—. O nada —añadió con una risita obscena—. Sin nada, parecerás una vieja chiquilla sexy.

—¿Vieja? —replicó Ashley, y se volvió hacia él con las fosas nasales dilatadas—. Sólo tengo veintinueve años, por el amor de Dios. No soy vieja.

—Sólo te estaba tomando el pelo, tesoro —dijo él de buen humor, sentado en el borde de la cama, mientras la miraba hacer las maletas—. Serás la chica más guapa del barco. Me juego el huevo izquierdo.

—Ojalá supiéramos quién va —gruñó Ashley, mientras tiraba en la maleta un bikini con estampado de leopardo y un pareo a juego.

—Pensaba que llamarías a Bianca para enterarte.

—Lo intenté. Ha cambiado de número.

—Pues envíale un mensaje de texto —sugirió él.

—¿Es que no me has escuchado, Taye? —dijo Ashley irritada—. Te acabo de decir que ha cambiado de número.

—Ah, sí —contestó, deseoso de que su esposa abandonara su sempiterno mal humor. Estaba empezando a cabrearle.

Ashley alzó en el aire un sucinto vestido sin mangas delante de ella y se volvió en busca de la aprobación de su marido.

—¿Te gusta? —preguntó.

—La cuestión es la siguiente, tesoro —respondió Taye, mientras se estiraba—. Me gusta todo lo que a ti te gusta.

—¡Por el amor de Dios! —replicó con brusquedad ella—. Por una vez, dame tu opinión.

—Vale, vale, no te pongas nerviosa —se apresuró a decir Taye—. Es bonito. Virginal.

—¿Quién quiere parecer virginal? —estalló Ashley—. ¿Qué te pasa?

Se lo podría decir, pensó Taye, *podría decirle que lo que me pasa es un caso agudo de dolor de huevos, y que por más que me la menee el problema sigue sin solución.*

—¿Qué aspecto quieres tener, pues?

—Sexy. Como antes de que los gemelos estropearan mi figura.

Por un momento, Taye pensó que iba a estallar en lágrimas, y se puso en pie como una exhalación, la abrazó, la consoló, notó sus tetas apretadas contra el pecho y le gustó mucho.

Entonces, Mamut intervino y ella le alejó de un empujón.

—¿Es que sólo piensas en el sexo? —le preguntó irritada.

—Tal vez —confesó él—. ¿Porque sabes una cosa, tesoro?, hace semanas que no lo hacemos.

—¡Oh, Dios mío! —dijo ella, fulminándole con la mirada—. ¿Es que llevas la cuenta?

—No llevo la cuenta —dijo él, con cuidado de no cabrearla más—. Es sólo frustración.

—Tu problema, Taye —anunció ella en tono majestuoso—, es que sólo piensas en ti.

Se avecinaban problemas. Si Ashley se ponía de mal humor, no habría forma de levantarle el ánimo, y mañana se iban de viaje. No quería ponerla fuera de sí. Tal vez si reculaba un poco, ella se tranquilizaría. Cualquier cosa por un poco de paz.

—Vale, vale —dijo en tono tranquilizador—. Lo siento, amor. Lo he pillado: estás tensa. Yo también. Ambos necesitamos este descanso.

—Yo desde luego sí —subrayó Ashley.

Fueron salvados por los gemelos, que entraron dando saltos en la habitación, seguidos de una agitada Elise, quien se sentía encantada de llevar la batuta. Había enviado a la canguro a hacer varios recados, y controlaba la situación.

Aimee y Wolf estaban para hacerles una foto. Por algún motivo que sólo Elise sabría, los dos niños iban vestidos como si estuvieran a punto de ir a una fiesta o a una sesión de fotos.

—¡Papi! —Aimee se lanzó hacia Taye, envolvió su robusto cuerpecito alrededor de sus piernas y le agarró con todas sus fuerzas—. ¡No quiero que te vayas!

Wolf, una versión en miniatura de su padre, se quedó en la puerta con expresión malhumorada, mientras daba pataditas a la alfombra.

—Sólo es una semana, nena —tranquilizó Taye a Aimee—. Y mami y papi os comprarán montones de regalos.

—No les prometas eso —siseó Ashley—. Ya están bastante malcriados.

—Yo quiero un Ferrari —anunció Wolf.

—Y yo un juego de Princess Castle —añadió Aimee.

—Sólo si sois buenos, educados y hacéis caso a la abuela —dijo Taye.

—Haz el favor de no llamarme «abuela» —intervino Elise, al tiempo que le lanzaba una mirada colérica—. Los niños me llaman Mumú. Os lo he dicho docenas de veces. ¿Es que nadie me hace caso?

—Mumú suena como una vaca —se burló Ashley.

—No —protestó Elise—. Es un mote adorable, ¿verdad, niños?

—También quiero una princesa Barbie —anunció Aimee.

—Eres estúpida —dijo Wolf con una gran exhibición de autoridad—. Todas las chicas son unas idiotas estúpidas.

—No seas grosero con tu hermana —le reprendió Ashley.

—Sí, ya has oído a tu madre: cuida tus modales, jovencito —intervino Elise.

—¡Modales! ¡Modales! ¡Modales! —canturreó Aimee, mientras le sacaba la lengua a Wolf, quien se vengó escupiendo en su dirección.

—¡Oh, Dios mío! —chilló Ashley—. ¡Los dos sois repugnantes! Llévatelos, madre. No puedo soportar verlos.

—Vamos a cenar a Nando's —dijo Elise, indiferente al mal comportamiento de los niños—. A los pequeños les encantan sus hamburguesas de pollo.

—¿Por qué van vestidos de punta en blanco? —preguntó Taye, mientras intentaba despegar a Aimee de sus piernas.

—Por si los fotografían —respondió Elise como si fuera la cosa más natural del mundo—. Nunca se sabe.

—Sólo los fotografían cuando salen con nosotros —indicó Ashley.

—No —replicó Elise—. Los hijos de las celebridades están muy de moda. Los pequeños de Gwen Stefani son casi tan famosos como su madre. Y Suri Cruise sale en todas partes.

—Eso pasa en Estados Unidos —afirmó Ashley.

—Aquí también está empezando a pasar —contestó Elise—. Estoy segura de que querrás que Aimee y Wolf salgan adorables.

—Da igual —masculló Ashley, más interesada en continuar con el equipaje.

—Vale, pues —dijo Taye, mientras se liberaba por fin de las garras de su pequeña—. Hasta luego.

Elise le dirigió una mirada significativa.

—¿Qué? —preguntó él, al darse cuenta de que quería algo.

—Dinero —explicó Elise—. Para la cena.

—Ah, sí —Taye metió la mano en el bolsillo y sacó un fajo arrugado de billetes—. ¿Cuánto necesitas?

—Deja de portarte como un tacaño y dáselo todo —terció Ashley, ansiosa por librarse de ellos.

—Claro, tesoro —dijo él, y le entregó el dinero.

Los niños se fueron con su abuela, y una vez más Taye se encontró a solas con su malhumorada esposa. Ardía en deseos de escapar de Inglaterra en dirección a climas más soleados. Tal vez un cambio de escenario pondría a Ashley de mejor humor.

Al menos, eso esperaba.

28

Xuan no necesitaba que nadie se ocupara de ella. Después de la cena en el bistró del barrio, salió por la mañana a pasear y no volvió hasta bien avanzada la noche. Cuando Flynn sugirió otra cena, ella puso reparos y dijo que estaba terminando de trabajar en una tesis sobre mujeres que se prostituían y sus motivos para ello. Él tenía mucho trabajo que liquidar antes de su partida, de modo que no le importó. Si bien no pudo evitar pensar que Xuan era una mujer difícil de comprender. Aunque se había creído que la conocía, pronto se dio cuenta de que no la conocía en absoluto. Era un enigma.

El plan de Kasianenko era encontrarse en Cabo San Lucas, de modo que se llevó una sorpresa al recibir una llamada del propio Aleksandr.

—Mañana tengo una reunión en París —explicó el ruso—. Os recogeremos y volaremos juntos al cabo.

Era como si hubieran hablado ayer, y no hacía casi dos años.

—Estupendo —respondió Flynn, complacido con el cambio de plan. Era mejor que empalmar una serie de aviones hasta llegar a su destino.

—Mi gente te llamará para darte instrucciones.

Colgó. Aleksandr era hombre de pocas palabras.

Más tarde, Flynn contó a Xuan el nuevo plan, y ella asintió.

—Tal vez pueda escribir un artículo sobre este hombre y su gran avión, su *top model* y su enorme yate —dijo con frialdad—. ¿Es solidario, o se lo toma como un merecido premio?

—No escribas nada —le advirtió Flynn—. Aleksandr es uno de los buenos.

—¿Cómo lo sabes? —preguntó Xuan con expresión escéptica.

—Porque lo sé —replicó él, mientras experimentaba dudas acerca de si invitarla al viaje había sido una buena idea.

—Lo juzgaré por mí misma —comentó ella, y su hermosa cara adoptó una expresión inescrutable.

—No me dejes mal —insistió Flynn—. Sólo recuerda que Aleksandr es amigo mío.

—¿Crees que te pondría en evidencia? —preguntó Xuan con ojos risueños.

—Si pudieras. Aunque estoy seguro de que nunca me harías eso, ¿verdad?

—Ya veremos —fue la misteriosa respuesta de la joven.

¡Mierda!, pensó él. *He cometido un error. Intentará desacreditarle porque es rico y poderoso.*

Después, pensó: *Bien, al menos no será aburrido. Que empiece la fiesta.*

Aquella noche cenó solo en el bistró del barrio, y pidió todos sus platos favoritos.

Mia fue su camarera, y cuando terminó, la invitó a sentarse con él mientras tomaba café.

Ella aceptó su invitación, y charlaron un rato. Era seductora y dulce, de una forma muy francesa.

Pensó que aquella noche tenía el apartamento para él solo, porque Xuan le había informado de que pasaría la noche con un amigo y no volvería hasta el día siguiente, de modo que, a sabiendas de que era un error, terminó preguntándole si quería tomar una copa con él.

Ella aceptó, y recorrieron tres calles hasta su apartamento.

Cuando llegaron, le sirvió a la joven un Pernod con hielo, y se dedicaron a beber y hablar de política, cosa que le sorprendió, porque Mai estaba más informada de lo que creía.

Al final, terminaron en la cama. Era inevitable.

Estar con ella no fue la experiencia que había creído. No era la chica mono araña, era una dulce amante, con un cuerpo cálido y generoso. Olía a lavanda y rosas, mientras que el Pernod añadía a sus besos un toque ácido muy agradable.

Descubrió que le hacía el amor con un sentimiento desaparecido en él hacía mucho tiempo.

Ella murmuró que deseaba acostarse con él desde la primera vez que había entrado en el restaurante de su familia, pero pensó que no estaba interesado.

Flynn se quedó sorprendido por su acento cantarín, la forma en que le acariciaba la nuca, la suavidad de sus manos. Mai era la primera mujer en mucho tiempo que le comprendía.

¿Deseaba eso?

No.

Los sentimientos sólo causaban dolor.

Al final se durmieron abrazados.

Cuando Flynn despertó al amanecer, ella se había ido.

Por un momento se sintió aliviado, y después disgustado. ¿No la había complacido? ¿Por qué se había marchado sin despedirse?

De repente, comprendió que estaba experimentando sentimientos auténticos.

Fue espectacular.

Xuan llegó por la mañana cargada con una bolsa de *baguettes* recién hechas, un tarro de mermelada casera y una tarrina de densa mantequilla cremosa.

—Desayuno —anunció, al tiempo que iba dejando las cosas sobre la encimera de la cocina. Hizo una pausa y olfateó el aire—. Una mujer ha estado aquí —dijo sin la menor vacilación—. ¿Va a desayunar con nosotros?

—No —replicó Flynn—. No desayunará con nosotros. ¿Cómo lo sabes?

—Ah… Percibo su fragancia en el aire. Y observo la sonrisa en tu cara.

—No estoy sonriendo.

—Disfruta por una vez.

—No estoy sonriendo —insistió Flynn.

Xuan se encogió de hombros.

—Lástima que no esté aquí. Sin embargo, eso es mucho más significativo.

Él asintió, distraído.

—¿Puedes preparar café mientras yo me ducho? —preguntó Xuan—. He pasado la noche en la calle. Valió la pena, porque he reunido un material bastante interesante.

—Estoy seguro —dijo Flynn, mientras pensaba que, en lugar de a la periodista, habría debido invitar a Mai al viaje. Ya tenía ganas de volver a ver a la francesita, lo cual era un signo positivo de que, quizás, estaba por fin preparado para mantener una relación que no durara sólo dos o tres semanas.

—Me alegro de que seas feliz —dijo Xuan—. ¿Te ha complacido esa mujer?

—No es asunto tuyo, joder —replicó él, mientras intentaba reprimir la estúpida sonrisa que parecía emerger de la nada.

—Ah, sí —dijo ella, con una sonrisa de complicidad—. Te ha complacido.

—¿Has hecho el equipaje? —preguntó Flynn para cambiar de tema—. Hemos de encontrarnos con Aleksandr a las tres en el plaza Athenée. Después iremos al aeropuerto.

—¿Yo, hacer el equipaje? —dijo Xuan con un gesto de sorpresa—. Lo dejé tal cual. ¿O no te diste cuenta?

—Vale.

—Me alegra saber que aún tienes sentimientos —comentó la periodista—. Por desgracia para mí, eso ya no es posible.

Flynn no necesitó preguntar por qué. Xuan le había confesado algunos de los horrores que había vivido, y por su propia tranquilidad era mejor no ahondar en el pasado.

—No sé tú, pero yo me muero de hambre —dijo Flynn con desenvoltura—. Vamos a comer algo.

—Ah, sí. Hacer el amor siempre despierta el apetito.

—¿Pararás de una vez? —preguntó él, mientras untaba mantequilla en el pan.

Xuan se permitió otra sonrisa misteriosa.

—Por supuesto. Es que me gusta verte así.

—¿Cómo? —preguntó él, mientras intentaba aparentar seriedad.

—Vulnerable.

—Venga ya —dijo Flynn, casi atragantándose—. No te pases.

Pero sabía que ella tenía razón. Tal vez se estaba concediendo permiso a sí mismo por fin para cambiar un poco.

Y quizá no fuera tan malo.

29

Aunque era una estrella de cine de primer orden, desde hacía muchos años, Cliff Baxter no era propietario de un avión. No era necesario, porque siempre que deseaba ir a algún sitio tenía a su disposición un avión de los estudios. Sólo tenía que pedirlo. Cosa que hizo, y un avión de la compañía iba a conducirles a Lori y a él a Cabo San Lucas al día siguiente. Entretanto, ordenó al mayordomo que le hiciera la maleta, y llamó a Enid para que fuera a su casa con el fin de darle instrucciones de última hora.

La mujer se mostró críptica como de costumbre.

—Espero y rezo para que no me prepares sorpresas durante esta pequeña excursión que inicias —dijo, y le traspasó con la mirada.

—¿En qué tipo de sorpresas estás pensando, Enid? —preguntó él con los ojos entornados.

Cabía reconocer que Cliff Baxter no había sucumbido al botox ni a la cirugía plástica a la que se habían rendido otras estrellas de edad avanzada. Era de la escuela de George Clooney y Clint Eastwood. Eres así, lo tomas o lo dejas. Pero tenía un aspecto fabuloso para ser un hombre cercano a la cincuentena. Tenía la cantidad adecuada de arrugas, y sólo un mechón gris en su lustroso pelo negro. Sin olvidar la irresistible sonrisa que dejaba sin sentido a las mujeres de todo el mundo.

—La sorpresa del matrimonio —soltó Enid—. Sabes muy bien a qué me refiero.

Cliff lanzó una carcajada estruendosa, aunque quizá su risa

no habría sido tan efusiva de haber sabido que Lori estaba al otro lado de la puerta de su estudio, escuchando cada palabra.

—¿Me estás tomando el pelo? —dijo—. Sabes mejor que nadie lo que opino del matrimonio. No me va. Ni hablar. Nada de matrimonio. Ni de críos lloriqueantes. Ni pronto ni nunca.

—Eso me tranquiliza, porque Lori no es para ti, aunque parece que ha durado más que las otras. La verdad, no entiendo por qué.

—Se quedan porque yo quiero que se queden —declaró Cliff—. Se van cuando me conviene.

Enid no lo puso en duda.

—¿Y ésta? —preguntó.

—¿Entre tú y yo? —preguntó Cliff, con una de sus miradas serias.

—No, Cliff —repuso Enid en tono sarcástico—. Pienso vender a las revistas sensacionalistas todo cuanto me digas.

—En ese caso, debería ser sincero contigo.

—Por favor.

—Bien, ahí va la primicia: la verdad es que la fecha de caducidad de Lori casi ha llegado.

En el pasillo, la joven no daba crédito a lo que estaba escuchando. Fecha de caducidad. La puta fecha de caducidad. ¿Qué se pensaba que era, un yogur en el estante de un supermercado?

¡Hijo de puta! ¡Cerdo! ¿Cómo podía hablar con tanto desdén de su relación? La había herido hasta lo más hondo.

Reprimió las lágrimas de rabia, así como el ansia de entrar en la habitación y decirle exactamente qué opinaba de él.

Pero mujer prevenida vale por dos, así que Lori empezó a formular un plan.

Las cenas eran siempre informales en la mansión de un megaproductor de Bel Air. Cliff y el productor habían trabajado juntos en varios filmes, y estaban planeando una futura película protagonizada por un ex detective de policía renegado, un personaje que el actor se moría de ganas de interpretar. Hablaba en todo momento del detective como si fuera una persona real.

Lori estaba harta de oír hablar de la inminente película. Si no había un papel para ella, ¿para qué iba a sentirse interesada?

Los dos hombres eran amigos desde hacía mucho tiempo. Tenían una lista de sus protagonistas favoritas, todas, desde Angelina Jolie hasta Scarlett Johansson.

«¿Y yo? —tenía ganas de chillar Lori—. ¿Y si me concedéis una oportunidad?»

La realidad se impuso. Sabía que eso no iba a suceder, sobre todo ahora que iban a sellar su visado de salida.

Se preguntó cómo se las arreglaría Cliff para deshacerse de ella. Tal vez montaría una gran pelea, lo bastante grave para que ella se viera obligada a marcharse. Mmm... Ella era lo suficientemente lista como para saber que son necesarias dos personas para que una discusión prospere, y ahora que era consciente de la situación no iba a caer en esa trampa.

Tal vez sería brutalmente sincero y le diría que, para él, la relación no funcionaba.

¿Significaría eso una indemnización por despido? ¿Dinero y un apartamento?

Tuvo ganas de llamar a un par de sus ex y averiguar cuál era el acuerdo.

Entretanto, aún iban a ir de viaje juntos, lo cual ya era algo. ¿Podría eso salvar su relación? Cabía la posibilidad.

—Tienes un aspecto muy juvenil esta noche —comentó la esposa del productor, una rubia tipo Hollywood de labios excesivamente gruesos y expresión insatisfecha—. Adoro tu vestido... ¿Kitson's?

No. Target, estuvo tentada de contestar Lori. *Me costó veinticinco pavos, en lugar de los doscientos veinte que me habrían cobrado en Kitson's. Y eso tirando a la baja.*

—Los volantes son una monada —continuó la Esposa del Productor. Después, sin transición, añadió *sotto voce*—: ¿Cómo van las cosas entre Cliff y tú?

¿Sabría algo? ¿Se habría confiado Cliff a su amigo el productor?

Todas las esposas estaban celosas de ella porque todas deseaban en secreto probar la polla del famoso Cliff Baxter. Sólo que era ella la usufructuaria, y ellas no.

Qué pena, zorras.

—De hecho —contestó sin alterar la voz—, las cosas no podrían ir mejor. Cliff es un amor, tan generoso y considerado. —Una pausa—. ¿Por qué me lo preguntas?

La Esposa del Productor se puso nerviosa, pero sólo un momento.

—Bien —dijo—, ya sabes que tiene fama de mujeriego. —Una breve pausa—. Todos le queremos, por supuesto, y nada nos gustaría más que verle sentar cabeza, aunque ya sabes que nuestro Cliff es totalmente contrario al matrimonio.

Sí, lo sé, zorra. Gracias por recordármelo.

—Por eso estamos tan bien juntos —repuso Lori con dulzura—. Porque soy demasiado joven para pensar en el matrimonio. Primero quiero dedicarme a mi carrera, y el matrimonio ya llegará mucho más adelante.

No te olvides de repetirlo a tu rijoso marido calvorotas, para que pueda transmitir el mensaje a mi novio.

—Oh —dijo la Esposa del Productor, mientras fruncía sus labios—. En ese caso, eres la chica perfecta para Cliff.

Al otro lado de la sala, el actor y el productor estaban comentando las ventajas de rodar en Nueva York en comparación con Los Ángeles.

—Mejores beneficios fiscales en Nueva York —anunció el productor, y añadió con una risita procaz—: Y mejores clubes de estriptís.

Cliff meneó la cabeza.

—No puedo ni pisar uno de esos clubes. Saldría en Internet al día siguiente. ¿Quién necesita esa mierda?

—¿Por qué te preocupa? Tú no estás casado.

—Sería negativo para mi imagen. Además, tengo novia.

El productor lanzó una mirada al otro lado de la sala.

—¿Qué tal te va con Lori? Parece que es de las que duran. Lleva más tiempo que las demás.

Cliff asintió. Su vida privada era asunto suyo, y sólo Enid estaba enterada de cierta información. Sin embargo, eso no significaba que no pudiera revelar algo.

—Lori es la mejor chupapollas que he conocido en mi vida —confesó, a sabiendas de que eso volvería loco a su amigo—. Mejor que cualquier estrella del porno.

La boca del productor tembló un poco mientras asimilaba la información. No era suficiente que Cliff Baxter fuera un ídolo de la pantalla, y encima soltero. Ahora, tenía una novia que le hacía las mejores mamadas del mundo mundial. A veces, la vida no era justa.

Más tarde, el productor y su esposa se dispusieron a ver el estreno de una película en su cine privado.

Cliff decidió que no iban a quedarse.

—Nos vamos mañana muy temprano —explicó, y después guiñó el ojo al productor—. He de ocuparme de un par de cosas antes de acostarme.

El hombre lanzó una mirada codiciosa a Lori antes de despedirla con un abrazo, mientras su esposa conseguía besar a Cliff en los labios.

En el Bentley, camino de casa, Cliff sugirió a Lori que se la chupara mientras conducía.

—¿Y si nos salimos de la carretera? —preguntó ella, pensando en las consecuencias.

—Habrá valido la pena —replicó él, ansioso por degustar el particular estilo de *lap dance* que practicaba la chica.

Ella apretó los dientes y se puso a trabajar, con la cabeza en el regazo de Cliff mientras él circulaba por las sinuosas carreteras de Bel Air, con una mano en el volante y otra encima de su cabeza, para impedir que la levantara.

Lori puso todo su empeño, y el actor se corrió al cabo de unos minutos.

Vamos a ver si puedes encontrar una novia nueva que se ocupe de tus necesidades como lo hago yo, pensó. *Mucha suerte, señor Estrella del Cine. Sustituirme te va a costar mucho más de lo que puedes imaginar.*

30

Como Suga tenía un concierto en Ciudad de México, Luca decidió que sería solidario, e incluso divertido, asistir al espectáculo antes de volar a Cabo San Lucas al día siguiente.

Fue una decisión que no sentó nada bien a Jeromy. Ver la actuación de Suga equivalía a recibir mil puñaladas en los ojos. La mujer se contoneaba en el escenario como una muñeca Barbie extragrande, con los ridículos vestidos que, en su locura, debía considerar sexy. Porque demenciales lo eran, adecuados sólo para modelos de metro setenta y cinco, esqueléticas y sin pecho, no para una diva de cincuenta y pico años, baja, obesa, con una gran cabellera, enormes pechos y abundancia de maquillaje.

Los admiradores que abarrotaban el estadio disfrutaban con su desmesura. Jeromy no, desde luego. Su voz provocaba escalofríos que recorrían su espina dorsal, y no de una manera agradable.

La parte más espeluznante de la velada fue cuando invitó a Luca a subir al escenario con ella, y la multitud prorrumpió en un frenesí de hurras, chillidos y suspiros orgásmicos al ver a su ídolo.

Luca. El dios latino rubio de Jeromy. En el escenario con la mujer loba. Un espectáculo deprimente. El interiorista se sentía mortificado por tener que presenciar la escena.

Después, hubo copas de celebración en el camerino atestado de Suga. Abundaban los gorrones. Admiradores jóvenes, admiradores viejos, mánagers, promotores, un par de fotógrafos.

Jeromy se refugió en una esquina y se quedó allí. Era un observador en una parada de monstruos, pero no un participante.

Luca no pareció reparar en la falta de interés de su novio, ni pareció preocuparse por ello, porque estaba demasiado ocupado procurando que Suga recibiera toda su atención.

¡Maldita fuera esa mujer! Cuanto más tiempo pasaba Jeromy en su compañía, más la odiaba. Era fácil odiarla.

Paseó la vista a su alrededor y pronto estableció contacto visual con uno de los bailarines de Suga, un hombre alto y delgado vestido con pantalones de cuero que le marcaban el culo a la perfección, y la cabeza rapada. Jeromy se había fijado en él en el escenario, y ahora, de cerca, sintió una agitación familiar. Continuaron estableciendo contacto visual, hasta que, con una levísima inclinación de la ceja, el interiorista indicó la puerta.

Luca estaba todavía ocupado agasajando a Suga, y no se fijó en que Jeromy se marchaba con sigilo, ni en el bailarín que le seguía.

Sin intercambiar una palabra, ambos se dirigieron hacia el lavabo de caballeros, donde se metieron juntos en un cubículo.

Jeromy tocó la cabeza afeitada del hombre, mientras se bajaba la cremallera de los pantalones.

El bailarín cayó de rodillas y recibió su morcilluda polla en la boca.

Siguieron sin intercambiar la menor palabra.

La excitación sexual era intensa, y Jeromy comprendió que podrían descubrirles en cualquier momento.

Llegó al orgasmo con un estremecimiento, se guardó a toda prisa el miembro en los pantalones y volvió con el grupo del camerino.

Diez minutos después, Luca recordó por fin que estaba vivo, y se acercó a él.

—¿Te aburres? —preguntó.

¡Aburrirse! ¿En qué planeta vivía Luca?

—Estoy perfectamente bien —contestó, y observó a su pareja de sexo al otro lado de la abarrotada habitación—. Sólo porque el vuelo sale muy temprano, quizá deberíamos pensar en marcharnos.

—Claro —aceptó Luca—. Iré a despedirme de Suga. Acompáñame, te adora.

Una mentira flagrante.

Jeromy lo siguió hasta donde la cantante concedía audiencia. Se le había corrido la laboriosa pintura de los ojos, y borrado el brillo de los labios, evidentemente operados. *Morritos de chocho*, pensó Jeromy. *Grandes y viejos morritos de chocho.*

—Gracias por venir —le dijo Suga, toda falsa cordialidad y perfume empalagoso.

Ay, si ella supiera...

—Ha sido un placer —mintió Jeromy—. Has estado... —buscó la palabra adecuada— asombrosa.

—Por supuesto —replicó Suga, y añadió un majestuoso—: Yo nunca decepciono a mis admiradores.

Después, se despidió de él, porque era muy consciente de que Jeromy había mentido como un bellaco. Se volvió hacia Luca y rodeó su cuello con los brazos, le besó en los labios y susurró algo en español en su oído.

Jeromy no hablaba español. Su joven amante hablaba un inglés perfecto, así que nunca había necesitado aprenderlo. En aquel momento, ansiaba saber qué había dicho la irritante vaca. Inglés, español, daba igual. Era uno de aquellos susurros íntimos que dibujaban una gran sonrisa en el hermoso rostro de su joven amante.

Maldita sea. ¿Por qué la zorra obesa tenía tan hechizado a Luca? Había que romper el encantamiento, de eso estaba seguro. Y era él quien debía hacerlo.

31

Sierra temía el inminente viaje. Detestaba la idea de estar encerrada en el camarote de un barco, por lujoso que fuera, con Hammond. Daba igual que conociera a Aleksandr Kasianenko. Habían coincidido en una ocasión, brevemente, en un evento político en Washington. Habían intercambiado unos cuantos cumplidos, y eso fue todo. Desde entonces, su marido había procedido a perseguirle como un perro codicioso de un hueso particularmente jugoso.

Era la noche anterior a su partida, y como de costumbre Hammond se quedó a trabajar hasta tarde. Habían ido a comer juntos, y ella se había comportado como la perfecta esposa de un político, con su traje de St. John, el pelo castaño rojizo muy bien peinado, la sonrisa firme en su sitio. Oh, sí, sería una primera dama espectacular, y Hammond lo sabía. Ésa era la única razón de que la hubiera elegido. Ella era consciente de ello, lo cual le provocaba escalofríos.

Hammond tenía un sueño. Y el sueño era erguirse sobre la escalinata de la Casa Blanca, con ella del brazo.

Les presento al presidente Hammond Patterson y a su encantadora esposa, Sierra Kathleen Snow Patterson.

La esposa perfecta. El marido perfecto. Menuda pareja. Avergonzarían a los Kennedy.

Al menos, eso pensaba Hammond.

Sierra confiaba en que ese día nunca llegaría. Alguien sacaría a la luz en algún momento la verdadera personalidad de su marido. Quizá sería ella. Pero no lo creía, no podía correr el riesgo.

No. Tenía que depender de que otra persona lo derribara de su pedestal.

Pero aún no sabía quién podía ser esa persona.

—¿Te estoy haciendo trabajar demasiado? —preguntó Hammond, y juntó las yemas de los dedos cuando Skylar entró en su despacho cargada con un montón de papeles.

—En absoluto, senador —dijo la joven, muy complacida consigo misma, porque no cabía duda de que era la becaria favorita del prestigioso político. Era la cuarta noche seguida que le pedía quedarse hasta tarde—. He venido a ser útil.

Y lo eres, pensó Hammond. *Y esta noche voy a poner a prueba esa teoría.*

—¿Cómo es ese novio tuyo? —preguntó.

—Oh, ya sabe —dijo Skylar, con un gesto vago de la mano izquierda.

—¿Juntos? ¿Separados? —insistió Hammond.

—Nosotros... Mmm... Discutimos un poco.

—¿Sobre qué?

—No estoy segura —confesó Skylar—. A veces parece tan... inexperto.

Hammond aprovechó la oportunidad.

—¿Sexualmente? —preguntó, de pie detrás del escritorio.

La joven se ruborizó.

—No te sientas avergonzada —continuó él, mientras rodeaba el escritorio y caminaba hacia ella—. Ya te lo dije el otro día: hablo de todo con mi hija adolescente. El sexo... Bien, es natural, porque los chicos son inexpertos. Maduran mucho más tarde que las chicas, por lo tanto no tienen ni idea de cómo tratar a las mujeres. —Una pausa larga y significativa—. Y eso es lo que tú eres, Skylar: una hermosa mujer joven.

El rubor de la becaria se intensificó. ¡Qué cumplido! ¡De un hombre tan importante! Aquella misma mañana, su hermano la había llamado culo gordo, y su madre le había ordenado que limpiara su habitación y dejara de comportarse como si tuviera doce años.

Deberían saber que el querido senador acababa de llamarla hermosa. *Chúpate ésa, mamá. Una mujer. No una niña de doce años.*

—Gracias, senador —murmuró.

Él se acercó más a ella y apoyó ambas manos sobre sus hombros.

Skylar no osaba moverse. Le recordaba a un profesor que había tenido en el instituto. Mayor, de aspecto agradable, reservado.

Tenía unos adorables ojos castaños. Ojos sinceros. Ojos en los que se podía confiar.

—¿Has oído lo que te he dicho, Skylar? —preguntó él en voz baja—. Eres muy guapa.

Con los años, Hammond había aprendido que, cuando le decías a una mujer, joven o vieja, que era guapa, siempre te creía. No había excepciones.

—Oh... Sí... Uh... Gracias —murmuró ella, halagada, pero deseosa al mismo tiempo de que el senador apartara las manos de sus hombros, porque la estaba poniendo de los nervios. Recordaba haber oído anécdotas en clase de historia sobre una becaria de la Casa Blanca, cuando Bill Clinton era presidente. Por lo visto, le había tirado los tejos a la becaria, o viceversa; no lo recordaba, pero, fuera como fuera, se salvó por los pelos de que el Congreso pusiera en marcha el proceso de destitución. No creía que el senador Patterson fuera a hacer algo, pero aun así deseaba que apartara las manos.

No lo hizo.

Se acercó un poco más.

Bajó las manos hasta rodear sus pechos.

Skylar se sentía mortificada. Aquello no podía estar pasando. El senador era un hombre casado. Ella era una adolescente, y él tendría casi cuarenta años. Eso no estaba bien.

Se quedó petrificada, incapaz de moverse.

—Tienes unos pechos bonitos —dijo Hammond—. Me fijé la primera vez que te vi.

Ella abrió la boca para protestar, pero no salieron las palabras.

Él pasó las manos por debajo del jersey y le desabrochó con destreza el sujetador, de modo que quedó suspendido sobre sus pechos. Después empezó a pellizcarle los pezones con los dedos.

La joven estaba muy confusa, muy consciente de que debía detenerle. Pero de repente nuevos sentimientos empezaron a inundar su cuerpo. Su forma de tocarla la estaba excitando, la dejaba sin aliento. La tocaba de una forma muy diferente a la que empleaba su novio de quita y pon, al que jamás había permitido pasar de la segunda base: por eso estaban peleando siempre.

—¿Te gusta esto? —preguntó el senador, mientras movía las yemas de los dedos en círculo sobre los pezones—. ¿Te excita?

Logró articular un «sí» estrangulado, e imaginó la cara de su madre si alguna vez se enteraba.

El senador le levantó el jersey y agachó la cabeza para chuparle uno de los pezones erectos. Se detuvo un momento para preguntar:

—¿Y esto?

Skylar tenía la garganta seca, y supo que debería protestar, sólo que se sentía demasiado bien. No quería que parara. Nunca. Jamás.

Hammond experimentó un momento de triunfo. La muchacha estaba madura. Si dedicabas caricias suficientes a chicas de grandes tetas, eran tuyas. Nada como jugar un poco con los pezones para calentarlas y pasar a la acción. Lo sabía con toda certeza.

—Eres irresistible —ronroneó, seduciéndola con sus palabras—. Eres como un caramelo delicioso. Tus pechos son increíbles.

Los cumplidos constituían una parte importante del proceso inicial de seducción. Los cumplidos y los juegos preliminares: una combinación ganadora.

Sierra consultó su reloj. Era tarde, y todavía ni rastro de Hammond. Cenó en soledad, y al final se retiró a la cama.

Mañana partirían, ¿y quién sabía qué iba a pasar?

Tal vez podría arrojarle al mar por la borda en plena noche, y sus problemas habrían terminado.

Sonrió para sí.

Ojalá...

32

—No sé de qué está hablando —murmuró la chica, sentada muy tiesa en la silla de la sala de estar de la casa que compartía con su novio en Arizona.

—¿No? —preguntó Sergei Zukov, mientras un tic incontrolado latía en su mejilla izquierda. Estaba de pie delante de ella, furioso y asqueado por sus intentos de negar quién era. Sólo habían coincidido una vez, cuando Boris la había llevado a la boda de una prima en Moscú. Hacía cinco largos años. Entonces llevaba largo el pelo negro y vestía de gótica. Recordó haber preguntado a su hermano qué estaba haciendo con aquel ser extraño. Él se había reído y murmurado algo acerca de su debilidad por las mujeres de aspecto raro. Después de la muerte de Boris, Sergei había descubierto que la chica era adicta a la heroína, y sin que su hermano lo supiera había vendido información sobre él para alimentar su adicción. Boris siempre había sentido debilidad por las mujeres que transitaban senderos peligrosos, y eso le había conducido al fin a la perdición.

Ahora, la chica tenía el pelo corto desteñido, vestía *shorts* vaqueros, un top y una chaqueta verde de punto larga. Tenía los labios delgados, el cutis estropeado y hablaba con un falso acento norteamericano.

Era ella, no cabía duda.

Sergei detestaba su visión.

—¿Me estás diciendo que no te llamas Nona, y que nunca has vivido con mi hermano en Moscú? —dijo, mientras caminaba alrededor de la silla—. ¿Es así?

Ella le miró con el ceño fruncido, y sacudió la cabeza vigorosamente.

—Me llamo Margie —escupió—. Soy ciudadana norteamericana y conozco mis derechos, así que lárgate ahora mismo de mi casa.

Había llegado a la casa diez minutos antes. Ella había abierto la puerta, pensando que era un mensajero. Le acompañaban dos de sus hombres. La agarraron y la ataron a la silla como una marioneta. Ella no había chillado, sino que se limitó a lanzarle miradas de odio. Sabía para qué habían venido.

—Soy el hermano de Boris —dijo Sergei—. Y tú eres Nona.

Ella no dijo nada.

—Sabes por qué estoy aquí, ¿verdad? —continuó—. Lo leo en tu cara.

Fue entonces cuando negó saber de qué estaba hablando.

—Mi marido no tardará en volver —dijo, mientras lanzaba una mirada furtiva hacia la puerta—. Tiene una pistola, y no le da miedo usarla.

—El hombre con el que vives no es tu marido, y tú no eres Margie —afirmó con frialdad Sergei.

—Que te den —dijo ella en voz baja y encolerizada—. No me asustas, así que, como ya he dicho, lárgate.

—Lo haré cuando recupere el dinero que robaste, y tenga la información que necesito —repuso él, muy tranquilo, aparte del tic delator en la mejilla izquierda.

—Espera sentado, capullo —dijo ella desafiante—. El dinero me lo pulí hace mucho tiempo.

Sergei era un hombre paciente cuando era necesario. Sin embargo, no estaba dispuesto a intercambiar juegos de palabras con aquella zorra todo el día.

Tardó dos horas, pero después de cierto grado de persuasión física, ella se había desmoronado por fin, y reveló que había vendido información a un periodista norteamericano sobre los planes de Boris para secuestrar a una hija de Aleksandr Kasianenko, y que el periodista debía haber acudido ipso facto a Kasianenko con la información, porque veinticuatro horas después Boris estaba muerto y ella había huido, temerosa por su vida.

Sergei se sintió al fin satisfecho, porque ahora contaba con todo lo que necesitaba.

El pez gordo multimillonario, Aleksandr Kasianenko, era el hombre responsable de la muerte de su hermano.

Esa información bastaba para que Sergei emprendiera el camino de la venganza.

33

Bianca, sentada al lado de Aleksandr en su avión privado, obsequió a su novio con anécdotas de su vuelo comercial a Moscú y las numerosas humillaciones que había padecido.

—Tendría que haberme quedado en París —dijo con una carcajada de pesar—. ¡Porque aquí estoy, veinticuatro horas después, de regreso a la ciudad que acabo de abandonar! ¡Esto es una locura! Y como ya he dicho, fue un vuelo comercial. ¡Qué pesadilla! No sé cómo lo aguanta la gente. Es tan incómodo.

Aleksandr parecía preocupado, y si bien lo estaba disimulando, a Bianca no le había hecho ninguna gracia volar hasta Moscú y encontrarle tan distante. Había estado inmerso en reuniones de negocios, y apenas le había visto. Ahora iban a hacer escala en París para recoger a unos amigos a los que no conocía. No era así como había esperado que empezara su viaje de cumpleaños.

—¿Te encuentras bien? —le preguntó, al tiempo que se inclinaba hacia él—. Da la impresión de que estás preocupado.

—Preocupado —repitió él, al tiempo que clavaba su mirada en ella.

—Eso he dicho.

—¿Cómo fue tu anterior viaje a París? Cuéntame más.

—Te lo he contado todo —contestó ella, mientras se preguntaba a qué se debía aquel repentino interés—. Cena con amigos, todos deliciosamente gays, de modo que no te habría gustado nada. Reímos a carcajadas, y te eché muchísimo de menos. Siempre lo hago cuando estamos separados.

—Por lo visto, el abogado de mi mujer tiene una impresión muy diferente —replicó Aleksandr, mientras tamborileaba con los dedos sobre el lado del asiento.

—¿Perdón? —preguntó Bianca, y frunció el ceño—. ¿Qué pinta aquí el abogado de tu esposa?

—Me envió unas interesantes fotos que circulan por diversas páginas de Internet.

—¿Qué fotos?

Aleksandr levantó su maletín, lo abrió y desplegó varias fotos de Bianca bailando, apretada contra un poste de estríper y, ay, la humillación, tomas de la entrepierna demostrativas de que no llevaba ropa interior.

—¡Mierda! —exclamó ella, mientras revisaba las fotos—. No…, no lo entiendo.

—Ni yo —contestó Aleksandr con semblante grave—. Has de comprender que estoy pasando por un divorcio extremadamente difícil, y el derecho de visitar a mis hijas es de la mayor importancia para mí. Ahora, mi esposa dice que no permitirá que nuestras hijas se relacionen con una mujer de baja estofa.

—¡Baja estofa! —exclamó Bianca, y su humillación se convirtió en ira—. ¡Y una mierda! ¡Cómo se atreve! Como si hubiera posado para esas fotos. Alguien las tomó sin que yo me enterara.

—Sin embargo, estabas en un club —dijo Aleksandr en tono acusador—. Estabas bailando contra un poste como una estríper barata. Y no llevabas bragas.

—Algo de lo que nunca te habías quejado.

El rostro de Aleksandr se ensombreció.

—No olvides que eres mi mujer, Bianca. Tu comportamiento es un reflejo de mí, y este tipo de comportamiento es más que irrespetuoso.

—¡Tu mujer! —bramó ella, asombrada de que Aleksandr se comportara como si fuera de su propiedad. Estaba revelando una faceta que desconocía hasta aquel momento, y no le gustaba—. ¿Quién demonios te crees que eres? —preguntó, cada vez más encolerizada—. ¿Un árabe con su puto harén? Porque, nene, yo a eso no juego.

—Bianca —dijo él, mirándola fijamente—, hablo en serio.

—Bien, señor serio de los cojones —replicó ella furiosa—. Nadie me dice lo que puedo hacer o dejar de hacer. Lamento que me fotografiaran, pero va incluido en el puto lote de ser una estrella, y tú ya deberías saberlo.

Su primera discusión. Sostuvieron la mirada, ninguno dispuesto a recular.

—Detesto que digas tacos —dijo con frialdad Aleksandr—. Es muy poco femenino. No es digno de ti.

—¿De veras? —se revolvió Bianca, furiosa por la forma en que le estaba hablando.

—Te hace vulgar, son palabras de una buscona callejera.

—Apuesto a que has conocido bastantes —soltó Bianca, incapaz de contenerse.

—Perdón, señor Kasianenko —dijo Olga, su azafata personal, vacilante porque no quería interrumpir—. El piloto me ha pedido que se abrochen los cinturones de seguridad en preparación para el aterrizaje.

—Gracias, Olga —dijo Aleksandr con un breve cabeceo.

Bianca se dio la vuelta y forcejeó con el cinturón. Echaba chispas. Era un principio de mierda para un viaje que, en teoría, iba a ser memorable.

De pronto, se le ocurrió que tal vez estaba cometiendo una gigantesca equivocación.

Los vuelos comerciales no eran la diversión favorita de Ashley. Atravesar el aeropuerto de Heathrow era incómodo, por decir algo. Todo el mundo quería el autógrafo de Taye, y no había forma de escapar de las hordas de *paparazzi* que les pisaban los talones hasta que cruzaban los controles de seguridad.

Algunos *paparazzi* le gritaban cosas horribles. «Dedícanos una sonrisa, cariño, siempre pareces tan desdichada.» «¿Taye se está tirando a otro conejito?» «¡Venga, Ashley, cambia ese aspecto de constipada!»

Groseros hijos de puta. Los odiaba a todos.

No era culpa de ella que Taye siempre lograra exhibir su gran sonrisa. A ella no le salía, así de sencillo. Él era el señor Personalidad. Ella no. No era desdichada, sólo fría. Mejor parecer fría que parecer imbécil.

Una vez que dejaron atrás los controles de seguridad, las cosas se calmaron, aunque no le hizo la menor gracia tener que quitarse los zapatos, la chaqueta y todas las joyas cuando atravesaron el escáner. Maldición, ¿por qué no concedían a Taye tratamiento prioritario? Era un héroe del fútbol inglés, una auténtica estrella, y las estrellas no debían padecer las humillaciones de la gente corriente.

A veces, se preguntaba si, por ser negro, no recibía el mismo tratamiento que Beckham.

Mmm… Valía la pena meditar en ello.

Sentado en la sala VIP, Taye charlaba cordialmente con otros pasajeros. Ashley se había sentado a una mesa, bebía un café y hojeaba las páginas de *Hello*. Se detuvo para estudiar una foto de ella en un desfile de modas, vestida con un traje de lo más chic. Le gustó la imagen, lo bastante para arrancar la página de la revista y guardarla en su bolso Birkin.

Taye se estaba acercando con alguien para presentárselo, lo cual era irritante porque no estaba de humor para contemporizar. No tardó en animarse cuando se dio cuenta de que era Billy Melina, el astro del cine norteamericano, y estaba buenísimo.

Ashley compuso su expresión animada y empezó a bombardear al actor con preguntas acerca de su próxima película y de a dónde iba. Billy era encantador, muy norteamericano, y cuando se fue, Ashley fantaseó sobre cómo sería estar casada con una estrella de cine. Una apuesta estrella de cine con el mismo aspecto de Billy Melina. Tan atractivo y sexy, y acababa de terminar una película con Cliff Baxter, otro de sus favoritos.

Se preguntó cómo sería Billy en la cama…

—¿En qué estás pensando, cariño? —preguntó Taye.

—Ah —dijo con descaro—, estaba pensando en lo que vas a hacerme en cuanto me suba a ese barco.

Su marido tenía razón, hacía tiempo que no hacían el amor, y de repente le estaban entrando ganas.

—¿De veras? —preguntó él asombrado.

—Los barcos son sexys, ¿verdad? —dijo Ashley, y le tiró del brazo.

¡Hostia! ¿Su mujer estaba calentorra por fin?

—Muy sexys —logró articular—. Digámoslo así, tesoro. Tú y yo vamos a menear el barco de proa a popa. Ve preparándote.

Ella sonrió, y echó un vistazo a la erección que se le marcaba en los pantalones.

Taye siempre iba salido, y era todo suyo.

En el todoterreno negro, camino del aeropuerto, Lori había adoptado su mejor comportamiento. Cliff estaba pensando en abandonarla, y ella no iba a transigir. Estaba decidida a que se diera cuenta de su error. Una mamada perfecta en el coche mientras él conducía fue tan sólo el principio de todas las cosas excitantes que le reservaba. Su vida sexual estaba a punto de subir de tono. Durante el inminente viaje, pensaba elevarla a un nivel totalmente diferente.

Sí, Cliff Baxter estaba a punto de descubrir una nueva faceta de ella.

Cuando hubiera terminado con él, le suplicaría que se quedara.

Cabo San Lucas se encontraba en su momento más glorioso. El sol brillaba, las palmeras se balanceaban, reinaba una atmósfera vacacional.

Luca y Jeromy se habían quedado a pasar la noche con los Luttman, unos conocidos que poseían una magnífica villa sobre la bahía. Los Luttman eran una influyente pareja de Nueva York con la que habían coincidido diversas veces en el circuito social, y Jeromy había intentado con desesperación cultivar su amistad. De modo que cuando surgió la oportunidad del viaje en yate, descubrió enseguida que estarían residiendo en su casa de vacaciones, y había sugerido a Luca pasar la noche en su villa como invitados. Éste había accedido, y los Luttman habían aceptado muy complacidos.

Lanita Luttman, ex corista, diseñadora de joyas y reconocida lesbiana, era una verdadera mariposa social. Y su marido, Sydney, un banquero de inversiones absurdamente rico y reconocido homosexual, no habría podido ser más feliz al recibir a Luca y a su pareja inglesa en casa.

Un chófer uniformado y dos entusiastas ayudantes fueron a buscar a Luca y a Jeromy al aeropuerto y les condujeron a la villa, donde Lanita les recibió engalanada con un caftán púrpura y múltiples ristras de largos collares de diamantes. Una mujer vistosa, llevaba el pelo teñido de negro, lentillas azul turquesa, y era decididamente obesa.

Abundaba la servidumbre. Lanita chasqueaba los dedos y aparecían bandejas de canapés y Bellinis en las manos de camareros jóvenes ridículamente guapos, ataviados con *shorts* ajustados, los abdominales y torsos bien definidos cubiertos tan sólo con tirantes de colores.

Jeromy estaba en la gloria. Paseaba la mirada a su alrededor, con el deseo de pasar más de una noche allí. Podría acostumbrarse muy pronto a ese estilo de vida.

Luca ya estaba admirando el despliegue de collares centelleantes que exhibía Lanita, mientras diversas criadas y ayudantes miraban desde las ventanas y desde detrás de los arbustos, desesperados por echar un vistazo a su ídolo, el fabuloso Luca Pérez.

Ay…Tan atractivo, tan rubio… ¡y qué voz! Todos rendían adoración a su ídolo.

Entretanto, Jeromy se hallaba en su elemento. ¿Quién habría pensado que su vida fuera a dar un giro tan asombroso? Los gays de Londres de la alta sociedad le habían proscrito cuando cumplió cuarenta sin tener un novio permanente, ya no digamos un negocio de éxito. Sin embargo, desde que había ligado con Luca, y aceptado a Ashley como colaboradora, lo tenía todo. Con el apoyo y contactos de Luca, y la inversión de Taye, su negocio de diseño había despegado, y ahora se encontraba en Cabo San Lucas con una de las parejas más ricas de Estados Unidos, a punto de zarpar en un viaje exclusivo con un oligarca ruso y su novia *top model*.

No estaba mal. Nada mal.

Hammond se metió en la cama conyugal hediendo a sexo.

Sierra se acurrucó en su lado de la cama y fingió dormir. El muy hijo de puta ni siquiera se había molestado en quitarse el olor de otra mujer del cuerpo.

Continuaba preguntándose cómo había permitido rebajarse hasta tal punto.

Debido a las amenazas diabólicas de Hammond, por eso. Amenazas que no dudaría en llevar a la práctica, fuera como fuera.

¡Has de huir de este matrimonio!, chilló una voz en su cabeza.

No puedo, replicó otra voz. *Me falta valor.*

En otro tiempo habría combatido, plantado cara. Sólo que ahora era incapaz de hacer acopio de valor. Sólo sabía seguirle el juego.

Cerró los ojos con fuerza y rezó para olvidar.

Ésa era su vida, y no podía hacer nada al respecto.

34

Cuando Flynn y Xuan entraron en el espacioso vestíbulo del Hotel Plaza Athenée, Aleksandr se puso en pie y envolvió al periodista en un abrazo de oso.

—Me alegro mucho de verte, amigo mío —dijo con afecto—. Ha pasado demasiado tiempo. He echado de menos tu compañía.

Flynn se liberó y presentó a Xuan. Aleksandr la examinó de arriba abajo y asintió a modo de aprobación.

—Has elegido bien —comentó.

Flynn comprendió que tal vez no había conseguido dejar claro que Xuan y él no eran pareja, sólo amigos.

Mmmm. Tendría que aclarar el asunto.

Xuan extendió la mano, estrechó la de Aleksandr con firmeza y le miró sin pestañear.

—He oído hablar mucho de usted —dijo con desenvoltura—. Y de su dama también. ¿Dónde está?

No hay nada como ir directamente al grano, pensó Flynn. Pero tuvo que admitir que había pensado lo mismo. Daba la impresión de que Aleksandr estaba solo, aparte de un corpulento guardaespaldas que se encontraba a unos metros de distancia. ¿Dónde estaba la extraordinaria Bianca?

—Mi dama nos está esperando en mi avión —contestó el multimillonario ruso—. No tenía ganas de desplazarse hasta la ciudad.

Omitió mencionar que Bianca se había negado a acompañarle. Estaba muy enfadada y se había encerrado en el dormitorio del avión, para disgusto de Aleksandr. Esperaba que, cuando regresara, hubiera tenido tiempo de meditar y darse cuenta de que él tenía razón.

—Yo también me alegro mucho de verte —dijo Flynn—. Fue una sorpresa recibir noticias tuyas, pero puedo asegurarte que fue muy agradable. Tu invitación llegó justo a tiempo: necesitaba un descanso.

—Siéntate —replicó Aleksandr, e indicó una cómoda banqueta—. Tomaremos té antes de volver al avión.

—Qué civilizado —murmuró Xuan mientras se sentaba. Aleksandr se sentó a su lado, y Flynn en una butaca tapizada delante de ellos—. Dígame, señor Kasianenko, ¿utiliza su avión para esfuerzos humanitarios, o sólo para uso personal?

El ruso le dirigió una mirada larga y penetrante.

—No pierdes el tiempo, ¿eh? Acabamos de conocernos y ya me estás preguntando cosas personales —respondió al fin, vagamente divertido—. Por favor, llámame Aleksandr, no es necesario ser tan formales.

—Que sea Aleksandr —replicó Xuan, mientras jugueteaba con la delgada pulsera de oro que rodeaba su delicada muñeca—. No has contestado a mi pregunta.

Oh, mierda, pensó Flynn. *Está decidida a sumar puntos, y lo está haciendo con el tío que no debe.*

Pero no parecía que a Aleksandr le importara.

—Háblame de tus esfuerzos humanitarios, y yo te hablaré de los míos —contestó, todavía como si se siguiera divirtiendo.

Flynn se apresuró a intervenir.

—Ya hablaremos de eso más adelante —terció, decidido a evitar problemas, porque en cuanto Xuan se disparaba nada podía detenerla—. He oído rumores de que estás en conversaciones para comprar un equipo de fútbol inglés —continuó—. Ése es un tema en el que estoy interesado. ¿Quieres hablarme de ello?

—¿Te ha gustado, pues? —preguntó Taye, arrebujado contra su esposa en el vuelo de British Airways a Los Ángeles, donde tomarían otro avión para ir a Cabo San Lucas.

—¿Quién? —preguntó Ashley, con los ojos abiertos de par en par y lanzando una risita, porque habían aprovechado el champán gratis.

—Ya sabes quién —bromeó Taye—. Ese astro del cine norteamericano.

—No sé de quién estás hablando —contestó Ashley, al tiempo que lanzaba un hipido muy poco decoroso.

—Billy Melina.

—Ah, ése —dijo ella en tono despectivo—. No hay para tanto.

—Pensé que te había gustado.

—A mí no —repuso, toda inocencia.

—¿De veras?

—Sí, Taye —replicó Ashley, y sopló sobre sus rizos rubios para apartárselos de la cara—. No es mi tipo.

—Me alegra saberlo.

—¿Sí? —preguntó ella con coquetería.

—Ya puedes apostar tu bonito culo —contestó Taye, al tiempo que le rozaba el pecho izquierdo, contento de oír que a ella no le gustaba la estrella de cine—. Ardo en deseos de llegar al barco —añadió—. Nos lo vamos a pasar de miedo.

—Deja de sobarme —dijo ella riendo—. Intenta tener paciencia por una vez.

—No puedo, tesoro. Voy demasiado salido.

—Al menos, espera a que apaguen las luces de la cabina —insistió Ashley, al tiempo que pasaba las manos sobre su cabeza afeitada, algo que sólo hacía cuando se sentía sexy.

¡Maldita sea!, pensó Taye. Daba la impresión de que su mujercita había bajado la guardia, y estaba a punto de tener suerte.

¡Ánimo, chaval!

Ante la sorpresa de Flynn, daba la impresión de que Aleksandr y Xuan habían congeniado. El periodista había esperado fuegos artificiales, pero sólo se produjo una acalorada discusión entre ambos acerca de por qué los políticos no estaban haciendo lo suficiente para acabar con las guerras, el hambre mundial, las atrocidades, el trato inhumano a los prisioneros y el crimen urbano.

Resultó que Aleksandr era un benefactor a su manera. No era un hombre jactancioso, pero Xuan logró arrancarle todo tipo de información. No tardó en descubrir que respaldaba a varias instituciones caritativas, que había financiado una escuela para adolescentes analfabetos en Ucrania, y que de vez en cuando utilizaba su avión para transportar comida y provisiones a zonas catastróficas.

Flynn no sabía nada de eso. Su respeto por Aleksandr aumentó mucho más. El hombre no era sólo un magnate ricachón que se acostaba con hermosas modelos y celebraba fiestas decadentes. Éste era el hombre real: un multimillonario con conciencia social. Sorprendente. Alentador.

Xuan tenía sus métodos particulares para conseguir que la gente hablara, y mientras tomaban té en el vestíbulo del hotel, y durante el vuelo en helicóptero hasta el aeropuerto, Aleksandr y ella se trataban ya como viejos amigos.

Bianca... No tanto. Les saludó con modales gélidos cuando subieron al avión, y no hizo el menor caso a Aleksandr cuando éste intentó darle un beso. Se alejó a toda prisa de él, anunció que sufría una jaqueca atroz y desapareció en el dormitorio, cerrando la puerta de golpe a su espalda.

—Lo siento —dijo Aleksandr, incómodo—. En los últimos tiempos, Bianca ha estado trabajando mucho.

—¿De veras? —preguntó Xuan con un timbre de sarcasmo—. Posar para que te fotografíen todo el día debe de ser extremadamente agotador.

Flynn le lanzó una mirada de advertencia, que ella ignoró. Xuan no era de las que se achantaba. Siempre decía lo que pensaba, gustara o no.

Aleksandr no parecía impresionado. Pidió unos vasos de vodka y un gran cuenco de plata lleno de caviar.

—Beberemos —anunció—. Y comeremos. Bianca estará mejor más tarde. Ya lo veréis.

El avión del estudio era lujoso, desde todos los puntos de vista. Cliff bromeó con las dos guapas azafatas, y hasta fue a ver a los pilotos antes de despegar para hablar entre hombres. Todo el mundo quería a Cliff Baxter, era un clásico norteamericano, apuesto, atento y un actor de primera. Sus películas recaudaban miles de millones en todo el mundo, ¿y por qué no? Siempre daba a su público entregado exactamente lo que deseaba.

—Esto va a ser toda una aventura para ti —informó a Lori en cuanto se acomodaron en sus asientos—. Espero que nunca la olvides.

Pedazo de mierda, pensó ella, sin dejar que se trasluciera la furia que la embargaba. Sabía muy bien cómo quería Cliff que se comportase. Exigía que fuera la novia agradecida por la oportunidad de ir en un viaje fabuloso con su famoso novio, el astro del cine. Bien, pues estaba equivocado. Podía pasar perfectamente de aquel rollo.

—¿Cómo no voy a estar emocionada? —dijo, con los ojos destellantes y entusiastas, tal como él esperaba—. Muchísimas gracias por invitarme, Cliff.

—De nada, cariño —dijo él, y cabeceó para tranquilizarla—. Te lo mereces.

¿De veras?, se moría de ganas de decir. *¿Y eso? Pensaba que estabas a punto de dejarme tirada. ¿No es ése el siguiente punto de tu orden del día?*

Pero, por supuesto, lo de dejarla tirada venía después del viaje, después de haberla utilizado como juguete sexual y adorable florero, después de una semana de sexo al estilo de Cliff Baxter.

Sí, Cliff era el más peligroso de los hombres. Un hombre que utilizaba a las mujeres, famoso, seductor, con talento y rico.

Ya lo veremos, señor Baxter. ¡Vaya si lo veremos!

Los Lutman invitaron a una docena de amigos para exhibir a su famoso invitado. Luca no estaba tan entusiasmado. Tenía muchas ganas de tumbarse y relajarse, no de que le exhibieran.

Jeromy sí estaba contento. Cuanta más gente importante conociera, mejor para su negocio de diseño. Por lo visto, todo el mundo tenía una segunda residencia en Londres, así que miel sobre hojuelas. Se concentró en mostrarse socialmente experto, mientras Luca estaba sentado a la mesa rodeado de mujeres depredadoras, bronceadas en exceso y aburridas, todas casadas con hombres increíblemente ricos que eran, como mínimo, treinta años mayores que ellas, y todas ansiosas por capturar la atención del cantante.

Jeromy echó un vistazo. Estúpidas. ¿No sabían que Luca era gay? ¿No lo habían pillado?

Por lo visto, no habían comprendido el mensaje.

Al finalizar la velada, Jeromy había conseguido tres nuevos clientes, y una oferta de Lanita y Sidney para él y Luca de reunirse más avanzada la noche en su lujoso dormitorio.

Jeromy sabía que Luca se negaría. Sin embargo, ser curioso no tenía nada de malo. ¿En qué estarían pensando Lanita y Sidney?

En sexo, por supuesto. Pero ¿qué combinación? ¿Y cómo encajaba Lanita?

En cuanto Luca se durmió en la suite de invitados, Jeromy no pudo resistir la tentación. Se encaminó al dormitorio de matrimonio, donde ardían velas de incienso y Sidney yacía espatarrado en mitad de la cama, con una potente erección inducida por la viagra y una barriga todavía más potente, que a Jeromy le resultó excitante de una manera totalmente repulsiva.

Lanita también estaba presente, vestida de pies a cabeza con un bodi púrpura de látex Day-Glo, armada con un látigo de aspecto letal, y los ojos cubiertos con una siniestra máscara de vampira.

—Bienvenido —ronroneó—. ¿Dónde está Luca?

Por supuesto, quería a la estrella, ¿y quién no? Sólo que esta noche deberían pasar sin él.

Por suerte para ellos, Jeromy era mucho mejor a la hora de participar en juegos que Luca.

Nadie interpretaba mejor el papel de hombre del pueblo que el senador Hammond Patterson. Lo había perfeccionado hasta convertirlo en un arte. Sonreír a todo el mundo, posar con sus hijos, acunar bebés, saludar con la mano cuando era apropiado, aparentar siempre cordialidad y accesibilidad. Daba la impresión de ser idealista y optimista, cuando en realidad estaba podrido de ambición y albergaba una personalidad engañosa.

Eddie March, el ayudante personal más cercano a Hammond, aún no había descubierto el verdadero hombre que acechaba detrás de la fachada de decencia y sinceridad. Sólo veía a un hombre honorable que siempre decía lo que creía. Un futuro candidato a la presidencia de Estados Unidos. Un hombre compasivo de elevados ideales.

Eddie también veía a la muy hermosa, elegante y serena esposa del senador, Sierra Hammond. Cada vez que se encontraba en su presencia se quedaba sin aliento. Estaba enamorado de ella como un colegial y no podía hacer nada al respecto, salvo adorarla de lejos.

Eddie March atraía a las mujeres: un hombre atractivo y soltero, que trabajaba codo con codo con el querido senador. A los treinta y cuatro años conservaba su encanto juvenil, sólo que en su caso era auténtico.

Eddie optó por acompañar a Hammond y Sierra al aeropuerto con el pretexto de que tenía que atar algunos cabos sueltos antes de las breves vacaciones del senador.

Se sentó enfrente de Hammond en la limusina, con el fin de comentar algunas decisiones definitivas sobre diversos asuntos pendientes.

Sierra se aovilló en el asiento y miró por la ventana.

Eddie no pudo reprimir algunas miradas furtivas en su dirección. Era tan hermosa, con su piel de porcelana y los pómulos exquisitos. ¿Cómo demonios había tenido tanta suerte Hammond?

Hubo una miniconferencia de prensa delante del aeropuerto. No estaba planificada, pero el senador la condujo con su estilo habitual. Todo el mundo estaba ansioso por saber si pensaba presentarse a la presidencia: los rumores abundaban.

Hammond les dio las meditadas respuestas que no comprometían a nada, pues no albergaba la menor intención de revelar su estrategia para anunciar su candidatura. Cuando llegara el momento, ya había decidido que lo anunciaría en el Tonight Show de Jay Leno, como otros políticos importantes antes que él.

Al fin y al cabo, era un hombre del pueblo. ¿Qué podía ser más adecuado?

35

Sergei acostumbraba a hacer las cosas deprisa. Deprisa y meticulosamente, con una atención obsesiva por los detalles. Al poseer una mente muy aguda, carecer de conciencia y saber elegir a los socios idóneos para un negocio, cuando exigía que se hiciera algo, esperaba gratificación instantánea, de lo contrario habría consecuencias.

Por lo tanto, cuando Sergei descubrió que Aleksandr Kasianenko era el hombre responsable del asesinato de su hermano, ordenó de inmediato a su gente que averiguara todo lo necesario sobre su compatriota. Tenía numerosos contactos, y como la información era una moneda con la que traficaba cada día, no fue necesario mucho tiempo.

A principios de la década de 1990, después de la caída de la Unión Soviética, Sergei recordaba que Boris y Aleksandr Kasianenko habían estado implicados en una especie de disputa comercial sobre las acciones de una compañía petrolífera, a las cuales había afirmado Boris que tenía derecho. Sergei no recordaba cómo se había resuelto la disputa, pero sí que su hermano siempre había guardado rencor al otro hombre, y después de meditarlo durante años había trazado planes para secuestrar a una de las hijas de Kasianenko para pedir rescate. «Ese cabrón *pizda* todavía me debe dinero —había rugido Boris—. Han pasado años, y ya he esperado bastante. Es hora de reclamar lo que es mío.»

El plan de su hermano nunca se había materializado debido a su prematura muerte.

Por fin, Sergei comprendía por qué. Aleksandr Kasianenko debía haberse enterado de lo del secuestro, y tomado medidas para frustrarlo. Había asesinado a Boris, le había arrebatado la vida como si no significara nada. Y pagaría por ello.

Cuando se enteró de lo del nuevo yate de Aleksandr y el crucero inminente, fue como un regalo ofrecido en toda su gloria, algo para relamerse y refocilarse.

Casi podía saborear la venganza suprema.

¿Podía existir algo más perfecto?

Aleksandr Kasianenko.

Un cabronazo rico y afortunado.

La suerte se le había acabado.

Él se encargaría de eso.

36

Cuando Bianca vio su nombre estampado en la borda del reluciente superyate blanco, olvidó su enfado con su amante. Se volvió hacia Aleksandr y le dio un fuerte abrazo.

—¡No es posible! —chilló.

—Sí, querida, es posible —dijo el ruso, y sonrió por fin, porque el viaje hasta Cabo San Lucas había sido de lo más incómodo. Bianca había pasado casi todo el rato encerrada en el dormitorio, lo cual era embarazoso, teniendo en cuenta que había invitados. En algunos momentos, podía ser una mujer muy caprichosa, y eso le enfurecía.

—¿Por qué no me lo dijiste? —preguntó, con los ojos verdes centelleando de placer.

—Decidí darte una sorpresa. Sé que te encantan las sorpresas.

—Ahora me siento muy egoísta por no haberte ayudado con nuestros invitados —dijo Bianca con un mohín—. Soy una chica muy mala.

—No pasa nada, querida —la tranquilizó él—. Nuestros invitados se fueron a dormir.

—¿Y tú?

—Dormí uno o dos minutos. No tan cómodo como habría estado en mi dormitorio, pero fue aceptable.

—¿Por qué no te reuniste conmigo? —preguntó ella, mientras experimentaba oleadas de culpabilidad—. No te habría echado.

—Tenía la impresión de que no estabas de humor para que te molestaran.

—Lo siento muchísimo —dijo la modelo, y hablaba en serio.

—Así me gusta —contestó Aleksandr, aliviado por haber puesto fin a la disputa. Pelear con Bianca no era su pasatiempo favorito.

—También lamento haber enseñado mi chochito —añadió ella con una risita avergonzada—. Ya sabes que no fue a propósito. Yo no haría eso.

—Estoy seguro de que no.

—Malditas cámaras de los móviles —gruñó ella—. ¡Deberían prohibirlas!

—Espero que mi esposa lo supere al final —dijo él, convencido de que la indiscreción de Bianca le costaría caro.

—¿Tú crees? —preguntó ella esperanzada.

—Lo sé —contestó Aleksandr, y la tomó del brazo—. Vamos, querida. Subamos a bordo del *Bianca*. La magnífica dama espera nuestra presencia.

Lejos de Londres, de su gran casa, de los gemelos exigentes, de su entrometida madre y de las obligaciones de su trabajo de diseñadora (que hasta el momento, según lo veía Taye, sólo consistía en elegir telas sofisticadas para clientes ricos), Ashley era una persona diferente. De pronto, era toda risas y calentura, y le metía mano en el avión. ¡Hasta había sugerido que lo hicieran en el lavabo! ¡Su esposa era feliz e iba caliente! Igual que la chica con la que se había casado seis años antes, la chica que nunca tenía suficiente, la Ashley amante de la juerga a la que había dejado embarazada en la parte trasera de su Roller una noche de borrachera después de una fiesta.

Ay, sí, recordaba bien aquella noche. Ashley con un vestido de Stella McCartney y sin bragas, tacones altos y piernas desnudas. De hecho, le había comido el coño antes de metérsela en su dulce humedad.

Fue la noche que habían concebido a Aimee y Wolf. ¡Menuda noche!

—Oh —dijo Ashley, mientras se abanicaba al bajar del avión—. Hace un calor horroroso.

—Sí —admitió Taye—, y aún hará más esta noche, cuando te dé exactamente lo que deseas.

—O sea, lo que deseas tú —replicó ella riendo.

No lo habían hecho en el avión debido a que Ashley se había quejado de que el lavabo estaba un poco asqueroso.

—Hay tres dedos de pis en el suelo —se quejó asqueada—. ¿Por qué los hombres no saben apuntar bien?

—Yo sí sé —afirmó él con una sonrisa lasciva.

—Sí, yo también —dijo ella.

Y Taye había sabido sin la menor duda que aquella noche iba a tener suerte.

Contemplar a Xuan interrogando sin piedad a Aleksandr era muy entretenido. No fue hasta que su amiga inició su inquisición que Flynn se enteró de las obras de caridad de las que el rico ruso era capaz: un hombre lleno de sorpresas. Enterado ahora de que Aleksandr ocultaba una faceta caritativa, había muchas cosas de las que quería hablar con él. Por ejemplo, ¿estaría dispuesto a patrocinar el edificio de una escuela en Etiopía para huérfanos que habían perdido a sus padres en la guerra actual? Era un proyecto que ocupaba sus pensamientos desde hacía tiempo, pero reunir el dinero era casi imposible. Cada semana se ponía en contacto con gente que estaba dispuesta a construir y organizar todo, pero la falta de fondos era un gran obstáculo. Una escuela. Seguro que sería poca cosa para Aleksandr.

Flynn decidió que, antes de que el viaje concluyera, era su deber preguntárselo.

No cabía duda de que el ruso estaba intrigado por Xuan. No habían parado de hablar durante todo el vuelo. Por fin, después de aterrizar, Bianca había salido del dormitorio, y Aleksandr y ella se habían ido juntos del avión, seguidos por el omnipresente guardaespaldas del multimillonario, Kyril.

—Antes que nada, quiero ir con Bianca a ver el yate —anunció Aleksandr a Flynn—. Un coche vendrá a buscaros dentro de poco.

Así que Flynn se quedó con Xuan, quien le informó ipso facto de que Aleksandr Kasianenko era un hombre mucho más interesante de lo que él la había inducido a creer.

—Yo no te induje a creer nada —protestó él.

—Sí lo hiciste —insistió ella—. Me dijiste que era un oligarca obscenamente rico sin la menor conciencia.

—Tonterías. Nunca dije eso.

—Bien, ésa fue la impresión que recibí.

—Entonces, tendrías que haberme escuchado con más atención.

—Da igual —dijo Xuan, mientras se alisaba su largo pelo negro—. Considero que es un hombre muy informado.

Flynn enarcó una ceja escéptica.

—¿De veras?

—Sí. Aunque no sé qué puede ver en ese ser grosero y malcriado con el que está.

A Flynn le entraron ganas de discutir.

—¿Por qué crees que Bianca es una malcriada?

—¿Has visto su forma de comportarse? Hosca como una adolescente. No puedo soportar ese tipo de mujeres. Imaginan que su belleza las excusa de todo.

—Creo que les pillamos en mitad de una discusión.

—Tal vez. Pero en mi opinión, un hombre como Aleksandr se merece algo mejor.

Flynn sonrió.

—Creo que mi pequeña Xuan se ha enamorado —bromeó.

—¡No seas ridículo! —soltó ella.

—Son cosas que pasan. Incluso a ti.

—Dios mío, Flynn, practicar el sexo con alguien que te gusta ha conseguido reblandecerte el cerebro.

—Y así le da la vuelta a la tortilla.

—Y así se pone a soltar tópicos.

—Debo decir que Aleksandr y tú formaríais una pareja interesante —observó Flynn.

—Oh, por favor —protestó Xuan, y desechó sus comentarios con un movimiento de cabeza—. El hombre está pillado, por si no te habías dado cuenta.

Así que le gustaba. La idea de Xuan y Aleksandr juntos divertía a Flynn. Sería la extraña pareja del siglo. El oligarca ruso y la chica asiática militante. Qué combinación tan divertida.

Guy, el director de actividades recreativas del barco, recibió en persona a Cliff Baxter y a su novia en el aeropuerto. Era un simpático gay australiano acostumbrado a tratar con celebridades, y deseaba que la pareja se sintiera lo más cómoda posible desde el primer momento.

—Me llamo Guy —dijo, al tiempo que estrechaba con firmeza la mano de Cliff—. Es un placer darle la bienvenida, señor Baxter.

—Es un placer ser bienvenido —respondió Cliff, mientras su famosa sonrisa de estrella de cine hacía tilín a todas las mujeres que se encontraban a menos de tres metros de él.

—Me llamo Lori —dijo ésta para reivindicar su presencia.

—Bienvenida, señora —dijo Guy, al tiempo que cogía su bolsa—. Permítame que la ayude.

—Por supuesto —dijo ella, mientras intentaba decidir si el hombre era gay o no. Sin duda era atractivo, alto y musculoso, de pelo pincho blanco, ojos azul claro rodeados de arrugas y un bronceado profundo.

—Síganme —dijo Guy, procurando no mirar a Cliff Baxter, que era tan guapo en persona como en la pantalla—. Nos ocuparemos de su equipaje. Un coche nos está esperando. El señor Kasianenko me ha dicho que está encantado de tenerles aquí.

Los Lutman aportaron un Bentley blanco para que Luca y Jeromy fueran al yate de Kasianenko. Después de sus aventuras sexuales de medianoche con la pareja, el interiorista padecía una resaca fenomenal. No había bebido tanto. ¿Era tal vez una resaca sexual? Sí. Y Jeromy era la prueba viviente de que existía.

Los Lutman y sus perversiones sexuales le habían hecho polvo. Jeromy siempre había sido proclive a pasear por el lado oscuro de la vida, pero aquellos dos eran otra cosa. Casi se ruborizó por culpa de los recuerdos.

Luca estaba tan guapo como de costumbre, risueño, el dios rubio de cada día. Jeromy se preguntó qué diría si alguna vez descubriría las correrías sexuales que habían tenido lugar la noche anterior. Se escandalizaría, probablemente. Puede que fuera gay, pero en el mundo de Jeromy era un gay inocente de experiencia muy limitada. *Chúpame la polla. Yo te chuparé la tuya.* Aparte de cierta cantidad de leves penetraciones en ocasiones especiales.

No era de extrañar que él tuviera que buscar satisfacción auténtica en otros sitios.

—Ardo en deseos de relajarme y alejarme de todo —dijo Luca—. ¿Y tú?

—Debo decir que viajar en el yate de Kasianenko se me antoja la huida perfecta —admitió Jeromy, mientras se ajustaba las gafas de sol para que ocultaran lo que debían ser unas ojeras horrorosas. Anhelaba aplicarse pomada para las hemorroides alrededor de los ojos, antes de sumirse en un sueño profundo y reparador.

Ay, eso tendría que esperar a más tarde, porque en aquel preciso momento debía interpretar el papel de novio atento, y nadie lo hacía mejor que Jeromy Milton-Gold.

—Ya hemos llegado. —Hammond despertó a su esposa de un codazo cuando el avión aterrizó—. Intenta adoptar un aspecto menos desdichado y, por los clavos de Cristo, procura sonreír —dijo en tono perentorio—. No olvides que esta gente son los futuros contribuyentes de mi campaña, de modo que trata de animarte.

¿Hammond le estaba ordenando que se animara? ¿Era eso lo que esperaba de ella?

Sí.

¿O qué?

O volvería a acosarla con amenazas. Amenazas contra su familia. Amenazas que, casi a diario, le aseguraba que llevaría a cabo.

Sierra pintó una sonrisa en la cara y se preparó para lo inevitable.

La esposa del senador.

Una buena esposa.

37

Después de explorar el lujoso yate y enamorarse de todos sus detalles, sobre todo de la opulenta suite principal, Bianca se acomodó en la cubierta principal con Aleksandr a su lado y una copa de champán en la mano, dispuesta a recibir a los invitados.

—Esto es el paraíso —comentó, mientras examinaba todo cuanto la rodeaba y se daba cuenta de lo afortunada que era por haber encontrado un hombre como Aleksandr. No sólo era un amante fantástico, sino que la trataba muy bien y era ¡rico, rico, rico! No era que el dinero le importara tanto, ella también tenía mucho. Sin embargo, era un cambio agradable estar con un hombre que no esperaba que ella pagara la factura.

—Lo es —admitió Aleksandr—. Y habrá más sorpresas.

—No puedo esperar —dijo ella, y aferró su brazo—. Cuéntamelo todo.

—Ten paciencia, amor mío —sugirió él, y levantó la copa para entrechocarla con la de ella.

—Lo intentaré.

—Haz un esfuerzo.

—No deberías hacerme esperar —insistió Bianca con una sonrisa cautivadora.

—Ah, pero eso es justo lo que debería hacer —respondió Aleksandr. Sabía mantener el interés de la modelo.

Ashely y Taye fueron los primeros invitados en llegar. Bianca se sintió complacida. Ashley y ella eran amigas a ratos, y ardía en deseos de exhibir el fascinante yate. Dio a Taye un fugaz beso en la mejilla y esperó que hubiera olvidado su noche de lujuria muchos años antes.

Por lo visto sí, pues no dijo ni una palabra, sobre todo porque su mujer estaba delante.

—¡Esto es asombroso! —chilló Ashley, mientras paseaba la vista a su alrededor—. ¡El barco lleva tu nombre! ¿No es fantástico?

—Mi regalo a mi dama —intervino Aleksandr con una sonrisa enigmática—. Bianca sólo se merece lo mejor.

Menudo regalo, pensó Ashley, mientras pasaba revista a Aleksandr a toda prisa. Descubrió que era un hombre impresionante, con el pelo muy corto, canas en las sienes y facciones bien definidas. Era atractivo de una forma muy varonil. Un poco aterrador, en realidad, como el villano enigmático de una película de acción de Hollywood.

—¡Esto es muy emocionante! —exclamó, entusiasmada, mientras Bianca y ella bebían champán.

—Lo sé —admitió la *top model*, alisándose su ajustadísimo vestido de Azzedine Alaia—. Todo lo del yate ha sido idea de Aleksandr, y debo decirte que disfruto de cada minuto.

—¿Y quién no? —dijo Ashley, que experimentaba una punzada de envidia.

—Lo sé —reconoció Bianca—. Es impresionante.

—¿Puedo preguntar quién más va a venir? —inquirió Ashley, mientras cogía un canapé de salmón ahumado que le ofreció una camarera.

Antes de que Bianca pudiera revelar quiénes eran los demás invitados, Luca y Jeromy subieron a bordo.

Al ver a su viejo amigo Luca, Bianca se abalanzó hacia él con chillidos de entusiasmo.

—Mira quién está aquí —gritó—. ¡La gran estrella de los cojones! ¡Nos encanta!

Luca estaba tan contento de verla como ella a él. Conocía a

Bianca desde hacía mucho tiempo, antes de que se hiciera famosa, y siempre había sido una amiga leal, sobre todo cuando salió del armario. Admiraba su energía y vitalidad, y la consideraba muy especial, aunque nunca habían pasado tanto tiempo juntos como les habría gustado.

—Estás increíble —comentó, mientras retrocedía para admirarla—. ¿Tu vestido podría ser más ceñido?

—Ya sabes lo que dicen —respondió Bianca con un guiño travieso—. ¡Si tienes, exhíbelo!

—¡Estoy de acuerdo! —repuso Luca sonriente.

Ashley se acercó a Jeromy.

—Apuesto a que no esperabas verme aquí —dijo con una clara nota de triunfo.

—¡Dios, no! —exclamó él, incapaz de disimular su sorpresa—. ¿Cuándo os invitaron?

—Al mismo tiempo que a vosotros —replicó ella, complacida por atormentarle—. Taye guardó la invitación en el bolsillo durante toda la cena. Pensó que, si la ocultaba, tendría suerte más tarde.

—¿Y la tuvo? —preguntó Jeromy con sarcasmo, poco entusiasmado por el calibre de los invitados. Había esperado mucho más que Ashley y Taye, aunque pronto cambió de opinión cuando Cliff Baxter y una vivaracha y joven pelirroja aparecieron. ¡Ajá! Una estrella del cine de primera categoría. Y agradable. Jeromy se puso zalamero.

Lori, en un segundo plano, aprovechó para examinar a los demás invitados, mientras un inglés alto, flaco y anónimo le lamía el culo a Cliff.

Reparó en Luca Pérez y su entusiasmo aumentó. Estaba tan guapo, con el tupé de pelo rubio y el bronceado dorado. Y qué decir de la *top model* Bianca, con su piel de color caramelo oscuro y los deliciosos ojos verdes de gata. El ruso, el anfitrión, era una presencia apabullante, de una forma muy serena y siniestra.

Y Taye Sherwin, el famoso jugador de fútbol inglés. Vaya cachas, aunque su esposa no era precisamente la señorita Cordialidad. Cuando les presentaron, Ashley Sherwin había mascullado un hola como si le provocara migraña.

¡Zorra!, pensó Lori. *No soy lo bastante buena para ti, pero apuesto a que mi novio sí.*

¡Bingo! Lori estaba en lo cierto. Ashley dibujó una gran sonrisa cuando le presentaron a Cliff.

—Me encantan todas tus películas —ronroneó, mientras agitaba sus largos rizos rubios y proyectaba las tetas hacia delante—. Soy una gran admiradora.

Deberías ver su polla, pensó Lori. *O quizá no.* Se había fijado con frecuencia en los anuncios de Taye Sherwin que aparecían en las revistas, y desde luego no estaba de más en el departamento de pollas grandes. O eso, o se metía calcetines.

Sonrió. Diversión con ricos y famosos. La pequeña Lori Walsh se lo estaba montando bastante bien. Tal vez el ruso tendría un amigo multimillonario con el que podría ligar. Al fin y al cabo, pronto sería la ex novia de una gran estrella de cine, y eso tenía que contar para algo.

Flynn y Xuan fueron casi los últimos en llegar. Tal vez el periodista no fuera famoso, pero los ojos de todas las mujeres se volvieron para examinarlo. Era brutalmente sexy, de una forma crispada. No era perfecto ni de lejos, pero su aspecto era impecable. Barba de dos días, ojos de un azul intenso, cuerpo delgado y pelo largo. Cliff Baxter era guapo en un estilo clásico. Taye Sherwin, juvenil. Luca, guapísimo, pero gay. Aleksandr, una presencia apabullante. Y luego estaba Flynn. El hombre más atractivo del barco.

Para comérselo, pensó Lori.

Delicioso, pensó Ashley.

¡Maldición!, pensó Bianca.

Y mientras todo el mundo deseaba a Flynn y se preguntaba

quién era exactamente, Hammond Patterson hizo acto de aparición, seguido de la encantadora señora Patterson.

Flynn lanzó un vistazo y, de pronto, sintió que su mundo daba vueltas hasta perder el control, porque ante su sorpresa y estupor estaba mirando a los ojos al amor de su vida.

15 años antes

Cuando tenía veinte años, Flynn Hudson había estado con más chicas de las que podía recordar o incluso contar. No era que las persiguiera, daba la impresión de que eran ellas las que siempre acudían a él, y carecía de motivos lógicos para rechazarlas. Qué demonios, era joven, sano y se divertía mientras estudiaba Económicas, Periodismo y Política Internacional en la UCLA.

Vivía en una casa de Westholm Avenue con varios chicos más. Era un grupo jaranero que solía utilizar a Flynn como gancho para conseguir chicas. Siempre funcionaba. Flynn se llevaba la mejor, y los demás compartían las sobras. Todos bromeaban al respecto, salvo Hammond Patterson (conocido por todos como Ham), quien afirmaba con frecuencia que él era la atracción principal, teniendo en cuenta que su padre era un importante congresista y que también iba a entrar en política.

Ham era el pavo real del grupo, siempre se jactaba de sus conquistas, e insistía en comentar detalles gráficos sexuales en cuanto se llevaba una chica a la cama.

Flynn y Ham no se llevaban nada bien. Ham estaba celoso de Flynn, y lo demostraba. Flynn consideraba a Ham un capullo rematado.

Los abuelos norteamericanos de Flynn vivían en una casa grande de Brentwood, y a veces pasaba los fines de semana allí.

Un memorable fin de semana, mientras sus abuelos se hallaban en Palm Springs, sus amigos le habían persuadido de montar una fiesta de puertas abiertas en casa. No fue idea de Flynn, pero le convenció Arnie, uno de sus mejores amigos.

La fiesta empezó como una reunión sosegada, pero cuando corrió la voz no tardó en convertirse en una orgía. La cerveza empezó a correr, chicas desnudas se apresuraron a tirarse a la piscina, y el olor a hierba impregnaba el aire.

«Joder, Arnie —se quejó Flynn después de que la policía apareciera dos veces—, mis abuelos se van a cabrear. Ayúdame a echar a toda esta gente.»

Y mientras miraba, Arnie se transformó en un colgado inútil.

Flynn meneó la cabeza, alzó la vista…, y entonces la vio. La chica de la cara en forma de corazón, el cabello color cobrizo y miel, y grandes ojos castaños. «Bonita» no le hacía justicia. Quitaba el hipo, y estaba muy ocupada rechazando a Ham, quien intentaba convencerla de que diera un trago a su botella de cerveza. Ham la tenía acorralada.

Flynn no vaciló, sino que intervino al instante.

—Tranquilo —advirtió—. Me da la impresión de que la chica no quiere beber, así que quítale las manos de encima.

—Vete a tomar por culo —replicó Ham arrastrando las palabras, asiendo a la chica para que no se marchara—. No es asunto tuyo, joder.

Flynn miró a la joven.

—¿Estás con este tipo? —preguntó.

—De ninguna manera —contestó ella, se soltó de repente y empezó a correr, pero no antes de gritar—: ¿Sabes una cosa? ¡Sois todos una pandilla de vagos y borrachos!

Y así terminó. Hasta tres semanas después, cuando la volvió a ver. Estaba parada delante de un restaurante de comida basura con otra chica, en Westwood, y por suerte él conocía a la otra chica.

Ésa era la buena noticia.

La mala era que iba acompañado, y la chica era una lapa que se negaba a soltarle.

Flynn no permitió que aquello le detuviera. Se acercó a la chica que conocía, dijo hola y esperó a que le presentara a su amiga. Cosa que hizo.

Entonces, supo su nombre. Sierra Snow. Un nombre tan hermoso como la joven.

Sierra apenas le miró, pero daba igual. Estaba acabado, hundido, fatalmente enamorado, encoñado o lo que fuera.

De alguna manera, sabía que estaban destinados a terminar juntos. Era el destino, el karma, lo que fuera.

Era inevitable, así de sencillo.

38

Las mujeres eran juguetes para Sergei. Como juguetes nuevos, sólo las conservaba hasta que se rompían o se aburría.

Sus actuales amantes eran Ina Mendoza, una ex reina de belleza mexicana que vivía en su villa de Acapulco, y Cookie, una desabrida rubia norteamericana, actriz de cuarta fila, que en una ocasión había protagonizado una comedia de éxito en la que había enseñado fugazmente sus tetas falsas. Desde entonces, no había hecho nada notable.

Mantenía a Cookie en su ático de Ciudad de México, donde pasaba los días yendo de compras, siempre acompañada de un guardaespaldas, por si se daba la remota posibilidad de que la secuestraran.

—¿Secuestrarte? ¿A ti? —había dicho desdeñoso cuando ella había expresado sus temores—. Nadie se atrevería a joder a Sergei Zukov. Aquí el único que secuestra soy yo.

Para aplacarla, le había asignado un guardaespaldas.

Cookie estaba entusiasmada por haber pescado un novio poderoso. Por fin. Su carrera en Hollywood no había sido estelar, por lo tanto Sergei era su última oportunidad de triunfar. Sabía que tenía montones de dinero, y confiaba en que financiara una película, con ella de protagonista. Eso sí que sería un golpe.

Su ex marido, que trabajaba de gorila en un club nocturno de Los Ángeles, había escrito un guión trepidante, y lo único que debía hacer ella era despertar el interés de Sergei. Como él tenía la capacidad de concentración de un mosquito, no era un trabajo fácil.

En los últimos tiempos tenía otra cosa en mente, algo que, por lo visto, requería toda su atención.

Cookie esperaba que no fuera la obesa mexicana, una tal reina de la belleza que mantenía en Acapulco. Estaba muerta de celos. ¿Qué podía hacer Ina que ella no hiciera?

Una vez se lo había preguntado a Sergei y él le propinó tal bofetada que la marca en la cara le duró varios días.

¡Hijo de puta! Pagaría por eso.

O quizá no. Cookie sabía que no era prudente cruzar ciertas barreras. Sergei era su billete de vuelta a los buenos tiempos. Sólo hacía falta que leyera el maldito guión.

—¿Cómo está tu *puta* norteamericana? —preguntó con desdén Ina, con sus ojos latinos henchidos de celos, las manos apoyadas sobre las voluptuosas caderas. Había engordado diez kilos desde que ganara el título.

Sergei la silenció con una mirada sombría. No le gustaba que le interrogaran, y menos una mujer. ¿Es que no se daba cuenta de que eran intercambiables? Por más sexys y guapas que se creyeran, siempre había una modelo más joven y guapa al acecho.

Tuvo ganas de abofetear a Ina, dejar la marca de su mano en la suave piel de la mejilla, tal como había hecho con Cookie. Las mujeres necesitaban disciplina.

No podía hacerlo, sin embargo, porque el hermano de Ina, Cruz, estaba en la casa, y él lo necesitaba, pues desempeñaba un papel importante en el plan de Sergei. De hecho, el hermano era uno de los principales motivos de que conservara a Ina. Los contactos familiares eran importantes.

Ya había hecho negocios con Cruz antes. Había que cerrar muchos tratos cuando había drogas de por medio, y cuando Sergei le necesitó, el hermano de su chica resultó ser un contacto útil y de confianza para mover cargamentos.

Era una suerte que Ina tuviera un hermano que hubiera pasado los últimos siete años en Somalia, amasando una fortuna a base de asaltar pequeños barcos y yates, cualquier barco que su banda y él pudieran retener para pedir rescate. Cruz dominaba cualquier cosa relacionada con el mar. Por tanto, era un valor que Sergei necesitaba en aquel momento, y cuando Sergei necesitaba algo, las piezas siempre encajaban.

Le había hecho una oferta irresistible, y ahora el hermano de Ina estaba viviendo en casa, y los hombres de Cruz se encontraban alojados en un hotel del centro, dispuestos a entrar en acción en cuanto su jefe les diera la orden.

Los planes estaban empezando a tomar forma.

Muy pronto, el señor Pez Gordo Aleksandr Kasianenko descubriría cómo hacían negocios los hombres de verdad.

39

Una vez que estuvieron a bordo todos los invitados, Aleksandr ordenó al capitán Dickson que zarpara. Éste obedeció, consciente de que llevaba una carga preciosa, y complacido de añadir la lista de estimados invitados a su historial profesional. Le agradó en particular que Taye Sherwin participara en el crucero. Era un jugador de fútbol brillante, uno de los mejores. Dos veces había sido elegido Personalidad Deportiva del Año de la BBC y además había sido capitán de la selección inglesa; Taye Sherwin llevaba a sus espaldas una ilustre carrera. Para Dickson era un honor tenerle a bordo. Tampoco era moco de pavo que la estrella de cine Cliff Baxter les acompañara también, además del senador Hammond Patterson y su encantadora esposa.

El *Bianca* llevaba una tripulación de dieciocho personas, que incluía a todo el mundo, desde un chef a un barman, camareras, maquinistas, un ayuda de cámara, una gobernanta, marineros, doncellas y Guy, cuyo trabajo consistía en mantener a los invitados satisfechos y entretenidos en todo momento.

El capitán no estaba contento del todo con la tripulación. Había tenido que aceptar la contratación de algunos sustitutos cuando tres de los habituales abandonaron en el último momento. Esto no le hizo ninguna gracia, pues prefería trabajar con una tripulación que supiera exactamente el comportamiento que esperaba de ella.

Uno de los nuevos era una chica mexicana, Mercedes, que Guy había considerado apta para trabajar de camarera. El capitán Dickson opinaba que era demasiado atractiva. No quería que ninguna invitada se sintiera irritada o celosa. Ya había pasado otras veces. Había ordenado al australiano que la vigilara estrechamente.

—No se preocupe —le había asegurado Guy—. He comprobado sus referencias. Ni una queja. La vigilaré.

—Será mejor —le había advertido el capitán—. Ese tipo de mujeres son propensas a darnos problemas.

Ese tipo, pensó Guy, convencido de que el capitán Dickson era una especie de racista británico al viejo estilo. Aparte de un maquinista negro, todos los demás tripulantes eran blancos. Además, Mercedes no era tan atractiva. Para empezar, era bajita, ¿y eran imaginaciones suyas, o el ojo izquierdo le bizqueaba un poco? ¿Y detectaba la insinuación de un leve bigote? Sin embargo, debía admitir que proyectaba unas vibraciones más sexuales que casi todas las chicas de aspecto lozano con las que solía trabajar. De todos modos, quedaba muy poco tiempo, así que la había contratado. Personalmente, le gustaba la idea de añadir un poco de condimento al viaje. Mientras la chica hiciera su trabajo, él se sentiría complacido.

Durante el último año Guy había trabajado en diversos cruceros de postín, uno de ellos con una famosa presentadora de entrevistas televisivas, otro con un autoritario magnate de la industria, y después uno con dos jugadores de la NBA.

La presentadora había resultado ser una lesbiana que no había salido del armario. El magnate de la industria, un perverso de mucho cuidado. Y los dos jugadores de la NBA, unos puteros con una libido infatigable.

Guy imaginaba que si había podido lidiar con todo aquello, estaba capacitado para lidiar con una azafata mexicana bonita y sexy.

—¡Fantástico! —exclamó Taye mientras exploraba sus aposentos, que consistían en un amplio camarote VIP decorado con gusto (combinación de colores azul pálido), una cama gigante, muchos armarios empotrados, una pequeña terraza privada y un cuarto de baño todo en mármol.

—No está mal —admitió Ashley, intentando disimular su entusiasmo por participar en el mismo viaje que Cliff Baxter. El mismo Cliff Baxter que la revista *People* había calificado del Hombre Vivo Más Sexy. Hombre del Año de *GQ*. Actor de la Década de *Rolling Stone*. Por no hablar de cientos de alabanzas más.

Se había enamorado. ¿Eran imaginaciones suyas, o Cliff le había dirigido una larga y persistente mirada, una mirada trufada de promesas sexuales? Las expectativas de Ashley se multiplicaban. ¿Y si el actor trataba de ligar con ella? ¿Qué debía hacer? ¿Cómo lo manejaría? Se sentía aturdida.

¿Sería capaz de engañar a Taye? Nunca lo había hecho, pero se trataba de Cliff Baxter, la fantasía de todas las mujeres, de modo que un fugaz idilio debería estar permitido. La sola idea le provocó un hormigueo de impaciencia por saborear lo prohibido.

Había disfrutado con la expresión estupefacta de un nervioso Jeromy cuando descubrió que ella y Taye iban a participar en el crucero. A veces, su socio era un esnob muy irritante, de modo que el hecho de que Taye y ella estuvieran incluidos en el lote equilibraba el terreno de juego.

Entretanto, ardía en deseos de entablar una conversación con Bianca, obtener la primicia sobre todos los invitados. Ya había decidido que la novia de Cliff Baxter no representaba ningún problema grave. La chica tenía un bonito cuerpo y un reluciente pelo rojo, probablemente teñido, pero no era un bellezón tipo Hollywood, sino bastante corriente. Ashley había pensado que el actor se presentaría con una belleza deslumbrante del brazo, alguien del calibre de Angelina Jolie.

—¿En qué estás pensando? —preguntó Taye, mientras se dejaba caer sobre la cama y daba una palmada a su lado.

—Me estoy preguntando qué debería ponerme para cenar —contestó ella, mientras ahuecaba sus rizos rubios—. ¿Crees que comeremos fuera?

—Eso espero. Alguien habló de cenar en una de las cubiertas. Es increíble, ¿verdad, tesoro?

—No abuses de ese «tesoro» —dijo Ashley irritada—. No queremos quedar como los parientes pobres, ¿eh?

Él le dirigió una mirada asesina.

—¿Los qué?

Había tocado un punto sensible. Taye detestaba que ella insinuara que no eran lo bastante buenos. Sospechaba que estaba relacionado con el hecho de que él fuera negro. A ella no le importaba; pensaba distinto a su madre.

—Nada —dijo, y se sentó en la cama a su lado.

La cama era blanda, agradable. Habían viajado todo el día, de modo que tenía derecho a estar cansada, con el cambio de hora y todo eso. Y era importante que presentara un aspecto impecable para los combinados de las cinco y media. Sí, no le importaría echar una siesta antes de la cena.

Primero los combinados, y después cena en compañía de Cliff Baxter. Con suerte, quizá la sentarían a su lado a la mesa.

Se moría de impaciencia.

—No puedo creer que Taye y Ashley se las hayan arreglado para que los invitaran —dijo furioso Jeromy—. Nunca debí hablarles del viaje. Es evidente que solicitaron la invitación en cuanto se enteraron.

—Pensaba que Ashley te caía bien —comentó Luca—. ¿No es tu socia?

—Sólo por el valor del apellido —resopló Jeromy—. Y no olvides que Taye invirtió dinero en el negocio. Podríamos decir que le compró el cargo.

Luca se quitó la camisa y la tiró sobre la cama, y después se bajó los pantalones.

—¿Qué estás haciendo? —preguntó Jeromy alarmado, porque después de la maratón de sexo con los Luttman la noche anterior, no estaba en forma para más de lo mismo. Aunque con Luca iba a ser oral, y ya estaba harto.

—Me voy a la piscina —respondió el cantante, mientras abría un cajón y trataba de descubrir dónde había puesto su bañador el ayuda de cámara.

—Ah. Yo pensaba que el plan sería echar una siesta.

Luca localizó sus coloridos *shorts* Versace y se los puso.

—Para mí no —dijo risueño—. He quedado con Bianca. Le prometí que nos encontraríamos en la piscina.

—¿Debo ir?

—No necesariamente —replicó Luca, mientras se pasaba la mano por el espeso pelo rubio—. Te aburriríamos con nuestros recuerdos.

¿Recuerdos? ¿Luca y Bianca? Sí, le aburriría escuchar historias de cuando se habían conocido.

—Me quedaré aquí a descansar —decidió.

—Hasta luego —dijo Luca, y se fue, mientras Jeromy echaba pestes por el hecho de que no le hubieran incluido.

—¿Impresionada? —preguntó Cliff, mientras indicaba su lujoso camarote con un ademán.

—¿Por? —replicó Lori, que estaba abriendo su bolsa de viaje.

—Ya lo sabes —contestó él, algo irritado.

—No, no lo sé —replicó ella, empeñada en mostrarse obtusa.

—Oh, venga ya —dijo Cliff, mientras reprimía un bostezo—. El yate. Los demás invitados. Todo este montaje increíble.

Ella se volvió hacia él.

—¿Tú estás impresionado, Cliff?

—¿Por qué iba a estarlo? —preguntó, mientras reía y sacudía la cabeza.

—¿Y por qué he de estarlo yo? —contestó Lori, sacando el estuche de maquillaje.

—Porque tienes veinticuatro años, corazón. Has de admitir que nunca habías visto un yate como éste. No deberías olvidar que eres una chica muy afortunada.

—¿Sí? —preguntó ella, y le dirigió una mirada penetrante.

—Por el amor de Dios, ¿qué te pasa? —Cliff frunció el ceño—. Te estás portando como una zorra irritable desde que salimos de Los Ángeles.

Estuvo a punto de decirle por qué estaba cabreada. *Perdone usted, señor estrella de cine. Corríjame si me equivoco, pero ¿no está a punto de dejarme tirada? ¿Cómo no voy a estar cabreada?*

—Ha sido un largo viaje —dijo, y decidió que lo mejor era recular—. Y sí, Cliff, es un viaje que sólo se hace una vez en la vida. Muchísimas gracias por pensar en mí.

—Eso ya me gusta más —repuso él, satisfecho.

Y antes de que ella se diera cuenta, ya se estaba bajando la cremallera, preparándose para la inevitable mamada.

Guy acompañó al senador Hammond y a su esposa al camarote.

Él paseó la vista a su alrededor.

—Perfecto —dijo.

—¿Le apetece algo, senador? —preguntó Guy. Estaba impresionado por Sierra Patterson. Era adorable, aún más de lo que presagiaban las fotos que había visto de ella en periódicos y revistas.

—Una botella de vodka Grey Goose sería muy de agradecer —respondió Hammond, y guiñó el ojo a Sierra—. ¿Verdad, querida?

Ella forzó una débil sonrisa. Estaba conmocionada. Por completo. Nunca, ni en sus sueños más desaforados, había imaginado que volvería a ver a Flynn.

Pero allí estaba. Flynn Hudson. El amor de su vida.

Era demasiado.

15 años antes

Sierra nunca olvidaría la primera vez que vio a Flynn. Fue en una fiesta, y acudió a rescatarla del hombre que un día, en un futuro muy lejano, se convertiría en su marido.

¡Menuda broma! ¡Menuda farsa! Jamás habría tenido que casarse con Hammond.

Pero lo había hecho. Por desgracia.

Recordaba haber lanzado una veloz mirada a Flynn cuando fue a rescatarla. Alto, con el pelo largo y los ojos azules más increíbles. Ella se había marchado gritando que eran unos gilipollas borrachos, y luego no había parado de hablar de él a sus amigas.

—¿Quién es? —quiso saber.

—Danos una pista —contestaron todas—. No sabemos de quién estás hablando.

Se había encogido de hombros, sin tener ni idea de quién era ni de en dónde podía localizarle. Hasta unas semanas después, sentada en el Hamburger Hamlet de Westwood, cuando le vio por la ventana.

—¡Deprisa! —había gritado a su amiga—. ¡Es él! ¡Haz algo!

Salieron a toda prisa y trataron de fingir.

La buena noticia era que su amiga le conocía.

La mala era que llevaba una chica aferrada a él como un imán.

Pero intercambiaron nombres, descubrieron que ambos iban a la UCLA, y Sierra supo que era el inicio de algo especial.

Flynn Hudson era su futuro. No le cupo la menor duda.

40

Tumbados junto a la piscina, situada en la cubierta del medio, Bianca y Luca hablaban de chismorreos mientras el esbelto yate surcaba las aguas azules refulgentes del mar de Cortés.

—¿Qué opinas del grupo que hemos reunido? —preguntó ella mientras tomaba el sol con un sucinto bikini brasileño, su piel oscura brillando al sol.

—Es una mezcla demencial —observó Luca.

—Eso parece —admitió Bianca, mientras estiraba una pierna por encima de su cabeza—. Sólo conozco a la mitad de la gente.

—Más que yo. Y deja de exhibirte.

La modelo bajó la pierna y sonrió.

—De todos modos, lo único que puedo decir es que doy gracias a Dios por tenerte aquí.

—¿Quién es el tipo alto con barba de dos días? —preguntó Luca mientras cogía el bronceador.

—Ah, debes referirte al amigo escritor de Aleksandr, Flynn. Sexy, ¿verdad? Me lo acaba de presentar.

—Sexy y guay —comentó él, al tiempo que se aplicaba bronceador en las piernas.

—Mmmm —murmuró Bianca—. ¿Te gusta?

—Quizá —dijo Luca con una amplia sonrisa—. ¿A ti no?

—Creo que le gusta a todo el mundo. Aunque será mejor olvidarnos de él, porque según Aleksandr es hetero. Y en cualquier caso, ha venido con esa preciosidad asiática.

—Ah, pero los hombres son como los espaguetis, todos son rectos hasta que tocan el agua caliente.

—¡Luca! —rió Bianca—. Pensaba que estabas felizmente unido por el culo a Jeromy.

Él se encogió de hombros.

—Puedo mirar, ¿no? —preguntó. Le devolvió el bronceador y se puso boca abajo.

—¿Sólo haces eso? —dijo. Parecía, divertida.

—Ya puedes apostar a que Jeromy hace algo más que mirar.

—¿De veras? —inquirió Bianca, mientras aplicaba bronceador a la espalda de Luca.

—Sí, de veras. Cree que no tengo ni idea de sus correrías, pero lo sé todo.

—¿Sí?

—No es que me preocupe. ¿Me ves del tipo celoso?

—Yo soy celosa de la hostia —dijo Bianca, y puso los ojos en blanco—. Si pillara a Aleksandr follando por ahí, le cortaría las pelotas y las lanzaría desde aquí a Moscú.

—Con dos pares —bromeó Luca.

—Me declaro culpable. Dejó el frasco de aceite y se secó las manos en la toalla.

—¿El amor verdadero es así en toda su gloria? —preguntó Luca, todavía tendido sobre el estómago.

—Supongo que podría decirse así.

—Ah. La chica que se tiraba a todos ha encontrado por fin a su hombre.

—Sí —replicó Bianca, y asintió vigorosamente—. Ése es Aleksandr. Es muy sexy, y me trata como a una reina.

—Querida —objetó Luca—, yo soy la reina, tú sólo eres la chica lujuriosa.

—Enamorada —corrigió enseguida ella—. Amor verdadero, joder.

—Vale, vale, pero créeme: te conozco. A la larga, te aburrirás.

—No.

—Sí.

—No me hagas de Debbie Downer.*

—Si quieres ponerme nombre de chica, que sea Lucía.

—¡Oh, Dios mío! —exclamó Bianca, y una vez más puso los ojos en blanco—. ¡Eres demasiado!

Luca se incorporó, cogió su bebida y dio un sorbo.

—Oye, ¿te acuerdas de cuándo tú y yo estuvimos a punto de...?

—¡No me lo recuerdes! —chilló ella—. No se te pudo levantar, y me sentí muy insultada.

—Sí, pero después nos hicimos buenos amigos.

—Después de que yo descubriera que eras gay.

—Para tu información, la razón de que no se me empinara fue porque estaba loco por uno de los bailarines de Suga —confesó Luca—. Era aquel tiarrón negro con los abdominales asombrosos.

—Me lo tiré —dijo Bianca como si tal cosa—. Todo abdominales y nada de polla.

Ambos se pusieron a reír.

En cuanto terminó de prestar sus servicios a Cliff, Lori decidió que no tenía ganas de quedarse sentada mientras él roncaba. Tenía casi cincuenta años, necesitaba descansar. Ella tenía veinticuatro, necesitaba explorar el yate. ¿Por qué perder ni un solo momento de una experiencia «única en la vida»?

Después de ponerse un bikini a lunares y un sucinto pareo, se recogió el pelo en una cola de caballo y salió del camarote.

Un amable camarero le explicó dónde estaba la piscina, y allí encontró a Bianca y a Luca Pérez riendo a carcajadas.

---

* Personaje de *Saturday Night Live*, la típica aguafiestas. *(N. del T.)*

No deseaba molestarles, pero la modelo le indicó que se acercara con un ademán.

—Coge una tumbona y reúnete con nosotros. Estábamos recordando viejos tiempos.

Lori se sintió a gusto al instante. Aunque tanto Bianca como Luca eran inmensamente famosos, no se sentía intimidada. Además, eran más de su edad que Cliff.

—Tú estás con Cliff Baxter, ¿eh? —dijo Luca—. Soy un gran admirador suyo.

¡Oh, Dios! Estaba harta de oír aquellas palabras. ¿Es que nadie podía decir algo original? Seguro que se les podía ocurrir algo mejor. Seguro.

Por lo visto no.

—¿Desde cuándo estáis juntos? —preguntó Bianca.

—Algo más de un año —contestó Lori, mientras se acomodaba en la tumbona.

Otra pregunta muy frecuente.

—Mmmm —murmuró la *top model*, al tiempo que extendía una pierna perfecta—. ¿Crees que está pensando en el matrimonio?

Lori se mordió el labio inferior. ¿No era una pregunta muy personal, viniendo de alguien a quien apenas conocía? Además, estaba segura de que Bianca debía leer los periodicuchos del mundo del espectáculo, y era un hecho bien documentado que Cliff Baxter no albergaba la menor intención de casarse. Era alérgico al matrimonio. Lo dejaba claro en cada entrevista que concedía.

Antes de que pudiera pensar en una respuesta adecuada, Luca le salvó el culo.

—Deja de ametrallar a la chica con preguntas —dijo—. Yo quiero saber si Aleksandr quiere casarse.

—Aleksandr está casado todavía —indicó Bianca, adoptando un tono gélido—. Está divorciándose.

—Todos dicen lo mismo.

—No me cabrees —replicó ella—. Ni te pases.

—Creo que eso significa que Bianca se va a quedar sin anillo gigantesco —bromeó Luca.

—Y yo también —admitió Lori, aprovechando la oportunidad de forjar un vínculo con la famosa *top model*—. Cliff no está por la labor de casarse. Y yo tampoco, la verdad. Soy demasiado joven.

—Oh, cariño —dijo Bianca, mientras asentía con expresión sabia—, hay que poner un anillo a un hombre como Cliff Baxter.

—Sí, en la polla —terció Luca con una carcajada estentórea.

Bianca se puso a reír como una loca.

—Será mejor que no hables así delante de Aleksandr —le advirtió cuando se calmó por fin—. No le gustan las obscenidades.

—¿Qué tiene de obsceno llevar un anillo en la polla? —preguntó él con aire inocente.

—Y yo que pensaba que el estrellato te habría cambiado —le reprendió su amiga—. Pero no, sigues siendo el mismo viejo malhablado de siempre…, ¡gracias a Dios!

—Cuidado con lo de «viejo» —advirtió Luca—. ¿Has olvidado que casi tenemos la misma edad?

—Supongo que os conocéis desde hace mucho tiempo —intervino Lori, al observar la camaradería entre ellos. Le entraron ganas de tener un amigo como Luca.

—Exacto —replicó Bianca—. Yo tenía diecinueve años y estaba en un desfile de bañadores en Río. Luca era uno de los chicos de adorno. ¡Dios, estaba para comérselo!

—Mira quién habla, jovencita —comentó él—. Eras como una chica Bond negra despampanante.

—Estaba ansiosa por saltar sobre sus deliciosos huesos —confesó Bianca—. Sólo que él no estaba interesado en mí, aunque en aquel tiempo se suponía que era hetero. Por supuesto, me di cuenta de inmediato: maricón perdido, aunque no salió del armario hasta años después, y eso sólo tras un matrimonio, un hijo y una carrera triunfal. Salió por fin del armario, y yo me sentí reivindicada.

—Amo a esta mujer —manifestó Luca, y alzó la copa para brindar—. Nunca cambia.

—Será mejor que lo creas —dijo Bianca, y pidió otra ronda de champán.

Flynn y Xuan fueron conducidos a su camarote juntos, como si fueran pareja. Él estaba tan conmocionado después de haber visto a Sierra, que no se dio cuenta hasta que su amiga quiso saber por qué tenían que compartir una cama.

—Esto es ridículo —dijo encolerizada—. ¿Lo has planeado así para meterme en tu cama, Flynn? Si tantas ganas tenías de follarme, haberlo dicho.

—¿Qué?

La miró, mientras su mente lo arrastraba en un viaje que no deseaba emprender.

—Hemos de tener camarotes separados —dijo con firmeza Xuan—. Lo exijo.

—Sí, ¿eh? —dijo Flynn con los ojos entornados.

—Por supuesto —replicó ella—. Llamaré a la gobernanta.

—No. No puedes hacer eso.

—¿Y por qué no?

—Porque estoy, eh... atrapado en una especie de situación —murmuró Flynn, mientras intentaba conservar la cordura.

—¿Qué situación? —quiso saber ella.

No le apetecía contar a Xuan la triste historia de Sierra y él, pero si esperaba que se quedara allí, algo tenía que decirle. Y debía quedarse. De ningún modo podría soportar viajar solo en aquel crucero. Debía aparentar que iba con alguien, como mínimo.

¿Por qué no había preguntado cuáles eran los demás invitados?

¿Por qué se había metido a ciegas en el infierno? Porque ver a Sierra con Hammond había sido justamente eso: un infierno.

Estaba atrapado. El yate había zarpado, y era demasiado tarde para desembarcar.

15 años antes

Sierra no era fácil, como casi todas las demás chicas que Flynn conocía. Después de conseguir su número la había llamado varias veces. Le dio calabazas. Por fin, se topó con ella en una fiesta de la fraternidad, y cuando consiguieron hablar, ella se ofreció a montarle una cita con su compañera de cuarto, una chica juerguista que estaba más que dispuesta a hacer lo que a él le apeteciera.

Pero le gustaba Sierra, y sólo ella. No cabía la menor duda. No sólo era genial, inteligente y dolorosamente hermosa, sino que por lo visto defendía valores periclitados, y era evidente que conocía su fama de mujeriego.

Pero él perseveró, y cuando al final empezaron a salir, no le sorprendió descubrir que el sexo no iba incluido en el menú. «No soy una chica promiscua —le informó—. Y no es mi intención empezar a serlo ahora.»

Sorpresa, sorpresa.

¿Era virgen? No se atrevió a preguntarlo. A cambio, desarrolló una estrecha relación con su mano derecha y conservó la fe.

Sierra Snow. Haría cualquier cosa por ella, y al final ella haría cualquier cosa por él.

Estuvieron juntos seis meses antes de pasar al sexo. Y no fue sólo sexo. Fue una experiencia alucinante, adorable, increíble, de proporciones épicas.

De pronto, dejó de lado sus planes de ir a viajar por el mundo cuando terminara la universidad. Sólo deseaba una cosa, y era estar con Sierra para siempre. Ella le dijo que sentía lo mismo.

Se juraron mutuamente que, si bien ambos eran jóvenes, nunca permitirían que nada ni nadie les separara. Abandonarían la universidad, recorrerían juntos el mundo y compartirían toda clase de aventuras.

Entonces, un día, Flynn recibió una llamada urgente de su abuela de Inglaterra, informándole de que habían ingresado a su abuelo en el hospital, y de que debía volar a Inglaterra de inmediato.

Sierra le acompañó en coche al aeropuerto. Le dio un fuerte abrazo y le juró amor eterno. Él prometió que regresaría lo antes posible.

Una semana después recibió un sobre de FedEx con el matasellos de alta prioridad. Venía de un nombre y una dirección de Los Ángeles que no conocía. Dentro del sobre había media docena de fotos de Sierra en diversas fases de desnudez con varios hombres diferentes. Uno de ellos era Hammond Patterson. Sierra parecía soñadora, casi feliz, con aquella media sonrisa en la cara que Flynn conocía tan bien.

SE LO ESTABA PASANDO BIEN.

Había una nota mecanografiada adjunta.

DEJA DE CREER QUE TU SUPUESTA
NOVIA ES PERFECTA.
ABRE LOS OJOS Y MIRA LA VERDAD.

Sintió un asco y una rabia que jamás en su vida había experimentado. Se sintió traicionado y vacío por dentro.

¿Por qué?

¿Por qué le había prometido amor eterno?

¿Por qué había pasado todos aquellos meses fingiendo algo que no existía?

¿Y qué estaba haciendo con Hammond Patterson?

Su furia no conocía límites. Tuvo ganas de tomar el siguiente avión a Los Ángeles e interrogarla.

Pero no podía. No esperaban que su abuelo viviera mucho más, y su abuela le necesitaba.

Estaba atrapado en Inglaterra, y no podía hacer nada para solucionarlo.

41

Cuando Cruz Mendoza no estaba causando estragos en alta mar, era un hijo de puta perezoso, que pasaba los días holgazaneando en la piscina de Sergei Zukov en Acapulco, cubierto tan sólo con un diminuto tanga, mientras se divertía con unas cuantas putas que había elegido la noche anterior en un club nocturno de dudosa reputación. Era un cambio agradable comparado con la vida que llevaba en su vigilado recinto de Somalia, donde siempre tenía que ir con pies de plomo, porque tenía muchos enemigos empeñados en apoderarse de su lucrativo negocio.

Aunque apenas tenía cuarenta años, Cruz aparentaba mucha más edad. Era corpulento y calvo, de piel curtida por la intemperie, dos dientes de oro delanteros salientes y una cojera pronunciada, el resultado de un disparo en el muslo, obra de un marido airado que le había sorprendido follándose a su esposa florero de dieciséis años. Cruz se había vengado al convencer a la adolescente de que se fugara con él, y después la había dejado tirada cuando se había cansado.

Verlo en acción ponía de los nervios a Sergei. Cruz había insistido en que todo estaba preparado, pero verlo sentado sin hacer nada le molestaba.

—Relájate —le dijo el hermano de Ina—. Atacaremos en el momento adecuado. Mi contacto del yate me lo cuenta todo, y mis hombres de la ciudad esperan a que yo les dé la orden. Dejaremos que esos cabrones se adapten a su puto viaje de placer, y después actuaremos cuando yo lo diga. Lo he hecho cientos de veces, créeme, y el efecto sorpresa siempre funciona.

—¿Quieres decir que es imposible que la cagues? —gruñó Sergei.

—Sí, cálmate —replicó Cruz con una sonrisa de suficiencia, una sonrisa que al ruso no le hizo la menor gracia—. Soy tan fiable como cagar a diario.

Sergei sabía que el hermano de Ina era un hijo de puta escurridizo. Igual intentaba ignorarlo y hacer algo por su cuenta.

Pero Cruz no era estúpido. Tenía que darse cuenta de que joder a Sergei Zukov le costaría caro.

Sergei era impaciente, pero Cruz estaba seguro de que todo iba bien.

Sólo el tiempo lo diría.

42

Aleksandr estaba sentado solo y pensativo en la parte privada de la cubierta que había delante del camarote principal, fumando un puro. Se sentía contento de que el viaje, planificado desde hacía tanto tiempo, hubiera empezado ya. En un momento dado, había temido que todo se fuera al garete, después de que Bianca y él intercambiaran palabras acaloradas. Ella podía ser muy tozuda e impredecible, ¿y quién sabía qué podía hacer? Sin embargo, en cuanto vio que había bautizado el yate con su nombre, se había derretido (tal como él había previsto), y todo estaba encarrilado de nuevo.

Bianca era como un purasangre, difícil de domar, pero aparte de algún incidente ocasional, como las fotos colgadas en Internet, todo iba bien.

Por desgracia, la batalla con su esposa continuaba aumentando de intensidad. Rushana había resultado ser una mujer difícil y vengativa. Había tenido idilios antes. Aleksandr sería el primero en reconocer que no era un hombre fiel. Sólo que, en el pasado, Rushana se había decantado por hacer caso omiso de sus infidelidades. No fue hasta que Bianca entró en su vida, y su petición de divorcio, que se convirtió en una zorra vengativa. Estaba consiguiendo todo cuanto deseaba a nivel económico, pero por lo visto no era suficiente para ella. Oh, no, la ira de que estuviera con una *top model* famosa en todo el mundo no se aplacaba, sino todo lo contrario. Rushana estaba desesperada por verle soltero y solo, suplicando volver a la familia que había abandonado.

La última escapada de Bianca sólo había conseguido alimentar el fuego, y había proporcionado a su mujer nuevas municiones.

—No permitiré que mis hijas estén en compañía de esa prostituta —había gritado a sus abogados, además de otros insultos—. Hasta que Aleksandr deje de salir con ese pendón, no habrá divorcio. Y no permitiré que vea a nuestras hijas.

No era una situación feliz, aunque estaba seguro de que, una vez que Rushana se diera cuenta de que no pensaba abandonar a Bianca, se vería obligada a ceder.

La furia y los celos de su mujer no habían cambiado sus planes. Todavía albergaba la intención de convertir a la modelo en su esposa, y si se salía con la suya, al finalizar el viaje estarían prometidos.

Copas en la cubierta principal a las cinco y media. El sol se estaba poniendo poco a poco en el cielo despejado. Mercedes y Renee, las dos camareras, servían champán y canapés en bandejas de plata. Den, el barman, esperaba detrás de la barra. Música brasileña suave procedente de los altavoces.

Bianca apareció con un traje blanco de Valentino con la espalda descubierta, seguida muy de cerca por Aleksandr, con un jersey negro de manga larga y pantalones del mismo color.

Aunque el ruso era veinte años mayor que la modelo, hacían una buena pareja. Un hecho que no escapó a la atención de Guy, quien se encontraba al mando del servicio. Como director de actividades recreativas, era un hombre muy práctico, y siempre se anticipaba a las necesidades de su jefe. Era la primera vez que trabajaba para Aleksandr Kasianenko. Sabía quién era, ¿cómo podía ser de otra forma? Antes de ligar con Bianca, había conseguido mantener un perfil bajo, pero en cuanto estuvieron juntos su tapadera saltó por los aires. Las palabras «hombre de negocios multimillonario» y «oligarca ruso» iban siempre unidas a su nombre.

Pobre cabrón, pensó Guy, mientras contemplaba a la famosa pareja. *Ha de ser muy deprimente que todo el mundo esté enterado de tu mierda.*

Había visto hacía poco en su ordenador portátil las imágenes obscenas y sin censurar de Bianca. La consideraba una putita llena de vitalidad, y no pudo evitar preguntarse qué opinaba Aleksandr de que su famosa novia enseñara el chocho a todo el mundo. El hombre debía de estar muy cabreado. Él al menos se cabrearía si su novio fuera exhibiendo la polla para consumo público.

Luca y Jeromy aparecieron en la cubierta a las cinco y media en punto, ambos con traje blanco. Guy los observó con detenimiento y llegó a la conclusión de que formaban una extraña pareja. El cantante era sexy, Jeromy, no. ¿Qué talentos ocultos veía la atractiva superestrella rubia en aquel inglés alto y esquelético?

Oh, bueno, todo el mundo a lo suyo. Aunque Guy tuvo que admitir que no rechazaría un revolcón con Luca Pérez. ¡Era un latino monísimo!

Mercedes entró en acción de inmediato, ofreció a la pareja champán o una bebida de su elección, y habló en español a Luca.

Guy no sabía por qué estaba tan preocupado el capitán Dickson. Todas las mujeres del yate eran bellísimas, ¿por qué iba a significar una amenaza para ellas una joven mexicana bonita? Mercedes era muy apta para su trabajo. También iba vestida de la forma adecuada, con un elegante uniforme náutico, para que nadie la confundiera con otra cosa que un miembro de la tripulación trabajador y servicial. También le gustaban Renee y Den. Eran australianos como él, y daba la impresión de que ambos sabían lo que hacían.

La siguiente pareja que llegó para los combinados fue la formada por Ashley y Taye. Aleksandr se adelantó para saludarlos. Como fanático del fútbol, quería dedicar tiempo a hablar con Taye, para consultarle sobre el equipo que estaba en conversaciones para comprar. Indicó con un ademán al jugador que se acercara, y los dos hombres se desplazaron hasta un rincón tranquilo de la cubierta.

Ashley se encaminó de inmediato hacia Luca.

—No puedo creer que no nos hayamos conocido antes —dijo con entusiasmo—. Tú estás con Jeromy, y yo soy su socia. Es fantástico haberte conocido por fin. Soy una gran admiradora tuya.

Cliff y Lori se acercaron justo a tiempo de que la chica oyera decir a Ashley «Soy una gran admiradora tuya».

Otra vez, pensó. *Todo el mundo es un gran admirador de todo el mundo. ¡Vaya mierda!*

—¡Luca! —exclamó Cliff—. Estaba filmando una película en Puerto Rico el año pasado, y asistí a tu concierto. Fue una actuación pletórica.

No lo digas, por favor, suplicó Lori en silencio. *¡Por favor, por favor, por favor!*

—Soy un gran admirador tuyo —añadió el actor.

¡Mierda!, pensó la joven. *Tú también.*

—Ah, te presento a Lori —continuó Cliff, y la presentó como si se le hubiera ocurrido de repente.

—Lori y yo somos viejos amigos —dijo Luca, y le guiñó el ojo de forma significativa—. ¿No es verdad, *cariño*?

—¿Os conocíais? —preguntó Cliff, con una expresión de estupor en la cara.

—Hace mucho tiempo —explicó Luca—. Hemos coincidido antes en la piscina.

Lori experimentó un pequeño escalofrío de triunfo. No sólo era un apéndice del brazo de Cliff Baxter, sino una persona por derecho propio.

En aquel momento, Ashley y su cascada de rizos rubios se movieron a lo grande. Agarró a Cliff del brazo y se lo llevó.

—Gracias —murmuró Lori a Luca, quien le dio unas palmadas en el brazo.

—Lo he pillado, cariño. Yo también he pasado por eso. Lo he hecho. Deberías saber que cuando me casé con Suga, nadie sabía quién demonios era yo. Sólo era el chico bonito del fondo, y a menos que cogiera el brazo de Suga, nadie me hacía caso.

—Siendo así, lo comprendes muy bien —dijo Lori, aliviada de que alguien supiera exactamente cómo se sentía.

—Desde luego. No te agobies, *bonita*. Todos hemos venido a divertirnos y relajarnos. Eres una de los nuestros. Disfruta.

—¿Disfrutar de qué? —preguntó Bianca, detrás de ellos.

—¡De todo! —exclamó Luca, al tiempo que indicaba el ocaso—. Esto es espectacular.

—Queremos que todo el mundo disfrute —dijo la *top model*, con la sonrisa del gato de Cheshire. *Es espectacular*, pensó, mientras paseaba la vista a su alrededor y asimilaba lo que veía. *¡Es una pasada, y me encanta!*

Había que reconocer que Aleksandr nunca decepcionaba. Era un hombre con estilo, y aguardaba con ansia los siete días de dicha absoluta.

Entretanto, en su camarote, Hammond estaba descargando su furia sobre Sierra.

—¿Qué cojones? —gritó—. Dime qué está haciendo ese hijo de puta perdedor en este viaje.

Ella sabía que no debía contestarle. Se limitaba a escucharle mientras despotricaba sobre lo mucho que odiaba a Flynn.

—No es nada más que un saco de mierda —gritó Hammond—. ¿Por qué está aquí? ¿Cómo ha sucedido esto? ¿Por qué no conseguiste la lista de invitados? —Una pausa para respirar—. ¿Sabes una cosa? Eres una inútil. Es probable que quisieras tener a ese hijo de puta aquí, el perdedor al que te follabas.

Cómo pude tocarte después de que él te metiera la polla es algo incomprensible. —Otra pausa—. No olvidemos que eras una mercancía defectuosa y yo te salvé, joder. Te he dado una vida de la que puedes sentirte orgullosa, ¿y así me lo pagas?

Sierra le miraba fijamente. Tenía la cara roja de furia, los ojos se le salían de las órbitas. Estaba actuando como un lunático furioso y la culpaba de que Flynn estuviera a bordo.

Decidió guardar silencio. Decidió cerrar su mente a la traición de Flynn que le partió el corazón. Recordarlo era demasiado doloroso.

15 años antes

Flynn dejó de llamar, de un día para otro. Sierra no lo entendía, hasta que recibió un sobre de FedEx con el matasellos de alta prioridad. Abrió el sobre y vio seis fotos gráficas de Flynn con seis chicas diferentes.

Al principio no pudo creerlo, pero después de estudiar las fotos no tuvo otra alternativa que aceptar lo peor. Había una nota mecanografiada adjunta.

> *DEJA DE CREER QUE TU SUPUESTO*
> *NOVIO ES PERFECTO.*
> *ABRE LOS OJOS Y AFRONTA LA VERDAD.*

Una semana después, se dio cuenta de que estaba embarazada. Destrozada y sola, lo confesó todo a Hammond Patterson, quien pasaba a verla cada día desde que Flynn se había marchado. Le dijo que Flynn le había pedido que cuidara de ella. Al principio, se quedó sorprendida, pues ignoraba que fueran tan amigos. Pero Hammond resultó ser la roca sobre la que necesitaba apoyarse. Estaba entregado a ella en todos los sentidos.

Hasta se ofreció a pagarle el aborto, e insistió en que era lo que debía hacer.

Ella declinó la oferta, pero él la había convencido de acompañarle a una fiesta aquella noche. Durante la fiesta, ambos habían bebido demasiado, sobre todo él, y cuando la acompañó a casa en su Ferrari recién adquirido (un regalo de su madre, que le adoraba) empezó a insinuarse, con una mano en el volante mientras con la otra le manoseaba los pechos y la entrepierna.

Nunca lo había considerado algo más que un amigo, y su repentino acoso la sorprendió y disgustó. Apartó su mano de una palmada, pero él estaba decidido.

Ninguno de los dos vio venir el coche. Ninguno de los dos reparó en el peligro. El resto fue un recuerdo muy vago, cuando el Ferrari se estrelló contra el otro vehículo y dio una vuelta de campana de inmediato, mientras Sierra salía despedida.

Sufrió la rotura de la pelvis y perdió el bebé.

Hammond sufrió un ego dañado y salió sin un rasguño.

No tardaron en propagarse rumores por el campus de que Sierra estaba embarazada de Hammond. Éste no hizo nada por negarlo. De hecho, alimentó la historia.

Todavía en Inglaterra, Flynn se enteró de los chismorreos y ya tuvo bastante. De vuelta en Estados Unidos, Sierra había dejado la universidad y regresado a Nueva York con sus padres.

Nunca más volvieron a hablarse.

43

Sierra y Hammond llegaron a los cócteles poco antes de que terminaran, debido al hecho de que él no podía parar de escupir veneno sobre Flynn y cuánto le odiaba, ¿y por qué iba en un viaje tan exclusivo?

Ella había guardado silencio todo el rato, mientras su marido paseaba de un lado a otro dando rienda suelta a su furia, aunque se sentía algo confusa sobre el motivo de su ira. ¿No habían sido Flynn y él amigos, incluso compañeros de cuarto, en otros tiempos? ¿Acaso no le había pedido que cuidara de ella? ¿Se debía su ira al hecho de que Flynn la hubiera tratado de una manera tan despreciable? Y en tal caso, ¿por qué estaba descargando su furia sobre ella?

Era absurdo. Era ella la que debería estar disgustada, no Hammond.

Cuando por fin abandonaron el camarote y se reunieron con los demás, Sierra procuró no establecer el menor contacto con Flynn. Se quedó al lado de Hammond desempeñando su papel de buena esposa, aunque tenía el estómago revuelto y no se atrevía a mirar en dirección al periodista.

No era que no quisiera. Era el hombre que le había roto el corazón en mil pedazos, y jamás podría perdonarle por eso.

Después del accidente de coche y la pérdida del bebé, había pasado un tiempo viajando por Europa y visitando a parientes, y al final había regresado a Nueva York con su familia. Se había dedicado al trabajo social, asesorando a víctimas de malos tratos y violaciones. Era un trabajo duro, pero lo consideraba enriquecedor. Era justo lo que necesitaba.

Al final se marchó de casa de sus padres y alquiló un apartamento junto con una compañera de trabajo. Pronto empezó a salir de vez en cuando con chicos, nada serio, hasta que un día se topó con Hammond, un abogado de éxito con enormes aspiraciones políticas, en un acto para recaudar fondos.

Al principio, él se quejó de que había intentado ponerse en contacto con ella, pero jamás le había devuelto las llamadas. Después procedió a cortejarla de una forma que a ella le costó resistir. Se mostró tan encantador, sincero y comprometido con toda clase de buenas obras que se quedó impresionada. Al poco, aquel joven borracho y libidinoso, responsable del horrible accidente de coche, le pareció un hombre transformado con una meta definida en la vida, y aunque no le amaba como había amado a Flynn, él consiguió que se rindiera, y aceptó su propuesta de matrimonio. «Juntos podremos cambiar el mundo», le prometió él, y ella se lo había creído ingenuamente.

Se casaron en Connecticut, en casa de la familia de Sierra. Fue una boda opulenta, tal como Hammond deseaba. Los padres de ella tenían amigos influyentes, y todos hicieron acto de presencia, así como la familia de él, que aprovechó la ocasión para consolidar las futuras relaciones.

Tardó más o menos un año en darse cuenta de que había cometido una horrible equivocación. Cuando lo hizo, ya era demasiado tarde. Era la esposa de Hammond, un valor político sólido. Y sabía una cosa con absoluta certeza: nunca la dejaría marchar.

—Damas y caballeros, la cena está servida —anunció Guy. Había visto y oído pronunciar esa frase en una serie de películas antiguas, y pensaba que sonaba perfecta. Le dotaba de la personalidad e identidad que imaginaba merecer.

Guy siempre esperaba que los invitados no sólo se fijaran en él, sino que dependieran de él para satisfacer todas sus necesidades, porque lograr destacar e inspirar agradecimiento significaba una propina mucho más grande al final del viaje. Siempre apostaba mentalmente sobre quién sería el más generoso. En este viaje sería Aleksandr, aunque nunca podías estar seguro del todo.

Tal vez Luca. Los cantantes famosos se destacaban por su generosidad. Sin embargo, el lamentable compañero inglés de Luca sería tacaño.

¿El político? No. Los políticos recaudaban dinero, y todos eran notablemente avaros a la hora de compartir su fortuna.

Bien, siempre estaba la estrella de cine, el señor Cliff Baxter. Aunque Guy sabía por pasadas experiencias que las estrellas de cine lo esperaban todo gratis a cambio de su ilustre presencia.

Lo cual dejaba a Taye Sherwin, un buen chico de clase obrera que había prosperado. Y Flynn, el periodista, un hombre que no debía creer en las propinas.

Guy tomó nota mental de pasar la voz, tal vez a la novia del actor, de que todos los invitados debían recompensar a la tripulación por los servicios prestados.

Una de las cosas que más le gustaban de un crucero era averiguar los secretos de todo el mundo, y en un barco los secretos eran difíciles de ocultar. Si no los descubría por sus propios medios, las doncellas u otros miembros de la tripulación siempre se apresuraban a informarle.

La vida en un yate de lujo con invitados a bordo era como una experiencia tipo *Arriba y abajo*. Con este grupo, Guy esperaba cantidad de chismorreos.

—La cena está servida —anunció por segunda vez, y repitió las palabras en voz más alta, porque daba la impresión de que nadie se movía. Todos se lo estaban pasando en grande.

—Gracias, Guy —respondió Bianca, al tiempo que agitaba sus brazos bronceados en el aire—. Vamos, todos. ¡Me muero de hambre!

—¡Qué fabuloso servicio de mesa! —exclamó Ashley cuando los invitados se acercaron a una elegante mesa oval situada en la cubierta del medio. La mesa estaba engalanada con jarrones de cristal tallado que contenían preciosas rosas blancas: la flor favorita de Bianca. También había exquisitas copas de cristal, reluciente cubertería de plata, platos blancos y negros, y altas velas blancas en unos candelabros muy elaborados. El resultado era una mesa de foto.

—Por favor, buscad vuestra tarjeta de comensal —anunció la modelo, en un tono travieso—. Las he colocado yo misma, porque quiero que os conozcáis mutuamente. Prometo cambiarlas cada día, de modo que atentos.

—Eres una liante —dijo Luca, admirado del estilo de su vieja amiga—. ¿Quién me toca esta noche?

Bianca chasqueó los dedos y Guy le entregó una lista.

—Parece que tienes a Taye a un lado y a Ashley al otro —dijo—. Mmmm, Luca, bocadillo de Sherwin. ¿Crees que te las podrás arreglar?

—Ya sabes que sí —se jactó él.

Jeromy frunció el ceño. No le hacía gracia la idea de que Luca se hiciera demasiado amigo de los Sherwin.

—¿Y dónde estoy yo?

Bianca consultó la lista. Había dedicado cierto tiempo a decidir dónde los sentaba.

—Déjame ver —dijo—. Estás entre dos hermosas mujeres. Sierra Patterson y Lori.

—¿Lori? —preguntó Jeromy con una leve expresión desdeñosa, aunque sabía muy bien quién era Lori. Era la pelirroja insignificante liada con la estrella de cine.

Bianca prefirió hacer caso omiso del interiorista porque la irritaba. ¿No habría podido elegir Luca a alguien más estimulante que aquel plasta engreído? Se volvió hacia Cliff Baxter.

—Tú estás sentado a mi lado —dijo en tono cordial—. Y espero que me expliques exactamente qué se siente al ser nombrado el Hombre Vivo Más Sexy.

—Un infierno —respondió él con una sonrisa autoparódica—. Las mujeres se me echan encima. Los tíos también. Es un milagro sobrevivir cada día.

—Ah, pero estoy segura de que te las arreglas bien —bromeó Bianca, al tiempo que se humedecía sus voluptuosos labios.

—Lo intento —repuso él con un guiño garboso—. No es fácil.

—Estás sentada al lado de Flynn Hudson —dijo Bianca, al tiempo que se volvía hacia Sierra y la tomaba del brazo como si fueran viejas amigas—. Pensé que podíais tener cosas en común. Aleksandr dice que Flynn es un periodista y escritor muy inteligente, de modo que sin duda le encontrarás interesante.

—Vaya —murmuró Sierra, y su corazón se paralizó un momento.

—Por cierto —continuó Bianca—, es un placer conocerte por fin. Tu marido es un encanto.

¿Un encanto?, pensó Sierra. Aquella mujer debería saber la verdad.

—Sí —prosiguió Bianca—, Aleksandr le apoya mucho. Cree que Hammond posee un gran potencial para llevar a cabo transformaciones profundas en Estados Unidos.

—¿Ah, sí? —dijo Sierra, mientras pensaba en lo fácil que era engañar a la gente.

—Sí, y Aleksandr no suele equivocarse.

—Me alegra saberlo.

—¿Qué te parece convertirte en primera dama?

Primera dama, pues vaya. Sierra tragó saliva. Gracias a Dios por los dos Xanax que se había tomado antes de abandonar el camarote. Los fármacos ofuscaban sus sentidos, la dejaban en un estado adormilado. De todos modos, cuando pensó en que iba a estar sentada al lado de Flynn, su corazón se aceleró y una oleada de pánico absoluto la invadió.

Mantén la calma, chilló una voz en su cabeza. *No pierdas el control. Tú puedes.*

¿Puedo?

¿Puedo?

Sí, puedes.

Jeromy lanzó a Lori una mirada condescendiente. ¿Por qué tenía que sentarse al lado de la única mediocridad del barco? ¿Se vería obligado a hablar con ella? Una palabra o dos para ser educado, y después la dejaría de lado.

—¿Cómo estás, querida? —dijo con altivez.

—Bien —replicó ella, pensando en la mala suerte de haber sido emparejada con el envarado maromo de Luca—. ¿Y tú?

—Perfecto.

—Qué suerte —comentó ella, consciente de que a él le hacía tan poca gracia sentarse a su lado como a ella.

—¿Perdón? —dijo Jeromy, al que no le había gustado su tono.

—Bien... «Perfecto» lo dice todo, más o menos.

La espalda de Jeromy se puso tiesa. ¿Estaría intentando aquella chica tocarle las pelotas? En tal caso, craso error.

—Esperaba que me tocara a tu lado —dijo Ashley, inclinada hacia Cliff mientras se sentaba a su lado.

—¿De veras? —preguntó el actor, al tiempo que examinaba a la curvilínea beldad rubia—. En ese caso, me esforzaré por no decepcionarte.

—Oh, no has de esforzarte —replicó ella, agitando sus pestañas postizas—. Sólo mirarte es suficiente para mí.

¡Mierda!, suspiró Cliff. *Un barco cargado de gente interesante, y me toca la admiradora pazguata.*

—He visto todas tus películas —continuó Ashley, mientras enredaba un largo mechón de pelo rubio entre sus dedos—. Mi madre me llevaba a verlas cuando era pequeña. Estaba muy enamorada de ti.

—¿Y ahora?

—Y aunque yo sólo tenía diez años, también estaba loca por ti —admitió con coquetería Ashley.

—Eso es muy halagador —repuso Cliff.

—Todavía lo estoy, pero no se lo digas a mi marido, es muy celoso.

¡Joder!, pensó él. *¿Dónde está Lori cuando la necesito?*

Aleksandr paseó la vista por la mesa y se alegró de ver que sus invitados conversaban. Estaban sirviendo el primer plato, ensalada de langosta y cangrejo, así como los vinos más exquisitos. Miró a Bianca, sentada al otro extremo de la mesa. Estaba increíblemente hermosa, su piel oscura relucía a la luz parpadeante de las velas, y sus ojos verdes centelleaban mientras hablaba con Flynn.

Se sentía satisfecho de haber ganado semejante premio. Aunque fuera famosa, era toda suya, y estar con ella compensaba el drama que su esposa se esforzaba por crear. Pronto se libraría de Rushana, y entonces Bianca sería suya por completo.

Mientras la miraba, experimentó una potente oleada de deseo sexual. Xuan estaba sentada a su izquierda, Hammond Patterson a la derecha. Estaban sosteniendo una animada conversación.

Aleksandr movió la silla a un lado y se levantó.

—Perdonadme unos momentos —dijo—. Vuelvo enseguida. —Se dirigió hacia Bianca—. Quiero enseñarte algo —dijo, al tiempo que se agachaba y susurraba en su oído.

—¿Qué? —contestó ella.

—Quiero enseñártelo ahora.

—¿Ahora? —dijo ella, algo perpleja.

—Ahora —afirmó Aleksandr.

Bianca se levantó de la mesa.

—Dos minutos —dijo a sus invitados.

Aleksandr la tomó de la mano y la guió hasta una parte del barco oscura y desierta. Sólo se oía el sonido de las olas al lamer la popa.

—Dime, ¿pasa algo? —preguntó Bianca.

—No, a menos que consideres algo esto —respondió Aleksandr, y apretó su mano contra su hinchado paquete.

Ella lanzó una ronca carcajada.

—¡Oh, Dios! —suspiró, excitada al pensar en lo que se avecinaba—. ¿Estás de broma? ¿En mitad de la cena?

—¿Llevas bragas?

—Como si pudiera con este vestido...

Aleksandr se bajó la cremallera a toda prisa, gruñó, la agarró por los muslos y le subió el vestido.

Ella se apoyó contra la barandilla y alzó sus largas y esbeltas piernas para rodearle con ellas la cintura.

Él la empaló sin vacilar, y al cabo de varias embestidas vigorosas se corrió.

—¡Caramba! —exclamó Bianca cuando se separaron—. ¿Qué te pasa?

—¿No te ha gustado?

—Ya sabes que sí.

—No te dejaré tirada —prometió él en un susurro—. Más tarde te comeré el coño como nunca te lo han comido antes. Ahora, querida mía, hemos de atender a nuestros invitados

—Sí, señor —dijo Bianca obediente, y decidió que Aleksandr era el hombre más sexy que había conocido, y habían sido muchos.

Sierra suspiró hondo. Aunque estaban sentados uno al lado del otro, no se había vuelto en dirección a Flynn, y él no había dado señales de reconocer su presencia. Sin embargo, cuando Bianca se fue de la mesa, se sintió obligada a decir algo. Al fin y al cabo, lo sucedido entre ellos era agua pasada, habían transcurrido muchos años, y era evidente que él nunca la había querido. Todo había sido un juego para él. Una conquista más.

Se le ocurrió la idea de que tal vez no se acordaba de ella.

Decidió abordarlo de una manera desenvuelta. Para que entendiera que su forma de tratarla no la había afectado en absoluto.

—¿Flynn? —preguntó. *Actúa con desenvoltura. Actúa relajada*—. Eres tú, ¿verdad?

44

Los camarotes de la tripulación del *Bianca* eran muy pequeños, con dos literas en cada uno y un cuarto de baño compartido por cada tres. No existía privacidad, lo cual cabreaba a Mercedes, porque tenía cosas que hacer. Compartía camarote con la otra camarera, Renee, una australiana alta con coleta castaño claro, piernas largas y dientes de caballo. Renee sólo había participado antes en un crucero. Había conseguido el empleo porque su tío había jugado al rugby con Guy, y le había pedido que la contratara.

—Te toca la litera de arriba —ordenó Mercedes cuando llegaron.

Renee, una chica bastante tímida, se plegó a los deseos de la mexicana, lo cual convenía a ésta. Le gustaba mandar, y se alegraba de saber que Renee no significaría ninguna amenaza para su objetivo. Y su objetivo era el mismo de ocasiones anteriores.

Seducir al enemigo.

¿Y quién era el enemigo?

Kyril, el guardia de seguridad de Aleksandr Kasianenko.

El corpulento ruso constituía un desafío, y Mercedes siempre estaba dispuesta a aceptar un desafío. Había aprendido muy pronto que casi todos los hombres eran presa fácil. Les ofrecías una mamada, un polvo, un paseo por el lado salvaje, y si no sospechaban de una trampa, todos caían. Incluso los casados. Sobre todo los casados.

No había tardado mucho en investigar a Kyril. Tenía su propia sala de comunicaciones, y contacto directo con Aleksandr. Por lo visto, el ruso deseaba que el viaje pasara desapercibido, de modo que su seguridad no era tan estricta como habría sido en tierra.

Mercedes se asombraba de que, por poderosa e importante que fuera la gente, siempre se comportaba de acuerdo con la fantasía de que las vacaciones no entrañaban el menor peligro. Todo el mundo se mostraba relajado y feliz, más preocupado por el bronceado que por otra cosa. Demasiada comida, demasiado vino, la receta perfecta para un golpe breve y preciso, justo la especialidad de Cruz y su banda. Apoderarse del barco, exigir un abultado rescate y, en cuanto se pagara, salir a toda prisa.

Sí, Cruz sabía muy bien lo que hacía. Durante los últimos años se había convertido en una leyenda en el mundo de la piratería.

Mercedes trabajaba con él desde los ocho años. Contaba ahora veintidós, y era un miembro clave de la banda. La infiltrada. La chica de la que nadie sospechaba. Porque era buena en lo que hacía, muy buena.

Después de servir cócteles y canapés, había pedido a Renee que la cubriera mientras se refugiaba en su camarote.

—Tengo diarrea —informó a la chica, quien era tan crédula como una virgen encerrada en una habitación de hotel con un marinero de permiso—. Mantenles contentos, seré rápida.

—¿Y Guy? —dijo Renee preocupada—. No le gustará que desaparezcas.

—No te preocupes por él, no se dará cuenta de que he desaparecido. Y si lo hace, dile que he ido al baño.

En cuanto bajó a su camarote, Mercedes sacó su iPad de debajo del colchón y envió a Cruz un correo electrónico informativo sobre las actividades que tenían lugar en el yate, además de un tosco plano de la disposición.

Cruz era un maniático de los detalles. Exigía información sobre la tripulación, los invitados, cada movimiento que hacían, y le tocaba a ella pasársela.

Una vez que terminó, borró el mensaje y corrió a atender a los queridos invitados.

Queridos invitados, y una mierda, pensó. *Todas las mujeres son putas que se follan a los hombres por su dinero. Mientras que los hombres son unos gilipollas patéticos.*

Mercedes no tenía una opinión muy positiva de la raza humana, lo cual no era sorprendente teniendo en cuenta el tipo de vida que había llevado. Su madre había muerto al dar a luz, y fue criada por una serie de conquistas de su padre, mujeres que iban y venían con regularidad, casi todas prostitutas. Cruz la había puesto a trabajar a la edad de ocho años, como carterista dedicada a los turistas de Ciudad de México. Cualquier día compensaba más que ir al colegio, y pronto se había convertido en la mejor carterista de la ciudad. Al darse cuenta del potencial de la pequeña, Cruz había empezado a utilizarla para otros trabajos. Al fin y al cabo, ¿quién mejor que una niña para su tipo de hurtos? Su chica podía colarse por cualquier ventana abierta, por pequeña que fuera, y las gateras tampoco significaban ningún problema.

Un día después de que Mercedes celebrara su duodécimo cumpleaños, Cruz fue detenido y enviado a la cárcel. Ella fue a parar a un programa de acogida temporal. Como no estaba dispuesta a ser la víctima de algún padre de acogida rijoso, huyó y sobrevivió en las calles, mejorando sus habilidades delictivas, hasta que al final ligó con un hombre de veinte años convencido de que ella tenía dieciséis. Se habían instalado en un autobús abandonado en las afueras del Distrito Federal, y dos abortos después dejó plantado a su novio y se puso a esperar pacientemente a las puertas de la cárcel el día que Cruz fuera liberado. Tenía quince años.

Cruz había aprendido muchas cosas en la cárcel. Consideraba ese tiempo en el trullo un programa educativo. Lo primero que iba a hacer al salir sería irse de México.

Llevarse a la cría con él no entraba en sus planes, pero allí estaba, leal como siempre. Se sintió obligado a pergeñar papeles falsos para los dos, y se habían ido a Somalia para encontrarse con un somalí con el que había forjado fuertes lazos en la cárcel.

Y así habían empezado las aventuras de Cruz en la piratería, con Mercedes a su lado todo el tiempo.

45

Maldita sea, pensó Flynn. *¿Qué debía hacer? ¿Qué debía decir?* El amor de su vida estaba sentado a su lado Y QUÉ COÑO...

—Hola, Sierra —dijo, como si no se hubiera fijado en ella—. Sí, claro que soy yo. Hacía mucho tiempo que no nos veíamos.

¿Lo bastante despreocupado? Válgame Dios. Era como volver a la adolescencia.

—Sí, ha pasado mucho tiempo —contestó ella, mientras se volvía hacia él con una sonrisa inamovible—. No estaba segura...

—¿He cambiado? —preguntó él con calma.

—No, yo... Mmm... —tartamudeó, falta de palabras.

—¿Tú qué?

—Nada.

—Tú y Ham —dijo Flynn, y carraspeó—. ¿Quién lo habría pensado?

—Lo sé —murmuró ella, al tiempo que tomaba un buen sorbo de vino, aferrada a la copa con tanta fuerza que temió romperla.

—Me quedé bastante sorprendido cuando me enteré.

Vaya, Flynn. ¿Sorprendido? ¿Imaginabas que desaparecería de la faz de la Tierra una vez que te libraras de mí?

Se sumieron en un incómodo silencio.

No ha cambiado, pensó Sierra. Sigue siendo el mismo Flynn de siempre. Tan guapo, con los ojos azul claro que recordaba tan bien. Ya no era un muchacho, ahora era un hombre con arrugas en la cara que hablaban de una vida intensa. Llevaba el pelo más largo. La barba incipiente era nueva..., o quizá no.

¿Cómo iba a saberlo? Era un desconocido.

Un desconocido cuyo hijo había crecido en su seno durante unas breves semanas. Él nunca se había enterado. ¿No era triste?

—¿Tú y Xuan estáis... casados? —preguntó, para romper el tenso silencio.

En cuanto hizo la pregunta tuvo ganas de darse una patada. ¿Por qué preguntar algo tan estúpido? ¿A quién le importaba que estuviera casado o no?

¡A mí me importa!, gritó una voz en su cabeza. *A mí me importa porque todavía le quiero.*

¡Oh, por el amor de Dios! No es cierto.

Sí.

Deja de pensar así.

—No estamos casados —dijo Flynn, mientras escudriñaba su hermoso rostro. ¿Era feliz? No lo parecía. Tenía las mejillas encendidas, y los ojos parecían vacíos. Y arrastraba un poco las palabras. ¿Bebía demasiado? En otros tiempos, una copa era su límite, ahora estaba engullendo vino de una forma impropia de ella.

—¿Por qué no? —soltó. Continuaba haciendo preguntas que no quería que salieran de su boca.

Flynn se encogió de hombros. *¿Por qué no? Porque jodiste mi relación con las mujeres. Impediste que confiara en ninguna relación. Me destrozaste, Sierra. Me jodiste a base de bien.*

—No sé —contestó vagamente—. Es una de esas cosas.

—Bien —dijo ella, deseosa de cerrar los ojos y sumirse en un sueño profundo, y no tener que aguantar aquello—, parece un encanto.

—Lo es.

Y en aquel momento, para su mutuo alivio, Bianca volvió

a la mesa, con una sonrisa en los labios cuando levantó la copa de vino y se la llevó a los labios.

—¿Me he perdido algo? —preguntó traviesa.

—Nada —se apresuró a decir Flynn—. Nada en absoluto. Después de aquel breve e irritante intercambio de palabras con Lori, Jeromy dedicó toda su atención a Sierra Patterson. Era una mujer hermosa y elegante, y corrían muchos rumores de que algún día, en un futuro no muy lejano, su marido, Hammond, aspiraría a la presidencia del país. Y, por supuesto, en tal caso, la muy serena y adorable Sierra estaría a su lado. Por lo tanto, estaba en lo más alto de su lista de «a quién hay que conocer».

Se volvió hacia ella con una sonrisa obsequiosa, exhibiendo sus dientes ingleses no tan perfectos.

—Dígame, señora Patterson, ¿ha visitado alguna vez nuestra hermosa ciudad? —preguntó, todo encanto y zalamería.

Perturbada y confusa por su conversación con Flynn, Sierra no tenía ganas de hablar con nadie.

—¿Perdón? —preguntó cortésmente.

El interiorista repitió la pregunta.

—¿Su hermosa qué? —preguntó Sierra, que seguía pensando en Flynn.

—Londres, Inglaterra —contestó Jeromy, algo tirante. *¿Por qué no le estaba prestando más atención? ¿No era lo bastante para ella?*

—Ah, ¿es usted inglés? —preguntó ella, mientras intentaba concentrarse.

¿Acaso su perfecto acento no le había dado la pista? La mujer parecía un poco ida.

—De pura cepa —la informó. Y después, por si no se había dado cuenta de que Luca y él eran pareja, se apresuró a añadir—: Luca y yo nos conocimos en Londres hace dos años. Estamos juntos desde entonces.

—Qué bien —contestó Sierra vagamente—. ¿Luca está aquí?

¡Santo Dios! ¿Estaba borracha? ¿O era lerda?

—Sentado justo enfrente de nosotros —dijo, al tiempo que señalaba a Luca, que estaba sosteniendo una animada conversación con Taye.

—Ah, sí —murmuró Sierra, mientras indicaba con un ademán a una camarera que le volviera a llenar la copa.

No es Jackie Kennedy, pensó Jeromy. *¿Para qué me tomo tantas molestias? ¿Y por qué le resulta tan interesante a Luca Taye Sherwin?*

Como Jeromy Milton-Gold era un prepotente de cuidado, Lori decidió emplear sus encantos con Hammond Patterson. Parecía un tipo bastante cordial, con su pulcro corte de pelo y los sinceros ojos castaños. Necesitaba hacer algo, porque Ashley, la esposa del futbolista, se estaba empleando a fondo con Cliff.

Lo único que sabía Lori de Hammond Patterson es que era senador, y su esposa una especie de mujer florero que se dedicaba a las buenas obras. Pero ¿y qué? Desde que vivía con Cliff, era consciente de que podía hablar con quien le diera la gana y ser aceptada. Era una de las principales ventajas de ser la novia número uno de una estrella de cine. Aprovecharía tal circunstancia mientras pudiera.

—No sé mucho de política —dijo con desenvoltura, lo cual atrajo la atención de Hammond—. Sólo sé que usted tiene el aspecto de un político.

—¿Y cuál es ese aspecto? —preguntó Hammond, mientras sus ojos descendían para examinar el escote de su compañera de mesa.

—Ya sabe —dijo Lori con una sonrisa seductora—. Atractivo. Fiable. El pueblo norteamericano se vuelca en un candidato atractivo. Si Cliff se presentara, le irían a votar mañana mismo.

—No estoy seguro de si debería sentirme halagado o insultado —replicó Hammond, a quien le gustaba lo que veía. Y lo que veía era joven y hermoso, con firmes tetas. Sentía un ansia insaciable de carne joven. Siempre le ponía. Era una adicción.

—Intentaba halagarlo —comentó Lori, a sabiendas de que era presa fácil—. Porque, digámoslo claro, senador: es usted un hombre muy atractivo. Pero estoy segura de que su esposa se lo dice en todo momento.

—Ah, mi esposa… —observó Hammond, y dejó que las palabras flotaran en el aire.

—Es muy guapa.

—Y tú también, querida —contestó él, mientras reprimía el ansia de extender la mano y tocar la carne joven, tal vez incluso de acariciar el tentador pelo rojo.

—Todo es una fantasía —dijo Lori con modestia.

—Menuda fantasía —replicó Hammond, mientras le devoraba los pechos con la mirada.

—Y muy real —murmuró ella para alentarle.

—Lo siento muchísimo —dijo el senador, y alzó la vista—. ¿Estaba mirando?

—Sólo un poco —replicó ella con una sonrisa descarada—. Sin embargo, no he dicho que me molestara.

Y mientras Lori y Hammond se embarcaban en su flirteo, Xuan y Aleksandr se zambullían en una profunda discusión sobre la política rusa y la caída de la Unión Soviética a principios de la década de 1990.

—Si eso no hubiera sucedido, tú no habrías amasado tu inmensa fortuna —indicó Xuan.

—Tal vez sí. Tal vez no —replicó Aleksandr—. Todo es relativo.

—Díselo a la gente que lo ha perdido todo.

—¿Has estado alguna vez en Rusia? —preguntó él, intrigado por aquella asiática tan testaruda e inteligente. Su viejo amigo Flynn había elegido bien.

—Una vez. Estaba investigando la historia de una cantante pop rusa, vuestra equivalente de Lady Gaga. Cruzamos la Plaza Roja de Moscú acompañadas por un equipo de cámaras y su ejército de guardaespaldas.

—Ah, debes referirte a Masha. Tiene mucha personalidad.

—Personalidad o no, sus guardaespaldas apartaban a empujones a la gente de su camino como si fueran basura. Y nadie protestaba. Nadie se quejaba. Era como si estuvieran resignados al hecho de que ser tratados como una mierda fuera aceptable. No me gustó ver eso.

—En Rusia, la gente sabe el lugar que ocupa.

—Te refieres a la gente sin dinero ni posición social.

Aleksandr se encogió de hombros.

—No juzgues un país hasta haber vivido en él.

—Preferiría no hacerlo.

—¿Qué es lo que no preferirías?

—Vivir allí.

—No estoy seguro de que vaya a invitarte —dijo Aleksandr, divertido.

—Y si lo hicieras, no estoy segura de que aceptara tu invitación —replicó Xuan.

Más tarde, cuando casi todos los invitados habían empezado a conocerse, se sirvieron licores, café y postres en la cubierta superior.

Las parejas se reunieron bajo el cielo estrellado. Bianca se sentó sobre el regazo de Aleksandr, mientras le acariciaba la nuca, pensando en que más tarde harían el amor y disfrutarían de aquel viaje asombroso celebrado en su honor.

—Cliff Baxter es un tipo muy agradable —confesó Ashley a Taye, todavía emocionada por haber estado sentada al lado de la estrella.

—Sí, y también ese tal Luca. Sabe mucho de deportes, y voy a decirte algo: no parece que sea gay.

—Pero está con Jeromy —repuso ella, mientras miraba al otro lado de la cubierta para ver con quién estaba hablando Cliff.

—Y tú también.

—Yo hago negocios con Jeromy —aclaró Ashley—. No me acuesto con él.

—Qué alivio.

—De todos modos, ¿sabes una cosa?

—¿Qué?

—He pensado que ya es hora de que me independice.

—Venga, tesoro —gruñó Taye—. No voy a invertir más dinero.

—¿Por qué no? —dijo Ashley, enfurecida—. ¿No crees que valgo la pena?

Ten cuidado, se advirtió Taye. Si quieres echar un polvo esta noche, habla con propiedad.

—Por supuesto, corazón —la tranquilizó—. Vales hasta el último céntimo de mi bolsillo.

—¿Podré hacerlo?

—Ahora no te puedo contestar. Tendremos que hablar con mi mánager.

—Pero ¿te lo vas a pensar?

—Claro, tesoro.

Ashley le dio un fugaz beso en la mejilla.

—Tengo la sensación de que le gusto a Cliff Baxter —dijo pavoneándose.

—¿Y por qué no? Estás buenísima.

—¿Tú crees? —dijo Ashley, coqueteando abiertamente.

—Yo fui el primero en decirlo.

Y sí, aquella noche tendría suerte, porque Cliff Baxter ya le había allanado el camino.

Gracias, señor Pez Gordo. ¡Te lo debo todo a ti!

46

Otra mañana espectacular. Cielos azules despejados, el mar de Cortés en calma e invitador, una leve brisa que soplaba en el aire. El desayuno se serviría en la cubierta superior. Mercedes y Renee estaban preparadas para complacer a los invitados. Den se encontraba detrás de la barra del bar, con Mimosas a punto.

Lori fue la primera en levantarse y dejó a Cliff roncando en el camarote. Vaya con el Hombre Vivo Más Sexy. Debían referirse al Roncador Vivo Más Ruidoso, ¿no? Rió para sí mientras se imaginaba el titular en la portada de la revista *People*. ¿Cuántos adoradores de Cliff creerían que su ídolo roncaba sin parar? No muchos.

Recordó la primera vez que había pasado la noche con el actor. Se había quedado asombrada por los ruidos que emitía. El sonido que surgía de su boca era como un tren de mercancías atravesando una estación, a coro con un cerdo que gruñía. Y cuando se lo había comentado, él se limitó a contestar: «Si no te gusta el ruido, no duermas en la habitación.»

De modo que había comprado tapones para los oídos, y ahora apenas le oía.

En aquel momento de su vida experimentaba sentimientos encontrados hacia Cliff. Se sentía agraviada por lo que estaba a punto de hacerle cuando volvieran. Por otra parte, aún sentía algo por él. No era difícil, porque cuando se mostraba agradable, era muy agradable. Y no podía negar que habían compartido muchos momentos maravillosos juntos.

El matrimonio lo solucionaría todo.

Ninguna posibilidad: Cliff era el más acérrimo detractor del matrimonio sobre dos patas.

Ideas dispersas. *Le odio. Le quiero.*

¿Qué debía hacer una chica?

Renee le ofreció café. Vio que la australiana le llenaba la taza. *Ésta podría ser yo*, pensó. *De hecho, era yo. Camarera. Sólo que no a bordo de un lujoso yate con un puñado de multimillonarios famosos. Más bien en Las Vegas, con un puñado de jugadores calentorros.*

—Buenos días.

Lori levantó la vista del plato del desayuno y vio a Taye, el jugador de fútbol. Menuda visión. Bermudas a rayas que escondían la golosina, camiseta sin mangas, reluciente piel negra, y brazos con músculos que desafiaban toda descripción.

¡Caramba!, pensó Lori. *Me lo follaría aquí mismo. Qué forma más agradable de empezar el día.*

—¿Algún rastro de mi mujer? —preguntó Taye, mientras se servía un plato de fruta de una larga mesa, dispuesta con toda clase de opciones de desayuno.

—No la he visto —dijo Lori, que seguía admirando su impresionante físico, mientras pensaba que las revistas no le hacían justicia—. Creo que he sido la primera en levantarme.

—No —se jactó Taye, al tiempo que se sentaba a su lado—. Yo he sido el primero. Ya he trabajado media hora en el gimnasio, y me he marcado cuarenta largos en la piscina. No está mal.

—Nada mal —admitió Lori, mientras Mercedes le servía un vaso de zumo.

—¿Has estado en el gimnasio? —preguntó él cortésmente, pues opinaba que parecía aficionada al deporte.

—Todavía no.

—Pruébalo. Es de alta tecnología. Montones de aparatos estupendos.

—Suena fantástico.

—Lo es. Te quedas baldado para todo el día.

—Probaré mañana. Tal vez pueda convencer a Cliff de que me acompañe.

—No te arrepentirás —dijo Taye, mientras estiraba los brazos sobre la cabeza y pensaba que la noche había sido de película. Ashley se había mostrado tan cachonda como en los buenos tiempos, y se habían divertido un montón en la cama, como no sucedía desde hacía mucho tiempo.

—Cliff es un poco perezoso —comentó Lori—. Aunque le gusta estar en forma.

—Como a todos.

—Estoy de acuerdo.

—Bien, Lori, ¿y tú qué haces? ¿Eres modelo?

—Actriz, en realidad.

—¿Sí? ¿Te he visto en algo?

—Bien, si fuera el caso, preferiría que te acordaras —contestó ella, esquivando la pregunta con elegancia.

—No vamos mucho al cine —dijo él—, por culpa del trabajo, los entrenos, los anuncios y nuestros gemelos de seis años. Acaparan un montón de tiempo y energías.

—¡Gemelos! —exclamó Lori—. Debe de ser asombroso.

—Si te gusta no dormir en un par de años —dijo con pesar Taye—. Sí, entonces es asombroso.

—Estoy segura de que vale la pena.

—Pues claro —admitió con una amplia sonrisa—. Aunque debo decirte que son un par de diablillos. Nunca nos aburrimos en casa. Nos mantienen a mí y a la parienta en plena forma.

—Ya lo veo —murmuró Lori, que estaba admirando de nuevo su espectacular físico.

—¿Eh?

—Bien... Tienes un aspecto... eh... fantástico.

—Gracias. Me esfuerzo en ello —contestó Taye, intentando hacer caso omiso del hecho de que la chica parecía estar tirándole los tejos. A Ashley no le hacía ninguna gracia que las mujeres flirtearan con él, de modo que se sintió más que aliviado cuando Luca hizo acto de aparición.

El cantante se lo estaba pasando bien. Había estado trabajando duro todo el año en dos álbumes nuevos y una gira mundial, y agradecía aquel breve descanso antes de continuar su gira por Sudámerica. Estaba impresionado por el grupo que Aleksandr había reunido. De hecho, consideraba un honor haber sido incluido.

Jeromy no parecía tan impresionado como él, pero es que estaba de un humor de perros. No le había gustado ninguno de sus compañeros de mesa de la noche anterior, mientras que Luca había estado muy a gusto.

En los últimos tiempos, estaba empezando a ponerle de los nervios. Al principio de su relación, las cosas habían sido muy diferentes. Luca lo admiraba porque pensaba que podía enseñarle cosas, mejorar su mente y protegerle de la mafia gay que deseaba llevárselo al catre. Con Jeromy de pareja, un hombre inglés respetable, culto y mayor, había creído que se pondría fuera de su alcance. No exactamente sobre un pedestal, pero al menos no podrían jugar con él.

Por lo tanto, después de salir valientemente del armario, había iniciado su relación con Jeromy. En aquel momento, pensó que era la maniobra más segura posible, pero en los últimos tiempos estaba experimentando dudas. El interiorista no era el hombre que él había pensado. Era demasiado promiscuo, y esa faceta suya le irritaba, con todas las enfermedades que podían contraer. Jeromy también era un trepa furibundo, y criticaba a la gente con sarcasmo, y a veces con crueldad, cuando no vivía a la altura de sus imposibles patrones.

Y él, que era de lo más acomodaticio, había llegado a comprender por fin que Milton-Gold era un gran esnob, sobre todo en lo tocante a Suga. Él adoraba a su ex esposa y haría cualquier cosa por ella. Al fin y al cabo, era a Suga a quien debía dar las gracias por concederle la oportunidad de forjar una carrera tan fantástica. Ella le había descubierto, alimentado, amado, procurado rodearle de los mejores mánagers y productores del negocio. E incluso después de dar a luz a su hijo, le había dejado marchar sin una palabra de reproche, sin amargura ni ojeriza. Suga era una mujer maravillosa y generosa, que le quería de verdad.

Pero Jeromy no se daba cuenta. Daba la impresión de que obtenía un gran placer ninguneándola. *¿Por qué está tan asquerosamente gorda? Su carrera ha terminado. Es la mujer peor vestida que he visto en mi vida. ¿Qué hace con ese pelo horrible? ¿No se da cuenta de que ya no puede cantar?*

Los comentarios despectivos de Jeromy eran interminables, aunque sabía que a él no le gustaba escuchar las cosas preocupantes y malvadas que decía sobre Suga.

En cuanto a Luca júnior, siempre que el niño estaba con ellos Jeromy procuraba ignorarle. Esto le ofendía muchísimo porque adoraba a su hijo, y le habría gustado que su pareja sintiera lo mismo.

—Hola —saludó Taye al cantante.

—Hola, y buenos días a todos —respondió Luca—. Supongo que somos el grupo madrugador.

—Pues sí —dijo Lori jovial—. Cliff aún dormía cuando me levanté.

—Ashley también —dijo Taye, sumándose a la conversación—. Esa mujer sería capaz de dormir todo el día.

Mercedes entró en acción, y ofreció a Luca café, té o zumo. Eligió zumo.

—¡Bien, qué día tan hermoso! —informó a sus compañeros de mesa—. ¿Qué suerte tenemos!

—Lo sé —admitió Lori—. Si el paraíso existiera, sería así.

—Muy poético, —Luca sonrió—. Creo que me está inspirando una canción.

—¿De veras?

—Es broma —dijo él, mientras recordaba la bronca de Jeromy acerca de Lori cuando habían vuelto a su camarote la noche anterior.

Jeromy: *¿Por qué demonios tuvieron que ponerme al lado de esa idiota pelirroja? No es nadie. ¿Por qué tuve que perder el tiempo? Fue insultante.*

A Luca le caía bien Lori. La consideraba estimulante y bonita, con su asombroso pelo rojo y ese cuerpazo. ¿Qué más daba si no era importante o famosa? ¿A quién le importaba?

A Jeromy, y eso le cabreaba.

Fiel a su promesa de la noche anterior, Aleksandr había satisfecho a Bianca hasta que ella le suplicó que parara. Sabía hacer más cosas con la lengua que la mayoría de los hombres con una erección de diecisiete centímetros.

La modelo holgazaneó en la cama cuando despertó por fin. Era increíble estar aislada de todo. No había teléfonos (Aleksandr había insistido en que todo el mundo entregara los móviles cuando subieron al yate). No había *paparazzi*. No había pruebas de modelos. Ni sesiones de fotos. Ni reuniones de marcas. Ni apariciones personales. Sólo la holganza más absoluta. Se encontraba en el paraíso.

Aleksandr estaba sentado en su terraza privada, desayunando. Bianca levantó su cuerpo desnudo de la cama y salió a reunirse con él, que absorbió con los ojos hasta el último centímetro de su cuerpo felino.

—Exquisita —comentó.

—Y toda tuya —contestó ella, mientras echaba hacia atrás su pelo negro como ala de cuervo.

—Para hacer lo que me dé la gana.

—Ah, pero ya lo has hecho —dijo Bianca, y se humedeció sus labios voluptuosos.

—Consigues que desee más —dijo Aleksandr con voz ronca, y extendió los brazos.

—¿No deberíamos reunirnos con nuestros invitados? —preguntó ella, al tiempo que retrocedía un paso.

—Que esperen. Ven a sentarte conmigo.

Ella se acercó más y tomó asiento sobre sus rodillas. Él rodeó sus pechos con las manos y le acarició los pezones hasta que ella empezó a suspirar de placer.

—¿Quieres correrte? —preguntó él—. ¿Te gustaría?

—Sólo si me dejas devolverte el favor.

Aleksandr lanzó una carcajada estruendosa y se puso en pie, al tiempo que la levantaba de la rodilla.

—Más tarde —dijo—. Tienes razón, deberíamos reunirnos con nuestros invitados.

—Eres un calientacoños —protestó ella con fingida indignación—. Me dejas cachonda y abandonada.

—Toma una ducha y ponte el bikini —ordenó Aleksandr—. Hoy iremos de exploración.

—¿De exploración adónde?

—Ya lo verás.

Mientras subía a la cubierta superior para desayunar, Ashley se topó con Cliff. Llevaba un mono rosa muy escotado, con el largo y rubio cabello recogido en una garbosa cola de caballo.

—Oh, Dios mío, hablar contigo anoche fue muy divertido —exclamó ella dando un saltito—. Eres tan accesible y encantador.

—¿Qué te esperabas? —preguntó Cliff, y enarcó una ceja sarcástica.

—Bien, mmm, pensaba que, al ser una gran estrella, serías muy estirado.

—Procuro no serlo —contestó él, divertido—. Lori me mantiene anclado a la tierra.

—¿Lori?

—Mi novia.

—Ah, sí. Había olvidado que estabas con alguien. O sea, en las revistas siempre dicen que eres soltero, así que...

Había preferido ignorar el hecho de que iba con una chica, aunque debía ser transitoria, como todas las demás sobre las que había leído.

—Será mejor que Lori no te oiga decir eso —la reprendió Cliff, mientras se acercaban a la cubierta del desayuno—. Es muy sensible.

—Bien, ya entiendo que ha de ser difícil para ella.

—Lo lleva bien.

En aquel preciso momento, Lori se levantó de un salto para saludarle y le plantó un beso en la boca, al tiempo que lanzaba a la rubia de las grandes tetas una mirada de advertencia. La noche anterior, durante la cena, había observado que Ashley se echaba encima de Cliff. Pobre Taye, debía estar hasta el gorro de su coqueta esposa. Pero no había de qué preocuparse, porque Lori iba a encargarse de que Ashley no pudiera ni acercarse a Cliff mientras ella vigilara.

Además, era la mujer del atractivo jugador de fútbol. ¿No era suficiente para mantenerla ocupada?

Por la mañana, Flynn tenía la espalda muy dolorida. Había preferido dormir en el sofá, mientras Xuan ocupaba la cómoda cama doble.

—Nos turnaremos —le había informado—. Mañana por la noche te toca la cama.

Estaba agradecido de que hubiera optado por seguir con su plan de presentarse como pareja.

—No te lo pediría si no significara mucho para mí —le había asegurado.

—Es interesante ver que eres vulnerable por una vez —había observado Xuan—. Esa mujer tiene que haberte hecho mucho daño.

—Así es —murmuró él.

De modo que durmió en el sofá. Y como eran las seis y tres minutos, y el sofá era más bien corto, no había sido una noche cómoda. Además, la cabeza le daba vueltas de tanto pensar en Sierra.

Había creído que lo había superado.

Había creído que, si alguna vez volvía a verla, no significaría nada.

Se había equivocado, por supuesto.

Verla en persona no era lo mismo que verla en fotos de revistas: la elegante esposa del político, tan hermosa, tan popular. Recordaba la sorpresa que se había llevado cuando leyó que Hammond y ella se habían casado. El amor de su vida se había casado con su archienemigo, Hammond Patterson.

¿De veras? ¿Cómo demonios había sucedido eso?

Entonces, recordó las repulsivas fotos que alguien le había enviado de Sierra. En una de ellas se encontraba en una posición comprometida con Hammond. *Hostia puta.*

Había quemado las fotos. Las había destruido.

Y ahora estaba aquí, atrapado en un yate en medio del mar de Cortés. Y lo que debía hacer era inventar una excusa plausible para escaparse del barco.

Xuan estaba en la ducha. Salió con el pelo mojado y una toalla ceñida alrededor de su menudo cuerpo, a modo de *sarong*.

—¿Tienes hambre? —preguntó él.

—Es posible.

—Vístete y vamos a desayunar.

—No tienes por qué esperarme.

—Da igual —dijo él inquieto, pues deseaba quedarse hasta que ella se hubiera arreglado.

No estaba preparado para afrontar otra conversación con Sierra. Y, desde luego, no quería toparse con Hammond. Apenas habían hablado. Un breve «¿Cómo estás?», y punto.

La idea de que Hammond estuviera en situación de presentarse a la más alta instancia del país era el mejor chiste de todos los tiempos. ¿Cómo demonios había sucedido eso?

—Date la vuelta mientras me visto —ordenó Xuan.

Flynn obedeció, y empezó a pensar en una excusa para largarse del yate.

Hammond llegó a la cubierta del desayuno y se sentó de inmediato al lado de Lori.

—Estás fresca como una rosa esta mañana, querida —dijo—. ¿Preparada para un día de bronceado?

—Me salen demasiadas pecas cuando tomo el sol.

—No hay nada de malo en una peca o dos —replicó él con una risa jovial y un rápido vistazo a sus pechos, retozones debajo de una prístina camiseta blanca y sin sujetador. Se le transparentaban los pezones.

Hombres, pensó Lori. *Esto es como en la canción «It's Raining Men». Y todos son muy atractivos. Y yo soy la única mujer soltera del barco, aparte de la asiática, y no hay color. Demasiado seria. Y baja. Me lo voy a pasar de miedo. Y flirtearé un poco sin pasarme para que Cliff lo vea, y tal vez cambie de opinión respecto a lo de dejarme plantada.*

—Supongo que las chicas podemos tomar el sol en *topless* —dijo Lori a la mesa, a sabiendas de que Ashley se mostraría muy poco entusiasmada por la sugerencia.

—No creo —respondió ésta, tal como Lori esperaba.

—¿Por qué? —insistió la joven.

—¿No es una decisión que deberíamos dejar a nuestra anfitriona? —preguntó Ashley en tono gélido.

—Creo que deberíamos votarlo —replicó con descaro Lori—. ¿Qué opina, senador? ¿*Topless* o no *topless*?

—Por mi parte, ninguna objeción —observó Hammond riendo—. Me parece un plan estupendo.

—Yo siempre voy en *topless* —bromeó Luca.

Antes de que la conversación pudiera continuar, aparecieron Aleksandr y Bianca.

—Hoy vamos a hacer un viaje mágico y misterioso a una isla deshabitada —anunció el ruso—. Todos los que deseen ir, y espero que sea todo el mundo, nos reuniremos a las doce del mediodía. Idos preparando.

47

Tan sólo habían transcurrido veinticuatro horas, y Mercedes ya sabía muchas cosas. Tenía grandes dotes de observación. Como simple camarera, la gente se sentía inclinada a olvidar su presencia. Conversaban, y ella se enteraba de todo. El senador estaba flirteando con la pelirroja. La pelirroja estaba flirteando con todo el mundo. La mujer asiática era una zorra altanera que se consideraba más lista que todas las demás mujeres de a bordo, y no se acostaba con su novio (quien hasta Mercedes debía admitir que estaba muy bueno), porque una de las doncellas la había informado de que había pasado la noche en el sofá. Aleksandr y Bianca follaban como conejos; incluso habían echado un polvo en mitad de la cena. El futbolista y su mujer rubia también lo hacían. Pero el senador y su esposa, no. Ella iba zombi todo el día debido a las píldoras que se atizaba. Además, al senador le gustaba berrear, regañaba a su mujer en privado y la lisonjeaba en público. Los chicos gays formaban una extraña pareja. Luca Pérez era un amor, y el más viejo era un zorro astuto. Y por fin, la estrella de cine era sólo eso: una estúpida estrella de cine.

Así que... en veinticuatro horas, Mercedes había averiguado montones de cosas sobre los pasajeros, y había informado a Cruz de todo ello.

Mantenía una vigilancia diferente sobre el resto de la tripulación, casi toda australiana, y no anticipaba ningún problema por ese lado. Su compañera de cuarto, la camarera Renee, se pasaba el día intentando complacer a todo el mundo. Den, el barman, no representaba ningún problema. Guy era un bocazas sin pelotas. El capitán Dickson era un cero a la izquierda que se vendría abajo en cuanto Cruz y sus hombres abordaran el yate.

Kyril representaba el único problema. El corpulento guardaespaldas ruso era un hueso difícil de roer. Le había ido a ver a su puesto de mando en diversas ocasiones, en teoría para llevarle bandejas de comida que siempre rechazaba.

Estaba sentado en una silla delante de una serie de monitores de seguridad, y apenas se movía. No parecía predispuesto a entablar ninguna conversación trivial, y tratar de flirtear con él no le había servido de nada.

¿Qué coño? Tenía una polla, ¿no? Y si ella no se la podía poner dura, entonces, ¿quién?

Kyril era una parte imprescindible del plan. Era la única persona a bordo que podía causar problemas.

Cruz y su banda pensaban atacar dentro de unos días, de manera que todavía quedaba tiempo. Intuía que Kyril no iba a ser fácil, y si no podía distraerle con sexo... Bien... Las drogas eran la otra alternativa.

Por suerte, había ido preparada. Tranquilizantes de caballo. Lo único seguro.

48

—No pienso ir a la excursión —dijo Sierra, plantando cara a su esposo por una vez.

—No has salido de la habitación en toda la mañana —señaló Hammond, mientras se admiraba en el espejo del cuarto de baño, comprobando que se había peinado el pelo de la manera que le sentaba mejor cuando aparecía en la televisión—. ¿Qué pensarán todos? —añadió groseramente.

—¿A quién le importa lo que piensen? —replicó ella, decidida a no ceder—. He tenido una migraña espantosa y no voy a moverme. Tendrás que ir sin mí.

Hammond consideró las posibilidades. Si iba con Sierra, se vería obligado a ser amable con ella delante de todo el mundo, sin alejarse de su lado. Si ella no iba, gozaría de libertad para pasar más tiempo con la pelirroja sexy y la rubia de las grandes tetas, por no hablar de la señorita *Top Model* con los labios que decían fóllame y un cuerpo de locura. Además, siempre estaba el pastelón asiático. Sí, menudo muestrario de coños.

El que Sierra no fuera no era tan negativo. Al fin y al cabo, no había prensa, ni oportunidades de salir en fotos, lo cual significaba que daba igual si no le acompañaba.

—Bien —dijo con los labios apretados cuando salió del cuarto de baño—. Como tú quieras. Sin embargo, espero que estés levantada y vestida cuando regrese. Jaqueca o no, me niego a permitir que te saltes la cena.

—Muy bien —le contestó.

Cinco minutos después, él se había ido y ella pudo respirar de nuevo. La rabia de Hammond contra Flynn se había derramado sobre ella como un chorro interminable de aceite rancio. Lo había escuchado, guardado silencio, hasta que al final él agotó la provisión de insultos.

Había estado despierta casi toda la noche, porque no había tomado sus pastillas para dormir, y por la mañana se había obligado a permanecer alejada del Xanax.

La verdad era que no tenía dolor de cabeza. Se sentía notablemente lúcida por primera vez desde hacía meses.

Flynn Hudson. Estaba en el yate. Y si no era ahora, ¿cuándo tendría la oportunidad de averiguar por qué la había tratado tan mal? Con tanta crueldad y tanta falta de sensibilidad. De una forma tan impropia del Flynn que había conocido, el hombre al que había entregado la virginidad, el hombre al que había amado con todas las fibras de su ser.

De pronto, todo parecía claro. Si sólo necesitaba una explicación, tal vez podría recuperar su vida y convertirse en la persona que había sido, y dejar de ser aquel patético simulacro de mujer anhelante de un amor que nunca obtendría, una mujer que vivía temerosa de un marido dominante y amenazador.

¿Eran reales las amenazas de Hammond?

¿Quién lo sabía? Él la había persuadido de que sí. Pero ¿era un ser tan monstruoso?

¿O no?

Era algo que debería descubrir.

Lori estaba muy nerviosa. Una visita a una misteriosa isla desierta, ¿hasta qué punto podía ser radical?

Cliff no estaba muy emocionado.

—Si no te importa, creo que yo pasaré —dijo—. Buscaré un rincón tranquilo y leeré uno o dos guiones.

—¿Quieres que me quede contigo? —preguntó Lori, aunque se moría de ganas de explorar la isla.

—No, cariño, tú ve —contestó él, al tiempo que le lanzaba una mirada burlona—. Aunque ve con cuidado con nuestro rijoso senador.

—¿Perdón? —preguntó ella, sorprendida.

—Ese hijo de puta calentorro te ha echado el ojo desde que llegamos.

—¿Quién? —preguntó Lori, como si no lo supiera.

—¿Es que no me estás escuchando? El senador, nena. Los políticos siempre están por la labor. Desde Clinton, todos se creen estrellas de cine. Pero no olvides que yo soy el auténtico. ¿Vale?

Había momentos en que Cliff se ganaba todas sus simpatías, y éste era uno de ellos. ¡Se había fijado! Y estaba… Bien, si no celoso…, al menos era consciente de lo que había.

—Oh —dijo ella, y reprimió una sonrisa—. Me las puedo arreglar. No es John F. Kennedy.

Cliff rió. Lori era una persona estupenda, y muy divertida (dejando aparte las mamadas de matrícula de honor), tan divertida que estaba pensando seriamente en quedársela un año más. ¿Para qué afrontar los problemas de ligarse una nueva novia, cuando el querido senador parecía fascinado por la que ya tenía? Era una mujer muy sexy, y nunca le había insistido sobre el matrimonio y esas zarandajas.

—Ve y diviértete —dijo, y le dio una palmada en el culo—. No iré a ningún sitio.

Ella se giró y le plantó un gran beso en la mejilla.

—Te echaré de menos —replicó, y hablaba en serio.

Él le dedicó una de sus famosas sonrisas.

—Procura no echarme de menos demasiado.

—Lo intentaré.

—Buena chica.

—Ah, y ya que hablamos de flirteos —añadió Lori—, hazme un favor y mantente alejado de la señorita Rubia de las Grandes Tetas, ¿vale?

—¡Está casada! —protestó él.

—Y también el senador.

—Lárgate de aquí —rugió Cliff, y se puso a reír de nuevo—. En cuanto a la rubia, mucho ruido y pocas nueces. Además, prefiero una pelirroja fogosa.

—Mmmm... —dijo Lori, con fingida voz seria—. Procuremos que siga siendo así.

—¡Sí, señora!

—He decidido no ir —anunció Jeromy, y frunció sus delgados labios.

—¿Por qué? —quiso saber Luca.

—Porque prefiero quedarme en el yate y relajarme, muchísimas gracias. No albergo el menor deseo de ir a pasear de un lado a otro de una estúpida isla. No me atrae.

—Te vas a perder algo bueno.

—Creo que no.

Luca se encogió de hombros y se rindió. A Jeromy no le gustaba salir al campo. El señor Milton-Gold prefería las actividades de interior, con un Martini aferrado en su mano manicurada y el cuerpo vestido con ropa de diseño cara.

—Como quieras. Supongo que nos veremos más tarde —dijo, deseoso de ir a reunirse con los demás.

—¿Te vas, pues? —preguntó Jeromy, sorprendido e irritado por que Luca no quisiera quedarse con él.

—Ya puedes apostar el culo —replicó la superestrella con entusiasmo—. No me lo perdería por nada del mundo.

Jeromy frunció el ceño. No le gustaba la idea de que se fuera sin él, aunque la perspectiva de sudar a mares en alguna espantosa isla desierta era suficiente para que se aferrara a su decisión. Se suponía que estaban en un crucero de placer, no en una versión cutre del programa de televisión *Supervivientes*.

—Bien —dijo irritado, exagerando la situación—, intenta divertirte sin mí.

—Sí —contestó Luca, ansioso por alejarse un rato de Jeromy—. Lo haré.

El *Bianca* contaba con dos lujosos botes auxiliares, cada uno con capacidad para albergar a varios tripulantes y ocho pasajeros.

Los invitados se reunieron, preparados para desembarcar del gran yate.

Guy, junto con Renee y Den, les acompañaba también, preparado para atender todas las necesidades de los célebres invitados. Había querido que Mercedes fuera también, pero como varios pasajeros habían preferido quedarse a bordo del *Bianca*, dejó de mala gana que se ocupara de ellos.

—Te encargarás de que estas personas tengan todo cuanto necesiten —le había advertido—. No deseo recibir la menor queja.

—Todo controlado, jefe —dijo Mercedes, con un descarado movimiento de su barbilla.

—No me llames jefe —la reprendió Guy, sin saber si aquella chica le gustaba o no. Había algo en ella que no le convencía. Tal vez el capitán estaba en lo cierto: no era la elección perfecta—. Señor Guy es suficiente.

—Sí, señor Guy —contestó la joven casi con sarcasmo.

—Y no olvides preguntarle al capitán si quiere que le lleves la comida —dijo él, ceñudo. Nunca más la volvería a contratar. Era demasiado fresca.

—Eso también lo tengo controlado, jef…, señor Guy.

Ambas embarcaciones iban llenas de provisiones. Varias botellas de champán, refrescos, aperitivos y un elaborado picnic.

—¿Dónde está tu novio? —preguntó Hammond mientras seguía a Lori a uno de los botes.

—Ha decidido quedarse a bordo y leer —explicó ella—. ¿Y tu mujer? ¿No viene?

—Jaqueca —replicó el senador mientras admiraba las largas piernas bronceadas de Lori, sin pecas a la vista.

—Pobrecita —dijo ella, con los ojos puestos en Taye, que bajaba por la escalerilla a la barca, seguido de Ashley, ataviada con una especie de sucinto pareo con estampado de leopardo, que revelaba más de lo que cubría.

Bianca, Aleksandr, Luca, Xuan y Flynn ya estaban en la segunda barca.

Cuando las dos embarcaciones se alejaron, el capitán Dickson apareció a un lado del yate y les saludó con la mano.

—Que tengan un día maravilloso —gritó.

—Ése es el plan —gritó Bianca a su vez.

Y con esto, se fueron.

Cliff encontró un rincón tranquilo en la cubierta superior, donde se acomodó con una pila de guiones. Una tarde plácida era lo que le apetecía, porque no disfrutaba muy a menudo del lujo de estar solo. Su vida consistía en rodar películas, para luego recorrer el mundo con el objeto de promocionarlas. Era imposible calcular la cantidad de entrevistas que había concedido durante las dos últimas décadas, ni para cuántas sesiones de fotos había posado. Tampoco era para quejarse, porque las recompensas eran abundantes.

De todos modos… Toda una tarde en la que no tendría que interpretar el papel de Cliff Baxter, encantadora estrella de cine, era una bendición.

Mercedes le llevó té helado y apuntó su petición de tomar una ensalada ligera para comer.

—¿Comerá con los demás invitados? —preguntó la joven.

—Pensaba que se habían ido todos de excursión.

—No. La esposa del senador se ha quedado a bordo. Y también el acompañante de Luca Pérez.

—Me quedaré aquí —decidió Cliff, que no estaba de humor para paripés.

—Sí, señor Baxter —dijo Mercedes, en su papel de perfecta camarera, con el pulcro uniforme y una sonrisa ensayada en la cara.

Uno menos. Quedaban dos. La esposa del senador continuaba en su camarote, y Mercedes no estaba muy segura de en dónde se hallaba el acompañante de Luca Pérez.

La verdad era que a ella no le gustaban mucho los gays. Consideraba que ser gay era un desperdicio de virilidad, aunque ella había tenido experiencias con una o dos chicas. Sin embargo, el acto de chica con chica era diferente. Además, Luca Pérez era muy sexy, de modo que ¿qué estaba haciendo con un viejo gilipollas que parecía tan divertido como una caja de tampones?

Como casi todos los invitados se habían ido, planeaba registrar a toda prisa sus camarotes para comprobar cuántas joyas y dinero llevaban. Ya había determinado que la rubia inglesa gastaba diamantes, y que el futbolista tenía varios relojes caros. Estupendo. Pero el auténtico botín estaría en el camarote principal, donde ya había descubierto una caja fuerte oculta.

Ningún problema porque, entre sus diversos talentos, Mercedes sabía abrir una caja fuerte.

En cuanto las doncellas desaparecieron, entró en el camarote principal y se encaminó directamente a la caja fuerte con su estuche de herramientas. Quince tensos minutos después la había abierto.

¡Qué filón de oro! Un montón de pasta en metálico. Papeles: aburrido. Y un pequeño joyero negro que contenía el anillo más exquisito que había visto en su vida. Una magnífica esmeralda rodeada de docenas de relucientes diamantes.

Mercedes estuvo a punto de babear.

Oh, sí, cuando llegara el momento, haría una buena limpieza.

¿Por qué no quedarse con lo que deseaba? Cruz se dedicaría a lo suyo, y ella también. Ya era hora de que aprovechara la oportunidad de hacer su agosto y volar con sus propias alas.

Sí, tenía sus prioridades. Se acabó lo de ser la pequeña ayudante de papaíto.

Mercedes tenía sus propios planes.

49

La isla desierta era un lugar mágico. Un oasis glorioso en medio del mar. Prístinas arenas blancas, agua azul transparente como el cristal, bolsas de formaciones rocosas inusuales, exuberante verdor y bosquecillos de palmeras que se adentraban en el interior.

El capitán se había encargado de que un guía turístico les recibiera en la isla, y el mexicano ya llevaba un rato esperando cuando llegaron.

—¡Caramba! —exclamó Bianca cuando saltó de la embarcación y corrió hacia la arena, al tiempo que se quitaba la camiseta y descubría un diminuto bikini naranja—. ¡Esto es fabuloso! Sin *paparazzi* ocultos. ¡Estoy en el paraíso!

Aleksandr sonrió. Nada le gustaba más que verla entregarse a sus tendencias infantiloides. Lo consideraba estimulante.

—Vamos, Ashley —llamó Bianca—. Ven conmigo.

Ashley, que estaba bajando con cautela del bote, procurando no mojarse sus sandalias Dolce, asintió.

—Esto es como un puto sueño —dijo Taye a Luca—. Jesús, colega, vaya diferencia con el viejo Elephant.

—¿Tenías un elefante? —preguntó Luca, intentando apartar los ojos del voluminoso paquete del futbolista.

—No, tío —contestó Taye, y se puso a reír—. The Elephant and Castle es la parte de Londres donde nací.

Luca se quedó todavía más confuso, pero desechó la idea con un encogimiento de hombros, mientras ayudaba a Lori a bajar del barco.

Después de examinar la vista, la pelirroja se arrepintió de

no haber cogido la cámara, pues se trataba sin duda del lugar más asombroso que había visto en su vida. Cliff tendría que haber venido, le habría encantado.

Den, Renee y varios miembros de la tripulación estaban ocupados descargando las barcas, disponiendo parasoles y gigantescas toallas de playa, además de montar un puesto de comida y bebida, mientras Guy supervisaba.

Manuel, el guía turístico mexicano, contemplaba la escena con perplejidad estoica. Turistas. Nunca dejaban de asombrarle con sus interminables extravagancias. Era impresionante la cantidad de dinero que debían tirar en cosas insustanciales. Cuando le habían contratado para el trabajo, también le habían informado de que era gente muy importante. A él no le parecían tan importantes. Las mujeres iban medio desnudas, algo que no parecía molestar a los hombres. Él se sentiría avergonzado si su mujer o sus hijas se exhibieran alguna vez de una forma tan descarada.

Guy se acercó a él.

—Lo primero que harán los invitados será comer —dijo—. Después, empezaremos la visita de la isla. ¿De acuerdo, amigo?

Manuel asintió y se alejó a una distancia prudencial, dispuesto a esperar. Sabía por experiencia que estaba allí sólo para servir.

Cuando Flynn se dio cuenta de que Sierra no participaba en la excursión, se sintió desgarrado. ¿Tendría que haberse quedado en el yate?

¿Para qué? ¿Para que pudiera pasar de él por completo? ¿Para tratarle como a un desconocido?

La ansiedad le corroía por dentro. Tal vez no fuera la maniobra más inteligente del mundo, pero con Hammond en la isla podía ser la oportunidad perfecta para aclarar las cosas con Sierra de una vez por todas.

Necesitaba solucionar el problema. Ahora que la había vuelto a ver, sabía en el fondo de su corazón que debía averiguar por qué le había traicionado de una forma tan cruel.

¡Maldita sea! Ahora estaba atrapado en la isla, cuando tendría que haberse quedado en el yate. ¿Cómo podría volver? ¿Nadando? No. El yate estaba demasiado lejos, un recorrido de diez minutos, como mínimo, y eso en barca.

¿Qué hacer?

¿Tal vez fingir algún tipo de indisposición estomacal? ¿Comportarse como un alfeñique y anunciar que se encontraba mal? No era el más varonil de los comportamientos, pero de momento era la única excusa que se le ocurría.

Paseó la vista a su alrededor. Las chicas estaban retozando en la arena como si fueran colegialas, todas excepto Xuan, que se había sentado al lado de Aleksandr en una de las sillas plegables, y estaba hablando con él animadamente. Hammond estaba mirando con lascivia a las chicas (muy típico), mientras Taye y Luca se habían zambullido en el mar.

Flynn se acercó a Guy.

—No quiero que se sepa —dijo en voz baja—, pero sufro retortijones y debo volver al barco.

—No le gustan los matorrales, ¿eh? —bromeó Guy. Después, cayó en la cuenta de que tal vez se había pasado y se retractó enseguida—. Lo siento, amigo —dijo, con un sombrío movimiento de cabeza—. No es muy divertido, ¿verdad?

—¿Podrían llevarme de vuelta?

—Claro. Necesitamos más cosas del yate. Suba a la barca número dos, uno de los chicos le llevará.

—Gracias —dijo Flynn, mientras pensaba que había atravesado zonas en guerra, contemplado atrocidades, entrevistado a terroristas, y ahora, ante la idea de enfrentarse a Sierra, estaba más nervioso que nunca.

¿Podía haber algo mejor que esto? Lori no lo creía. Ella, una chica que había tenido que luchar toda su vida, y ahora se hallaba en una isla fabulosa en el culo del mundo con una de las *top models* más famosas de las pasarelas, un megahéroe del fútbol, un senador, quien no cabía duda de que la deseaba, una superestrella de la música latina y un multimillonario ruso.

Era absolutamente surrealista. Nadie lo creería.

Imaginó la cara de su madre si pudiera verla ahora. Oh, señor, a Sherrine Walsh le daría un ataque.

Se preguntaba a menudo por qué su madre no había intentado nunca establecer contacto. Sí, llevaban años sin verse, pero cuando Sherrine la veía en todas las revistas del brazo de Cliff Baxter, ¿no le entrarían ganas de reconciliarse? La separación había sido amarga. Su madre le había lanzado los peores insultos que se le habían ocurrido. La palabra que más la había herido era «inútil».

¿Por qué era una inútil? Vivía con una gran estrella del cine. Era feliz... de momento. Había hecho algo con su vida.

Chúpate ésa, Sherrine. ¿Quién es la inútil ahora?

—No puedo creer que Cliff no haya querido venir —se quejó Ashley a Bianca.

La modelo enarcó una ceja. ¿Por qué se preocupaba la modelo de Cliff Baxter, cuando gozaba de las atenciones de Taye? Al fin y al cabo, ella sabía lo que Taye podía ofrecer en el apartado dormitorio, y todo era excelente. Se encogió de hombros y rodó sobre la toalla que había extendido.

—Las estrellas de cine van a su bola —explicó, mientras dejaba que la sedosa arena blanca resbalara entre sus dedos—. Y, además, no es Ryan Gosling.

—Es Cliff Baxter —replicó Ashley, sorprendida de que su amiga osara compararle con Ryan Gosling—. Y es muy atractivo. Es un sueño de hombre.

—¿Sabe Taye que te gusta? —preguntó Bianca, divertida.

—No me gusta —dijo, al tiempo que se ruborizaba.

—Oh, ya lo creo que sí, pero no pasa nada. Tampoco es que te lo vayas a tirar.

¿Por qué no?, tuvo ganas de decir Ashley. *El que esté casada no significa que esté muerta.*

—No seas grosera —balbució—. Él es... No sé... Especial.

—Pregunta a Lori lo especial que es —repuso Bianca. Se puso en pie de un salto y estiró su flexible cuerpo—. Bajo las sábanas todos son iguales. Si gozan de la oportunidad, siempre están dispuestos a ponerte los cuernos, por fieles que afirmen ser.

—No lo dirás en serio.

—Bien... —musitó Bianca—. Me gusta pensar que Aleksandr es diferente.

—Y también Taye —se apresuró a contestar Ashley.

La modelo le lanzó una mirada de incredulidad.

—¿Cuánto hace que estáis casados?

—Eh... Casi siete años.

—¿Y me estás diciendo que tu marido nunca se ha acostado con otra mujer?

Ashley recordó de inmediato la flagrante indiscreción de Taye. La muñeca de la página tres con tetas gigantescas. La historia publicada en todos los periódicos sensacionalistas ingleses. ¿Lo sabía Bianca? ¿Habría leído al respecto?

Fue una vez. Sólo una vez.

Todavía se sentía muy resentida con él por aquello. ¿Cómo se había atrevido?

¡Cómo se había atrevido!

Miró hacia la playa y vio que su marido estaba en compañía de la furcia pelirroja de Cliff.

Ya basta, muchas-gracias.

—Creo que me meteré en el agua antes de comer —dijo, sin hacer caso de la pregunta de Bianca—. ¿Vienes?

Hammond estaba llevando a cabo un gran esfuerzo por no mirar, pero el paisaje era demasiado tentador. No estaba admirando las palmeras y la arena de un blanco puro, no, toda su atención estaba concentrada en Lori, Bianca y Ashley. Tres mujeres magníficas. La modelo, esbelta, de piel oscura, con gracia felina. Ashley, la definitiva muñeca rubia de grandes tetas y culito respingón. Y Lori, su favorita: joven, atlética, con aquella masa de pelo rojo llameante. Llevaba un bikini blanco, y cuando salió del mar se le transparentaba. Exhibía sin recato sus pezones erectos.

Se descubrió preguntándose si la pelambre del coño iría a juego con el color de la cabellera, y entonces empezó a sufrir una erección, que no era la mejor de las ideas, teniendo en cuenta que estaba sentado en una silla plegable al lado de Aleksandr, y sus bermudas de hilo no servían de nada para ocultar una poderosa erección.

—Las chicas son guapas, ¿eh? —preguntó el multimillonario con su voz ronca.

Hammond se preguntó si Aleksandr habría reparado en su excitación. De haber estado en el yate habría corrido al camarote para masturbarse, pero no tenía esa suerte: se encontraba en una isla, y cualquier tipo de alivio debería esperar.

—Muy bonitas —admitió—. Sobre todo tu dama.

—Es una buena chica —dijo Aleksandr, y asintió como un padre benévolo—. Nunca creas las cosas que puedas leer o ver en Internet.

Críptico, pensó Hammond. Todo el mundo sabía que Bianca se había acostado con ejércitos de hombres.

—Aleksandr —dijo, y carraspeó—. Confiaba en que encontraríamos un momento para hablar de mis futuros planes. He de hablar de muchas cosas que podrían ser muy ventajosas para ambos.

—Estoy seguro. Sin embargo, senador, hay un tiempo y un lugar para todas las cosas, y ese tiempo y lugar no son ahora.

—Por supuesto —contestó Hammond, furioso por la negativa. *¡Patán ruso! ¡Cerdo ricachón!*—. Tal vez cuando volvamos a Estados Unidos podamos fijar un momento y un lugar —añadió obsequioso—. Procuraré hacerte un hueco en mi agenda cuando te convenga.

Aleksandr asintió.

—Ya veremos —dijo sin comprometerse.

Hammond sintió que su erección flaqueaba. Ni siquiera Lori podría empinársela ahora.

50

En Nueva York, Eddie March estaba afrontando una crisis. Una crisis que podía estallar en las narices de todo el mundo. Había llegado a la oficina alegre y temprano, como cada día, y allí, sentados en la recepción, estaban el señor y la señora Byrne, padres de la joven Skylar, la última becaria de Hammond.

—Llevan media hora esperando —le había informado la chica de recepción—. Querían ver al senador Patterson. Les dije que estaba en el extranjero, y que, además, no tenían cita. Sin embargo, como dijeron que era extremadamente urgente, sugerí que le esperaran a usted.

Y esperaron. Y Eddie se reunió con ellos, y de repente todos los sistemas se pusieron en alerta roja, porque según el señor Byrne, el senador Patterson había acosado sexualmente a su querida hija, Skylar.

Eddie estaba conmocionado. ¡Hostia! ¿Cómo era posible que sucediera aquello? ¿Era cierto? ¿Sería Hammond tan estúpido como para hacer eso?

No estaba seguro de cómo manejar la situación. Los escándalos sexuales protagonizados por políticos eran habituales. Pensó de inmediato en John Edwards, Eliot Spitzer, Gary Hart, incluso en el ex presidente Bill Clinton.

El escándalo había arruinado las ambiciones políticas de Edward. Hart y Spitzer habían desaparecido hacía mucho tiempo. Clinton había sobrevivido a su impugnación, pero por los pelos. Y muchos más se habían quedado a mitad de camino por culpa de sus diversas correrías sexuales.

¡Maldita sea! La reacción inicial de Eddie fue: ¿Cómo ha podido Hammond hacerle esto a Sierra? Ella era una querida figura pública. Era una belleza rara y especial. ¿Por qué habría pensado el senador Patterson siquiera en traicionarla? Y con una becaria adolescente, encima.

Eddie puso su mente a trabajar. ¿Qué quería aquella gente? ¿Dinero? ¿Titulares? ¿Una disculpa?

¿Cómo podría ayudarles sin que el asunto trascendiera a la opinión pública?

Sólo había una forma de averiguarlo.

51

Mientras regresaba al yate, Flynn ensayó lo que iba a decir a Sierra cuando se encontraran por fin frente a frente.

Hola, ¿te acuerdas de mí, el amor de tu vida? ¿No me aseguraste que era eso?

O:

¿Cómo pudiste hacerme eso? ¿Eras remotamente consciente de que destrozaste mi corazón en mil pedazos, y de que nunca conseguí superarlo?

O:

¿Qué cojones estás haciendo con un cabrón como Hammond Patterson? Eres demasiado inteligente para estar con un hombre como él.

Joder, no sabía qué decir, ni si sería capaz de abrir la boca.

Había abandonado la isla sin decírselo a nadie, salvo a Guy. Nadie le echaría de menos. Todos estaban demasiado ocupados, incluso Xuan, que daba la impresión de sentirse muy a gusto con Aleksandr. Lástima que el ruso había caído bajo el hechizo de Bianca, porque él y la periodista habrían formado una pareja interesante.

La embarcación navegaba hacia el yate, mientras él intentaba con desesperación aclarar sus ideas. No paraba de devanarse los sesos.

¿Estoy cometiendo un gran error?

¿Debo hacer esto?

¿Para qué escarbar en el pasado?

Coño, ¿y por qué no?

Después de disfrutar de una placentera hora de soledad, apareció Jeromy, dando al traste con el preciado rato a solas de Cliff.

—Ah —suspiró el interiorista gay, mientras se dejaba caer en una tumbona cercana—. Pensaba que había sido el único listo. Ahora comprendo que las grandes mentes piensan igual.

Alerta ante los tópicos, pensó Cliff. *¿Y quién es éste exactamente?*

—Sí —contestó cordial, al tiempo que bajaba el guión que estaba hojeando—. He aprovechado para leer.

—Mucho trabajo y poca diversión. Eso no está bien —le recriminó Jeromy, al tiempo que agitaba un huesudo dedo.

Cliff frunció el ceño. *Otro tópico. Qué capullo.*

—Da la impresión de que todo el mundo nos ha abandonado —continuó Jeromy, complacido de pasar un rato a solas con la estrella de cine. Quizá Cliff Baxter podía ser un futuro cliente. Sería todo un acontecimiento.

—Es verdad —replicó el actor—. Sólo que leer guiones no es trabajo en realidad, sobre todo si valen la pena.

—Debo decir que soy un ardiente admirador de tu trabajo —continuó Jeromy, más animado—. Estoy seguro de que no debo explicarte que eres inmensamente popular en la antigua patria.

—¿Patria? —preguntó Cliff, pensando que, a la postre, tal vez habría debido apuntarse a la excursión.

—Inglaterra —respondió el interiorista en tono majestuoso—. De hecho, soy londinense. Debo dar por sentado que nos has honrado con tu presencia.

Sí, el hombre lo acababa de demostrar, era un tópico andante.

—Londres es una gran ciudad —admitió—. He pasado muy buenos ratos allí. De hecho, tengo un primo que vive en Sloane Square.

—¡Mi sala de exposiciones está a la vuelta de la esquina! —exclamó Jeromy.

—¿Sala de exposiciones?

—Lamento parecer inmodesto —dijo, en un tono de lo más inmodesto—. Sin embargo, estoy considerado uno de los principales interioristas de Londres.

—¿Ah, sí?

—Exacto.

—¿Y Aleksandr o Bianca te invitaron al crucero? —preguntó el actor, mientras trataba de imaginar una escapatoria.

—Bien, ambos son queridos amigos —mintió Jeromy—. Y como estoy seguro de que ya sabes, mi pareja es Luca Pérez. Bianca y él son casi como hermanos.

—Entendido —dijo Cliff. No era así como pensaba pasar la tarde.

Por suerte, apareció Mercedes para ofrecer bebidas y aperitivos.

Cliff aprovechó la oportunidad para levantarse y estirarse.

—Creo que voy a descansar un poco —dijo, y se dirigió hacia la escalera circular—. Hasta luego.

Jeromy frunció el ceño. ¿Había metido la pata? ¿La chica insignificante de Cliff se habría quejado de que no le había prestado suficiente atención la noche anterior?

¡Maldita sea! Una oportunidad perdida.

—¿Puedo ofrecerle algo? —preguntó cortésmente Mercedes.

Él, ofendido, no le hizo caso. Fue un gran error.

Lucidez. Una sensación que Sierra no experimentaba desde hacía mucho tiempo. Se acabaron los fármacos. Aunque eran drogas legales, adormecían sus sentidos, convertían el mundo en un lugar diferente.

Antes había sido una mujer fuerte, obstinada y positiva. Hammond la había convertido en un simulacro de aquella mujer. Por desgracia, ella lo había permitido, al castigarse por su pasado.

Ver a Flynn había sido como recibir una ducha de agua helada.

Despierta, niña. Lucha. Supéralo.

Era increíble sentirse tan libre. De repente, los grilletes se habían aflojado y podía respirar de nuevo.

Después de vestirse, se dirigió a una de las cubiertas superiores. Hacía un día glorioso, el tipo de día adecuado para salir de la niebla aterradora que la había envuelto durante demasiados años.

Vuelve a amenazarme, Hammond. Por fin soy capaz de plantarte cara.

Y lo haré. Ya lo creo que lo haré.

Ser tratada como un pedazo de mierda no le gustó para nada a Mercedes. Jeromy como-se-llamara pagaría por ello. Ya había registrado su camarote y sabía exactamente qué robaría cuando llegara el momento. Relojes, anillos, cadenas de oro, dinero. Un buen botín. No era el caso del senador y su esposa. Pero el futbolista guardaba escondido un montón de dinero en el cajón de los calcetines, cosa que le divirtió. Oh, claro, a ningún ladrón digno de ese nombre se le ocurriría jamás buscar en el cajón de los calcetines.

¿De quién lo escondía? ¿De su mujer? ¿De la señorita Tetas Grandes?

Mercedes se alegraba de que los invitados se hubieran marchado del barco, porque eso le concedía mucho tiempo para husmear. Le complacía en especial que Guy estuviera ausente. Era una reinona que siempre parecía tenerla vigilada. Renee y Den eran buena gente, fáciles de manipular y algo estúpidos, pero si las circunstancias fueran diferentes, tal vez habrían podido ser amigos.

Australianos. Una especie diferente.

Flynn estaba sudando, algo raro en él, pero es que ya no las tenía todas consigo.

¿Qué le iba a decir a Sierra?

Charlar por charlar no serviría de nada.

¡Mierda! Era una situación imposible.

Decidió meterse en la ducha, serenarse y abordarla sin sobresaltos.

Sí, eso era lo que debía hacer.

Al llegar a su camarote se topó con una camarera que salía.

—¿Todo bien? —preguntó—. Pensaba que la doncella ya había pasado.

—Estaba comprobando el minibar —contestó Mercedes, impasible pese a que habían estado a punto de sorprenderla.

Y tu ordenador.

Y tu dinero.

Noventa y tres dólares.

¿Eso es todo? ¿De veras?

—Este lugar funciona como un hotel —comentó Flynn.

—Servicio completo —replicó Mercedes, pensando que en circunstancias diferentes le habría tirado los tejos a aquel tipo. Era alto y muy masculino, algo crispado: tal como le gustaban—. ¿No ha ido de excursión a la isla?

—Sí.

—¿No le ha gustado? —preguntó, intrigada por el hecho de que hubiera vuelto antes.

—¿Sabe dónde puede estar la esposa del senador? —preguntó Flynn con brusquedad, pues no estaba dispuesto a que le interrogaran.

—Creo que la vi en la cubierta superior —contestó Mercedes, mientras se preguntaba qué estaba pasando—. ¿Puedo ofrecerle algo?

—No, gracias —dijo él, y entró en su camarote, cerró la puerta de golpe y se despojó de la ropa.

Sierra. Sólo podía pensar en ella, bajo las agujas heladas de la ducha.

Sierra. Había llegado el momento de hablar.

Después de su encuentro con Flynn, Mercedes decidió que ya era hora de establecer algún tipo de contacto con Kyril. Ya había registrado a fondo su camarote. No descubrió nada personal, salvo su arsenal extra, que era considerable. El guardaespaldas era un hombre preparado. Hasta había añadido una cerradura especial a la puerta de su camarote, una cerradura que ella forzó sin problemas. Era una chica con talento. Cajas fuertes, cerraduras... Sabía lo que se hacía.

Después de que el periodista sexy estuviera a punto de pillarla, se encaminó a la cocina y ordenó al chef que preparara una comida especial para Kyril, pero le dijo que estaba destinada a Cliff Baxter, de modo que tenía que ser estupenda. ¿Qué hombre podría resistirse a un jugoso filete con patatas fritas de guarnición? Tan sólo el aroma era demasiado tentador.

Por desgracia, Kyril resultó ser ese tipo de hombre. Cuando Mercedes llamó a la puerta de su cuarto de seguridad con los nudillos, cargada con una bandeja, él hizo caso omiso.

Pero ella no estaba dispuesta a rendirse. Continuó llamando hasta que abrió a regañadientes la puerta,

—¿Qué? —preguntó, con su fuerte acento ruso.

—Comida —replicó risueña Mercedes—. Un filete grande y grueso preparado especialmente para usted. Necesita comer, y he observado que no lo hace nunca.

—No filete —gruñó Kyril—. No como carne.

—¡Oh! —exclamó Mercedes—. No lo sabía. ¿Puedo ofrecerle otra cosa?

Kyril la miró, y tal vez reparó en ella por primera vez. Ella se había desabotonado el uniforme para que pudiera atisbarle el escote. Dios, qué feo era: una enorme cara fría e insensible, con una dentadura irregular y amarillenta y ojos vacíos.

—No —dijo.

—Sí —contraatacó ella, mientras observaba que guardaba sobre una estantería una provisión de agua embotellada y una pila de tabletas de chocolate.

—No —repitió él, pero Mercedes vio que sus ojos vacíos examinaban su escote.

Sí. Pronto se avendría a razones. Todos lo hacían.

52

Dispusieron un tentador almuerzo sobre mesas plegables, que sirvieron en aquella interminable playa de arena blanca. Gambas gigantescas y suculentas langostas, nadando en mantequilla derretida, suntuosas ensaladas, un despliegue de deliciosos embutidos y huevos coronados por una montañita de caviar. Todo ello mientras el champán y la sangría fluían bajo el sol ardiente. Pero no había de qué preocuparse, porque habían erigido toldos de lona para proteger a los privilegiados viajeros de las quemaduras del sol.

Renee y Den se encargaban de que todo funcionara a la perfección, mientras Guy supervisaba.

Bianca estaba recostada a los pies de Aleksandr, paseaba su mano arriba y abajo de la pierna del ruso, y murmuraba algo acerca de que aquel viaje no podía ser mejor.

Xuan estaba sentada con Ashley, Taye y Luca. Su conversación era intrascendente, sobre todo acerca de películas y música. Antes, la periodista se había alejado de Aleksandr en cuanto Bianca fue a reclamarlo. Le sorprendía que un hombre tan inteligente como el multimillonario estuviera con una mujer como aquélla. Sin embargo, Xuan era lo bastante lista para darse cuenta de que todos los hombres tenían un punto débil, incluso Flynn, tan fuerte y entregado por lo general. No obstante, durante este viaje había perdido el sentido común por una mujer casada, y eso no era típico del Flynn que ella conocía. Había reparado en su ausencia, y deducido que había regresado al yate. Xuan había aprendido desde muy pequeña que los sentimientos nunca debían gobernar la cabeza. Era algo que no hacía nunca.

Hammond sugirió a Lori que, como sus respectivas parejas habían preferido no ir, deberían estar juntos.

¿Por qué no?, pensó Lori. *¿Qué puedo perder? Es evidente que está loco por mí, y Cliff lo sabe. Tal vez lo pondré tan celoso que cambie de opinión acerca de dejarme tirada.*

La conversación del senador estaba plagada de frases de doble sentido.

Lori sonreía cortésmente, asentía atenta y se preguntaba qué estaría haciendo Cliff y si la echaría de menos.

Hammond la informó a su manera zalamera de que era la mujer más sexy del viaje, y de que las demás mujeres harían bien en estar atentas, porque era capaz de robarles a todos sus hombres.

Ella no dejaba de sonreír, mientras se ajustaba el sujetador del bikini en un vano intento de taparse más, porque habría podido jurar que Hammond tenía visión de rayos X en los ojos. Flirtear era una cosa, pero al cabo de un rato ese tipo empezó a ponerle la carne de gallina con sus comentarios procaces. Cliff tenía razón, los políticos eran tan rijosos como cualquier otro hombre, y probablemente más.

Después de comer, Guy llamó a Manuel, quien pidió a todo el mundo que se pusiera zapatos y se cubriera el cuerpo para iniciar la visita a la isla. Renee y Den entregaron camisetas y gorras de béisbol a cada invitado, grabadas con el nombre del yate.

—Tengo la impresión de estar en una excursión escolar —rió Ashley, mientras se pasaba una camiseta sobre el bikini—. ¡Esto es muy divertido!

—Lo sé —admitió Bianca, mientras cogía la mano de Aleksandr y la apretaba con fuerza—. Es una aventura. Una aventura grande y hermosa. Y tú, querido —añadió, mientras miraba a su hombre—, lo has planificado todo a la perfección.

Y así se pusieron en marcha, el multimillonario y su grupo de famosos invitados.

No significó ningún esfuerzo para ellos empezar a explorar la belleza paisajística de la idílica isla deshabitada.

Manuel ya había hecho la visita guiada con grupos de turistas muy ricos. Era consciente de que la belleza sin mácula del lugar era impresionante. En primer lugar, pasaron junto a las dunas de arena blanca que conducían a bosquecillos de cocoteros y palmeras. Al otro lado de los árboles había una serie de manantiales naturales y cascadas.

Bianca decidió de inmediato que deseaba parar y nadar bajo la cascada más impresionante.

—No podemos retener a nuestro grupo —la reprendió Aleksandr—. Hay más cosas que ver.

—Pues líbrate de todos —le susurró Bianca al oído—. Porque quiero nadar desnuda contigo. Diles que ya les alcanzaremos. Ve —le azuzó cuando se dio cuenta que vacilaba—. ¡Hazlo!

Aleksandr no podía negarse. Chasqueó los dedos en dirección a Guy.

—Diles que continúen avanzando —ordenó—. Nosotros nos quedaremos aquí.

A Manuel no le gustaba que el grupo se dividiera, de modo que Guy le sugirió que tal vez deberían permanecer todos juntos.

—¿Por qué? —bufó Aleksandr—. No existe el menor peligro. Ni siquiera necesito a mi guardaespaldas en una isla desierta.

Guy asintió, pero Manuel parecía inquieto. En teoría, la isla estaba deshabitada, pero con los años se habían disparado los rumores: avistamientos de pumas que bajaban de las colinas selváticas cercanas en busca de cualquier comida que los turistas hubieran abandonado; un cadáver arrastrado por el oleaje hasta la playa.

Sí, la isla tenía sus secretos.

—¿Quiere que me quede con ustedes? —sugirió el austriaco, ansioso por complacer a su jefe provisional.

—Váyase —replicó impaciente Aleksandr—. Deje de molestarme. Ya les alcanzaremos cuando estemos preparados.

Guy aprovechó la oportunidad. Tenía calor y estaba sudoroso, y lo último que deseaba era irritar al hombre responsable de la generosa propina que esperaba al finalizar el viaje.

Lori y Luca ya se habían ido. Ante la consternación de Manuel, el resto del grupo estaba empezando a dispersarse. El guía odiaba que se diera esa circunstancia. ¿No se daban cuenta de que él era el responsable de la excursión? Deberían seguirle, escuchar todas sus palabras mientras describía las maravillas de la isla.

Pero no, no iba a ser así. Este grupo iba a la suya.

Las exuberantes cascadas constituían el mejor decorado para que Bianca iniciara un lento y sensual despelote en honor a su amante ruso. Tampoco tenía que quitarse mucha ropa. Tan sólo una camiseta demasiado grande y un diminuto bikini brasileño.

Sabía sacar partido a sus habilidades, y Aleksandr agradecía cada momento de su juego seductor mientras se desnudaba para él.

Se habían hecho a la idea de que todo el mundo había continuado la excursión, pero sin que ellos lo supieran Hammond se había rezagado y ocultado tras unas exuberantes palmeras.

El senador estaba fascinado por la visión de la atractiva Bianca haciendo el número para su amante. Largas piernas sinuosas. Pechos pequeños de gruesos pezones oscuros. Cintura diminuta. Y piel reluciente de color café.

Sintió que se le ponía dura cuando la *top model* entró desnuda en el agua.

Y cuando Aleksandr se desnudó y la siguió, Hammond se quedó mortificado al descubrir que su anfitrión la tenía como un caballo.

Al instante se sintió de lo más ridículo. ¿Es que no era suficiente que el hombre fuera multimillonario? ¡Hostia puta! Algunos tíos lo tenían todo.

Por un momento, se olvidó de hacerse una paja y se concentró en la forma en que Aleksandr agarraba a Bianca por detrás y se la empezaba a meter, mientras la acercaba a la cascada, ambos ajenos a todo, salvo hacer el amor. O follar. Porque, sí, eso era lo que estaban haciendo, follar como animales salvajes.

Hammond no pudo reprimirse y se corrió en los pantalones como un adolescente de trece años.

¿Y si alguien le había visto? Era un senador de Estados Unidos, por los clavos de Cristo, no un mirón que se la meneaba entre los matorrales.

Humillado y furioso consigo mismo, corrió en busca de los demás.

53

Sierra decidió que debía llamar a su hermana. Siempre habían estado muy unidas, aunque no tanto como para que supiera lo que estaba pasando en su matrimonio. No pensaba hacerlo ahora, pero como Clare se había mostrado tan entusiasta cuando le habló del viaje, sabía que le gustaría saber todo acerca de los famosos invitados y el lujoso yate.

Se dirigió con paso decidido hacia el centro de comunicación por satélite, y pasó ante el cuarto donde Kyril, el feroz guardaespaldas de Aleksandr, se hallaba rodeado de cámaras de seguridad. *Qué hombre más extraño*, pensó. *Aterrador, en realidad.*

El capitán Dickson la recibió con un jovial:

—Buenos días, señora Patterson. ¿Cómo se encuentra en este hermoso día?

La mujer le dedicó una sonrisa cordial, porque era un alivio no sentirse aturdida y amodorrada.

—Me gustaría hacer una llamada —explicó—. ¿Puedo?

—Por supuesto —contestó el capitán Dickson, pensando que la esposa del senador parecía mucho más animada que cuando había subido al yate. Sierra Patterson era una belleza, como el resto de las pasajeras. Le gustaba ver que se lo estaba pasando bien—. Permítame que la acompañe —añadió, y extendió el brazo con galantería.

—Gracias, capitán —dijo ella, y le dirigió una sonrisa deslumbrante.

Tras terminar de ducharse, mientras todavía intentaba ordenar sus pensamientos, Flynn salió en busca de Sierra. Estaba más decidido que nunca a aclarar las cosas. Tal vez de esa forma podría olvidarla al fin y continuar con su vida. Estaba muy claro que a ella no le había costado nada hacer eso. Se había casado con Hammond Patterson. ¿No era suficiente para olvidarse de ella?

De ningún modo.

Algo cabreado consigo mismo, utilizó la escalera circular para ir a la cubierta del medio, donde vio a Jeromy acomodado en una tumbona. Al instante, dio media vuelta y empezó a bajar. No tenía nada contra los gays (Luca le parecía un tipo excelente), pero no podía soportar a Jeromy. No era preciso ser un genio para observar que aquel individuo era un lameculos de primera. Saltaba a la vista, y si había un tipo de persona al que él aborrecía, era a los lameculos.

Por desgracia, el interiorista le vio.

—¿Eres tú, Flynn? —llamó—. Pensaba que te habías ido a la isla.

¿Por qué todo el mundo le tocaba las narices con eso? ¿A quién le importaba?

Lo saludó con un gesto desangelado de la mano, mientras se perdía de vista a toda prisa. Lo único que le interesaba era encontrar a Sierra.

Mientras Sierra hablaba con su hermana, el capitán la informó de que Eddie March estaba al teléfono y pedía hablar con el senador.

—Yo me pondré —dijo, y se despidió a toda prisa de Clare, que se había puesto muy contenta al saber de ella.

—¿Qué pasa? —preguntó a Eddie, consciente de que Hammond le había informado de que no deseaba que le molestaran, a menos que fuera urgente.

—Nada de lo que deba usted preocuparse —dijo él, procurando disimular su agitación—. Debería hablar con Hammond.

—Se ha ido de excursión todo el día. Volverá tarde. —Sierra hizo una pausa—. ¿Qué ocurre? Podría pasarle el mensaje.

Este mensaje no, pensó Eddie. *Oh, no, este mensaje de ninguna manera.*

—Da igual —se apresuró a contestar—. Dígale que me llame en cuanto pueda.

—Si es urgente...

—No es urgente —contestó Eddie, incómodo por tener que mentir a Sierra—. Sólo encárguese de que se ponga en contacto conmigo.

—Lo haré, aunque igual no puede ser hoy.

—Bien —dijo él, aunque no estaba bien. ¿Cuánto tiempo podría parar a los Byrne antes de que se pusieran en acción? Amenazaban con todo tipo de maniobras, como ponerse en contacto con una cadena de televisión o el *Washington Post*. Eddie les había convencido más o menos de que no hicieran nada hasta escuchar la versión del senador.

En este momento ardía en deseos de saber qué le diría Hammond sobre la situación. ¿Hasta qué punto podía perder el control un hombre y portarse como un estúpido?

Como un gran estúpido.

—Hola —dijo Flynn, cuando por fin se encontró cara a cara con Sierra, que salía de la sala de comunicaciones.

—Flynn —murmuró ella. De pronto, los recuerdos la asaltaron y no pudo evitar rememorar los fantásticos momentos que habían compartido en el pasado, el asombroso amor que sentían el uno por el otro, la increíble cópula de la que había quedado embarazada.

¡Oh, Dios! Un embarazo del que Flynn nunca se había enterado.

¿Qué diría si descubría la verdad? Había perdido el bebé, pero no por culpa suya. Iba en coche con Hammond, y se produjo un accidente... Se sintió invadida por la culpa.

—Sí —dijo él con un suspiro de pesar—. Una vez más, soy yo.

—No lo dudaba —replicó ella, mientras pensaba en cuánto la odiaría si desenterraba la verdad.

—Estás preciosa —dijo él, y observó que tenía mucho mejor aspecto que la noche anterior.

—Gracias —replicó ella, en un esfuerzo decidido por mantener la calma y no desmoronarse.

—Estaba pensando que quizá deberíamos hablar.

Flynn carraspeó, nervioso por primera vez desde sólo Dios sabía cuántos años, lo cual era extraño, porque nunca se ponía nervioso, no era algo propio de él.

—Creo que sí —asintió ella, aunque no estaba segura de querer hablar con él. No iba a resolver nada.

—Bien, como ésta parece la oportunidad perfecta, subamos a la cubierta superior. Creo que allí no hay nadie.

Ella volvió a asentir, sin aliento, pero extrañamente emocionada al mismo tiempo.

Dar por concluido aquel capítulo de su vida. Eso era exactamente lo que había estado esperando todos aquellos años, y ahora que estaba a punto de suceder, se preguntó si sería capaz de controlar la situación. Gracias a Dios, Hammond no estaba presente para interponerse en su deseo. Eran sólo ella y Flynn, como debía ser. De modo que sí, podría controlarla.

Subieron y se instalaron en sendas sillas muy cómodas, en el atrio acristalado. Durante unos minutos mantuvieron una conversación forzada.

—Bien, Sierra —dijo Flynn por fin—, después de tantos años, aquí estamos.

—Sí, aquí estamos —contestó ella, con la vista clavada en el inmenso mar azul—. Menudo lugar para encontrarnos: es increíblemente impresionante.

—Mejor que algunos lugares que he conocido —repuso él con sequedad.

—Sé los lugares en que has estado —soltó ella—. He seguido tu carrera en tu página web, he leído tus boletines informativos.

—¿De veras? —preguntó Flynn, sorprendido y algo más que complacido.

—Sí —suspiró Sierra, mientras pensaba que hacerse mayor le sentaba bien. Estaba más guapo que nunca, con sus intensos ojos azules y la fuerte línea de la mandíbula.

—Me siento halagado.

—Pese a lo sucedido, siempre experimenté una loca urgencia de mantenerte en mi vida —dijo ella en voz baja.

Intercambiaron una larga e íntima mirada.

—Escucha, yo también te he seguido —confesó Flynn por fin, al tiempo que desviaba la vista—. Pero me quedé conmocionado cuando leí que te habías casado con Hammond. —Hizo una larga pausa—. Supongo que lo vuestro empezó cuando me fui a Londres, y después recibí las fotos. —La miró fijamente—. Dime, Sierra, ¿fue ésa la única manera que se te ocurrió de romper conmigo? Porque fue repugnante.

—¿Perdón? —dijo ella con el ceño fruncido. ¿De qué demonios estaba hablando? Era él quien había roto con ella.

—Las fotos —insistió él—. ¿Por qué lo hiciste?

—Es curioso, porque yo iba a preguntarte lo mismo —replicó ella, con los ojos encendidos. La conversación estaba derivando hacia la locura, y no le gustaba.

—¿Preguntarme qué? —repuso él perplejo.

—Escucha, comprendo que los dos éramos unos críos entonces —siguió Sierra, mientras intentaba con desesperación controlar sus sentimientos—. Pero enviarme aquellas fotos fue muy cruel. No podía creer que hubieras hecho eso.

—¿De qué estás hablando? —inquirió él, cada vez más irritado—. Tú fuiste quien me envió fotos.

—Venga, Flynn —suspiró ella—. Yo no te envié nada.

—Pues alguien las envió. Y ya que hablamos del tema —dijo acalorado—, tal vez te interese saber que me partiste el puto corazón.

—No, Flynn —repuso ella, desgarrada entre las lágrimas, la culpa y la ira—. Tú partiste el mío.

—¿Ah, sí? Fotos tuyas montándotelo con otros tíos, incluido Ham...

—¿Hablas en serio? Nunca me lo monté con nadie, y menos con Hammond. Estuvo a mi lado cuando le necesitaba, nada más, y no olvidemos que fuiste tú quien le pidió que cuidara de mí.

—¿Sí? Entonces, ¿cómo explicas las fotos? ¿Cuál es tu versión?

—¿Cómo te atreves? —replicó ella indignada—. Eras tú el que salía rodeado de chicas.

—¿Qué chicas? —preguntó él perplejo.

—Las de las fotos.

—Espera un momento —dijo, pues se daba cuenta de que aquello era un diálogo para besugos—. ¿Me estás diciendo que tú también recibiste fotos?

—¿Qué quiere decir «también»?

—Quiero decir que alguien me envió fotos de ti con otros hombres.

—Y alguien me envió fotos de ti con un puñado de chicas desnudas.

—¿Cómo? Nunca hubo más chicas después de conocerte, lo juro. Y nunca hubo fotos.

—Entonces..., ¿qué? —preguntó Sierra, confusa y preocupada, con ganas de estar en otra parte.

—¡Joder! Quien envió las fotos quería que rompiéramos.

—¿Por qué querría eso alguien?

—¡Jesús! —exclamó Flynn, y se dio un manotazo en la frente—. El viejo truco, y nosotros caímos como un par de imbéciles. Qué estupidez.

—No lo entiendo —dijo ella, con los ojos abiertos de par en par.

—Yo tampoco, pero empiezo a ver la luz. —Flynn se puso en pie y empezó a pasear—. ¿No te das cuenta? Nos tendieron una trampa.

—¿Cómo es posible eso?

—¿Quién sabe? Pero lo voy a averiguar, sea como sea. ¿Qué hiciste con las fotos que te enviaron?

—Las destruí.

—Sí, yo también hice lo mismo…, ¿y sabes otra cosa? Quien las envió sabía que haríamos eso.

—¿Tú crees?

—Lo sé, porque debían ser falsas.

—Tú salías en las fotos, Flynn. Las vi.

—Y tú también, corazón. Con varios tíos. ¿Quieres hablar de ello?

—Es imposible.

—Y en una de ellas estabas con Ham…

En cuanto pronunció el nombre de Hammond, todo le quedó claro. Ham siempre había estado celoso de su relación con Sierra. Había afirmado a menudo que él había sido el primero en verla, y por tanto debería estar con él. Como esa lógica no le llevaba a ningún sitio, había empezado a hablar mal de ella a la mínima oportunidad, y la insultaba de todas las maneras posibles. Eran las típicas chorradas de chicos universitarios, pero Flynn se había encargado de que nunca llegara a oídos de ella.

Después él se fue a Londres. Era evidente que Hammond había aprovechado la oportunidad, y mintió cuando dijo que Flynn le había pedido que cuidara de ella. Menudo hijo de puta rastrero.

—Esto no te va a gustar —dijo Flynn, intentando controlar su ira—, pero creo que he descubierto lo que pasó.

—¿Sí? —preguntó ella vacilante—. Dímelo, por favor.

—Los dos fuimos engañados. ¿Y sabes quién lo manipuló todo?

—¿Quién?

—Tu marido.

Sierra sintió que su corazón se aceleraba. ¿Hammond era el responsable? ¿Podía ser cierto?

Sólo se le ocurrió una respuesta.

Sí. Porque había demostrado ser capaz de todo.

54

—Es hora de ponerse en movimiento —anunció Cruz, mientras desayunaba en Acapulco.

—¿Adónde vamos? —preguntó Ina, en su mejor imitación de Salma Hayek, con un vestido turquesa ceñido al cuerpo, los enormes pechos asomando por el escote, los pezones siempre erectos, resultado de su operación de aumento de senos.

—Tú no tienes nada que ver con esto —dijo Sergei, que bebía café solo de un tazón de cerámica—. Tu hermano y yo hemos de ocuparnos de unos negocios. Tú mantente alejada.

Ina frunció el ceño. Si no fuera por ella, Sergei nunca habría conocido a Cruz. Sabía con certeza que habían hecho muchos negocios juntos, de modo que ¿por qué no podía llevarse una comisión? Como mínimo, Sergei debería abandonar a la *puta* norteamericana que mantenía en el apartamento de Ciudad de México y empezar a pensar en casarse con ella. No era justo. Se sentía insultada.

Ahora, su hermano y él estaban planeando algo grande, y no querían decirle qué era, lo cual la enfurecía.

Por suerte, había aprendido el arte de espiar a su hermano, y sabía que su plan estaba relacionado con un yate que iban a asaltar para pedir un rescate. Un yate que estaba recorriendo el mar de Cortés. Un poco alejado de la especialidad habitual de Cruz, pero suponía que sabía lo que hacía. Su hermano tenía unos *cojones* del tamaño de Cuba.

Ina siempre había estado enamorada de Cruz, aunque él nunca le había prestado mucha atención. Su hermano era más excitante que Sergei, quien tenía un carácter colérico y no era muy aventurero en la cama. Nunca le había comido el coño, y varias conquistas de Cruz le habían confesado en el pasado que su hermano era un maestro en dicha especialidad.

La verdad era que, si no fuera su hermano, ya le habría tirado los tejos. Lástima que fueran parientes.

Amor prohibido. ¿Por qué estaba prohibido, cuando parecía tan estupendo?

—Nos vamos esta noche —anunció Cruz.

—Ya era hora —dijo Sergei.

—¿Adónde vamos? —preguntó Ina.

Ambos hombres hicieron caso omiso de ella.

Sergei se había encargado de alquilar una villa en una propiedad privada muy grande en las inmediaciones del cabo: una inmensa villa apartada, con acceso a la playa y sin vecinos. La banda de inadaptados de Cruz ya se había instalado, y se estaban preparando para el asalto al *Bianca*, reuniendo todo el material que iban a necesitar. Dos potentes lanchas motoras, provisiones, rifles, pistolas.

Cruz los había entrenado bien. Sus hombres eran somalíes que no hablaban inglés, pero todos comprendían muy bien lo que él quería. Durante los últimos años los había hecho más ricos de lo que jamás habrían podido imaginar. Era su jefe, y obedecían todas sus órdenes.

No conocían a Sergei. No obstante, si Cruz decía que él era el hombre, mientras fueran a ganar dinero estaban dispuestos a trabajar para él también.

El ruso fue con varios guardaespaldas personales a la villa. Hombres estoicos de ascendencia rusa, que no se mezclaban con los somalíes porque se consideraban muy superiores.

El plan no incluía que Ina fuera con ellos, si bien, ya que parecía saber más de lo que debería, Sergei había llegado a la conclusión de que era mejor llevarla con ellos.

Cruz no había protestado. ¿Qué más daba? Su hermana podía serles útil. Mantendría a Sergei ocupado en el dormitorio para que no estorbara.

Cuando asaltaban un barco, todo el mundo sabía lo que debía hacer. Hacerse con el control era algo rápido y furioso; no podía haber equivocaciones. El día que atacaran el *Bianca*, a Cruz no le hacía gracia la idea de ir acompañado de Sergei. El ruso no era un secuestrador profesional, lo cual significaba que podía convertirse en un engorro, pero por desgracia, había insistido en estar presente.

—Quiero ver la puta cara de Aleksandr Kasianenko cuando nos apoderemos de su yate —había gruñido—. Ese hijo de puta es responsable de la muerte de mi hermano, y ahora me ocuparé de que lo pague.

Los detalles de cómo iba a pagar Aleksandr exactamente todavía daban vueltas en la cabeza de Sergei.

Sería largo y doloroso. De eso estaba seguro.

55

Lori se lo estaba pasando muy bien con Luca porque, pese a ser una gran estrella y famoso en todo el mundo, era muy accesible y divertido. No pudo evitar preguntarse qué estaba haciendo con aquel inglés tan irascible y tieso, quien no le había hecho el menor caso durante la cena de anoche. ¿Qué veía Luca en Jeromy Milton-Gold? Ni siquiera era atractivo, con su nariz larga y los pequeños ojos entrecerrados. Y a juzgar por la noche anterior, no era un dechado de encanto.

La isla era un paraíso idílico. Lori seguía deseando que Cliff hubiera ido con ella. Era una experiencia que no podía perderse. Por otra parte, Luca parecía muy contento de que su pareja no hubiera hecho el esfuerzo, y ella lo entendía muy bien.

—Jeromy no es como nosotros —le confió Luca—. Es más de actividades de interior, no sé si entiendes a qué me refiero.

—¿Sexo? —preguntó Lori, al tiempo que ladeaba la cabeza.

—Mi tipo de sexo no —replicó él con una mueca.

—Eres gay —afirmó con descaro ella—. ¿No significa eso que estás dispuesto a todo?

—Yo no —se apresuró a contestar—. Yo soy monógamo.

—Pero has elegido a Jeromy.

—Ése es el problema. Nada más salir del armario caí en sus brazos. Se apoderó de mí, por decirlo de alguna manera. —Una pausa cargada de significado—. Estoy empezando a pensar que ha llegado el momento de romper.

—¿Por qué? —preguntó ella curiosa—. ¿Has conocido a otra persona?

—No, pero el estilo de vida de Jeromy no me convence.

—¿Y acabas de darte cuenta de eso?

—¿Sabes una cosa, Lori? —dijo él con aire pensativo—. A veces, las cosas tardan un tiempo en revelarse.

Ella asintió, y le pareció inmensamente halagador el hecho de que Luca se sintiera liberado para revelar sus verdaderos sentimientos. Apenas se conocían, y ella no era famosa ni nada por el estilo. Era evidente que le caía bien, como si fueran ya amigos. El viaje estaba resultando ser mucho mejor de lo que había esperado.

—Supongo que aislarse de todo es la situación perfecta para meditar estas cosas —dijo.

Luca se pasó la mano por su mata de pelo rubio.

—Exacto —admitió—. Y eso es lo que estoy haciendo.

—Espero por tu bien que llegues a la conclusión correcta.

—Oh, lo haré —dijo Luca, y asintió para sí—. Y tú, Lori, ¿qué os pasa a ti y a Cliff Baxter?

—Mmm... Bien... —contestó vacilante—. Hace un año que estamos juntos.

—¿Cómo va? O debería preguntar, ¿cómo quieres que vaya?

—No lo sé, no estoy segura —musitó ella—. Es complicado.

—¿Matrimonio? ¿Hijos? —insistió él.

—Cliff no es de los que se casan.

—Eso no significa que no pueda cambiar de opinión. —Luca hizo una pausa—. ¿Tú lo deseas?

Antes de que ella pudiera responder, Hammond se acercó a ellos con pasos pesados, la camiseta empapada de sudor, el rostro rubicundo a causa del calor, el cabello castaño pegoteado a la frente.

Lori se alegró de su intromisión. La conversación estaba derivando hacia temas demasiado personales para su gusto.

—¡Maldita sea! —se quejó el senador, mientras manoteaba

para espantar a un insecto volador—. Necesito tirarme al mar. ¿No sería hora ya de volver?

Jeromy estaba aburrido. No se había embarcado en aquel viaje para estar sentado en solitario esplendor, mientras su novio huía a una isla con la mayoría de los demás invitados.

Él no tomaba el sol. Su piel y el sol eran incompatibles, de modo que en lugar de convertirse en un dios bronceado como Luca, solía terminar pareciendo una vieja langosta reseca. Tal aspecto no era atractivo, y pensaba evitarlo a toda costa.

Mercedes, la vivaracha camarera, era atenta. Le ofrecía bebidas y aperitivos siempre que le apetecían. El problema residía en que la comida y la bebida no aliviaban el aburrimiento.

Mercedes. ¿Qué clase de nombre era ése? Una chica mexicana que llevaba el nombre de un coche alemán. Ridículo. Era justo el tipo de nombre estúpido que las estrellas de cine ponían a sus retoños.

Pensando en estrellas de cine, Jeromy se preguntó dónde estaría Cliff Baxter. Antes habían disfrutado de una charla de lo más cordial, seguro que habría más. Tal vez el actor tenía una casa en Los Ángeles que necesitaba volver a decorar. O un ático en Nueva York a punto para la renovación. O quizá podría emplear sus poderes de persuasión para convencerlo de que comprara una casa en Londres.

Jeromy Milton-Gold, el diseñador de las estrellas. Sonaba bien.

Mercedes volvió a aparecer. La chica le irritaba. Tal vez no era lo bastante servicial para su gusto. O quizás era barata. Se preguntó si se follaba a los pasajeros a escondidas. No le extrañaría: tenía aspecto de guarra. Tal vez hasta habría tratado de ligarse a la estrella de cine mientras su novia pelirroja estaba retozando en la isla con Luca.

—¿Dónde está el señor Baxter? —preguntó Jeromy, mientras apuntaba su larga nariz hacia ella.

—Ah, se refiere al señor Cliff —dijo Mercedes, a propósito para irritarle.

—No, me refiero al señor Baxter —repuso muy serio Jeromy, poniéndola en su sitio—. Nunca debería llamar a los invitados por el nombre, es de lo más grosero.

Mercedes reprimió unas fuertes ansias de enviarle a la mierda. Ya llegaría su momento, y entonces le dejaría sin blanca, y quizá le metería un desatascador por su huesudo culo para rematar la jugada. Sólo que a este *hijo de puta* en particular quizá le gustaría.

—El señor Cliff me pidió que le llamara por su nombre —dijo en tono inocente.

—Me da igual lo que le pidiera. No debe hacerlo, y punto. Usted está aquí para servir. Aprenda, querida: es por su bien.

Comemierda, pensó Mercedes mientras le sonreía con dulzura, y decidió que su caro reloj sería un estupendo regalo de cumpleaños para su próxima conquista.

La estancia en la isla hacía que Taye estuviera más salido que nunca. Sacar a Ashley de Londres y alejarla de todo había obrado maravillas. Ya no era la señorita Reina del Diseño y la madre de los gemelos, sino más bien la chica de la que se había enamorado, el espíritu libre que se pirraba por las aventuras sexuales y nunca era contraria a practicarle una mamada o dos. Taye debía admitir que su deporte favorito era ser objeto de las habilidades orales de su esposa. Se refocilaba con la idea de hundir a Mamut en la delicada boca de Ashley, y sujetarle bien la cabeza mientras le chupaba hasta la vida. Antes de casarse había sucedido cada día. Después de casarse había pasado a ser un plato especial. Y durante los últimos meses no había sucedido nunca, hasta anoche, cuando ella se había lucido en lo que hacía mejor que cualquier chica con la que él hubiera estado.

Ahora quería más, y la isla se le antojaba el marco perfecto para un polvo rápido. Ashley estaba para comérsela con su camiseta, las grandes tetas proyectadas hacia delante, exhibiendo sus largas piernas. Anoche le había hecho el amor tanto tiempo como ella pudo aguantar, después le había comido el coño y ella había gemido de placer. La verdad, no podía apartar las manos de su mujer.

—Eh, tesoro —susurró, y le cogió la mano—. Sígueme. He visto algo que no te puedes perder.

—¿Qué? —preguntó Ashley, mientras contemplaba maravillada un par de gigantescas tortugas que se arrastraban delante de ellos. Era todo un espectáculo.

—Aquí —dijo él, mientras la alejaba de los demás, en dirección a un bosquecillo de altas palmeras cimbreantes.

—¿Qué? —preguntó ella, algo irritada.

Él no le dio tiempo para pensar. Se puso a manosearle los pezones de una forma que siempre terminaba por excitarla.

—¡Taye! —protestó—. Aquí no.

—¿Por qué no? —preguntó él, mientras jugaba con los pezones.

—Porque los demás podrían vernos. —Dos segundos, y después—: ¡Oh…, Dios… mío!

Ya era suya. Veloz como el rayo desenfundó a Mamut, sin dejar de sobarle las tetas.

—A por él, tesoro —la animó, mientras la ponía de rodillas.

—Taye… —empezó ella.

Acalló sus protestas con Mamut, y al cabo de dos deliciosos minutos alcanzó un memorable orgasmo, dejando con ganas de más a Ashley. Cosa que ya le convenía, porque sería un placer terminar el trabajo de satisfacerla más tarde.

Para Taye, el viaje estaba saliendo perfecto.

Después de revisar dos guiones, a cual más decepcionante, Cliff se dio cuenta de que echaba mucho de menos a Lori. Eso le pasaba por no haber ido a la excursión. No debería dedicar cada día al trabajo, y leer guiones era trabajo. Antes de irse de Los Ángeles, su agente, su mánager y Enid le habían hablado de los guiones que debía leer.

—Hemos de tomar decisiones —le había dicho su mánager.

—Creo que debes considerar muy en serio la película de espías —había dicho su agente.

—Te cansarás de Lori antes de que te des cuenta —le había sermoneado Enid—. A ver si puedes dar un tiento a esos guiones que has ido amontonando. Te los he puesto todos en la maleta.

¿Acaso no estaba de vacaciones con su novia? ¿Por qué no relajarse y disfrutarlas? A la mierda el trabajo.

Cliff decidió que dedicaría los días siguientes a tumbarse y dejarse llevar.

—¿Qué vamos a hacer? —preguntó Sierra a Flynn.

A él le encantó el hecho de que utilizara el plural. Se encogió de hombros.

—No sé cuál es tu situación con Ham. Hace mucho tiempo que estáis casados. —Hizo una pausa, y después la miró fijamente—. ¿Eres feliz?

—¡Vaya! —exclamó ella, sin mirarle a los ojos—. Así como así, hemos pasado de no hablarnos en años a que me preguntes si soy feliz. Estoy confusa, más bien.

—No has contestado a mi pregunta.

—¿Eres feliz tú, Flynn? —preguntó ella con intención, y le miró por fin a la cara—. Supongo que sí. Tu novia parece inteligente y es guapa.

—No es mi novia —murmuró él.

—Compartís un camarote —le recordó Sierra al instante.

—Es una larga historia —replicó Flynn, ridículamente complacido de que ella pareciera celosa.

Sierra le estaba mirando, sin saber muy bien qué decir. ¿Debía admitir que era desdichada? ¿Debía contarle la verdad?

Oh, Dios, se sentía tan vulnerable. Había transcurrido demasiado tiempo, ambos eran adultos ahora. ¿Podía confiar en Flynn? ¿Y si lo de las fotos falsas no era más que una fantasía, una historia que había inventado para explicar la forma en que la había tratado?

¿Era Hammond el responsable? Al principio, no lo había dudado, pero ¿por qué haría algo semejante? ¿Cómo había podido? Comprendió que debería interrogarle. Sería la única forma de saber la auténtica verdad.

—Estoy cansada —dijo por fin—. Necesito pasar un rato a solas para pensar.

—Lo entiendo —respondió Flynn, y se dio cuenta de que presionarla no era una buena idea—. Los dos tenemos mucho en qué pensar.

—Sí —se apresuró a contestar ella.

¿Y qué haremos a partir de ahora?, tuvo ganas de preguntar Flynn. *¿Seremos sólo amigos, pero no amantes? ¿Cuál es el trato, Sierra? ¿Existe un futuro para nosotros?*

¿Estaba experimentando la necesidad de viajar en el tiempo, de reavivar los sentimientos mutuos?

¿Todavía la deseaba?

Sus ojos decían que sí.

Su cabeza decía que no.

Tanto si las fotos eran falsas como si no, no explicaban el hecho de que ella estuviera embarazada del hijo de Ham cuando éste y ella habían sufrido el accidente de coche. Ella le había dicho que sólo eran amigos entonces, así que ¿cómo quedó embarazada? Ella ignoraba que él lo sabía.

¡Demonios! ¿Por qué estaba sucediendo esto? ¿Por qué Sierra volvía a su vida? Justo cuando acababa de estar con Mai en París, y pensaba que por fin había superado lo de Sierra, tenía que suceder esto.

Qué cabronada. Lo afrontaría.

No tenía otra alternativa.

56

Manuel masculló por lo bajo y condujo a los ricos de vuelta a la playa y a los botes que los esperaban. Consideraba que su grupo actual de acaudalados turistas era una pandilla de animales de baja estofa, aunque los animales nunca se comportarían de una forma tan poco respetuosa y lasciva.

¿Creía el negro alto que nadie se había fijado cuando se llevó a la rubia de las grandes tetas detrás de las palmeras y la obligó a hacerle algo que sólo practicaban las putas?

Y el ruso grandote haciendo el amor con la chica de piel oscura bajo la cascada. Qué escándalo. ¿No podían esperar a volver a casa y que fuera de noche, como la gente normal?

Manuel se sentía muy agradecido por su mujer y sus hijas. Eran estupendas mujeres de gran rectitud que nunca se comportarían de una forma tan sucia y lasciva.

Cuando los turistas subieron a las barcas, Guy entregó a Manuel una generosa propina.

La aceptó, y juró que volvería a pescar para vivir antes que continuar tratando con gente como ésta. Le contaminaban con su libido desenfrenada y sus perversiones sexuales. Era un hombre sencillo, prefería una vida sencilla.

Hammond saltó a la barca detrás de Lori, y se sentó a su lado.

—Apuesto a que te apetece una buena ducha caliente —comentó, acercándose más—. Sacarte toda la arena de tu bonito chochito.

—¿Perdón? —preguntó ella, convencida de que no le había entendido bien.

El senador soltó una risita.

—No era mi intención ofenderte —dijo en tono zalamero—. Eso es lo que mi madre decía después de un día de playa. Claro, nuestra playa estaba en los Hamptons, pero ésa es otra historia.

Lori le miró. No estaba segura de qué contestar.

—Eres una chica muy guapa —continuó Hammond, mientras la desnudaba con los ojos—. Muy tentadora.

Cliff le había advertido de que los políticos eran unos hijos de puta salidos, y por lo visto tenía razón. Al principio, se había sentido halagada por las atenciones de Hammond, pero ya se había cansado. Se estaba poniendo muy desagradable.

—¿Por qué no ha venido tu mujer? —preguntó, y puso el énfasis en la palabra «mujer».

—Todo esto es demasiado para Sierra. Es muy… delicada.

—¿De veras? No parece delicada.

—Lo sé —replicó él, con un suspiro de resignación—. Es una pesada carga para mí. —Una pausa significativa, y después bajó la voz—. Entre tú y yo, Lori, Sierra tiene… mmm, problemas emocionales. Es la triste verdad con la que vivo.

¿Qué es esto? ¿Confesiones a Lori Day?

—Lo siento —dijo, al tiempo que se sacudía arena de la pierna desnuda, sin creer ni una palabra de lo que decía.

Hammond se inclinó hacia delante y rozó con los dedos su muslo.

—Te quedaba un poco.

—No —replicó ella.

—Lo siento. Sólo quería ayudar.

La salvaron Taye y Ashley, que acababan de subir a la barca. Él sonreía como si tuviera ocho años de edad y acabaran de regalarle una bicicleta nueva por Navidad. Ella parecía un poco nerviosa.

—Ojalá hubiera traído la cámara —musitó Lori, al tiempo que se apartaba del senador.

—Y yo —dijo Ashley, no tan hosca como de costumbre.

—Podríamos vender las fotos a las revistas sensacionalistas por una fortuna —bromeó la joven, y se dio cuenta al instante de que había dicho una sandez.

—No creo —replicó Ashley, al tiempo que intercambiaba una mirada con Taye como diciendo: «Ya te dije que era un poco basta».

—Era una broma, por supuesto —murmuró Lori, muy avergonzada.

—Presiento que a nuestro anfitrión no le haría ninguna gracia —dijo Ashley mientras la barca zarpaba y se balanceaba sobre las olas a buena velocidad.

—Olvídalo, tesoro —susurró Taye al oído de su mujer—. Déjala en paz.

Ashley no le hizo caso. Estaba demasiado ocupada pensando en qué se pondría para la cena. Algo deslumbrante. Algo que llamara la atención de Cliff Baxter, pues estaba muy segura de que le gustaba. ¿Y por qué no? Era mucho más sexy que su novia.

Sierra estuvo tentada de recurrir al Xanax mientras esperaba el regreso de su marido. También contempló con anhelo la botella de vodka que Hammond había pedido que llevaran a su camarote, siempre tan atento. Sabía que prefería verla sedada, ya fuera con píldoras o con alcohol. Así creía poder ejercer un control completo.

Consiguió resistir ambas tentaciones. Se sentó sola en el camarote, mientras convocaba todos los recuerdos posibles sobre las fotos, y la forma en que Hammond se había pegado a ella en cuanto Flynn se fue a Londres, afirmando que le había pedido que cuidara de ella. Menuda mentira le había hecho creer. Según Flynn, no le había pedido nada en ese sentido.

De modo que…, si Hammond había mentido sobre eso, ¿qué más habría hecho?

Las fotos, por supuesto. Ella se las había enseñado y él había perorado acerca de que siempre había sabido que Flynn era un embaucador, y de que él no había querido disgustarla, pero ahora que había visto la prueba con sus propios ojos…

A continuación, había insistido en destruirlas, y se las había quedado junto con la nota mecanografiada. Después había intentado convencerla de que abortara.

¡Oh, Dios! Por supuesto. Si las fotos eran falsas, claro que no había querido que ella las estudiara. Y si la consideraba un futuro valor político, el hijo de Flynn no entraría en sus planes.

¿Habría provocado el accidente de tráfico? ¿Había querido que perdiera el hijo de Flynn? Se estremeció al pensar en eso.

Ahora que sabía la clase de persona que era Hammond en realidad, le creía capaz de todo. Era un hombre malo, oculto bajo la capa de benefactor político.

Cuando su marido regresó de la isla, ella estaba preparada para plantarle cara. Entró en el camarote lanzando quejas sobre el calor y los bichos, y sobre que no había podido hablar en privado con Aleksandr.

—Merezco más respeto de esa gente —se quejó—. Soy senador de Estados Unidos, por el amor de Dios. Estoy destinado a grandes empresas. Si esperan futuros favores, deberían ser conscientes de con quién están tratando.

¿El hombre o el monstruo?, quiso decir ella, pero se controló.

—Hammond —empezó sin alterarse.

—Sierra —contestó él, imitando su tono mientras se quitaba la camiseta manchada de sudor.

—He de hacerte una pregunta.

—¿Ahora? —inquirió él, mientras se quitaba los pantalones cortos y la ropa interior, sin mostrar el menor pudor.

—Ver a Flynn me recordó aquellas fotos.

—¿Qué fotos? —replicó él, mientras se sobaba las pelotas sin darse cuenta cuando se dirigía al baño.

—Las que manipulaste en la universidad —dijo ella con valentía—. Las que nos enviaste a mí y a Flynn.

—¿Qué?

Se detuvo en la puerta del cuarto de baño, giró en redondo y la miró.

—Me estaba preguntando cómo lograste llevar a cabo un trabajo tan astuto —continuó Sierra—. No había Photoshop entonces. ¿Contrataste a un profesional para que te ayudara?

Hammond la miró con los ojos entornados de ira.

—¿Has estado hablando con ese hijo de puta? —preguntó.

—¿A qué hijo de puta te refieres? —replicó ella, sin perder la calma.

—No te hagas la lista conmigo —dijo Hammond encolerizado—. Te advertí que no hablaras con él.

—Me adviertes sobre un montón de cosas. Sin embargo, estamos en un yate en mitad del mar, y creo que puedo hacer lo que me dé la gana.

Hammond no podía creer en el cambio obrado en su mujer. ¿Qué demonios estaba pasando? Parecía sobria y entera, no aturdida y servil. No era la mujer a la que se había acostumbrado. La mujer que nunca se atrevía a discutir. La mujer a la que había logrado controlar con sus constantes amenazas acerca de hacer daño a su familia.

—Crees que puedes hacer lo que te dé la gana, ¿eh? —preguntó, con voz ronca e implacable—. Tal vez has olvidado quién eres. Eres mi mujer, y por ser mi mujer harás lo que yo te diga o… —Hizo una pausa, con los ojos aún más entornados— ya sabes las consecuencias.

—Por el amor de Dios, Hammond. ¿Hasta cuándo vas a continuar con esto?

—¿Qué te ha pasado, Sierra? ¿Te entra la valentía de repente porque has hablado con tu antiguo novio? ¿Crees que él puede salvarte? ¿Y a tu familia? Y aún más importante, ¿puede Flynn salvarse a sí mismo? Piensa en eso un momento. —Hizo una pausa y la miró con aire amenazador—. Una sola llamada telefónica y puedo convertir su vida en una pesadilla. Puedo conseguir que no vuelva a trabajar jamás. Puedo ordenar que le rompan las piernas, que le destrocen su bonita cara. Ya sabes que puedo hacerlo.

—Se acabó, Hammond —replicó ella con voz serena—. En cuanto bajemos de este barco, te dejo. Y me encargaré de que todo el mundo se entere de tus amenazas, para que, si algo me pasa a mí o a mi familia, apunten el dedo en tu dirección.

—Tan valiente, de repente —se burló él—. Sigue así, querida, y ya veremos qué pasará.

Con esas palabras entró en el cuarto de baño y cerró la puerta de golpe.

—¿Cómo ha ido? —preguntó Cliff cuando Lori volvió al camarote.

—Oh, Dios mío, tenías razón con respecto al senador —contestó ella, mientras se dejaba caer sobre la cama—. Es un calentorro.

—Ya te lo dije. Los detecto a un kilómetro de distancia.

—Pero, Cliff, la isla era fantástica. Ojalá la hubieras visto. No había nadie. Ni nada, salvo vida salvaje, vegetación y unas cascadas asombrosas. Ah, y las tortugas gigantes —continuó entusiasmada—. Te habría encantado. Ojalá hubieras venido.

Cliff estaba contento de ver a Lori tan animada. Como una niña que hubiera ido por primera vez a Disneylandia. A veces, olvidaba lo joven que era. Veinticuatro años. Apenas una niña. Lo bastante joven para ser su hija. Pero lo bastante mayor para ser su amante.

¿Y por qué pensaba que había llegado el momento de cambiarla por una cara más fresca y joven? ¿Por qué él era Cliff Baxter? ¿Por qué era una estrella y debía mantener una cierta imagen? ¿Para impresionar a sus amigos y conocidos varones? ¿En honor del público que le adoraba?

Todo eran chorradas. Le gustaba Lori, estaba a gusto con ella. No era necesario cambiarla en aquel momento.

—Escucha, tesoro, ¿te he dicho últimamente cuánto te quiero? —preguntó Taye, mientras levantaba la cabeza de entre los muslos de su mujer para respirar hondo.

—¡Oh, por el amor de Dios, no pares ahora! —gritó Ashley, abierta de piernas sobre la cama de su camarote, disfrutando con la pericia de la lengua experta de su marido.

—Pero es que te quiero muchísimo —insistió él—. Eres todo para mí. No me interesa ninguna otra mujer.

—Vale, vale, pues continúa con lo que estabas haciendo —imploró ella—. Estoy a punto de correrme, no pares ahora.

—No te decepcionaré —contestó sonriente Taye.

El viaje estaba mejorando a marchas forzadas su matrimonio.

—Ya era hora de que volvieras —dijo el interiorista en tono desabrido.

Luca se tumbó en la cama.

—¡Por favor! —exclamó Jeromy, al tiempo que fruncía los labios—. Estás todo sudado y sucio. ¿Podrías darte una ducha antes de dejar nuestra cama hecha un asco?

Luca juntó las manos detrás de la cabeza y se estiró. No albergaba la menor intención de moverse.

—Has cometido una equivocación al no venir —comentó, con el deseo de continuar todavía en la isla mágica.

—Creo que no —replicó Jeromy—. Quedarme a bordo ha sido muy ventajoso para mí. Sostuve una larga conversación con Cliff Baxter. Es posible que esté a punto de contratarme para diseñar el interior de su próxima casa.

—¿Va a comprar otra casa? Lori no me ha dicho nada.

—¿Desde cuándo eres tan íntimo de esa tal Lori? —preguntó Jeromy, envidioso de que Luca no parara de hacer amigos mientras él languidecía en el yate.

—La salvé de las garras del rijoso senador. Y una cosa, no la llames «esa tal Lori». Si dedicaras tiempo a conocerla, te darías cuenta de que es una chica muy dulce.

—¿Estamos cambiando de tendencias? —dijo con desprecio Jeromy—. ¿Te mueres de ganas por meterte en sus sucias bragas?

—Procura no convertirte en una reina malhumorada —suspiró Luca.

—¿Perdón? —bufó Jeromy—. ¡Una reina malhumorada!

—Ya sabes a qué me refiero.

—¡Cómo te atreves!

—¿Cómo me atrevo a qué?

—A insultarme.

—Jeromy —dijo Luca, mientras le dirigía una larga y fría mirada—, hemos de hablar.

Las palabras temidas: «Hemos de hablar». Jeromy ya las había escuchado antes, y más de una vez. Primero de su padre, un severo funcionario gubernamental, que le había golpeado sin piedad cuando salió del armario. Después, del catedrático de Oxford del que se había enamorado con desesperación. Después, del marqués septuagenario que le había tratado como a una mascota durante varios años. Y por fin, del hombre de negocios que aún no había salido del armario, el cual había financiado su firma de interiorismo hasta que su esposa descubrió qué estaba pasando en realidad entre ellos y decretó el fin de todos los tratos financieros.

Ahora, de Luca.

No. Esto no podía estar pasando. Luca era su futuro. Envejecerían juntos. Gozarían juntos de la fama y el dinero del cantante. Esto no podía suceder. No lo iba a permitir.

Fuera como fuera, estaba decidido a evitar lo inevitable.

57

Para las festividades nocturnas Bianca había pedido un tema español. Guy puso manos a la obra de inmediato. Se había encargado de que condujeran a bordo, aunque se hallaban en alta mar a varias horas de viaje de tierra firme, a unos cuantos músicos y a un chef español, famoso por su paella de marisco. Ya le habían informado desde el principio de que en aquel viaje no iban a reparar en gastos. Sólo lo mejor para Aleksandr Kasianenko y su dama. Guy estaba seguro de que si Bianca hubiera pedido que trajeran desde California a Wolfgang Puck para que preparara su famosa pizza de salmón ahumado, el multimillonario habría accedido.

Al caer el sol, la modelo apareció en la cubierta, deslumbrante con un traje de faralaes y flores blancas en su pelo negro como el azabache. Aleksandr la acompañaba. Como no le gustaba ponerse elegante, unos pantalones negros y una camisa blanca le bastaron.

Guy sintió cierta envidia, porque ambos componían una pareja increíblemente atractiva. Entre los dos lo reunían todo. Belleza, dinero, poder, fama. No era justo que dos personas tuvieran tanto.

Aun así... estaba acostumbrado. Servir a los privilegiados. Atender a todas sus necesidades. Verles en acción. Esperar una propina mayúscula al final del viaje. Era la vida que había elegido, y no era tan horrible.

Al menos, tenía una pareja fija a la que profesaba verdadero amor. Compartían un coquetón apartamento en Sidney, y siempre que él estaba en casa, cosa que no sucedía con mucha frecuencia, se compenetraban muy bien y disfrutaban haciendo las mismas cosas.

Sí, se sentía satisfecho, aunque no podía evitar desear en el fondo de su corazón (y de sus pantalones) al muy atractivo Luca Pérez. Un verdadero ejemplo de magnífica virilidad. Y con talento, encima. Guy no paraba de repetir en su iPod la última canción de la superestrella, porque le relajaba en momentos de tensión.

Cuando Hammond salió de la ducha, Sierra ya se había marchado del camarote.

¡Maldita sea! ¿Dónde estaba la zorra taimada, su infiel esposa, la puta que había estado hablando con su ex novio?

Su furia era oscura y fría. ¿De veras pensaba Sierra que podría escapar de él así como así? Un divorcio, incluso una separación, arruinaría su futuro político. Jamás permitiría que eso sucediera.

Un día se presentaría a presidente y, tanto si a ella le gustaba como si no, le apoyaría, viva o muerta.

—¿Qué te ha pasado? —preguntó Xuan cuando volvió y encontró a Flynn en su camarote—. Podías haberme avisado de que te ibas de la isla.

—Tengo gripe intestinal —mintió él, pensando todavía en su conversación con Sierra.

—Parece que ahora te encuentras mejor —comentó la periodista, al tiempo que abría el armario para ver qué podía ponerse para la cena. Las mujeres del viaje siempre iban peinadas impecablemente y muy bien vestidas. Sus opciones eran limitadas, puesto que viajaba con lo puesto, y tampoco le importaba.

Que las demás se lucieran con su ropa elegante. Ella sabía que era más lista y estaba más preocupada por lo que pasaba en el mundo que todas juntas.

—Sí —dijo Flynn, frustrado por tener que compartir el mismo espacio con Xuan. Por más que valorara su amistad, necesitaba estar solo para pensar. No le gustaba que ella le interrogara, y estaba seguro de que lo haría: ella era así—. Nos vemos arriba —dijo, y se encaminó hacia la puerta.

—Deberías ser prudente con tus deseos, Flynn —le lanzó Xuan—. Porque la satisfacción de nuestros deseos no siempre nos aporta las respuestas que anhelamos.

—Gracias —replicó él con sequedad—. Carece de toda lógica.

—Piénsalo. Eres demasiado inteligente para caer presa de tus fantasías.

Sin hacer caso de las palabras de Xuan, Flynn se topó con Taye y su esposa rubia, que iban camino de la cubierta de las copas.

—¿Te encuentras bien, tío? —preguntó el futbolista, cordial como de costumbre.

—Sí, no fue nada. Cinco minutos de retortijones.

—¡Qué horror! —exclamó Ashley, aferrada al brazo de su marido mientras subían por la escalera circular—. ¿Recuerdas, Taye, cuando tuviste cagalera en el campo delante de miles de admiradores?

—Oh, mierda, no me lo recuerdes —gimió él—. Qué vergüenza.

—Tuviste que tirar todo el equipo —rió Ashley—. Ni siquiera tu madre quiso acercarse.

—Gracias —dijo Taye con una mueca—. No cabe duda de que sabes alimentar el ego de un tío.

—Eso no es lo único que sé hacer —replicó ella, y rió.

Taye decidió que su esposa era otra mujer cuando estaba de

vacaciones. Y le gustaba esta nueva Ashley mucho más que la anterior.

Bianca observó a sus invitados, todos presentes para las copas, salvo el senador. Se fijó en que su esposa parecía más sociable aquella noche: Sierra estaba conversando con Cliff Baxter y Lori. A la modelo le gustó comprobar que todo el mundo parecía más relajado. Ay, sí, la magia de las vacaciones se estaba imponiendo, y ella no podía ser más feliz.

Aleksandr también estaba relajado, hablaba de fútbol con Taye y de política con la mujer asiática, a la que Bianca había bautizado en secreto como Señorita Vehemencia.

Luca se acercó y entrechocó su copa con la de ella.

—Tú y Aleks sí sabéis montar una fiesta —comentó—. Todo el mundo se lo está pasando en grande.

—¿Tú también?

—¿Por qué me lo preguntas? —inquirió Luca, mientras se apartaba un mechón rubio de la frente.

—Porque te conozco. —Bianca le miraba fijamente—. Algo te preocupa. Escupe.

—Vale, vale, la cuestión es que echo de menos a mi hijo —confesó—. Detesto estar alejado de él. Tú hace tiempo que no le ves. Es un niño muy mono, Bianca, y no quiero perderme nada.

—Está con Suga, ¿verdad?

—Ya lo creo, y ella es una maravillosa *mamasita*. La mejor. Cariñosa, maternal y todo lo que hace falta.

—Mmm. Parece que la echas de menos a ella también... —meditó Bianca.

—Oye, no echo de menos el sexo, eso lo abandonamos enseguida. Pero la compañía y lo mucho que nos divertimos juntos... Sí, eso es lo que echo de menos.

—Bien, ahora tienes a Jeromy. Parece la alegría de la huerta.

—Ay... Ése es el problema —admitió Luca—. Jeromy...

—Problemas en Ciudad Gay, ¿eh? —preguntó Bianca, mientras cabeceaba con aire de complicidad.

—Podríamos decir que es algo más que problemas.

—¿Por ejemplo?

—El problema es que odia a Suga, y no sólo eso, nunca presta atención a Luca júnior. Me está volviendo *loco*.

—Eso no es bueno.

—No, no lo es. —El cantante sacudió la cabeza—. Si quieres saber la verdad, creo que estoy hasta el gorro de Jeromy. Ha llegado el momento de seguir adelante.

—Oh, cariño —suspiró Bianca.

—Oh, cariño, ¿qué?

—Estamos en este crucero tan especial, Luca. No estropees nada, por favor. ¿Puedes esperar al regreso para dejarle? ¿Es eso posible?

—Supongo que lo intentaré.

—Hazlo por mí —suplicó ella—. Nada de dramas.

—Por ti —aceptó Luca—. Pero en cuanto toquemos tierra...

—Lo sé, lo sé. ¡Y tú eres el mejor!

Él le dedicó una sonrisa irónica.

—Lo intento.

—La cena está servida.

Una vez más, Guy se descubrió pronunciando las palabras que tanto le gustaba decir.

Todo el mundo se reunió junto a la escalera y empezó a subir a la cubierta del comedor.

Sierra paseó la vista a su alrededor y observó que Hammond continuaba ausente. Se preguntó qué estaría haciendo.

¿Ocupado en planear otra ristra de amenazas? Se estremeció al pensarlo, y decidió mantenerse en sus trece.

Flynn estaba allí. Decidió que era mejor no hablar con él. Hammond era demasiado impredecible. ¿Quién sabía de qué era capaz? No quería involucrar a Flynn en ningún aspecto.

Por suerte, habían cambiado de nuevo la disposición de los asientos. Se encontró sentada a la mesa entre Cliff y Luca, lo cual le pareció estupendo.

Hammond apareció antes de que sirvieran el primer plato. Sin apenas mirar en su dirección, se sentó entre Bianca y Ashley, y se puso a hablar de inmediato con la modelo.

Parecía imposible, pero ¿iba a aceptar el hecho de que pensaba dejarle? ¿Se había quedado sin amenazas? ¿Era el principio de una nueva vida para ella?

Ojalá.

Después de la cena actuaron bailarines de flamenco profesionales para entretener a los invitados. Mujeres de aspecto feroz, con muslos fuertes y robustos, y hombres morenos de aspecto duro que exhibían mucho temperamento.

Bianca estaba sentada al lado de Aleksandr, disfrutando de la velada. Tenía la mano cerca de su ingle. Los sensuales bailarines la estaban poniendo a tope.

Aleksandr apartó distraído su mano y se volvió para escuchar a Xuan, la cual, por lo que Bianca suponía, le estaba dando la tabarra con algo aburrido y político.

La *top model* se sentía irritada. Las parejas estaban sentadas en la zona de ocio. ¿Por qué la señorita Vehemencia siempre se las ingeniaba para encontrar un sitio al lado de Aleksandr?

Ahora estaba celosa. Oh, no. El día que sintiera celos de otra mujer sería un día inolvidable.

Bianca poseía una gran confianza en sí misma, y con todo el derecho. Su belleza era un don. Su belleza siempre la había llevado a donde había querido. Ningún obstáculo. Semáforos verdes en todo momento. Portadas en *Vogue, Harpers* y *Vanity Fair.* Publirreportajes en *People, Esquire,* incluso *Newsweek* y *Time.*

Bianca. La *top model* de todas las *top models.* Una mujer admirada por las mujeres y codiciada por los hombres.

Celosa. ¡Ja! Aunque Aleksandr parecía bastante fascinado con la menuda asiática. Antes le había dicho que encontraba muy interesante a Xuan.

¡Muy interesante! A ella no le caía bien, era demasiado seria. ¿Y qué pasaba entre Xuan y su novio? Daba la impresión de que apenas reparaban en su mutua presencia. En su opinión, no había química sexual entre ellos, y eso era raro, porque Flynn estaba muy bueno.

Decidió prestar más atención al periodista, averiguar más sobre él. Se alejó de Aleksandr con sigilo, quien pareció no darse cuenta de su movimiento, demasiado ocupado solucionando los problemas del mundo con la señorita Vehemencia.

La música flamenca sonaba alta, y los bailarines gritaban todavía más, con énfasis melodramático, mientras deambulaban por la pista de baile, pataleando y proyectando falsa pasión.

Bianca se acercó a Flynn, que estaba sentado solo. Se apretó a su lado, decidida a conocerle mejor.

—¿Cómo te encuentras? —preguntó, con su mejor expresión compasiva.

Él la miró intrigado.

—¿Es que todo el mundo sabe que tuve cagalera?

—¿Cagalera?

—Estoy citando a Ashley, una joven muy elocuente.

—Con enormes tetas —susurró Bianca, con el fin de forjar un vínculo entre ambos.

—Sí —replicó él con ironía—. Ya me había fijado.

—Serías gay si no lo hubieras hecho —dijo ella, y chasqueó los dedos en dirección a Mercedes o Renee, las dos camareras que siempre estaban de guardia.

Mercedes se acercó.

—Dos chupitos de *limoncello* —ordenó Bianca, sin apenas mirarla—. Y trae la botella.

¡Zorra altiva!, pensó Mercedes. *¡Puta!* Ardía en deseos de ver la expresión de la modelo cuando los hombres de Cruz se apoderaran del yate. *¿Quién dará las órdenes entonces?*

—Supongo que vamos a beber —dijo Flynn, a quien no desagradaba la idea.

—Da la impresión de que necesitas un trago.

—Pues sí.

—¿Problemas en el paraíso? —sondeó ella con tacto.

—¿Eh? —dijo Flynn, mientras se masajeaba el mentón erizado de barba.

—Bien, tú y tu amiga, no se os ve exactamente muy entregados.

Durante un momento de desconcierto, él pensó que se refería a Sierra. Después, se dio cuenta de que estaba hablando de Xuan. Lástima. Le habría gustado contarle la saga de Sierra y él, aunque sólo fuera para escuchar una opinión imparcial. Pero no lo iba a hacer. Era un asunto privado. Era algo entre él y el amor de su vida.

Sí, se veía obligado a admitirlo, Sierra era el amor de su vida. Y no era demasiado tarde para ellos, ¿verdad?

Cayó en la cuenta como si le hubieran dado una patada en el estómago. Quería recuperarla. Pese a todo, todavía la amaba.

—¿Te cabrea que Xuan se pase tanto tiempo hablando con Aleksandr? —continuó Bianca, inclinada hacia él, en voz baja.

Flynn volvió a la realidad.

—¿Y a ti? —replicó.

—¿A mí qué? —preguntó la modelo, mientras se acariciaba un mechón de su lacio pelo oscuro.

—¿Te cabrea que tu novio esté tan entusiasmado con mi..., mmm..., novia?

—¡Oh, Dios mío! —chilló ella—. ¡No puedo creer lo que acabas de decir!

Mercedes apareció con dos vasos de chupito y una botella de *limoncello*. Bianca cogió uno de los vasos y se atizó a toda prisa el dulce líquido.

—¿No me acompañas? —preguntó, mientras desafiaba a Flynn con la mirada.

—Prefiero el tequila.

—Una botella de tequila —dijo Bianca a Mercedes—. Y deprisa.

—¿Qué está pasando? —preguntó Flynn, al intuir que ella se proponía algo—. Pareces inquieta. ¿Xuan te está molestando?

—¿Bromeas? —Bianca enarcó una ceja con arrogancia—. No quiero faltarte al respeto, pero haría falta una mujer mucho más femenina para molestarme. Xuan es como uno de esos irritantes insectos voladores de los que no puedes zafarte. Quiere que Aleksandr ponga dinero para toda clase de capulladas.

—Supongo que te refieres a la escuela que está intentando construir en Camboya, ¿no? —dijo Flynn con sequedad—. O comida y suministros para los cientos de miles de refugiados de Sierra Leona.

—No sé muy bien para qué —repuso Bianca vagamente—. Haz el favor de entender que son nuestras vacaciones, y perseguir a Aleksandr para que le dé dinero es de lo más inapropiado.

—Quieres que le diga que lo deje, ¿verdad?

—Sí —afirmó Bianca—. Eso es justo lo que quiero.

—Lo intentaré —dijo Flynn, mientras pensaba que sólo una mujer rica, mimada y privilegiada se mostraría tan insensible—. Aunque debes saber que Xuan es muy tozuda, y cuando cree en algo llega hasta el final.

—Tal vez la puedas convencer a polvos —comentó Bianca con sarcasmo.

—Lo tomaré como una sugerencia —dijo él, al tiempo que cogía la botella de tequila que Mercedes había traído.

No le irían mal uno o dos tragos. Tal vez le despejarían la cabeza.

Dos horas después, Flynn no sentía el menor dolor. Hacía mucho rato que se habían ido los bailarines de flamenco, así como casi todos los invitados. Los únicos que quedaban eran Bianca, Aleksandr, Hammond y Xuan. Todos estaban bebiendo demasiado, y a medida que aumentaba la ingesta de alcohol también lo hacía la animosidad. El senador no cesaba de hacer comentarios malintencionados acerca de que los periodistas eran la escoria de la Tierra. Los periodistas, anunció con ademanes de borracho, mirando directamente a Flynn, eran pedazos de mierda, mentirosos y taimados, que siempre estaban inventando historias, sobre todo acerca de los políticos rectos y honrados que no deseaban otra cosa que hacer del mundo un sitio mejor.

Todo cuanto decía Hammond ofendía a Xuan, y los dos se pusieron a discutir, mientras Bianca intentaba quedar bien con Aleksandr y esperaba oírle sugerir que ya era hora de acostarse.

Flynn logró mantener la frialdad, hasta que al final ya no lo pudo soportar.

—¿Políticos honrados? —preguntó con brusquedad—. Eso es un puto chiste, ¿no?

Hasta aquel momento Hammond y él se habían ignorado mutuamente, pero ahora se habían abierto las compuertas y la suerte estaba echada.

—Tú sabes mucho de chistes —comentó el senador, al tiempo que se levantaba de la silla—. Todo el mundo sabe que no eres más que un perdedor, un don nadie. ¿Qué has logrado en la vida? Joderlo todo, por lo que yo sé.

—Que te den por el culo —replicó Flynn, y también se puso en pie de un brinco—. Jesús, Ham, mentiste durante toda la universidad, y me da la sensación de que has hecho lo mismo durante toda tu supuesta carrera política. Oh, sí, éste es el verdadero chiste: un día intentarás presentarte a la presidencia. Y una mierda, sabrán lo que eres mucho antes de eso.

—¿Sabes una cosa? —dijo Hammond, arrastrando las palabras—. Cuando abres la boca, sólo sale basura.

—Eh —dijo Flynn, y entornó los ojos—. Hablando de basura, no creas que no sé lo que hiciste entonces. Pero supongo que no podías conquistarla de otra forma, ¿eh? Tuviste que engañar y mentir. Por suerte, eres un experto en eso, de manera que ningún problema.

—No tengo ni idea de qué estás hablando.

—Claro que sí. Las fotos, capullo. Las fotos manipuladas que nos enviaste a los dos para que rompiéramos. Bien, ahora ella lo sabe todo, de modo que estás jodido.

Hammond apretó la boca hasta convertirla en una raya fina, con el rostro congestionado.

—Lo que hice fue para protegerla —replicó airado—. Y déjame decirte algo, maldito hijo de puta: la verdad es que ella nunca te quiso, y, maldita sea, nunca te querrá.

Xuan se puso en pie en toda su corta estatura.

—¡Basta! —gritó con severidad—. Flynn, es hora de acostarse. Vámonos.

—Sí, tienes razón —dijo Hammond en tono despectivo—. Huye con tu culito chino. Apuesto a que te la chupa como una verdadera profesional.

Antes de que nadie pudiera detenerle, Flynn echó el puño hacia atrás y golpeó al político en plena cara.

Hammond se desplomó como un saco.

Aleksandr estaba muy serio. Se levantó de repente.

—Vamos —ordenó a Bianca, mientras Kyril aparecía como por arte de magia e interponía su corpachón entre Flynn y Hammond—. Es hora de concluir la velada.

58

La banda de piratas somalíes de Cruz era un grupo de salvajes de aspecto desaliñado, a las órdenes del líder de su clan, Amiin, el único de ellos que hablaba inglés. Amiin recibía las órdenes de Cruz, y mandaba a sus hombres de manera acorde. Era una pandilla variopinta de inadaptados, quienes gracias a la piratería se habían hecho más ricos de lo que jamás habían imaginado. La mitad habían sido pescadores que habían abrazado con celo su nueva profesión, y no albergaban el menor temor a la hora de abordar un barco en alta mar, listo para ser desvalijado. Los frutos de sus esfuerzos eran numerosos, y les deparaban muchos lujos que nunca habían pensado disfrutar en su vida. Mientras contaran con *khat** para masticar y su formidable suministro de armas, estaban dispuestos a enfrentarse a lo que fuera.

Desde hacía unos cuantos días disfrutaban de la buena vida mientras esperaban instrucciones de Amiin, quien a su vez esperaba que Cruz le ladrara sus órdenes.

Unas cuantas putas bien elegidas les habían entretenido en Acapulco. Ahora, en los aposentos de invitados de la villa alquilada, estaban empezando a sentirse inquietos, y la mayoría ya tenían ganas de volver a casa con su familia.

Eran ocho, incluido Amiin, de edades comprendidas entre dieciocho años el más joven (Cashoo, sobrino de Amiin) y un

---

* Planta que posee un poderoso efecto estimulante cuando se mastica. *(N. del T.)*

hombre larguirucho de edad indefinida, Basra, de piel color caoba, ojos hundidos, rastas desaliñadas y muy pocos dientes.

Había que cuidarse de Basra. No tenía escrúpulos en matar si alguien se interponía en su camino. Lo había hecho dos veces, aunque Amiin le había informado de que era mejor para ellos no dejar un rastro de cadáveres.

A Basra le daba igual. Era un arma letal. Era mejor llevarse bien con él.

Cashoo había estado trabajando con Amiin desde los catorce años, y había hecho gala de una audacia que le había convertido en un miembro útil de la banda. Era alto y delgado, de piel color moca claro, vello facial desordenado, pómulos altos y labios delgados. El pasatiempo favorito de Cashoo era el sexo. Ya tenía varias novias en su país, pero nunca se sentía saciado.

En cuanto Ina llegó a la villa, la libido de Cashoo se descontroló. Amiin vio la mirada lasciva en los ojos de su joven sobrino y le advirtió con severidad de que ni tan sólo mirara en dirección a la mujer, puesto que pertenecía al Gran Jefe, y por lo tanto era intocable.

Una advertencia que no amilanó a Cashoo. Nunca había visto a una mujer como Ina, y estaba fascinado por completo.

Los piratas estaban confinados en la casa de invitados de la propiedad, aunque se ocupaban del abastecimiento de combustible de sus lanchas motoras, así como de cargar provisiones y armas en vistas al ataque contra el *Bianca*.

En cuanto Ina llegó, se acomodó junto a la piscina con un bikini naranja estampado que apenas cubría sus considerables encantos, los cuales eran muy considerables, teniendo en cuenta los ocho kilos que había ganado desde que fuera nombrada Miss México.

Cashoo la miraba con lascivia desde lejos.

Ina le dedicó una mirada coqueta.

Cruz reparó en lo que estaba pasando y ordenó a su hermana que entrara en la casa ipso facto.

—¿Desde cuándo eres tú mi jefe? —preguntó ella, con un brillo acerado en sus ojos excesivamente pintados—. No puedes darme órdenes como si fuera la mocosa de tu hija.

No existía amor entre Ina y la hija de Cruz, Mercedes. Ina estaba celosa de que Mercedes trabajara con su padre, mientras a ella, que era su hermana, nunca se lo habían pedido. Además, Mercedes era más joven y bonita, y Cruz le pagaba mucho dinero por no hacer nada, en su opinión.

—Si me causas problemas, te daré una patada en tu gordo culo —le advirtió Cruz.

—¿Qué problemas? —preguntó Ina con inocencia—. Tú eres el que causa problemas.

Sabía que los hombres que trabajaban para Cruz la estaban mirando con lujuria en sus corazones, y a ella le encantaba llamar la atención.

Entretanto, Sergei estaba muy ocupado. Porque durante los últimos días había ido madurando una decisión, y ahora que casi había llegado el momento del ataque, tenía que tomarla. Secuestrar el *Bianca* para pedir rescate era el movimiento número uno. Sin embargo, ¿sería castigo suficiente para el hijo de puta que había asesinado a su hermano? El dinero no le devolvería a Boris. Además, ¿qué significaba el dinero para Aleksandr Kasianenko? El hombre era más rico que Dios.

De modo que Sergei había urdido un plan para rentabilizar todavía más el secuestro. Secuestrarían el *Bianca* para pedir rescate, desde luego, y en cuanto pagaran el dinero y la banda de Cruz devolviera el barco y los pasajeros, las autoridades descubrirían que el pasajero principal ya no estaba a bordo.

Sergei estaba convencido de que secuestrar a Aleksandr Kasianenko era la única manera verdadera de vengarse.

59

La comidilla del desayuno fue la pelea de la noche anterior. La noticia no tardó en propagarse, y cuando amaneció, todo el mundo se había enterado ya.

Bianca se enfadó un poco. Ya había advertido a Luca que no quería dramas durante el viaje, y ahora tenía que pasar aquello.

—Has de hacer algo —había informado a Aleksandr en cuanto volvieron a su camarote—. No podemos permitir que una estúpida discusión eche a perder el viaje.

—Lo comprendo —la tranquilizó él—. Yo me encargaré.

Había amanecido y todo el mundo trataba de descubrir qué estaba pasando. ¿Por qué Hammond y Flynn eran enemigos acérrimos? ¿Y cuál era la mujer de la que había hablado el senador?

Bianca acorraló a Luca y le hizo un relato pormenorizado de los hechos.

El cantante pidió más detalles. Ella aportó lo que sabía.

Taye lamentaba haberse perdido la pelea, al menos el puñetazo. Ashley no, porque detestaba cualquier tipo de violencia.

Jeromy se sintió aliviado de que otra cosa estuviera acaparando la atención. Luca y él todavía tenían que «hablar». Hasta el momento había logrado evitarlo.

La noche anterior Hammond se había retirado a su camarote con un ojo morado, y descubrió que Sierra estaba durmiendo. No habían hablado desde su anterior enfrentamiento, y cuando despertó por la mañana, ella ya había salido.

Xuan había intentado calmar a Flynn, pero no fue posible porque estaba muy furioso. Había dormido muy mal en el sofá, y por la mañana se había ido directamente al gimnasio, en un esfuerzo inútil por calmar su ira. Se quedó hasta que apareció Guy para informarle de que el señor Kasianenko deseaba verle.

Guy disfrutaba cada minuto de esos tejemanejes. Un día, cuando escribiera el libro en que lo revelaría todo, este capítulo sería estupendo. Sí, podría ir a continuación del capítulo sobre el magnate de la indumentaria que un año alquiló un yate de lujo, lo llenó de putas, y se deshizo de ellas por los pelos el mismo día que llegaban su esposa y sus hijos. Aquel día, la tripulación había tenido que correr.

Ay, queridos recuerdos de la vida en el mar…

—Nos perdimos lo bueno —dijo Lori a Cliff mientras desayunaban.

Él le dedicó una sonrisa, dientes blancos de estrella de cine en todo su esplendor.

—Tal vez hayamos tenido suerte, querida. No me habría gustado estar en medio.

—Exacto —coreó Ashley, mientras se servía huevos revueltos—. Me alegro de no haber estado presente. No soporto ver pelear a los hombres.

—Ni yo —dijo Lori, mientras mordía su tostada.

—¿Alguien sabe qué ha pasado? —preguntó Ashley, curiosa por conocer los detalles.

Jeromy se encogió de hombros.

—De lo más infantil, si quieres saber mi opinión. Además de una falta de respeto a nuestro anfitrión.

—¿Y qué me dices de la anfitriona? —preguntó Bianca, mientras llegaba a la mesa seguida de Luca.

—También me refería a ti, por supuesto —dijo Jeromy, mientras se preguntaba dónde demonios habían estado. No le gustaba que Luca desapareciera con Bianca. ¿Hablarían de él a sus espaldas? Esperaba que no.

—Me alegro mucho de que no haya *paparazzi* —comentó Cliff, y cogió el zumo de naranja—. Porque en caso contrario, todo habría sido culpa mía. Saldría en TMZ, con groseros comentarios de Harvey.*

—Y si fuera la maldita prensa inglesa, yo sería el que saldría malparado —intervino Taye, reclamando su derecho a la fama—. Denigrarme es un deporte nacional.

—Ambos os equivocáis —dijo Bianca en tono majestuoso—. Ya estoy viendo los titulares: TOP MODEL PROVOCA UNA PELEA ENTRE OLIGARCA RUSO Y SENADOR NORTEAMERICANO. Yo siempre me llevo la culpa.

—Aleksandr no estuvo implicado, ¿verdad? —preguntó Ashley en tono inocente.

—Da igual —replicó la modelo, al tiempo que se echaba hacia atrás el largo pelo oscuro—. Sólo quieren titulares para vender el reportaje. Créeme, nada les gusta más que sacar mi foto en portada. Preferiblemente en bikini.

—Tiene razón —corroboró Luca.

—¡Qué infantil es todo esto! —comentó Jeromy.

Mercedes les escuchaba mientras revoloteaba cerca de la mesa, preparada para servirles. Ya había descubierto qué había sucedido. El día anterior había escuchado la conversación de Flynn con la esposa del senador. Bien, no hacía falta ser un genio para darse cuenta de que ahí había una historia. El senador sentía rencor por el periodista porque imaginaba que el tipo tenía ganas de follarse a su mujer. Era sencillo, sólo que estos *cabrones* no lo pillaban. Eran demasiado egocéntricos.

---

* Harvey Levien es el director de TMZ, la web estadounidense dedicada a las noticias sobre los famosos. *(N. del T.)*

Anoche, ya tarde, había enviado a Cruz su último informe. Él necesitaba saber si ella pensaba que alguno de los invitados opondría resistencia. Por lo que ella sabía, el periodista era el único que tenía pelotas, y ya había comprobado que no llevaba armas. Los demás, pan comido. Aunque había descubierto que Aleksandr guardaba una pistola cargada en el cajón de la mesita de noche. Y Kyril podía suponer un pequeño problema, sólo pequeño, porque Mercedes sabía cómo encargarse de él cuando llegara el momento.

Después de la cena de la noche anterior, había llevado al guardaspaldas un tazón de chocolate caliente. Había intuido que le gustaría.

Acertó de nuevo. El hombretón se lo había bebido, después se secó los labios y le informó de que estaba bueno. A continuación, sus ojos diminutos habían inspeccionado de nuevo su escote, y ella supo que iba bien encaminada.

Chocolate caliente y una pequeña exhibición de tetas. Tenía controlado a Kyril.

—Hola —saludó Flynn, cuando entró en la terraza privada del camarote de Aleksandr—. Bonito alojamiento.

El muntimillonario bajó el fajo de papeles que estaba leyendo y miró al periodista con un cabeceo.

—No te culpo por lo de anoche —dijo en tono malhumorado—. Pero tampoco puedo aprobar lo que hiciste.

A Flynn le importaba un bledo lo que Aleksandr pensara. De no haber sido por Sierra, se habría ido del yate lo antes posible. Pero no, no estaba dispuesto a salir de su vida otra vez, al menos hasta que supiera cuáles eran sus intenciones.

—En Rusia brindamos con vodka para hacer las paces —continuó Aleksandr—. ¿Es eso posible?

—Claro —dijo Flynn. Las palabras de Hammond todavía

resonaban en sus oídos. *Ella nunca te quiso, y nunca lo hará.* Vaya pedazo de mierda.

Aleksandr llamó a Guy por el intercomunicador.

—Trae vodka y ve a buscar al senador —ordenó—. Ya.

Como de costumbre, Guy se levantó de un salto. Las actividades de la noche anterior habían roto la monotonía de la vida en un yate. Un poco de diversión siempre era bienvenida. A veces, las cosas funcionaban con excesiva normalidad.

Diez minutos después, Hammond apareció con gafas de sol y el ceño fruncido.

—Olvidaremos esta tontería —afirmó Aleksandr, mientras Guy repartía vasos de chupito llenos de vodka—. Brindemos por la paz y la armonía.

Flynn se echó el trago al coleto, al igual que Hammond. Apenas se miraron. El odio flotaba en el aire.

Aleksandr cabeceó.

—Hoy es el día de los deportes acuáticos —dijo, y se puso en pie—. Vamos, caballeros, tenemos muchos juguetes para entretenernos.

El día transcurrió entre un frenesí de actividades: carreras de motos acuáticas, esquí y la exploración de las aguas de un azul cristalino del mar de Cortés.

Todo el mundo se dedicó a divertirse, salvo Jeromy, el cual afirmó que su piel inglesa era demasiado delicada para exponerla a los elementos.

—Venga, tío —le animó Taye cuando subió a bordo después de su tercera carrera en una moto acuática—. No sabes lo que te estás perdiendo. Es fantástico.

Jeromy puso los ojos en blanco, con el fin de indicar su falta de entusiasmo.

—Oh, creo que sí sé lo que me estoy perdiendo —replicó,

con una sonrisa de suficiencia—. Quemaduras de primer grado y músculos doloridos.

—Aguafiestas —sentenció el futbolista, y se encogió de hombros.

Luca fue el siguiente en subir a bordo, bronceado y hermoso como de costumbre.

—¿Otra carrera? —preguntó a la estrella del balompié, y se sacudió gotas de agua de su mata de pelo rubio.

—Allá voy —contestó Taye, siempre a punto para un desafío.

Jeromy miró a aquellos dos viriles especímenes parados ante él. Ambos estaban en perfecta forma. El futbolista, con su reluciente piel negra y músculos definidos. Luca, tan devorable con su ceñido bañador, que no dejaba nada a la imaginación.

El interiorista inglés se sintió excitado. El sexo anónimo aleatorio era tan necesario para él como una comida completa, y por lo general, en tierra, elegiría a alguien que le satisficiera. Ahora, estaba atrapado en un yate, de manera que ¿dónde podría encontrar la satisfacción temporal que anhelaba?

La respuesta le llegó al instante. Guy. El director de actividades de ocio. Era gay, ¿verdad? Estaba allí para complacerlos, ¿no?

Las mujeres estaban arrellanadas en un gigantesco colchón inflable con sombrilla que se mecía en el mar. Albergaba a cuatro personas: Lori, Bianca, Sierra y Ashley, que se habían instalado a sus anchas. Flynn y Cliff buceaban, mientras Hammond estaba en la piscina, sentado con Aleksandr y Xuan.

Jeromy aprovechó que todo el mundo estaba ocupado y abordó a Guy.

—Haga el favor de acompañarme a mi camarote —dijo—. Quiero enseñarle algo.

—¿Debo llamar a la señora de la limpieza? —preguntó el asutraliano, mientras se preguntaba qué pasaría.

—No, no, es algo que ha de ver usted antes —explicó Jeromy, al tiempo que se alisaba su camisa de hilo beis Tom Ford.

—Muy bien —dijo Guy, y bajó la escalera con el estirado inglés hasta el camarote que compartía con Luca.

En cuanto estuvieron en la habitación, Jeromy se volvió a toda prisa, cerró la puerta de golpe y se plantó delante de ella.

—¿En qué puedo ayudarle? —inquirió el director, que imaginaba quejas acerca de la limpieza o la escasez de toallas, lo cual, en realidad, no era su problema.

—Puede ayudarme con... esto —dijo Jeromy, al tiempo que se bajaba la cremallera de los pantalones cortos sin dejar de bloquear la puerta.

Guy echó un vistazo y se quedó horrorizado al instante. Un invitado exhibicionista era lo último que esperaba.

Jeromy se sacó el pene, una larga y delgada arma de destrucción.

—Chúpala —ordenó—. Sabes hacerlo, ¿no?

Guy se encogió. El sexo oral no entraba en la descripción de su trabajo. La indecorosa petición era inesperada y degradante. Estaba conmocionado.

—Yo... Lo sien-sien-to —tartamudeó, casi sin habla—. No... puedo...

—No lo sientas —replicó con rudeza Jeromy, mientras continuaba bloqueando la puerta—. Hazlo, querido muchacho. Estás mirando una polla. Ya has visto otras antes, ¿verdad?

—No puedo...

—Oh, sí, mi querido muchacho, ya lo creo que puedes —dijo Jeromy, necesitado de una liberación urgente—. Porque si valoras en algo tu trabajo, lo harás, y lo harás enseguida. O quizá prefieras que le diga al señor Kasianenko que has tratado de ligar conmigo, y entonces veremos qué hace al respecto. Mi instinto me dice que te despedirá, y estoy seguro de que sabes que tengo razón.

Sí, Guy lo sabía. Se puso de rodillas a regañadientes y llevó a cabo lo que el inglés le pedía.

A veces, un hombre no tenía otro remedio que anteponer su trabajo a todo.

—Dime la verdad —suspiró Bianca, mientras introducía con languidez la mano en el mar azul en calma—. ¿No es Aleksandr el hombre más sexy del mundo?

No, estuvo tentada de decir Lori. *Cliff posee ese título, cortesía de la revista* People.

—Es muy sexy —gorjeó Ashley, con el pelo rubio amontonado sobre la cabeza, mientras los pechos pugnaban por permanecer ocultos bajo los confines de su minúsculo top—. Pero también lo es mi Taye.

—Tienes razón en eso —admitió Bianca, pensando en su única noche con el futbolista y saboreando el lejano recuerdo—. Taye es un bombón. Yo en tu lugar me pegaría a él.

—Ya lo he hecho —dijo Ashley con una risita estúpida—. Mi marido está loco por mí, por si no te habías dado cuenta.

—Oh, sí, me he dado cuenta. Va por el mundo con una erección permanente, ¿o sólo es su paquete normal?

Ashley se ruborizó un momento.

—Soy una chica afortunada, ¿verdad? —dijo, y volvió a reír.

—Desde luego —dijo Bianca, y se volvió hacia Lori—. ¿Y tú? ¿Estás más cerca de enganchar a Cliff?

Oh, maldita sea. Otra vez no. ¿Por qué todo el mundo la interrogaba sobre las intenciones de Cliff?

—¿No te lo he dicho ya? Soy demasiado joven para casarme —replicó Lori, que se había decantado por el enfoque frívolo.

—Una chica nunca es demasiado joven para pescar al tío que quiere —aconsejó Bianca—. Si te lo pregunta, has de responder que sí.

—Lo recordaré —dijo Lori, mientras la modelo desviaba su atención a Sierra.

—¿Desde cuándo estáis casados tú y Hammond? —preguntó a la esposa del senador.

Sierra estaba tumbada, disfrutando del sol, mientras intentaba no pensar en la inevitable confrontación con Hammond, que aún no se había producido. Se había enterado del altercado de la noche anterior entre su marido y Flynn. Sin detalles, sólo algo acerca de que Hammond había insultado a todos los periodistas y Flynn le había propinado un puñetazo.

Ojalá pudiera hablar con él, averiguar qué había sucedido exactamente, pero no podía hacerlo. Los dos hombres ya habían iniciado las hostilidades. No era necesario añadir más combustible al fuego, penso.

—Unos cuantos años —contestó con vaguedad.

—Debe de ser muy emocionante estar casada con un senador —dijo entusiasmada Ashley—. Y encima atractivo.

Y salido, no lo olvides, estuvo a punto de añadir Lori, pero una vez más se contuvo.

—Sí —dijo Sierra en voz baja—. Implica mucho trabajo. Recaudación de fondos, interminables ceremonias, mucho paripé. Puede llegar a ser agotador.

—Y muchos beneficios, supongo —dijo Bianca, pensando que, si alguna vez Sierra llegaba a ser primera dama, no le importaría ser amiga suya. Una noche en la Casa Blanca podría ser divertido—. Y todos los diseñadores te ofrecerán descuentos increíbles, ¿verdad?

—Y conoces al presidente, ¿verdad? —dijo Lori, algo admirada.

—Taye y yo hemos coincidido con el primer ministro inglés un par de veces —intervino Ashley—. También hemos ido a tomar el té al palacio de Buckingham. El príncipe Guillermo es un gran admirador de mi marido, acude a todos sus partidos importantes.

—¿Fuisteis a tomar el té? —preguntó Lori con curiosidad.

—Es una costumbre inglesa —explicó Ashley—. Todo el mundo con sombreros estrafalarios, y té y galletas en los jardines de palacio.

—¡Caramba! —exclamó la chica—. Suena elegante.

—Oh, lo es —se jactó Ashley—. Sólo invitan a gente especial.

Sierra pensó que había llegado el momento de marcharse. Bajó con sigilo del colchón inflable y se adentró en las aguas azules. Al cabo de unos momentos, nadó hasta el costado del yate, donde un marinero la ayudó a subir a bordo.

Y allí estaba Flynn, sentado en un banco con Cliff. Los dos acababan de terminar de bucear.

—¿Qué tal ha ido? —preguntó.

—Increíble —contestó el actor—. No te lo puedes perder. Nunca había visto un paisaje submarino semejante. Es como el país de las maravillas.

Los ojos de Sierra se encontraron con los del periodista: establecieron una conexión al rojo vivo.

Flynn apartó la vista, mientras se levantaba para coger una toalla.

—¿Le gustaría probar, señora Patterson? —preguntó un marinero.

—¿Por qué no? —dijo ella en voz baja.

—Puedo acompañarla —se ofreció el voluntarioso marinero, al tiempo que le entregaba el tubo, las gafas y las aletas.

—Tranquilo —intervino enseguida Flynn—. Creo que voy a volver a zambullirme.

—Te va a encantar, Sierra —la animó Cliff.

—Estoy segura —murmuró la mujer.

—Os acompañaría, pero voy a buscar a Lori —dijo el actor—. Se lo pasará de miedo.

Sierra apenas le oyó, porque Flynn la estaba mirando de nuevo, y esta vez sostuvo la mirada.

Sus ojos no se separaron, y durante aquellos escasos segundos supo que todo estaba a punto de cambiar.

Todavía le amaba, de ello no le cabía la menor duda.

60

Eddie March estaba furioso porque Hammond no había contestado a su llamada. Estaba lidiando con una crisis importante, y el senador no podía tomarse la molestia de descolgar un teléfono por satélite, o lo que hubiera en el yate de tan ocupado que estaba.

La familia Byrne se estaba poniendo cada vez más nerviosa, y para colmo, la hija ilegítima de quince años de Hammond, Radical, había sido expulsada de su internado suizo e iba camino de Nueva York.

Radical era una pesadilla, y Eddie no estaba de humor para enfrentarse a ella también.

Con los Byrne ya tenía bastante. Impedir que acudieran a los medios de comunicación se estaba poniendo cada vez más difícil. Incluso les había ofrecido dinero hasta poder aclarar la situación.

—No queremos dinero —le había informado Martin Byrne con una mirada glacial—. Queremos escuchar la versión del senador.

Llamó al yate de nuevo, y esta vez le dijeron que el senador estaba ilocalizable.

—¿Por qué está ilocalizable? —preguntó Eddie.

—Está buceando —replicó el primer oficial—. Me encargaré de transmitirle su mensaje, no se preocupe.

¡Buceando! Mientras él, Eddie March, estaba limpiando la mierda. No era justo. Si no le llamaba pronto, les diría a los Byrne que hicieran lo que les diera la gana.

Hammond había creado el lío, y era él quien debía solucionarlo.

61

El paraíso submarino era tan apacible que Sierra se olvidó de todo y se dejó envolver por el despliegue de vida marina. Estaba concentrada en los maravillosos colores y las formas increíbles de los numerosos peces, aunque era muy consciente de la compañía de Flynn, lo cual conseguía que todo fuera perfecto.

Cuando por fin emergieron, él cogió su mano, y cuando se tocaron, la electricidad que se transmitió entre ellos fue asombrosa.

—¿Estás bien? —preguntó él, con la esperanza de que Sierra se sincerara.

—Lo estaré —contestó ella en voz baja.

—Hemos de hablar más.

—Lo sé —murmuró. Estar cerca de él era maravilloso.

Otra mirada intensa.

El hechizo se rompió cuando Cliff saltó al agua con Lori, y los dos nadaron hacia ellos.

—¡La encontré! —graznó el actor—. Voy a enseñarle las maravillas que hay abajo.

—¡Una vez más, jactándote de las joyas de tu corona! —intervino Lori, nadando a su lado, el pelo rojo amontonado sobre su cabeza.

—Una chica divertida —replicó Cliff, y ambos intercambiaron una sonrisa de afecto.

Lori estaba muy contenta. Las cosas iban a mejor.

Sierra se alejó del grupo y nadó hacia el yate. Ya no podía aguantar más a Hammond. Había llegado el momento de decidir cómo iban a manejar la situación. Se acabaron las amenazas. Se acabó ser cobarde. Con o sin Flynn, había tomado la decisión de que, en cuanto terminara el viaje, se liberaría de Hammond para siempre.

—Le pedí a Flynn que hiciera el favor de rogarle a su novia que dejara de pedirte dinero —dijo Bianca, acurrucada contra Aleksandr, tumbados al lado de su piscina privada. Era después de comer, y habían dejado a los invitados a su aire.

Aleksandr la apartó y se incorporó.

—¿Que has hecho qué? —preguntó, mientras enarcaba sus pobladas cejas. Bianca se estaba entrometiendo en algo que no le concernía, y eso le irritaba.

—Sólo le pedí que le dijera a Xuan que dejara de molestarte —contestó ella—. Ya era demasiado.

—¿Demasiado para quién? —preguntó Aleksandr en tono brusco.

—Bien, pues para mí —respondió Bianca, al tiempo que entornaba sus ojos verdes—. Se suponía que este viaje era para estar juntos, y cada vez que me vuelvo, la señorita Vehemencia te está dando la paliza en busca de dinero para alguna de sus preciadas causas. No puedo soportarlo.

—No tendrías que haber hecho eso —dijo Aleksandr con semblante sombrío—. No debes decidir tú con quién hablo, o de lo que hablo.

Bianca frunció el ceño.

—¿Perdón? —inquirió con altivez. *¿Era posible que Aleksandr la estuviera regañando?*

—Ya me has oído —replicó el multimillonario. Se levantó y entró en el camarote.

Bianca se puso en pie furiosa y le siguió.

—¿Qué hay entre tú y esa chica? —preguntó—. ¿Te la quieres follar? Porque en ese caso, dímelo y me lo montaré con Flynn. Está para comérselo, por si no te habías dado cuenta.

Aleksandr la miró de arriba abajo, con ojos fríos y desaprobadores.

—¿Qué te pasa? —le espetó por fin—. ¿Eres tan insegura que, porque hablo con otra mujer, crees que quiero estar con ella? ¿Qué tontería es ésa? Hago lo que me da la gana, Bianca, no lo olvides nunca.

La *top model* frunció el ceño. Su plan de conseguir que Xuan dejara en paz a Aleksandr había fracasado miserablemente.

Luca y Taye decidieron organizar una competición de esquí acuático. Por la tarde, reunieron a los que deseaban participar.

—Tíos contra tías —sugirió el cantante con una sonrisa maliciosa—. ¿Dónde está Bianca?

—Aquí —dijo ella, y se reunió con ambos. No estaba dispuesta a pasar la tarde con Aleksandr. Ya era hora de que se diera cuenta de que no podía hablarle de una forma tan despectiva. La había llamado insegura, y eso no le gustaba. *Insegura, ¿eh? Que le den.*

—Tú puedes ser la capitana del equipo de chicas —dijo Luca a Bianca—. Taye, ¿quieres ser el otro capitán?

—¿Me estás tomando el pelo? —El futbolista se pasó la mano por su cráneo afeitado—. Por supuesto, así que preparaos, porque os voy a dar una paliza.

Al cabo de poco, la tripulación había reunido una flota de Jet Skies. Los participantes se marcharon.

Lori se enfrentó a Ashley, y ante su sorpresa ganó. Después, Bianca compitió con Xuan..., y Xuan la venció, para irritación de la modelo.

Después llegó el turno de los chicos. Luca y Cliff compitieron, y el ganador fue Luca. Después les tocó el turno a Flynn y a Taye, una dura batalla, hasta que el periodista salió triunfante.

Todo el mundo se entregó a la diversión, salvo Aleksandr, que no estaba presente. Jeromy, que contemplaba las evoluciones algo alejado, parecía muy aburrido, y los Patterson no hicieron acto de presencia.

Guy contribuyó a que todo funcionara sin problemas, aunque se sentía humillado hasta lo más hondo. Al menos, conservaba su trabajo, pero no gracias a Jeromy Milton-Gold.

Ni siquiera era capaz de mirar en dirección al inglés. Le odiaba ferozmente, y estaba empezando a pensar en cómo podría vengarse. Tenía que haber un modo.

La última carrera fue entre Luca y Xuan. Cuando ésta perdió, Bianca apenas pudo disimular su satisfacción.

Es una zorra.

La *top model* sonrió complacida.

El momento del ajuste de cuentas estaba cercano. Sierra era muy consciente de que tendría lugar pronto, y no pensaba evitarlo. En cierto sentido perverso, hasta lo estaba anhelando. Plantar cara a Hammond era algo que habría debido hacer mucho tiempo antes. Había mentido y la había engañado para introducirse en su vida, había perdido el hijo de Flynn por su culpa, y la había mantenido prisionera con sus espantosas amenazas contra ella y su familia. Bien, se acabó. Todo había terminado, y por fin estaba dispuesta a liberarse.

Se encontraron en su camarote. Ella había ido directamente allí después de su aventura submarina. Tomó una ducha, se vistió y esperó a que él apareciera.

Hammond entró con gafas de sol, que se quitó al instante para exhibir un ojo a la funerala.

—Esto es por tu culpa —dijo en tono acusador—. Esto es lo que me hizo el pedazo de mierda de tu novio sin motivo alguno.

—No es mi novio —replicó ella—. Y estoy segura de que le diste muy buenos motivos.

—Eso crees, ¿eh? —resopló Hammond.

—Tengo entendido que los dos habíais bebido.

—¿Quién te ha dicho eso? —replicó el senador en tono agrio—. ¿Tu novio vino corriendo a decírtelo?

—No, Hammond, no lo hizo —contestó ella, decidida a resistir—. Y te agradecería que fueras capaz de sostener una conversación adulta por una vez.

—Adelante —dijo él con frialdad—. Di lo que tengas que decir.

Ella respiró hondo y fue al grano.

—Estoy segura de que sabes lo desdichada que soy, y de que lo mejor sería separarnos, de manera que he tomado la decisión. Me quedaré contigo durante el resto del viaje, presentando un frente unido para no avergonzarte. Y cuando este viaje haya terminado..., nosotros también. —Tragó saliva—. Quiero el divorcio, Hammond. Hablo en serio.

—¿De veras? —preguntó él, con una calma sorprendente.

—Escucha —continuó ella atropelladamente—, comprendo que eso tendrá implicaciones políticas para ti, aunque no significará el fin de tu carrera. Son cosas que pasan. El divorcio es frecuente entre los políticos...

—¡Zorra estúpida y sosa! —estalló Hammond, con voz preñada de maldad—. Dios todopoderoso, sabía que eras imbécil, pero te has superado con lo que acabas de decir. ¿No entiendes que eso no es posible? Repito: el divorcio no es posible. —Su voz se alzó en un grito—. Un día voy a ser el puto presidente de Estados Unidos, y tú, mi querida esposa, estarás a mi lado. De lo contrario...

—¿De lo contrario qué? —preguntó ella con valentía, sin ceder terreno, intentando no volver a ser la Sierra débil de voluntad que había aguantado amenazas y bravatas durante demasiados años.

—De lo contrario —replicó Hammond en tono ominoso—, morirás. Y también tu puto novio.

Mercedes, que escuchaba detrás de la puerta, sintió un escalofrío de entusiasmo. Drama en alta mar. Sólo que este drama no era nada en comparación con el que se avecinaba. No sabían lo que se les venía encima.

Guy la había enviado para que entregara un mensaje al senador Patterson acerca de alguien que intentaba ponerse en contacto con él por teléfono vía satélite. El australiano estaba de un humor de perros, ladraba órdenes como si fuera el capitán. *Idiota*. Nunca sería capitán, no tenía cojones. Además, era gay, ¿y cuántos gays llegaban a capitán?

No debía ser un buen momento para interrumpir a los Patterson. De todos modos, llamó con los nudillos a la puerta. Le importaba un pimiento que el *imbécil* estuviera amenazando a su esposa con asesinarla. Era probable que la muy *puta* se lo mereciera, después de ver cómo se echaba encima del periodista, o al menos eso parecía.

Hammond abrió la puerta.

—¿Qué? —preguntó con brusquedad.

Mercedes miró el ojo amoratado, le entregó el mensaje pulcramente mecanografiado y preguntó si querría acompañarle a la sala de comunicaciones.

El hombre apenas echó un vistazo al mensaje, gritó «¡No!», y le cerró la puerta en las narices.

Qué cabrón, pensó Mercedes, y compadeció a la esposa, que parecía una mujer muy simpática, al contrario que las demás *putas* del barco, que actuaban todas como si fueran mejor que los demás, sobre todo la rubia de las grandes tetas y el marido negro cachas.

Otro macizo. Si no estuviera trabajando, habría podido ser

un viaje de miedo. Sin embargo, el trabajo era lo primero. Y al concluir este viaje tan particular, iba a poner sus codiciosas manos encima de todo cuanto le apeteciera.

Dinero y joyas. Lo consideraría su gratificación.

62

En cualquier barco, por más lujoso que sea, se traban amistades, abundan los chismorreos, y nadie piensa en el mundo real. La idea de Aleksandr de animar a todo el mundo a prescindir de sus iPhones, BlackBerrys, iPads y ordenadores durante una deliciosa semana ininterrumpida de vagancia cuajó. En caso de emergencias, siempre quedaba la comunicación vía satélite.

Unas vacaciones verdaderas han de aportar relajación, y Aleksandr esperaba que sus invitados se olvidaran de sus existencias cotidianas.

Se lo estaba pasando muy bien. El sexo con Bianca era espectacular, aunque le irritaban sus críticas a Xuan. Sus conversaciones con la mujer asiática eran interesantes, y en cierto modo suponían un reto, y a pesar de las protestas de Bianca no albergaba la menor intención de renunciar a ellas. Debía reconocer que Flynn no sólo había encontrado una mujer atractiva, sino también inteligente. Y lo que más le impresionaba era que Xuan no se sentía intimidada por él, en absoluto.

De no haber sido por Bianca, Aleksandr era consciente de que habría alimentado otras intenciones respecto a la periodista. Intenciones sexuales. Sin embargo, estaba comprometido con Bianca, de modo que había relegado todas las fantasías sexuales relacionadas con Xuan al fondo de su cerebro. Además, la chica estaba con Flynn, y jamás faltaría al respeto a un hombre como él, al que consideraba un amigo de verdad.

Le molestaba que el senador Patterson se hubiera portado tan mal la noche anterior. El hombre se había merecido el puñetazo. Aleksandr se había sentido complacido al ver que le ponían un ojo morado, pues ya había decidido que no le caía bien. Hammond exhibía una faceta externa agradable y obsequiosa, bajo la cual ocultaba una personalidad muy diferente.

Siempre había pensado que sabía juzgar bien a las personas, y no confiaba en Hammond. Decidió que seguiría su evolución política y después actuaría en consonancia cuando llegara la inevitable petición de que donara dinero para apoyar su campaña.

Sí, sabía que ese día llegaría inevitablemente.

Después de la carrera, Bianca se quedó con Luca y Taye junto a la piscina. No estaba dispuesta a volver corriendo al lado de Aleksandr. A veces, era impredecible y chulesco. Lo cual la cabreaba. ¡Cómo se atrevía a enfurecerse con ella! Era él quien prestaba demasiada atención a la señorita Vehemencia.

La irritaba en particular porque jamás había tratado tan bien a un hombre como trataba a Aleksandr. ¿Acaso no debería besarle su prieto culito como todos los demás?

¿Aleksandr no se daba cuenta? Ella era Bianca. Una superestrella en su especialidad. No estaba acostumbrada a que le echaran sermones, ni a que le dijeran cómo debía comportarse.

¡Maldito fuera! Y maldito fuera Flynn por haber traído a su novia asiática. Los dos no eran del mismo calibre que los demás invitados.

Bianca suspiró. Era culpa de ella, tendría que haber examinado la lista de invitados con más detenimiento. Xuan y Flynn no encajaban con el resto del grupo, aunque debía admitir que el periodista era muy sexy, con su aspecto de estrella del cine de acción, aunque no tan acicalado y perfecto como Cliff Baxter. Flynn era más crispado, una especie de Ryan Gosling desaliñado con un toque de Alex O'Loughlin, el actor que interpretaba a Steve McGarret en *Hawái 5-0*.

En otro tiempo, en otro lugar, sin duda se lo habría tirado.

Y hablando de tirarse a alguien...

Se inclinó hacia Taye, quien estaba tomando el sol, y cuya piel negra estaba absorbiendo la luz.

—Eh, sexy —dijo en un susurro seductor—. ¿Te acuerdas de cuando tú y yo nos lo montamos?

Él se incorporó, sorprendido. Oh, mierda. ¿Dónde estaba Ashley? Si llegara a sospechar que Bianca y él habían echado un polvo, se desayunaría sus huevos fritos, aunque eso hubiera sucedido mucho antes de que ambos estuvieran juntos.

—No tienes por qué preocuparte —ronroneó Bianca—. Tu mujercita está en la peluquería, poniéndose guapa para ti.

Taye respiró de nuevo.

—Habríamos tenido bebés increíbles —murmuró Bianca, divertida por jugar con él—. ¿Te imaginas lo sexy que habrían salido con nuestros genes?

—¡Jesús, Bianca! —masculló Taye, muy alarmado—. Eso fue hace años, ¿verdad? Será mejor que no se lo digas a nadie, ¿vale?

—Si te estás refiriendo a Ashley, por supuesto que no. Aunque entonces éramos libres, de modo que no debemos sentirnos culpables de nada. No estábamos engañando a nadie.

—¿Quién se siente culpable? —preguntó Taye, envalentonado—. El problema es que mi mujer es muy celosa. No para de darme el coñazo con mi primera novia, cuando yo era un crío de doce años.

Luca se incorporó en su tumbona, con una enorme sonrisa en su rostro bronceado.

—¿Por qué no me lo habías dicho? —preguntó a Bianca—. Secretitos, ¿eh?

—¡Joder! —gimió Taye.

—Mis labios están sellados —dijo Luca, sin dejar de sonreír.

—Será mejor —rezongó el futbolista.

Bianca se levantó y se zambulló en la piscina. Revelar secretos ajenos siempre conseguía que se sintiera muchísimo mejor.

¿Qué hacer ahora? Flynn no lo sabía, y eso le estaba volviendo loco. Aparte de su breve interludio submarino con Sierra (durante el cual hablar estaba descartado), no tenía ni idea de cuáles eran sus intenciones.

¿Sentía lo mismo que él?

¿Los antiguos sentimientos habían resucitado?

¿Era posible volver atrás?

No lo sabía. Dependía de ella.

Las palabras de Hammond todavía resonaban en su cabeza. *Nunca te quiso, y nunca te querrá.*

Chorradas.

Daba la impresión de que Cliff había cambiado. Lori no estaba segura de qué le había pasado, pero nunca le había visto tan afectuoso y atento.

¿Sería porque el senador había flirteado con ella de una forma tan descarada o porque estaban de vacaciones y las presiones de ser siempre el señor Estrella de Cine se habían aplacado?

No lo sabía ni le importaba, porque era un nuevo Cliff Baxter. El hombre del cual se había enamorado.

Después de los deportes acuáticos de la tarde y la espectacular inmersión submarina, Cliff la había cogido de la mano y sugerido que se retiraran a su camarote.

Ningún problema. Sabía lo que él deseaba, y estaba dispuesta a complacerle. Pero no, él no pensaba en una mamada. Pensaba en complacerla a ella.

Lori se quedó estupefacta y sorprendida, porque satisfacerla no solía estar incluido en el orden del día del actor. En lo tocante a las actividades de dormitorio, ella era la estrella.

Hoy las cosas eran diferentes. Hoy, Cliff Baxter iba en una dirección muy diferente.

Empezó a besarla en cuanto entraron en el camarote. Los besos eran de ensueño, y no tardó en quitarle el top del bikini y acariciarle los pechos, prestando especial atención a los pezones, mientras movía la boca hacia abajo.

Lori se estremeció ante aquel inesperado placer, y disfrutó de sus caricias. Al cabo de un rato, bajó la mano para acariciarle la ingle. Él apartó su mano al instante.

—Todavía no —dijo con voz ronca—. Tiéndete en la cama, nena. Quiero mirarte.

Ella obedeció, cada vez más caliente.

Cliff contempló su cuerpo de carnes prietas, cubierto únicamente por la braga del bikini.

—Nunca te había visto así —dijo él—. Tienes un cuerpo precioso.

¡Y también cumplidos! Era increíble.

Entonces, él se agachó y empezó a quitarle poco a poco la braga del bikini, hasta desnudarla por completo. A continuación, se levantó y volvió a admirarla, mientras sus ojos examinaban hasta el último centímetro de su piel.

Lori se estremeció debido a la intensidad de la experiencia. Nunca se había sentido tan desnuda, y al mismo tiempo tan excitada.

Le miró cuando él apoyó las manos sobre sus muslos y le apartó las piernas con delicadeza. Y después, hizo algo que sólo había hecho antes en una ocasión, cuando hicieron el amor por primera vez. Empezó a practicarle sexo oral.

Lori se tapó los ojos con las manos y se retorció sobre la cama.

—Estate quieta —ordenó él—. Ya sabes que te gusta, nena. Lo sabes.

¿Y a quién no? Cliff Baxter, estrella de las fantasías de un millón de mujeres, le estaba comiendo el coño, y su lengua entraba y salía de sus partes más íntimas.

Llegó enseguida un orgasmo alucinante. Y en cuanto llegó al clímax, él se quitó las bermudas, se puso encima de ella y la folló lentamente hasta que Lori se corrió de nuevo.

Nunca lo habían pasado mejor en la cama.

Empezó a sospechar que Cliff ya no pensaba en dejarla tirada.

63

Sergei gruñía como un cerdo a punto de correrse mientras se tiraba a su novia ex reina de la belleza por detrás. Ina estaba engordando. Eso no le molestaba. Le encantaba pellizcar los rollos de carne de la cintura, para después hundir en su gigantesco culo el pene, que no era tan grande como le habría gustado, aunque ¿quién necesitaba una gran polla cuando un hombre tenía montones de dinero procedente de la droga y cierta cantidad de poder?

Ina era experta en proporcionarle otras chicas para follar cuando a él le apetecía, lo cual era una ventaja, porque su esquelética novia norteamericana creía que era demasiado especial para ser compartida, y Sergei siempre había sentido debilidad por los tríos.

En los últimos tiempos estaba pensando en dar el pasaporte a Cookie. Lo único que hacía era lloriquear, quejarse de cosas sin importancia y gastar su dinero comprando zapatos y bolsos ridículamente caros.

La parte positiva era que se trataba de una chica norteamericana que había participado en una película de éxito, de forma que exhibirse con ella magnificaba su ego cuando le invitaban a grandes eventos en Ciudad de México. Destacaba sobre los demás con aquella mujer florero a su lado.

A lo largo de los años, Sergei había hecho «favores» a montones de personas importantes, incluidos políticos que ocupaban puestos clave, así como a altos cargos de la policía. A cambio, le invitaban a todas partes. Era una faceta de su vida que le gustaba mucho. Conseguía que se sintiera importante, y una Cookie de punta en blanco era la chica perfecta a su lado. Ina no lo habría logrado: demasiado descarada y golfa.

Después de finalizar la tarea, se separó y la felicitó con un par de fuertes palmadas en su generoso trasero.

—Eres una guarra —gruñó, sin mucho afecto.

—¿Perdón? —dijo ella, mientras buscaba la bata.

—Tetas grandes. Culo grande. Me gusta todo.

—Como a todo el mundo que pasa por aquí —se jactó ella, mientras atravesaba la habitación con movimientos afectados, sin saber muy bien si sentirse halagada por los supuestos cumplidos.

Los ojos de Sergei se apagaron.

—Ya te lo he advertido, y también a tu hermano. Deja de desfilar alrededor de la piscina meneando tus encantos en honor a los trabajadores.

—¿Qué tiene de malo que miren? —arguyó Ina—. Pueden mirar, pero no tocar.

Sergei la agarró por el pelo, y la mujer lanzó un grito de dolor.

—Yo miro. Yo toco —vociferó—. Tú te quedas en la puta casa cuando yo lo digo. ¿Lo pillas?

—¿Qué es esa mierda de hojas que tus chicos mastican todo el tiempo? —preguntó Sergei.

Cruz se encogió de hombros, con un cigarrillo colgando de manera precaria de su labio inferior.

—*Khat*. Es un estimulante. Les calma, les mantiene alerta y felices.

—¿Quieres que estén calmados? ¿Felices? —resopló Sergei—. Qué chorrada.

—Quiero que estén dispuestos a hacer cualquier cosa que

yo les pida —replicó Cruz, y dio una larga calada al cigarrillo, sus pequeños ojos siempre vigilantes.

Sergei asintió.

—Son hombres peligrosos, estúpidos e insensatos a más no poder —continuó Cruz, expulsando un chorro de humo—. Por eso hacen su trabajo.

—Eso espero —gruñó Sergei, y se le disparó el tic de la mejilla izquierda—. Este trabajo sale muy caro.

—Lo recuperarás con creces cuando pidamos el rescate —le tranquilizó Cruz.

—Eso espero.

—Lo que mola a mis hombres es el dinero —dijo Cruz, y dio otra larga calada al cigarrillo—. Les convierte en héroes cuando vuelven a casa con el botín.

—¿Putos héroes? —se burló Sergei.

—Eso mismo —replicó Cruz, y pisó el cigarrillo—. Y créeme, en las ciudades de mierda de donde vienen son los putos héroes, con un par de esposas guapas, un coche elegante y tantos críos como quieran tener.

—¿Tú tienes esposa? —preguntó Sergei, cuando pensó que no sabía gran cosa de la vida personal de Cruz.

—¿Quién es tan tonto como para quedarse con una sola, cuando tienes montones de putas a tu disposición? —rió Cruz—. Putas somalíes, además. —Chasqueó la lengua—. Guapas y agradecidas.

A Sergei le gustó eso, aunque sabía muy bien que arriesgabas el cuello si ibas a Somalia. Era uno de los países más peligrosos del mundo, sin ley, con un gobierno que apenas funcionaba. El secuestro de extranjeros era el deporte nacional.

—Mis hombres no tienen miedo de nada, excepto del hambre —anunció Cruz—. Por eso son tan temerarios y fuertes.

—Te gusta lo que haces, ¿verdad? —preguntó Sergei.

—Ya puedes apostar el culo —se jactó el otro—. Yo vivo

como un puto rey. Entré en el momento justo con los contactos adecuados. Soy el único extranjero en el que confían. Mientras siga logrando que ganen dinero, continuarán confiando en mí.

Sergei volvió a asentir. Lo comprendía.

64

El plan de la noche era cenar en otra isla grande, y esta vez Aleksandr esperaba que todo el mundo asistiera. Las instrucciones eran encontrarse en la cubierta, junto a los botes, a las siete de la tarde.

Bianca regresó a su camarote y no dirigió la palabra en ningún momento a Aleksandr, mientras se sentaba delante del espejo de la habitación y se trenzaba el pelo, cubierta tan sólo con un sexy tanga estampado de leopardo. Era muy consciente de que verla desnuda siempre le ponía. Tenía debilidad por sus tetas, tan pequeñas y perfectas. Ya había decidido que aquella noche no aceptaría ninguna actividad sexual, al menos hasta que él se disculpara. El sexo no estaba incluido en el menú.

Aleksandr tenía que darse cuenta de que ella no era una cara bonita más a la que pudiera chulear. Era Bianca. Era una superestrella, y sería mejor que se grabara eso en la cabeza.

El multimillonario no albergaba el menor deseo de prolongar la discusión, pero sí que estaba decidido a seguir en sus trece en lo tocante a Xuan. Bianca ya podía quedarse sentada medio desnuda delante del espejo todo el rato que quisiera, porque no pensaba tocarla hasta que aprendiera que no podía ordenarle lo que debía hacer o con quién debía hablar. Consideraba indignante la idea de que ella pensara que podía hacerlo, y no estaba dispuesto a aceptarlo. Bianca estaba demasiado mimada, y el trabajo de él consistía en meterle en la cabeza que no podía exhibir esa clase de actitud con él.

Él era el jefe, algo a lo que ella todavía tenía que acostumbrarse.

—¡Qué aventura! —exclamó Ashley, mientras se preparaba para las actividades nocturnas.

Taye asintió. Sexo con su mujer cada día era mucho más de lo que esperaba. Por él podían quedarse en el yate un par de meses más. Ningún problema.

—¿Te gustan estos pendientes? —preguntó Ashley, al tiempo que alzaba hasta los lóbulos un par de aros incrustados de diamantes.

—Me encantan —contestó Taye, pensando que todavía le gustarían más cuando la desnudara después.

Ella se puso los pendientes. Estaba muy ocupada pensando en Cliff Baxter. La excitaba de manera especial que se hubiera mostrado de lo más cordial durante la comida, y ahora estaba convencida de que le gustaba. El actor tenía lo que su madre llamaba «ojos de dormitorio», y aquellos ojos la habían recorrido de arriba abajo.

Fantaseaba sobre lo que haría si tratara de ligar con ella.

Bien, no le rechazaría, de eso estaba segura. Y en lo tocante a Taye, sería el desquite por haberse follado a la puta de la página tres.

Cuidado con lo que haces en la vida, pensó Ashley. *Porque un día puede volver y morderte el culo.*

Ah, sí, sus fantasías estaban en pleno florecimiento.

Sierra se sentía impotente mientras escuchaba a Hammond perorar sobre cómo se ocuparía de Flynn si ella osaba volver a hablar con él o mencionaba la palabra «divorcio».

—Ya sabes que puedo encargarme de que le maten como a mí me dé la gana —graznó el senador, con la frente perlada de sudor—. Despellejado vivo. Un disparo en la cabeza. Una bomba en su coche. Hasta podría concederte el placer de elegir su destino, querida esposa mía. ¿No te parece una decisión interesante de tomar?

Aquel torrente de amenazas se había prolongado un rato, y ella no sabía qué hacer. ¿Era Hammond un psicótico? ¿Había perdido la razón? ¿O era verdad que podía llevar a la práctica aquellas amenazas?

¿Era posible?

Cualquier cosa era posible. Así la había mantenido atada de pies y manos durante años. Amenazas personales contra ella. Amenazas contra su familia. Pero el nombre de Flynn nunca había entrado en la ecuación, y una vez más todo se le antojaba horriblemente real.

—¿Por qué haces esto? —musitó.

—¿Que por qué hago esto? —replicó Hammond, furioso—. ¿Por qué hago esto? —repitió, y sus facciones fofas se convirtieron en una máscara de ira—. Tú eres la que me está haciendo esto a mí. Tú eres la que está decidida a poner fin a mi carrera política.

—No —protestó ella, y tragó saliva, al tiempo que reprimía las lágrimas por sentirse tan impotente ante sus amenazas. Impotente y sola. Tendría que haber sabido que no había escapatoria.

—Ahórrame los gemiditos —dijo con dureza Hammond—. Vamos a ir a cenar a la isla con nuestro amable anfitrión, y sería muy agradable que te comportaras como una amante esposa por una vez. Aleksandr es mi futuro, así que intenta recordarlo. Ahora, vístete. No me gusta hacer esperar a la gente.

Lori disfrutaba bajo la ducha caliente, y saboreaba cada momento del polvo con Cliff. ¡Cómo había cambiado! Qué placer inesperado.

El actor se había duchado primero y subido a tomar una copa a una de las cubiertas superiores, antes de ir a la isla. Esta vez, el viaje a la isla sería de noche, de modo que ella no sabía muy bien qué ponerse. ¿Debería llevarse el bikini? ¿Se bañarían a media noche en el mar? ¿Quizás incluso en pelotas?

Estaba muy contenta. ¿Cómo sonaba «señora de Cliff Baxter»? ¿Sería posible adoptar aquel escurridizo título en un futuro?

No te dejes llevar por tus fantasías, se advirtió. *Una sesión de cunnilingus no compromete a contraer matrimonio.*

Aunque las cosas se estaban encaminando hacia la dirección correcta.

Sí.

Señora de Cliff Baxter.

¿Quién sabía lo que le reservaba el futuro?

—¿He de ir? —gruñó Jeromy como un crío malcriado.

—Haz lo que te apetezca —respondió Luca sin comprometerse, mientras elegía una sexy camisa negra de volantes. A cada día que pasaba, cada vez se sentía más harto de Jeromy y de su actitud condescendiente. Daba la impresión de que nada ni nadie le complacía. Era evidente que no era el centro de atención, lo cual le cabreaba. Su novio estaba acostumbrado a atraer todas las miradas, y en este viaje nadie reparaba en él.

—¿No quieres que vaya? —preguntó el interiorista, en un intento de manipular a Luca para que suplicara su presencia.

Al cantante le daba igual. Cuando terminara el viaje, había decidido que expulsaría a Jeromy de su vida.

Éste le dirigió una mirada expectante.

Luca se encogió de hombros mientras se ponía la camisa.

—Ya te lo he dicho: haz lo que quieras.

—Quiero que me digas qué debo hacer —replicó Jeromy, adoptando un papel servil, cosa que no le sentaba nada bien. Siguió un largo silencio, y como se dio cuenta de que Luca no iba a suplicarle, añadió de mala gana—: Está bien, iré.

Luca habría preferido que optara por quedarse en el yate, pero iba a ser que no. Se puso unos pantalones blancos, añadió un estrecho cinturón negro de cocodrilo, y se encaminó hacia la puerta.

—Nos vemos arriba —dijo, y salió a toda prisa, mientras se preguntaba cómo iba a aguantar unos cuantos días más en compañía de Jeromy.

Al pensarlo, se dio cuenta de que habría debido invitar a Suga y a Luca júnior al viaje. Les habría encantado, y habrían caído bien a todo el mundo.

Una pena, y demasiado tarde. No podía quitarse de encima a Jeromy.

Cliff Baxter ya se encontraba en la cubierta superior cuando Luca apareció. El actor estaba bebiendo un Martini, impecable con su camiseta gris oscuro de manga larga y pantalones de hilo a juego, y el pelo oscuro peinado hacia atrás.

Luca se preguntó un momento si la estrella de cine habría probado alguna vez el lado salvaje de la vida (siempre corrían rumores), ¿o sólo le iban las mujeres?

—Hola —dijo Cliff con una sonrisa.

—¿Cómo va? —preguntó Luca.

—Tú no sé, pero yo creo que estoy viviendo uno de los mejores días de mi vida.

—Eso es decir mucho, viniendo de ti.

—Sí. He llegado a la conclusión de que debo conservar a Lori.

—¿Y antes no lo sabías? —preguntó Luca con curiosidad.

—Influencias externas —contestó Cliff vagamente.

—Entiendo. No deberías escuchar al coro. Cuando salí del armario, ninguno de mis asesores quiso que lo hiciera. «Perderás a todos tus admiradores», me advirtieron. ¿Y sabes una cosa? Conseguí más admiradores. Así que hice lo que quería y todo salió bien.

—Te admiro por eso.

—¿Admiras qué? —preguntó Bianca, que había aparecido de repente. Tenía la costumbre de inmiscuirse en las conversaciones de los demás como si fuera algo completamente aceptable.

—Da igual —la reprendió Luca—. ¿Dónde está Aleksandr?

—Ya llegará —respondió ella, y llamó con un gesto impaciente de la mano a Mercedes—. ¿A quién hay que follarse aquí para conseguir una puta copa?

Mercedes decidió que, cuando llegara el momento, se quedaría la ropa de Bianca. Aunque la *top model* era unos veinte centímetros más alta que ella, codiciaba muchos de sus modelitos. Los bikinis sexys con tanga; la selección de desmadradas camisetas y tejanos de diseño; las faldas largas y vestidos sin espalda. Y las joyas. Las pulseras de diamantes, un reloj blanco de Chanel, un anillo azul verdoso grande rodeado de diamantes. Todo era caro, y estaba al alcance de su mano.

La ropa de las demás mujeres era más sencilla, cara, pero no lo bastante llamativa para ella. Cuando aquel viajecito terminara, planeaba dejarlo todo y divertirse. Estaba pensando en comprar un pequeño apartamento en las Seychelles, lo bastante alejado de Papaíto Cruz y su complejo de Somalia fuertemente custodiado, al que sólo había ido unas cuantas veces. Cruz no había querido que viviera con él: «Demasiado peligroso», le había informado. Pero sí le gustaba que trabajara para él. Y hasta el momento, ella siempre se había integrado en la banda, el miembro capaz de suministrar toda la información necesaria para que su jefe se pusiera al mando de un secuestro coronado por el éxito.

Este secuestro era diferente. ¿Quién esperaba ser atacado por piratas somalíes en el mar de Cortés? Este grupo no, desde luego.

Que un hombre de la riqueza e importancia de Aleksandr Kasianenko fuera de viaje con un solo guardaespaldas era una locura. ¿Y con un grupo de ricos y famosos a bordo? Era pedir problemas.

Mercedes debía admitir que Cruz era inteligente. Se las había ingeniado para que toda su banda abandonara Somalia para este golpe. Y la banda de Cruz estaba formada por un puñado de asesinos sin escrúpulos que siempre llevaban a cabo su trabajo.

¡Que le den!, pensó, mientras se lamía el dedo y lo introducía en el Martini de Bianca antes de dárselo. *Me estoy impacientando. Ya estoy harta de servir a estos ricos y mimados* chingados.

El único que la trataba con cierto respeto era Luca Pérez. Le hablaba en español, y siempre le preguntaba cómo estaba. Al contrario que su *imbécil* pareja, a quien detestaba con todas sus fuerzas por su actitud altiva.

Ay, si Jeromy Milton-Gold supiera cuántas veces había escupido en sus bebidas. Una pequeña satisfacción.

Entretanto, su relación con Kyril, suponiendo que lo fuera, parecía estarse desarrollando con mucha placidez. En cuanto había descubierto su debilidad por el chocolate, asunto solucionado. Podía irrumpir en su espacio siempre que lo deseaba, a condición de presentarse con golosinas. Pastel de chocolate, galletas de chocolate, pastillas de chocolate, y su favorito: un tazón de chocolate caliente.

De niño, en Rusia, habría pasado mucha hambre. Nunca le habían dado un batido de chocolate.

Sólo anhelaba chocolate. No tendría que tirárselo ni chupar una polla que imaginaba gigantesca. O quizá no: a veces, los hombres grandes tenían pollas diminutas. En cualquier caso, no tendría que averiguarlo. El chocolate había preparado el terreno, y pronto llegaría el momento de poner su plan en acción.

Mercedes se sentía ya impaciente.

65

Otra isla, sólo que esta vez era de noche, y esta vez la isla no estaba desierta por completo. En lo alto de una colina empinada se alzaba un antiguo castillo español que dominaba la prístina playa. La cena estaba preparada en la majestuosa terraza del castillo.

Sobre una larga mesa antigua de excelente madera descansaban candelabros de plata con velas y diferentes ramos de flores exóticas. Habían contratado a un trío de músicos brasileños para la velada, y la comida era también brasileña, desde *caruru* (una deliciosa mezcla de camarones secos, okra y cebolla) hasta *feijoada*, un plato de carne y fríjoles cocidos a fuego lento.

Por lo general, Bianca habría cubierto de alabanzas a Aleksandr, pues sabía que el ruso amaba todo lo relacionado con Brasil, y ésta era una de sus cocinas favoritas, pero continuaba sin dirigirle la palabra, mientras esperaba con impaciencia a que se disculpara.

Ambos estaban practicando un juego peligroso.

Ella se puso a flirtear descaradamente con Taye, el cual se sentía mortificado, porque si Ashley llegaba a sospechar que la *top model* y él se habían acostado en una ocasión, se pondría como una moto.

Para que Bianca se diera cuenta de que no ejercía la menor influencia sobre sus actos o con quién hablaba, Aleksandr se reunió con Xuan y la informó de que había estado pensando sobre sus conversaciones, y sería un placer para él financiar la escuela que ella quería fundar en Sierra Leona, y tal vez deberían hablar sobre la construcción de un orfanato a las afueras de Moscú. Confesó que había pensado en ello a menudo, puesto que él era también hijo adoptivo.

Xuan consideró la idea maravillosa.

Se sentía encantada de que aquel lujoso viaje, con todas sus celebridades, estuviera valiendo la pena. Ya había preguntado a Taye si estaría interesado en patrocinar un programa de deportes para niños desfavorecidos de Haití, y él había contestado que sí, mientras que Cliff Baxter había accedido a ser la atracción estelar de una subasta para recaudar dinero destinado a los refugiados de Darfur.

Xuan se sentía muy satisfecha.

Flynn, no.

¿Qué demonios estaba pasando con Sierra? No le miraba. Daba la impresión de estar aturdida de nuevo. No se apartaba de Hammond, cosa que consideraba muy inquietante. Era casi como si él la hubiera hechizado.

¡Caray! ¿Qué estaba haciendo, colgado de Sierra otra vez? Había transcurrido demasiado tiempo.

Las palabras de Hammond estaban grabadas a fuego en su cerebro. *Nunca te quiso, y nunca te querrá.*

Mañana, sin más dilación, iba a inventar una excusa para abandonar el barco.

—Me encanta tu vestido —comentó Lori a Ashley cuando ocuparon sus asientos a la mesa de la cena.

Me encanta tu novio actor de cine, estuvo tentada de contestar la mujer del futbolista. *Y albergo fuertes sospechas de que yo le gusto también.*

—Gracias —dijo, no obstante—. Es de Stella McCartney. Siempre me siento fabulosa con sus diseños. Me sientan muy bien.

—Oh —dijo Lori—. ¿Vende su ropa en Los Ángeles?

Ashley le dirigió una mirada casi desdeñosa. ¿Es que la novia de Cliff no se enteraba de nada?

—La verdad —dijo, en un tono condescendiente—, Stella tiene una tienda en Beverly Boulevard. Puedo acompañarte, si quieres. Todo el mundo me conoce.

—Creía que vivías en Inglaterra.

—Sí —dijo. Pensó que era más prudente mostrarse cordial con la novia, por si Cliff no la dejaba plantada—. A Taye le gusta Los Ángeles, así que procuramos ir un par de veces al año, y nos alojamos en el Hotel Beverly Hill, el favorito de Taye. Tal vez Cliff y tú podáis venir a cenar con nosotros al Polo Lounge la próxima vez que vayamos.

¿Por qué se muestra tan cordial?, se preguntó Lori. *Menudo cambio de personalidad.*

—Me encantaría —dijo—. Se lo comentaré a Cliff.

Para Mercedes, el momento no podía ser mejor. Casi todo el mundo había abandonado el yate, incluido Kyril, porque Aleksandr había decidido, por una vez, que le acompañara. La mexicana estaba muy contenta, porque había fingido tener unos dolorosos retortijones para evitar acompañarles.

Guy se había puesto furioso. Su mal humor estaba empeorando.

—¿Qué te pasa? —había gritado—. ¿No comprendes que necesitamos toda la ayuda posible?

—Tengo la regla —contestó ella con la vista gacha—. No es culpa mía que sufra retortijones.

Guy no pudo hacer otra cosa que fulminarla con la mirada.

Lástima, pensó Mercedes. *Tiene a los muy solícitos Renee y Den para ocuparse de todo.*

Por lo visto, era una cena de campanillas, de modo que muy

pocos miembros de la tripulación permanecieron en el yate, lo cual sería muy convincente. Antes había recibido un mensaje críptico de Cruz, diciendo que estaban preparados. Ya faltaba poco.

¡Yupi!

¡Pronto terminaría la servidumbre.

Cruz siempre atacaba de noche. Era más fácil abordar un barco cuando casi toda la tripulación estaba durmiendo.

Cruz le dijo la hora.

Mercedes le dijo el emplazamiento aproximado.

Había que preparar muchas cosas.

Mañana, pasada la medianoche, llegaría el momento.

Hammond se sintió decepcionado al observar que la pelirroja Lori estaba pegada a su novio, el actor de cine, como una lapa. Había esperado avanzar en sus flirteos, pero no iba a ser así. Todas las demás mujeres del viaje parecían muy cómodas con sus parejas, lo cual no le dejaba más opciones, aparte de la asiática. Xuan no le apetecía, demasiado militante y demasiado bajita. No le gustaban las mujeres bajas.

Sierra estaba a su lado y guardaba silencio. La había puesto firme de nuevo. ¿De veras creía que podía huir de él?

Ni por asomo. La tenía justo donde quería. Sumisa y asustada.

Amenazar a su novio de otros tiempos parecía haberla afectado más que amenazar a su querida familia.

Se le ocurrió la idea de que tal vez debería ocuparse de que asesinaran a Flynn. Podía contratar a gente que se ocupaba de ese tipo de cosas. ¿Por qué no?

Hammond esbozó una sonrisa forzada al pensar en la posibilidad.

¡Maldita sea! No había llamado a Eddie. Y le había ordenado que no le llamara a menos que fuera urgente.

Demasiado tarde ahora, gracias a Sierra. Lo llamaría a primera hora de la mañana.

—¿Le apetece una copa, senador?

Hammond se volvió y examinó a Renee, la camarera de acento australiano. No era fea, aunque un poco caballuna, con los dientes grandes y la boca generosa. No obstante, era alta, lo cual significaba piernas largas. Sentía debilidad por las piernas largas, sobre todo alrededor de su cuello mientras tenía el pene firmemente embutido en el coño de la propietaria de las piernas.

¿Por qué no se había fijado antes en ésta?

Tal vez porque la chica mexicana había ocupado sus pensamientos, mientras ésta se mantenía en un segundo plano, por eso. Echó un vistazo a Sierra. Estaba hablando con Ashley y Cliff.

—¿Cómo te llamas, querida? —preguntó a la camarera, dando la espalda a su mujer.

La chica parpadeó como una cierva sobresaltada.

—Eeeeh... Re-re-nee —tartamudeó, algo ruborizada.

Ah, estaba impresionada. Un senador de Estados Unidos le estaba preguntando el nombre, y se sentía emocionada.

Por supuesto.

—¿De dónde eres, querida?

—De Australia.

—Lo había deducido por tu acento. ¿De qué parte de Australia?

—De Brisbane.

Los ojos de Hammond se concentraron en sus pechos. Ni demasiado grandes, ni demasiado pequeños. Los habría preferido más grandes, pero tal vez los pezones compensarían esa deficiencia. Sentía debilidad por los pezones. Los prefería anchos y fibrosos, ideales para mordisquear.

—Renee es un nombre muy bonito para una chica muy bonita —dijo, y le dedicó la sonrisa sincera que siempre funcionaba.

—Gracias —murmuró ella, y bajó la vista.

Él le guiñó el ojo.

—Tomaré una copa de champán, Renee.

Más rubores. La tenía calada.

Se la follaría. Estaba madura y preparada. Mejor que la pelirroja. Mejor que la rubia de las grandes tetas. Mejor que su anfitriona. Y muchísimo mejor que la asiática.

Hammond detectaba una oportunidad en cuanto la veía.

66

Los preparativos se iban acelerando. Los hombres de Cruz estaban más que dispuestos, se hallaban impacientes y preparados para entrar en acción. Demasiado holgazanear no era bueno para ellos.

Sergei albergaba dudas acerca de acompañarles en la misión. Por más que anhelara ser el primero en ver la expresión de Aleksandr Kasianenko cuando abordaran el *Bianca*, Cruz tenía razón, no tenía experiencia en secuestros. ¿Y si le disparaban, acuchillaban o herían? Todo podía salir mal, y convertirse con facilidad en víctima.

Los hombres del mexicano estaban armados hasta los dientes para el combate, lo cual llevó a Sergei a pensar seriamente en adoptar medidas de cautela. No confiaba por completo en Cruz. Si algo le sucedía, el hermano de Ina se llevaría toda la recompensa, de modo que no era tan absurdo pensar que podía convertirse en un objetivo.

Había financiado toda la operación y le había costado mucho dinero, pero si la codicia se apoderaba de Cruz, no estaba dispuesto a dejar la piel en el empeño.

Por fin, llegó a la conclusión de que lo más inteligente sería no participar en el ataque, y dejar que los hombres del mexicano le entregaran a Kasianenko, mientras él se quedaba a esperar en la villa; un plan mucho más prudente.

Cuando informó a Cruz de su cambio de opinión, no pudo asegurarlo, pero creyó distinguir un brillo de triunfo en el rostro curtido por la intemperie del mexicano.

Interesante. Siempre era mejor estar ojo avizor.

—Enviaré a dos de mis hombres contigo para que se apoderen de Kasianenko —anunció Sergei—. Tú te encargarás de que dos de tus hombres le traigan en una de las barcas. Yo estaré esperando.

—Eso significa quedarme sin dos hombres —se quejó Cruz, y escupió en el suelo—. No es posible.

Sergei nunca había estado más a punto de cabrearse con el irritante hermano de Ina.

—Pues te sugiero que lo hagas posible —le ordenó con frialdad—. Tráeme a Kasianenko, mis hombres se lo quedarán, y los tuyos podrán volver contigo.

—¡*Chingada madre!* —masculló por lo bajo Cruz.

—Deberías sonreír —dijo Sergei, con una nota de amenaza en la voz—, ya que no voy a ir en tu embarcación, y por lo tanto no voy a entrometerme en tu misión, ¿recuerdas?

La boca del mexicano se torció en una dura sonrisa.

—Claro —dijo—. Ya me las arreglaré.

—Procura hacerlo. Porque no nos vamos a joder mutuamente, ¿verdad?

Cruz se encogió de hombros y buscó un cigarrillo en el bolsillo.

—Nunca —mintió.

Ina vagaba por el muelle, muy consciente de que su hermano y Sergei se pondrían furiosos si la sorprendían. ¿Y qué? Estaba aburrida de estar sentada en la villa sin nada que hacer. La habían advertido de que no tomara el sol junto a la piscina, pero no le habían prohibido bajar al muelle.

Llevaba sandalias plateadas de tacón alto y una malla blanca que cubría el bikini. Ocultaba los ojos tras unas grandes gafas de sol.

El equipo de de Cruz estaba ocupado.

Ina se paró a observar. Sonrió al pirata más joven, Cashoo, que no estaba nada mal, pues tenía un aire a Johnny Depp. Llevaba tejanos rotos y una camiseta holgada, con un pañuelo de colores alrededor del cuello. Observó sus bonitos pómulos salientes, y se preguntó cómo sería hacer el amor con alguien tan joven. Una cosa era segura: no la llamaría gorda ni le daría azotes en el culo. Sería un honor y un placer para él estar con ella.

Él le devolvió la sonrisa.

Ella reparó en un atractivo diente de oro y le saludó con la mano. Entonces, Cruz lo estropeó todo al aparecer con sigilo detrás de ella y agarrarla del brazo.

—Vuelve a la casa —rezongó—. No quiero verte por aquí otra vez.

Ina se volvió y caminó hacia la casa, pero no antes de dirigir a Cashoo una última y prolongada mirada.

67

—Vamos a hablar con la prensa —anunció Martin Byrne, con las mejillas rubicundas—. Esta espera es una burla. Skylar está nerviosa y preocupada. Mi esposa está histérica. Hemos de solucionar el problema.

—Hablar con la prensa no solucionará nada —dijo Eddie, con voz estrangulada, mientras intentaba pensar qué debía hacer—. Se lanzarán sobre la historia sin datos y su hija será crucificada, como en el caso de Monica Lewinsky.

—¿Cómo se atreve a comparar a Skylar con esa Lewinsky? —bufó Martin, mientras paseaba de un lado a otro—. Mi hija fue víctima de abusos sexuales. Ya es hora de que la verdad salga a la luz.

—Comprendo su dilema —replicó Eddie, mientras intentaba mantener la calma y el control, además de razonar con el padre de Skylar—. Sin embargo, puedo asegurarle que, hasta que no hable con el senador, no debería hacer nada.

Radical, la hija ilegítima de Hammond de quince años de edad, tenía el oído pegado a la puerta del despacho de Eddie.

¡Mierda! Esto parecía jugoso. Su querido papaíto había estado jugueteando con una chica llamada Skylar.

¿Lo sabría su madrastra, Sierra?

¿Eran noticias frescas?

¿Podría sacar dinero de ello?

Radical haría cualquier cosa por ganarse algunos pavos: el dinero hacía girar el mundo. También significaría poder proveerse de hierba y coca sin necesidad de chupársela al camello de

Nueva York, un mamón portorriqueño que prefería mamadas antes que dinero.

La cuestión era que la habían expulsado del internado suizo por montárselo con el profesor de francés, quien también había sido despedido.

Ahora que estaba otra vez en Nueva York, había llegado el momento de vivir a lo grande. Y el dinero, a espuertas, sólo podía contribuir a ello.

Skylar, ¿eh?

Radical forjó un plan.

68

Otra cena en el paraíso con una serie de delicias culinarias servidas en un marco magnífico. ¿Qué más se podía pedir?

Lori examinó su entorno, y se preguntó cómo sería posible volver a la vida normal. Estaba saboreando cada momento de aquel viaje que sólo se producía una vez en la vida. Todo era perfecto, incluido Cliff. Temía volver a la antigua rutina, y la visita diaria de Enid cuando el actor no estaba en el estudio. Esa mujer era una vieja bruja celosa, y si bien afirmaba ser lesbiana, lo más probable era que estuviera enamorada de su apuesto jefe. *Haz tu vida, Enid, y déjanos en paz.*

Sin la intromisión de la ayudante personal, Lori pensaba que Cliff y ella tendrían una posibilidad real de seguir juntos. Enid era una bruja, la mujer que le echaba mal de ojo.

—¿En qué estás pensando? —preguntó Luca, cuando se acercó a ella, que estaba junto a la barandilla de la terraza mirando las olas que se estrellaban contra la playa.

—Estoy pensando que se trata de una experiencia verdaderamente maravillosa —contestó Lori—. Es... No sé... Algo mágico.

—Porque estás enamorada. Ojalá lo estuviera yo.

—Lo estarás. En cuanto estés libre, podrás elegir a quien quieras.

—¿Tú crees?

—Oh, venga ya, ponte las pilas —le animó Lori—. Eres Luca Pérez. ¿No acabo de leer en la revista *People en Español* que te han votado como la Estrella Más Sexy del Año?

Él se encogió de hombros.

—Me pone nervioso pensar en quedarme solo.

—¡Oh, Dios mío! Si tú estás nervioso, ¿cómo coño estaré yo? No olvidemos que eres famoso, rico y atractivo. No tienes por qué estar nervioso.

—Y tú eres una chica muy dulce, Lori. Tu amistad significa mucho para mí. Cuando volvamos al mundo real, seguiremos en contacto, ¿vale?

—Nada me gustaría más.

—Puedo ser tu nuevo mejor amigo gay —bromeó él—. Todas las chicas necesitan uno.

—Sobre todo yo. —Lori pensó en la falta de amigos en Los Ángeles—. No tengo muchos amigos, ni gays ni heteros.

—¿Y eso?

—Las cosas son así —respondió con un suspiro pensativo—. Soy la novia de una estrella de cine. La gente no sabe cuánto tiempo estaré con él.

—Si Cliff es listo, será para toda la vida.

—¡Eres el mejor! ¡Creo que te quiero!

—¿Qué estáis tramando los dos? —preguntó Cliff cuando llegó.

—Oh, poca cosa. Sólo le estaba diciendo a Luca lo adorable que es —dijo Lori, mientras guiñaba el ojo al cantante—. Creo que le quiero.

—¿Debería estar celoso? —preguntó Cliff, divertido.

—¡No! —rió ella—. De todos modos, estabas muy ocupado hablando con Ashley.

—Ella estaba hablando conmigo —explicó Cliff con una sonrisa de pesar—. O mejor dicho, sus tetas estaban hablando conmigo mientras yo intentaba escapar. Sospecho que debe ser una admiradora de cuidado.

—Bien, ¡eso sí que es quedarse corto! —exclamó Lori, y lanzó una carcajada—. Se te tira encima a la menor oportunidad. Todo el mundo se ha dado cuenta.

—¿De veras? —preguntó él con una sonrisa astuta.

—No actúes como si no lo supieras. Ser modesto no es lo tuyo.

—Lo siento por Taye —se lamentó Luca—. Es un tío estupendo.

—No te preocupes por él —dijo Lori—. ¿Es que soy la única que se ha dado cuenta de que Bianca se lo está zampando prácticamente a modo de cena?

—¿Ah, sí? —preguntó Luca—. ¿Y a nuestro anfitrión no le importa?

—Nuestro anfitrión está muy ocupado haciendo planes con Xuan sobre todo tipo de causas humanitarias —explicó Lori—. La extraña pareja.

Cliff se puso a reír. Le gustaba observar que a todo el mundo le complacía la compañía de Lori.

—Una buena observadora —comentó con afecto.

—Mantengo los ojos abiertos.

—Ya lo creo.

—Ya lo creo —le imitó Lori.

Intercambiaron una íntima mirada.

—Vamos, mi pelirroja favorita —dijo Cliff, al tiempo que la rodeaba con el brazo—. Vamos a pasear por la playa.

—¿Nos perdonas, Luca? —preguntó Lori, sonriente y feliz.

—Claro —contestó el cantante, y volvió a la mesa, donde Jeromy estaba intentando convencer a Sierra y a Hammond de que compraran un *pied-à-terre* en Londres.

—Queridos míos, no hay nada como un día de verano en un parque de Londres —dijo Jeromy en tono grandilocuente, henchido de nostalgia, mientras recordaba su primer encuentro con una pareja masculina detrás de un árbol en Regents Park. Tenía trece años en aquel tiempo.

—Casi nunca vamos a Londres —dijo Sierra, mientras procuraba no mirar en dirección a Flynn, que estaba conversando con Xuan y Aleksandr.

Era imposible. Su mente se resistía a imaginárselo haciendo el amor con la asiática. Se los imaginó en la cama juntos, desnudos y apasionados, entregados mutuamente. Era demasiado. Sus ojos se llenaron de lágrimas. Se quedó consternada al darse cuenta de que estaba celosa, desesperada, impotentemente celosa.

—He de ir al baño —dijo Hammond, al tiempo que se levantaba con brusquedad—. ¿Querrás hacer compañía a mi esposa, Jeromy?

—Será un placer, senador —contestó el interiorista, mientras captaba la atención de Luca y le indicaba con un gesto que se acercara.

Hammond se fue de la mesa. Había observado que Renee estaba junto a la adornada entrada arqueada, y se acercó de inmediato a ella.

—¿Dónde está el lavabo de hombres? —preguntó sin más preámbulos.

—Oh —dijo ella, mientras manoseaba nerviosa un mechón de pelo rubio oscuro—. Ya le acompaño, senador. He de acompañar a todo el mundo para que no se pierda. El castillo es enorme.

—Yo no soy todo el mundo —replicó Hammond—. Soy yo.

—Lo sé —dijo Renee con una débil risita—. Pero es alguien muy importante.

Hammond sonrió. Nunca hacía ascos a los cumplidos.

El interior del castillo estaba oscuro y frío. Nadie vivía en él, era un lugar que podía alquilarse para ocasiones especiales. Largos pasillos serpenteantes conducían a una serie de pequeñas habitaciones, y por fin a un cuarto de baño semimodernizado, sin nada que ver con el resto del castillo.

—Le esperaré afuera para guiarle —se ofreció Renee.

Hammond la examinó un momento y se acercó un poco más.

—Eres una chica muy bonita —le informó—. Y encantadora.

—Mmm... Gracias —musitó la joven, halagada porque un hombre tan importante como el senador se hubiera fijado en ella.

—¿Sería atrevido si te besara? —preguntó el hombre, tras decidir que no podía desperdiciar tiempo tentándola con palabras seductoras.

Renee estaba muy excitada, pero al mismo tiempo sentía mucho miedo.

¿No estaba casado? Y no sólo eso, sino que su esposa le acompañaba en el viaje.

—Eeeh... —tartamudeó, sin saber qué decir.

Antes de que pudiera continuar, Hammond apretó los labios contra los suyos, y le metió la lengua agresivamente en la boca. Ella intentó gritar, pero no pudo. De pronto, sintió sus manos en los pechos. Todo se le antojaba peligroso y prohibido.

¿Está pasando esto en realidad?

¿Y si viene alguien?

¿Y si la esposa del senador los sorprendía?

O Guy. La despediría, seguro.

El día que el director la había contratado le había largado un estricto sermón sobre que jamás debía comportarse de manera inapropiada con un invitado.

Las manos de Hammond se habían deslizado por debajo del uniforme. Empezó a manipularle los pezones a través del sujetador, y los pellizcó con fuerza.

Apartó los labios y esta vez ella sí lanzó una exclamación ahogada, un largo jadeo de puro deseo.

Hammond sabía que ya era suya.

Las chicas jóvenes eran muy fáciles.

69

Cuando regresaron al yate, Bianca y Aleksandr continuaban sin dirigirse la palabra. Ambos eran de carácter fuerte, y ninguno estaba dispuesto a ceder.

Ella estaba furiosa porque él había pasado casi toda la velada confraternizando con el enemigo. Xuan. La zorra asiática. La taimada robahombres. Bianca la odiaba, y sobre todo quería que abandonara el barco.

Algunos de los invitados habían subido a la cubierta superior para tomar unas copas. La modelo decidió unirse a ellos. Que Aleksandr hiciera lo que le diera la gana, le daba igual.

Pero la verdad era que no le daba igual. En absoluto. Era su hombre, y se estaba comportando como un capullo redomado. Típico comportamiento machista.

Taye y Ashley estaban metiéndose mano en un rincón de la cubierta superior, Jeromy estaba aburriendo a Flynn, quien no paraba de pensar en Sierra, y Luca estaba sentado con Lori y Cliff. Todos los demás se habían acostado.

Bianca decidió sumarse al grupo de Luca.

—¿Qué pasa? —preguntó a su amigo.

—¿Qué te pasa a ti? —replicó él—. ¿El señor Rusia y tú os habéis peleado?

La *top model* echó hacia atrás su largo pelo trenzado, con los ojos verdes destellantes.

—¿Por qué piensas eso?

—No hace falta ser un genio para darse cuenta de lo que está pasando.

—Nada —se emperró Bianca—. No pasa nada.

—Tonterías —contraatacó Luca—. Estás hablando conmigo.

—Creo que es hora de acostarnos —dijo Cliff. Se puso en pie y se estiró.

Lori le imitó, se despidieron de todos y desaparecieron.

—Ojalá fueras hetero —dijo la modelo con tristeza, con la vista clavada en Luca.

—¿Y eso qué iba a solucionar? —preguntó él, que nunca estaba seguro de con qué lógica demencial se iba a descolgar Bianca.

—Porque entonces tú y yo podríamos consolarnos mutuamente follando —contestó con una risotada—. ¿No sería divertido?

—Has hablado como una verdadera princesa —repuso Luca con sequedad.

Bianca frunció el ceño.

—¿Crees que me estoy comportando como una pequeña burguesa?

—No sé por qué deberías hacerlo —contestó él algo impaciente, porque por lo que sabía, Bianca tenía todo cuanto pudiera desear, incluido un magnífico yate bautizado con su nombre.

—Aleksandr y la señorita Muñequita China, o lo que sea. Me está poniendo a parir.

—¡Caramba! —Él puso los ojos en blanco—. No nos pongamos racistas.

—¿Me estás llamando racista? Soy negra, ¿lo recuerdas? Me han insultado más...

—Vale, vale. —Él levantó la mano—. Cuéntame el problema.

—Sólo si prometes abandonar a Jeromy en cuanto lleguemos a puerto. Tu novio es un cerdo pretencioso, y detesto ver que te deprime.

—¿Cómo hemos saltado al tema de Jeromy?

—¿Me prometes que le dirás *sayonara*?

—Ya lo he decidido. Está hecho. Tu turno.

Y así, Bianca empezó a verbalizar sus quejas sobre Xuan y los diversos proyectos en los que intentaba implicar a Aleksandr.

Luca se reclinó en la silla y escuchó. A Bianca le sentaría bien desahogarse.

Cuando las barcas volvieron al yate, Mercedes consiguió mantenerse apartada de Guy. Si la veía, le caería la tarea de ayudar a descargar los platos y toda la demás mierda que traerían. Que Renee y Den se encargaran de ello. Ella ya había logrado todo cuanto necesitaba, y ahora era el momento de acostarse en su litera y pensar en la aventura que se avecinaba.

Había estado ocupada toda la noche, con el fin de comprobar que todo estuviera preparado para el ataque de Cruz la noche siguiente. Sabía exactamente lo que debía hacer, y lo principal era dejar fuera de juego a Kyril. Era la única amenaza real, y su habitual tazón de chocolate caliente, cargado de tranquilizantes para caballo, se haría cargo de él.

Se preguntó qué hombres llevaría Cruz con él. Amiin sin duda, siempre iba pegado al jefe, y quizá Cashoo. Sentía cierta debilidad por él. Era joven, aunque muy sexy con su erección permanente, de la cual le gustaba burlarse, pero no había ido más allá. Cruz se lo había enseñado a una edad muy temprana: *Nunca folles con quien trabajas.*

Gracias, papá. Buen consejo.

Mercedes no estaba nerviosa, nunca se asustaba. De hecho, ardía en deseos de que se produjera el abordaje y la captura, que era siempre un momento tenso y estimulante. Había visto a gente muerta a tiros o pasada a cuchillo por no hacer lo que le decían, y si bien el derramamiento de sangre no se contaba entre sus distracciones favoritas, si ocurría, sólo era porque la gente no hacía caso.

La gente estúpida no hacía caso. Si obedecían las órdenes, todo iría bien y nadie saldría perjudicado.

¿Quién es estúpido en este viaje?

Todos.

Al final, Mercedes se quedó medio dormida, y no despertó hasta que entró Renee. La chica australiana estaba haciendo demasiado ruido, lo cual la cabreó.

—Qué coño... —masculló—. Estoy intentando dormir.

—Lo siento —dijo Renee, cuando subió al catre de arriba—. Es que...

—¿Qué? —gruñó Mercedes—. ¡Escupe!

—Bien, eh..

—¿Guy te ha echado otro rapapolvo? Porque en ese caso, has de aprender a no hacer caso. Es lo que hago yo.

—Uno de los pasajeros quiere acostarse conmigo —soltó Renee.

—¿Qué? —Mercedes se incorporó y se puso a reír—. Me estás tomando el pelo. ¿Quién?

—¡Oh, Dios! —exclamó la chica, y se ruborizó—. No sé si debería decir algo.

—Acabas de hacerlo. ¿Quién es el cabrón de la polla dura? Dime el nombre.

—Creo que le gusto mucho —gimió Renee—. Y la cuestión es que... Es tan dulce y amable y... y muy importante.

—Si no me dices quién es, me vuelvo a dormir —amenazó Mercedes.

—El senador —susurró la joven—. Y creo que a mí también me gusta.

70

—¿Tú eres Skylar?

—¿Eh? —Skylar retrocedió un paso para alejarse de la chica de las mechas verdes en su corto pelo negro, y los *piercings* de aspecto incomodísimo en la nariz y las cejas—. ¿Quién eres?

—Me llamo Radical, y me llamo así porque estoy tan cabreada como tú.

Skylar retrocedió otro paso. ¿Se trataba de una confusión? ¿Quién era aquella chica y qué quería?

Las dos estaban ante la entrada de Central Park de la Quinta Avenida. Skylar, que iba a correr, vestía mallas cortas amarillas y una camiseta azul claro con la inscripción *Yo voto por los cachorrillos*, Radical con tejanos rotos y una sudadera con capucha gris sobre una camiseta roja con la palabra *Odio* pintarrajeada en el pecho.

—¿Te conozco? —preguntó la becaria, saltando sobre un pie y luego sobre el otro.

—No hace falta que me conozcas —replicó Radical, y entornó los ojos—. Porque yo te conozco a ti.

—¿Ah, sí? —dijo Skylar, y se irguió un poco más.

La adolescente introdujo la mano en el bolsillo trasero de los tejanos y sacó un paquete de cigarrillos arrugado. Sacó uno y se lo ofreció a Skylar. Ésta negó con la cabeza.

—Como quieras —dijo mientras sacaba una caja de cerillas y encendía el cigarrillo con un ademán desafiante—. Luego te ofrezco un porro. Pero en público, no. ¿Fumas hierba?

—¿Quién eres? —repitió Skylar—. ¿Qué quieres?

—Quiero que ganemos dinero. Mucho dinero —replicó como si tal cosa Radical—. Y si estás de acuerdo, yo sé muy bien cómo conseguirlo.

Skylar no lo pudo evitar. El sentido común le decía que debería alejarse, pero la curiosidad se impuso.

—¿De qué estás hablando? —preguntó.

Y Radical se lo empezó a explicar.

71

Flynn, Taye y Cliff pasaron la mañana en el gimnasio. Flynn, porque necesitaba eliminar toda la angustia que sentía. Taye, porque le gustaba mantener su musculoso cuerpo en una forma fantástica. Y Cliff, porque hacía años que no estaba en buena forma. Además, se estaba acercando a los cincuenta y debía mantenerlo todo en orden, sobre todo porque tenía una novia mucho más joven que él, una novia que pensaba conservar.

Taye eligió la música (Tinie Tempah, Jay-Z y Wiz Khalifa; el ritmo era veloz y el sonido ensordecedor), pletórica de energía.

Flynn habría preferido los Stones o un relajado Dave Matthews. A Cliff le gustaban más los clásicos, como Sinatra o Tony Bennett. Sin embargo, ambos aceptaron la elección de Taye, porque parecía muy metido en ello.

Los tres sudaron a mares. Tres tíos sin otra cosa que hacer que trabajar el cuerpo. Fue una experiencia que forjó lazos.

Entretanto, Bianca, Luca, Ashley y Lori holgazaneaban junto a la piscina, tomaban el sol y bebían margaritas helados. Era uno de esos días perezosos, y todo el mundo se sentía muy relajado. Todo el mundo excepto Jeromy, quien estaba echando pestes en la habitación, ya que era muy consciente del desapego de Luca, pero no podía parar lo inevitable. Sabía lo que se avecinaba. Reconocía las señales.

Decidió abandonar el camarote e ir en busca de Guy. Sentía

la necesidad de liberar su frustración reprimida, y ese tipo era el único capaz de ayudarle.

Peor para él si no quería. ¿No era el director de actividades de entretenimiento? Pues que le entretuviera.

Aleksandr estaba absorto en trazar planes con Xuan sobre el orfanato que había decidido construir en las afueras de Moscú. La periodista tenía muchas ideas innovadoras e inteligentes, y le interesaba conocerlas.

No tardó en descubrirse refiriendo detalles de su desdichada infancia, cosas que jamás había contado a nadie. Fue una experiencia catártica revelar tantas cosas de sí mismo, y lo consideró muy reconfortante. Cada vez se sentía más atraído por ella, mientras le narraba historias de su infancia horrible, una infancia que ni siquiera había revelado a Bianca, puesto que ella nunca había demostrado el menor interés por saber nada de sus orígenes.

Ahora que estaba hablando de ello, era como liberarse de una carga, liberarse del pasado.

A cambio, Xuan empezó a contarle algunas de sus primeras historias. Aleksandr no tardó en darse cuenta de que eran todavía más horrorosas que las suyas. Mientras la miraba hablar, empezó a sentir verdadera compasión por ella. Era muy diferente de las demás mujeres que había conocido. Era maternal e inteligente, y también muy sensual, pero de una manera discreta. No era exhibicionista. Para Xuan, la sexualidad era algo privado.

Aleksandr empezó a preguntarse sobre Flynn y ella, y sobre hasta qué punto era sólida su relación.

No era que pensara hacer nada al respecto..., ¿o sí?

Xuan era la primera mujer que había despertado su interés sexual desde que estaba con Bianca.

¿Por qué estaba sucediendo ahora?

¿Era porque Bianca se estaba comportando como una zorra malcriada? ¿Por nada?

Aleksandr estaba furioso. Con ella. Y con él.

Pensaba pedirle a Bianca que se casara con él. No debería pensar en otra mujer en un momento tan especial.

—Tú quédate aquí —ordenó Hammond a su mujer—. Voy a llamar a Eddie, a ver qué es tan importante que no puede esperar a que vuelva.

—Debería acompañarte —sugirió Sierra, pues no quería quedarse sola y afrontar la tentación de tomar Xanax de nuevo.

—¿Por qué? —replicó él con aspereza—. ¿Para flirtear con tu novio?

Sierra suspiró y negó con la cabeza.

—Por última vez, Flynn no es mi novio. No siento nada por él. Haz el favor de creerme.

—Sólo recuerda lo que te dije acerca de que puedo acabar con él. No estoy bromeando.

—Ya lo sé. Lo que pasó entre Flynn y yo fue hace mucho tiempo. No es necesario que te preocupes.

—¿Yo, preocuparme? Créeme, querida, haría falta un hombre mejor que Flynn Hudson para que yo me preocupara.

Sierra confió en haber dejado claro a Hammond que no sentía nada por Flynn. Si llegaba a sospechar que aún sentía algo, ¿quién sabía de lo que sería capaz? Tenía que actuar con cautela, tal vez incluso advertir a Flynn si era posible.

—Ya te lo he dicho: quédate aquí hasta que vuelva. Después, iremos a comer y presentaremos un frente unido. —Hammond abrió la puerta y salió—. Tal vez podrías ser amable por una vez. Sería un cambio muy agradable.

Sierra le vio irse con odio en su corazón. La había atrapado una vez más con sus viles amenazas.

¿Sería libre alguna vez?

En el fondo, sabía que sólo dependía de ella.

Bianca no podía creer que Aleksandr estuviera alargando su estúpida disputa, aún a riesgo de estropear lo que habría debido ser un viaje fantástico. Estaba decidida a no ser la primera en ceder.

Al fin y al cabo, tenía razón y él no.

Luca era el único que sabía lo que estaba pasando, aunque ella suponía que los demás habrían reparado en que sus anfitriones no se dirigían la palabra.

No podría importarle menos. Se había convertido en una cuestión de principios.

Jeromy abordó a Guy en la escalera, poco antes de comer.

—¿Dónde está tu camarote? —le preguntó, al tiempo que le asía con fuerza del brazo y hundía las uñas en su carne.

El director de actividades recreativas intentó liberarse, sin éxito. Jeromy estaba decidido.

—Yo... voy a servir la comida dentro de poco —dijo Guy.

—No servirás nada si me quejo al señor Kasianenko —le advirtió el interiorista—, de modo que sugiero que me lleves a tu despreciable camarote, y ahora. Sólo emplearé un minuto o dos de tu precioso tiempo.

Mil ideas atravesaron la mente de Guy. ¿Tenía que hacer aquello? ¿Kasianenko le despediría si Jeromy Milton-Gold se quejaba? ¿Valía la pena hacer un drama por una mamada obligatoria?

Entonces, decidió: *Hazlo y olvídalo. Méate en la sopa de ese majadero durante el resto del viaje.*

—¿Qué prefieres? —rezongó Jeromy.

—Sígame —dijo Guy, obediente, porque quería conservar su trabajo. ¿Qué otra alternativa le quedaba?

Mientras conversaba con el capitán, a la espera de que contestaran a su llamada vía satélite, Hammond preguntó si habían planeado más excursiones a islas.

El capitán Dickson era reservado. No quiso revelar al senador la última excursión a una isla, que tendría lugar la noche siguiente, puesto que no estaba seguro de que el señor Kasianenko se lo hubiera dicho a todo el mundo. Sería una noche espectacular, con fuegos artificiales, aparición sorpresa de famosos artistas, comida transportada desde los restaurantes de Los Ángeles favoritos de Bianca. Iba a ser una fiesta de amor para la modelo, y el capitán Dickson abrigaba fuertes sospechas de que el multimillonario ruso iba a pedir la mano a su voluble dama.

Hammond contemplaba el mar azul en calma y pensaba en la camarera de largas piernas, Jenni, Renee o como se llamara. Le iba a dar un buen revolcón. Tal vez más tarde, cuando todo el mundo se hubiera acostado.

Sí. Ella sabría de algún sitio donde pudieran estar juntos. ¿Por qué privarse?

Fantaseó con sus largas piernas ceñidas alrededor de su cuello. Apretar la polla contra aquellos grandes dientes de caballo. Joven e inexperta, tal como le gustaban.

—Aquí tiene su llamada, senador —dijo el capitán Dickson, y le tendió el teléfono.

—Eddie —ladró Hammond—, ¿qué coño quieres?

La comida fue tensa. Bianca y Aleksandr seguían distanciados. Después de un devaneo poco satisfactorio con Guy, Jeromy intentaba imaginar con desesperación alguna manera de congraciarse con cualquiera que pudiera. Hammond estaba de un humor de perros, mientras Flynn todavía intentaba encontrar una excusa para «salir del paraíso».

Sólo Luca, Lori, Cliff, Taye y Ashley parecían mantener el espíritu lúdico, mientras hablaban de los deportes de agua que practicarían por la tarde. Diversión y juegos estaban a la orden del día. Buceo, inmersión, carerras de motos acuáticas. Todo molaba.

Bianca estaba sentada al lado de Aleksandr, comiendo la ensalada de langosta y cangrejo, bebiendo copa tras copa de vino tinto, y harta de Xuan.

—Después de comer, todas las chicas se quedarán en *topless* —anunció de repente, al tiempo que lanzaba a la periodista una mirada vengativa—. ¿Te apuntas?

—No —contestó Xuan—. No creo en la desnudez en masa.

—¡Desnudez en masa! —chilló Bianca—. No es desnudez en masa cuando estás entre amigos.

—Prefiero no hacerlo —dijo Xuan cortésmente.

—¿Por qué no? —insistió la modelo—. ¿Tienes algo que esconder?

Aleksandr la fulminó con la mirada.

—¡Basta! —dijo muy serio.

Bianca tomó otro sorbo de vino tinto.

—¡Oh, por favor! —dijo arrastrando las palabras—. Sabes que te estás muriendo de ganas de ver sus tetitas chinas.

Aleksandr se levantó y la agarró del brazo para ponerla en pie. Ella se resistió, la copa se volcó y el vino tinto se derramó sobre el regazo de Xuan.

—¡Lo siento! —musitó Bianca, al tiempo que se ponía a reír a carcajada limpia—. Un accidente, lo juro.

—Ven conmigo —dijo Aleksandr, y esta vez rodeó su brazo con fuerza.

—¡Oh! —se burló Bianca—. ¿He sido mala? Pensaba que te gustaban las chicas malas, Alek, ¿o es que tus gustos han cambiado?

Aleksandr, con los labios apretados, no contestó, mientras se alejaba con la *top model* de la mesa.

Siguió un silencio tirante, roto por Ashley.

—¿Vamos a quedarnos de verdad en *topless*? —preguntó, muy excitada por la idea de exhibir sus encantos delante de Cliff.

Taye le dedicó una sombría mirada.

—No mientras yo esté delante, tesoro. Esas tetas son de mi propiedad exclusiva.

72

—Una vez que os pongáis en marcha, ¿cuánto tiempo tardaréis en llegar al yate? —preguntó Sergei, y se le disparó el tic de la mejilla izquierda mientras esperaba la respuesta.

Cruz, con el perenne cigarrillo colgando del labio inferior, se encogió de hombros.

—Un par de horas —respondió—. El puto barco no está muy lejos. Están haciendo un crucero por las islas.

—Entonces, después de que te marches, ¿es posible que mis hombres vuelvan con Kasianenko en unas cuatro horas?

—No esperes nada —dijo el mexicano, mientras caía ceniza de su cigarrillo al suelo—. Nadie sabe lo que va a pasar. Hemos de apoderarnos del yate antes de ir en busca de Kasianenko. Eso llevará tiempo. Siempre puede ocurrir algo inesperado.

Sergei controlaba su mal humor. Desde el primer momento, Cruz le había asegurado que apoderarse del *Bianca* sería coser y cantar, y ahora estaba manifestando dudas.

Frunció el ceño, impaciente. Iba a suceder aquella noche, y sería mejor que Cruz procediera con celeridad y pulcritud.

Durante las últimas veinticuatro horas, su personal de seguridad había puesto a punto un piso franco donde pensaba retener a Kasianenko. El piso se hallaba en el sótano de la villa, un lugar frío y húmedo que utilizaban como almacén. Sergei había ordenado que reforzaran la puerta, colocaran cerrojos especiales y llevaran grilletes sólidos para fijarlos a la pared de piedra.

Estaba diseñado para ser el nuevo hogar de Kasianenko, y ardía en deseos de que su archienemigo fuera a ocuparlo.

El aburrimiento inducía a Ina a hacer cosas que no debía. Sin embargo, mientras Cruz no se enterara...

Encontró una forma de salir de la villa sin que su hermano se diera cuenta. Una vez fuera, atrajo la atención de Cashoo, y le indicó mediante gestos que se encontrara con ella en la playa, detrás de una gran formación rocosa.

El muchacho estaba dispuesto a hacer cualquier cosa que deseara la mujer. No sentía escrúpulos ni culpa, sólo era un chico joven con una libido desbordante.

Ina no albergaba la menor intención de llegar hasta el final con él. Sólo quería jugar un poco para divertirse.

Ninguno hablaba el idioma del otro. Pero ¿quién necesitaba palabras cuando la lujuria desatada era una forma de comunicación muy conveniente?

Cashoo dio vueltas a su alrededor como un coyote cauteloso.

Ella sonrió y se desabotonó la blusa, al tiempo que agitaba sus grandes pechos en dirección al chico.

Él nunca había visto unos pechos aumentados. Tan grandes y firmes. Extendió la mano para tocarlos con sus dedos huesudos.

Ina le apartó la mano de un manotazo, después le bajó la cremallera de los tejanos, y dirigió su larga y delgada erección hacia sus pechos.

Él captó la idea, colocó el pene entre los enormes pechos, y al cabo de unos segundos eyaculó.

Ina le sonrió de nuevo, antes de apartarle.

Era un agradable cambio detentar el poder por una vez. Era su manera de vengarse de Cruz y Sergei por tratarla como si fuera una mierda.

Pensaban que eran sus propietarios.

Que se lo pensaran mejor.

Sabía todo acerca de ambos.

73

Después de hablar con Eddie, Hammond se sumió en una furia malévola. Maldita sea, se iba de la ciudad unos pocos días, y de repente, una chica a la que apenas conocía le acusaba de acoso sexual.

Skylar Byrne, una estúpida becaria que, por lo que recordaba, había estado tratando de seducirlo.

¿O había sido él? En cualquier caso...

¡Zorra! ¡Puta! En el fondo, todas eran unas zorras.

¿Cómo se atrevía a acusarle? ¿Y cómo se atrevía Eddie a tragárselo, como si la chica estuviera diciendo la verdad? La verdad era que la chica esperaba el pago del chantaje, y Eddie era demasiado tonto para darse cuenta de lo que estaba pasando.

Para colmo de tanta tontería, le había informado de que habían expulsado a Radical del severo internado suizo, y ahora la adolescente se había instalado en su apartamento hasta que él y Sierra volvieran a casa.

Fantástico. Radical. Qué gran ayuda para su imagen pública, con el pelo negro teñido con mechas verdes, y su insoportable actitud de adolescente arrogante.

Hammond era muy consciente de que necesitaría la ayuda de Sierra para resolver aquellos problemas. La gente estaba enamorada de ella, era su favorita, y no podía hacer nada mal. Lo cual era excelente, porque la necesitaba para desmentir las acusaciones de Skylar, antes de enviar a Radical a otro internado muy lejano. Era preciso reconocer que Sierra mantenía la cabeza despejada cuando se trataba de apagar fuegos. Sabía muy bien cómo manejar las crisis.

Había dicho a Eddie que callara a los Byrne prometiéndoles una entrevista en cuanto volviera. Sierra debería estar presente en la reunión para apoyarle, mientras él informaba a los padres de la chica de que todo eran fantasías de una jovencita fascinada por el poder y enamorada, que había utilizado su imaginación para inventar estúpidas historias. Con Sierra en la sala, los Byrne no podrían dar crédito a su hija. Sería su palabra contra la de Skylar, y nadie interpretaba mejor el papel de persona honrada, moral y recta que Hammond Patterson..., sobre todo con la encantadora Sierra a su lado.

Por desgracia, no era el momento más adecuado, porque su mujer estaba nerviosa por haber visto a Flynn Hudson, quien al parecer le había contado un montón de mentiras.

Bien, no eran mentiras. Hammond había manipulado las fotos para provocar la ruptura. Flynn no se merecía una chica como Sierra, de modo que había solucionado el problema. En aquel momento le había costado bastante, pero valió la pena vistos los resultados.

El accidente de coche fue un feliz error, porque había provocado que Sierra perdiera el bebé de Flynn. Aunque la parte negativa había sido que ella se había largado, y tardó unos años en poder seducirla y casarse con ella.

Sierra Kathleen Snow. La esposa perfecta de un político. Era su as en la manga, y no podía permitir que le abandonara.

Era una desgracia que Flynn se hubiera inmiscuido en sus vidas de nuevo, azuzando a su mujer, convenciéndola de que se liberara.

Como de costumbre, él había logrado controlarla. Ella siempre creía en sus amenazas, y más le convenía, porque sabía que era capaz de todo. Y, por supuesto, era muy capaz de deshacerse de Flynn de una vez por todas.

Cuando volvieran a Nueva York, el fallecimiento del periodista sería el primer punto de su orden del día.

—Creo que estoy preparado para volver al mundo real —comentó Flynn a Cliff, sentados en la cubierta principal, mientras bebían cubalibres antes de la cena—. Todo este lujo no es para mí. Necesito estar donde hay acción.

—Has de admitir que no está nada mal. —Cliff se llevó una porción de guacamole a la boca—. Podría llegar a acostumbrarme. Hasta podría comprar un velero.

—Intentaré marcharme mañana —dijo el periodista, mientras daba vueltas a los cubitos en el vaso.

—Mañana por la noche es la gran fiesta de cumpleaños —le recordó Cliff—. ¿No puedes esperar?

—Tengo cosas que resolver. Además, me siento mejor en tierra firme.

El autor asintió.

—Lo entiendo, pero este descanso me está sentando de fábula. Ni *paparazzi*, ni entrevistas, ni citas en el plató a las cinco de la mañana.

Los dos se habían hecho muy amigos durante los últimos días. A Cliff le había gustado escuchar las anécdotas de Flynn sobre sus viajes por el mundo.

—Deberías pensar en escribir un guión —le sugirió, mientras indicaba a Renee que volviera a llenarle el vaso.

—¿Por qué? —preguntó Flynn, pensando que nada le gustaría menos.

—Porque has vivido unas aventuras fascinantes.

—Más o menos —repuso con modestia.

—Tú escribirás un guión explosivo, y yo seré la estrella —dijo Cliff, muy metido en la idea—. Ya es hora de que interprete a un personaje real, íntegro.

—¿Por qué crees que soy una persona íntegra?

El otro rió.

—Te conozco. Eres un tipo interesante. Deberías viajar a Los Ángeles, instalarte conmigo y Lori durante un par de semanas o meses, lo que te vaya bien. Trae a Xuan..., si es que puedes arrancarla de las garras de Aleksandr.

—Eh... Sí. —Flynn vaciló un momento—. Acerca de Xuan... Entre nosotros, no es mi novia.

—No has de darme explicaciones. —Cliff hizo una pausa—. Aunque, si estás de humor para hablar... ¿Qué hay entre tú y el senador?

Flynn hizo una mueca.

—Supongo que te has enterado de la pelea.

—Escucha, este yate es lujoso, pero el espacio es exiguo. Lo que pasa se sabe enseguida, por no hablar del ojo a la funerala que le dejaste. ¿Has pensado en trabajar de doble?

El periodista hizo una mueca.

—Se lo merecía.

—¿Hay resquemor entre ambos?

—Viene de la universidad. Hammond siempre fue un cerdo.

—Le ha ido bien para ser un cerdo.

—Un cerdo insidioso y listo, se lo concedo. Traicionero como una jodida serpiente.

—Rasgos típicos de un político —dijo con sequedad el astro del cine—. Créeme, conozco a unos cuantos.

—Vives en Los Ángeles. ¿Por qué no me sorprende?

Cliff carraspeó y rió.

—Y... ¿la disputa actual? —preguntó, mientras Renee le entregaba la bebida.

—Una larga historia —dijo Flynn, al tiempo que se masajeaba la barbilla.

—Todas lo son.

—No me gustaría aburrirte.

—Soy actor —dijo Cliff, y exhibió su radiante sonrisa de estrella de cine—. Vivimos para escuchar las historias de los demás.

—Vale, tú lo has querido —contestó Flynn; de hecho, pensaba que si no contaba la historia pronto, se asfixiaría.

Y empezó...

—Ha ocurrido una desgracia —anunció Hammond, mientras Sierra y él se preparaban para la cena.

Por un momento, ella fue presa del pánico. ¿Habría logrado arrojar a Flynn por la borda? ¿Estaría muerto?

¡Oh, Dios! Palideció, sin apenas poder hablar.

—¿Qué pasa?—murmuró.

—Esa joven becaria —dijo él, como sin darle importancia—. La chica nueva de la oficina. Digamos que se ha enamorado de mí de una forma obsesiva.

—¿Por qué me cuentas esto? —preguntó Sierra, tranquilizada.

—Porque —empezó él en tono santurrón—, como querida esposa mía, has de saber estas cosas.

—¿Y por qué?

Le miró con cautela. Algo se avecinaba, algo que no le iba a gustar.

—Esta pobre chica ingenua me acusa, al parecer, de conducta inapropiada hacia ella.

Sierra casi se puso a reír. ¡Conducta impropiada! ¿Se la había intentado follar y le habían pillado? Nada podría hacerla más feliz.

—Oh, querido —murmuró—. Qué desgracia.

—No es nada espantoso —continuó Hammond—. No obstante, lo hemos de solucionar.

—¿Hemos? —preguntó Sierra, complacida de darle un poco de miedo.

—Sí, hemos —replicó él; no le gustaba su actitud.

—¿Y si no te ayudo a salir de ésta?

Hammond apretó la mandíbula y una expresión venenosa cruzó su rostro.

—Ya veo que no me escuchas, querida mía —dijo con frialdad—. Por lo visto, olvidas que soy capaz de encargarme de determinadas cosas. Por lo visto, te importa un bledo el bienestar de determinada persona.

Amenazas.

Otra vez.

Siempre.

Seguía encerrada en su trampa.

—¿Hasta cuándo piensas continuar así? —preguntó Aleksandr cuando Bianca despertó del sueño inducido por demasiado vino tinto.

Ella se levantó de la cama, fulminó con la mirada a su amante, entró en el cuarto de baño y cerró la puerta de golpe.

—Hasta que me pidas perdón —chilló a través de la puerta cerrada.

Aleksandr se sentía frustrado. Bianca y sus ataques de celos estaban estropeando el viaje. Era una mujer obstinada que se portaba muy mal.

¿Iba a cometer una equivocación si le pedía que fuera su esposa?

¿Se merecía el anillo de esmeraldas y diamantes, valorado en un millón de dólares, guardado en la caja fuerte?

Si no cambiaba de opinión por la mañana, estaba pensando muy en serio cancelar la cena de celebración que había organizado. La cena, a cuyo final pensaba darle el anillo.

—Voy a reunirme con nuestros invitados —gritó a la puerta cerrada—. Nos veremos más tarde, si la resaca te lo permite.

—¡Que te jodan! —chilló una furiosa Bianca.

Otra noche de ensueño en el paraíso.

74

Cruz iba vestido para entrar en acción. Traje de faena militar. Botas de combate con suelas de goma especiales. Un chaleco antibalas con muchos bolsillos para guardar pistolas y cuchillos. Era una fortaleza andante, preparado para todo.

Amiin iba vestido de una forma todavía más colorida, aunque su atavío principal era marrón oscuro. Se tocaba la cabeza con una gorra de lana naranja chillón, y llevaba alrededor del cuello diversos pañuelos de alegres colores.

Cashoo optó por tejanos, dos camisetas debajo de un jersey grueso para protegerse del frío, y un pañuelo rojo sobre la frente.

No existía código de indumentaria entre los piratas. Vestían como les daba la gana; lo que importaba eran las armas. Las dos embarcaciones iba cargadas con rifles de asalto, pistolas semiautomáticas, lanzacohetes, machetes y diversos tipos de espadas, un detalle tribal somalí.

A Cruz le daba igual cómo actuaran sus hombres, siempre que hicieran el trabajo.

Viktor y Maksim, los dos guardaespaldas designados por Sergei para hacerse cargo de Kasianenko eran rusos. Llevaban varios años con él y eran soldados leales en el ejército de seguridad de Sergei. A ninguno de los dos les hacía gracia la misión. No eran hombres de mar, sino guardaespaldas que preferían trabajar en tierra firme. Sin embargo, el amo pagaba en buenos dólares, de modo que obedecieron, les gustara o no.

Consideraban a los piratas un montón de escoria inútil, muy inferiores a ellos.

A su vez, los piratas se reían y burlaban de ellos a causa de su pelo cortado al cero, la ropa pulcra y las pistolas Glock. No existía afecto entre ellos. Ni respeto, por supuesto.

Sergei les dio un sermón antes de partir.

—Lo que debéis hacer es controlar a Kasianenko. Si me lo traéis, seréis bien recompensados. Ah, y procurad que esos imbéciles no le peguen un tiro en el culo sin querer. Le quiero vivito y coleando como un jabalí, ¿entendido?

Lo habían entendido.

Entretanto, Cruz estaba ocupado estudiando el tiempo. Se estaba gestando una tormenta, pero no debía descargar hasta las cuatro o cinco de la madrugada. Su objetivo era atacar el *Bianca* a las dos. Cuando llegara la tormenta, ya habrían subido a bordo y tomado posesión del yate, y él estaría pidiendo el rescate por teléfono.

Elegir el momento oportuno era fundamental.

Cruz era un experto en elegir el momento oportuno.

75

La cena a bordo del *Bianca* era informal. Aleksandr había informado a todo el mundo de que, como al día siguiente era el cumpleaños de Bianca, la velada sería sencilla. El tema de la noche era la barbacoa, que tendría lugar en la cubierta superior. Dos mesas de seis. Manteles a cuadros. Cerveza y vino tinto. Música *country* en los altavoces. Las parejas se sentarían juntas. Tejanos y pantalones cortos serían la indumentaria oficial.

Ashley llevaba unos tejanos cortados descoloridos y una camisa rosa atada de manera precaria debajo de los pechos. Taye iba en tejanos y una camiseta sin mangas, con los músculos destacando. Lori optó por pantalones con lentejuelas y un *top*, el pelo rojo recogido en coletas.

—Pareces una niña pequeña —le dijo Cliff, al tiempo que le acariciaba la barbilla.

—Y tú pareces un vaquero viejo y entrecano —bromeó ella.

—¡Vaya cumplido! —dijo él con una risita autoparódica—. No era eso lo que pretendía, pero supongo que no hay otro remedio. Sin embargo, lo de «entrecano» me ofende.

—Es porque no te has afeitado —indicó Lori, mientras pasaba el dedo índice por su barbilla.

—He pensado dejarme barba. Fíjate lo relajado que estoy.

Lori se apretujó contra él.

—Es agradable verte así.

—¿Cómo?

—Se acabó el señor Estrella de Cine.

—Conque se acabó el señor Estrella de Cine, ¿eh?

—Exacto. Se acabó el Hombre Vivo Más Sexy.

—¿Cómo? ¿No crees que soy sexy?

—Ya sabes que sí.

—Qué lista eres —dijo Cliff, y le dio un beso en la frente.

—Gracias —ronroneó ella—. Lo intento.

—Y también guapa. Eso es un extra.

—Dobles gracias.

—¿Sabes una cosa, Lori?

—¿Qué?

—Estamos muy bien juntos.

—¿Y lo acabas de descubrir? —preguntó ella sin aliento.

—No desdeñes un cumplido. Sólo acéptalo, nena.

—Creo que lo haré —dijo ella sonriente.

Nunca se había sentido más feliz que en aquel momento. Iba a ser otra noche de miedo.

—Me iré por la mañana —informó Flynn a Xuan antes de subir a cenar—. Ya es hora de que me vaya.

Ella guardó silencio un momento, ocupada en pintarse las uñas con laca púrpura, algo tan femenino que era impropio de ella.

—¿Y eso por qué? —preguntó por fin.

—Ya sabes por qué —replicó Flynn irritado—. Supone una espantosa tortura para mí ver cómo Sierra jode su vida. Al final hablamos, y ahora ni siquiera me mira. No tienes ni idea de lo que es eso. He de irme.

—Si te vas, ¿qué será de mí?

—Haz lo que te dé la gana. Acompáñame. Quédate. Lo que quieras. Estoy seguro de que a Aleksandr le encanta tu compañía.

—Se supone que soy tu novia, ¿o lo has olvidado?

—¿Hablas en serio? Nadie se cree ya que estamos juntos. Sobre todo porque siempre estás orbitando alrededor de Aleksandr, como si fuera un dios.

—No es verdad —replicó Xuan, con las mejillas encendidas—. ¿Por qué dices eso?

—Escucha, el espacio es muy reducido, nada pasa desapercibido. Y para tu información, Bianca está muy cabreada.

—Eso es ridículo. Aleksandr sólo está ofreciendo su ayuda y bondad a los menos afortunados del mundo. Es un hombre inteligente, generoso y lleno de sentimientos.

—Sí, sí, claro. Y tú no te estás muriendo de ganas de meterte en la cama con él, ¿verdad?

—No, Flynn —afirmó ella con solemnidad—. De ninguna manera.

—Entonces, los dos nos iremos mañana.

—No —dijo Xuan, tras una larga pausa—. Tú haz lo que quieras, yo he decidido quedarme.

—¡Joder! —dijo Flynn, y se encaminó hacia la puerta—. Como si me importara una mierda. Nos vemos arriba.

Mercedes repasó la situación. Dieciocho tripulantes. Doce invitados, incluidos Kasianenko y la diva de su novia. La gran fiesta sería mañana, de manera que aquella noche no habría nadie más a bordo.

Saboreaba por anticipado la noche que se avecinaba, y se había preparado en consonancia. No solía probar drogas, pero para mantenerse despejada había bebido varios Red Bulls y esnifado algunas rayas de cocaína. La coca siempre la mantenía en forma, tal como Cruz le había enseñado. ¿Quién necesitaba ir a la escuela con un papá como Cruz de profesor?

También había vaciado dos frascos de somníferos en la sopa de la tripulación que el chef tenía hirviendo en la cocina, y por si acaso había triturado otro montón de somníferos para mezclarlos con las alubias estofadas en salsa que se servirían con la barbacoa. Era mucho menos probable que unos pasajeros adormilados causaran problemas, y que todo el mundo se fuera temprano a la cama era de capital importancia.

Había dejado a Kyril para más tarde. Tenía que elegir el momento adecuado. Con un hombre tan grande, no estaba segura de qué cantidad de somníferos sería suficiente para dejarlo sin sentido. Mejor demasiado que demasiado poco. Le llevaría el chocolate caliente más tarde de lo habitual. Probablemente, no se daría ni cuenta. El hombre era una máquina, una máquina silenciosa y estoica.

Guy le lanzó una mirada suspicaz cuando se cruzó con ella.

—Se te ve muy vivaz para alguien que ayer apenas podía moverse. Un restablecimiento milagroso, ¿verdad? —preguntó con sarcasmo.

—Apuesto a que está contento de no ser una chica, ni de tener que padecer nuestra pesadilla mensual. No podría soportarlo, quedaría hecho una mierda.

—Cuida tu lenguaje, jovencita —replicó Guy, desfogando la frustración que sentía por culpa de Jeromy Milton-Gold, porque aún estaba furioso—. He decidido descontarte el salario de ayer, puesto que no fuiste capaz de cumplir con tu obligación.

—Oooh… —se burló Mercedes, fingiendo decepción—. ¿Qué voy a hacer?

Su insolencia sorprendió a Guy. El capitán Dickson tenía razón, no tendría que haberla contratado.

Nunca más, de eso estaba seguro. Ya podía suplicar una referencia decente, que no la obtendría.

—Estaba pensando que, después de irnos del yate, podría quedarme en nuestra casa de Miami contigo una o dos semanas, antes de regresar a Londres —aventuró Jeromy—. Solos los dos. ¿Te parece bien?

Estaban sentados a la mesa con Taye y Ashley, quienes habían pasado la mayor parte de la velada susurrándose cosas al oído como un par de adolescentes que se hubieran citado en secreto. A la mesa se sentaban también el senador y su esposa, quien por lo visto no abría la boca.

Luca miraba con ansia a la mesa de al lado, donde su nueva mejor amiga, Lori, estaba sentada con Cliff, Aleksandr, Flynn y Xuan. Bianca aún no había hecho acto de aparición. Se preguntó de qué estarían hablando, con ganas de levantarse de la mesa y ocupar la silla vacía.

—¿Qué opinas? —insistió Jeromy, irritado por el hecho de que no le hiciera caso.

A Luca no le gustaban los enfrentamientos, sobre todo con Jeromy, que podía convertirse en una arpía en cuestión de segundos. Sin embargo, debido a que estaban acompañados, y aún a pesar de que Taye y Ashley iban a lo suyo, se sentía lo bastante valiente para decirle la verdad.

—No —replicó—. No me parece bien. Nada bien.

Jeromy dio unos golpecitos en el lado de la copa de vino y carraspeó.

—¿Perdón? —dijo con timidez, y su larga nariz tembló un poco—. Pensaba que te encantaría pasar más tiempo juntos.

—Suga y Luca júnior vendrán a alojarse conmigo antes de que empiece la segunda parte de la gira por Sudámerica. Pienso dedicarles todo el tiempo posible.

—Ningún problema, lo pasaremos juntos —respondió Jeromy, presintiendo que su dios rubio se le escapaba de las garras—. Yo, tú y el crío.

—Se llama Luca júnior. Y los cuatro juntos… no me interesa.

—¿Por qué?

—Porque necesito tiempo para estar a solas con ellos. —Luca hizo una pausa, y se preguntó hasta dónde podría llegar—. Además, tú no puedes soportar a Suga, ya me lo has dicho suficientes veces.

—Puede que la haya criticado alguna vez —admitió Jeromy con un vago encogimiento de hombros—, pero eso no significa que no me caiga bien. Es… esto…

Calló. ¿A quién quería engañar? A Luca no, desde luego, a quien por lo visto le habían crecido un par de pelotas nuevas, pues Jeromy sabía muy bien que a su novio le desagradaban las discordias. Pero aquella noche, no.

—Muy bien —dijo con un nudo en la garganta—. Iré a Londres directamente. No quiero interponerme en tus deseos.

Luca se sintió aliviado. Si volaba directamente a Londres, podría romper con él a distancia. Sabía que era una cobardía, pero no le apetecía nada pelearse con Jeromy.

Además, éste no desaparecería silenciosamente en la noche, de eso estaba seguro.

Bianca paseaba de un lado a otro del lujoso camarote principal como una tigresa enjaulada. ¿Cómo había permitido que un pequeño desacuerdo se convirtiera en una batalla a gran escala?

Estaba furiosa consigo misma. Y más todavía con aquella odiosa benefactora china de cuerpo menudo y lustroso pelo negro. ¿Era posible que a Aleksandr le gustara?

No. Puras fantasías. ¿Cómo podía Aleksandr mirar a otra mujer teniéndola a ella? Su forma de hacer el amor era superlativa, apasionada, enloquecedora. Nadie podía superar la magia que creaban juntos.

Mañana era su cumpleaños, y durante las últimas horas su voz interior la había estado sermoneando con severidad.

Perdónale o le perderás.

¿Por qué he de hacerlo?

Porque es un hombre. Un hombre orgulloso y fuerte. Y por una vez admite que te has equivocado.

No estoy equivocada.

¿A quién le importa? Deja de estropearlo todo.

Vale, vale, ya lo pillo.

Guiada por un impulso, cogió una hoja de papel y escribió a Aleksandr una breve nota. Después llamó para que alguien viniera a buscarla y se la diera.

Pronto volvería a ser todo suyo.

76

Hacia las once de la noche, Cruz había partido con las dos embarcaciones. Mercedes le había dicho que la fiesta estaba languideciendo a bordo del *Bianca*, los invitados se iban retirando más pronto de lo habitual, y todo estaba encarrilado.

Esa chica valía su peso en oro. Se había convertido en el hijo que siempre había soñado tener. Era dura como un chico en un cuerpo femenino. Y era su hija. Su madre había muerto. Él mismo la había educado, entrenado para que nadie la chuleara, enseñado muchas cosas, todos los trucos. Era una chica lista, aprendía deprisa, afilada como un cuchillo de carnicero.

En cierto modo, dependía de ella. En lo referente al trabajo, era de mucha ayuda contar con alguien dentro, porque esta actividad era especial. Había en juego pasta gansa. Aparte de que Sergei Zukov estaba encima de él como un halcón. Cagarla estaba descartado.

Acarició el cuchillo de caza que guardaba cerca de la barbilla en un bolsillo secreto. A veces, los cuchillos podían resultar más intimidantes que las pistolas. La gente se encogía al ver un cuchillo. La cuchillada del acero que desgarraba la carne nunca era bonita, y él ostentaba algunas cicatrices que lo demostraban. Recordaba con frecuencia a la puta guatemalteca que había intentado robarle después de una noche de sexo salvaje. Le clavó un cuchillo de carnicero en el estómago y a punto estuvo de matarle. Por suerte, le habían encontrado en la calle donde le había arrojado su chulo, y un taxista convertido en buen samaritano le había conducido a la clínica más cercana. Cuando se hubo recuperado, Cruz localizó al taxista y dio al sorprendido y agradecido hombre cinco mil dólares en metálico. Acto seguido, regresó a la habitación de la puta, le rebanó el pescuezo y disparó a su chulo en las pelotas. Sin el menor remordimiento.

Después, hubo aquel capitán de un buque de carga que se abalanzó sobre él con un cuchillo de carnicero y consiguió hacerle un corte en el cuello antes de que él le hundiera el cuchillo en el corazón. Muerto por proteger la mierda de algún magnate del petróleo. Estúpido.

Sí, había sobrevivido a varios encuentros con cuchillos. No le daba miedo la violencia.

La decisión de Sergei de no participar en el secuestro del barco le complacía. Arrastrarlo a su lado sólo habría logrado retrasar la operación, y no cabía duda de que habría estorbado.

Entretanto, después de buscar en Google, Cruz había descubierto que Kasianenko era un gilipollas forrado de miles de millones. Lo divertido era que sólo iban a pedir unos míseros cinco millones de rescate.

No era suficiente. Cuando dividiera el dinero con Sergei y pagara a sus hombres la parte correspondiente, le quedaría con suerte un irrisorio millón.

Se lo había intentado explicar a Sergei, quien estaba más interesado en tomar prisionero a Kasianenko que en marcharse con un rescate digno de un rey. El problema consistía en que Sergei estaba tan forrado de dinero de la droga que le daba igual. Lo único que le interesaba era llevar a cabo su venganza.

Después de meditarlo durante varios días, Cruz había empezado a darse cuenta de que si lo hacía a su manera, este secuestro podría convertirse en el golpe de su vida. Olvídate de los cinco millones. ¿Por qué no cincuenta? ¿O incluso cien?

Si era listo, todo podía ser suyo. Suficiente para renunciar al negocio de la piratería de una vez por todas. Podría largarse de Somalia y comprar una lujosa mansión muy lejos (las Bahamas, Los Ángeles, Argentina), en cualquier parte del mundo. Podría vivir en un lugar donde no tuviera que estar rodeado de guardias armados y vigilar su espalda en todo momento, no fuera que algún *chingado* somalí decidiera librarse del extranjero que ganaba dinero gracias a sus negocios.

¿Por qué no? Era una oportunidad que nunca más volvería a presentarse.

Cruz se sentía dividido. Mientras su potente lancha motora surcaba el mar en la noche, ocupada por sus hombres y un guardia de Sergei (había separado a los dos rusos), no sabía qué hacer. Si no cumplía las expectativas del ruso, se ganaría un enemigo para toda la vida.

No obstante..., si hacía las cosas a su manera, ganaría más dinero del que jamás había imaginado.

La manera de Sergei.

Su manera.

No tenía mucho tiempo para tomar la decisión correcta.

77

—Nunca pensé que hacer las paces pudiera ser tan sexy —ronroneó Bianca, mientras pasaba sus largas y esbeltas piernas alrededor del cuello de Aleksandr, los dos desnudos y entrelazados sobre la gigantesca cama del camarote principal.

—Me has apartado de nuestros invitados —dijo él, y cambió de posición el cuerpo para sepultar la lengua en la sedosa humedad de Bianca.

—Mmmmmm... —gimió de placer ella—. Tal vez necesitaban acostarse pronto.

Aleksandr levantó la cabeza en busca de aire.

—Eres una mujer muy provocativa, Bianca —dijo con voz preñada de deseo—. A veces, consigues que me vuelva loco.

—Loco de deseo, espero —murmuró ella, mientras cambiaba de posición para poder tomarle en su boca, mientras él continuaba dándole placer.

—Sí, *golubushka* mía —gruñó él—. Siempre de deseo.

Unos escasos momentos de felicidad antes del orgasmo simultáneo.

Después de verbalizar su placer, Bianca se dio la vuelta y elevó los brazos sobre la cabeza.

—Ha sido asombroso —declaró.

—Para ambos —coreó Aleksandr, muy satisfecho porque ella se había disculpado. Ella lo sentía muchísimo, y él también por alimentar pensamientos sexuales acerca de Xuan.

—Eres sin duda el mejor amante —suspiró Bianca, muy satisfecha—. El mejor que he tenido jamás.

—Tú también, cariño. Y de cara al futuro, hemos de procurar por todos los medios que los celos no nos vuelvan a separar.

—Nunca volverá a ocurrir —le tranquilizó la modelo—. Te lo prometo.

Adiós, cerda asiática, mi hombre ha vuelto al redil.

—Estoy muy cansada —dijo Lori, mientras reprimía un bostezo cuando ella y Cliff entraron en el camarote—. He tomado demasiado el sol, y me hormiguean los brazos.

—No eres la única —repuso él—. Me pasé en la moto acuática. Demasiado ejercicio. —Hizo una mueca—. Me estoy convirtiendo en un anciano.

—No es verdad —protestó ella.

Cliff sonrió con su carisma de estrella de cine.

—No, no lo es —admitió.

—Entonces... ¿nada de sexo esta noche? ¿No quieres que yo...?

—No —se apresuró a decir él—. Lo único que quiero hacer esta noche es meterme en la cama y acurrucarme junto a mi chica. ¿Te parece bien?

—Sí, Cliff —contestó Lori, radiante—. Me parece absolutamente perfecto.

Gracias a Dios que estas camas son gigantescas, pensó Luca, después de meterse en su lado de la cama.

Jeromy salió del cuarto de baño con su pretencioso pijama de seda, con las iniciales bordadas en el bolsillo.

No se hablaron. No había nada que decir.

Ambos sabían que todo había terminado, aunque el cantante ignoraba que Jeromy no iba a rendirse sin pelear.

—¿Quién se apunta a ver una película? —preguntó Taye, pletórico de energía y preparado para seguir despierto un par de horas más—. Hay una selección de cinco mil DVD en la sala de proyecciones. Joder, podemos elegirla por votación.

—No quiero ver una película —dijo Ashley, ofendida porque Cliff Baxter casi no le había hecho caso en toda la noche—. Me voy a la cama.

—Yo también —dijo Sierra, quien dirigió una veloz mirada a Hammond. Éste no se movió—. Buenas noches a todos.

Se fue a toda prisa, con el temor de toparse con Flynn, quien se había ido antes. O quizás Hammond la seguiría. Rezó para que no fuera así.

—No entiendo por qué todo el mundo está tan hecho polvo esta noche —se quejó Taye a Xuan y Hammond, los últimos invitados que quedaban—. ¿Acaso no hemos venido a divertirnos?

—Mañana es la noche de la fiesta —replicó la periodista con sequedad—. Toda la diversión que quieras y más.

Se sentía decepcionada porque Aleksandr se había retirado temprano. Tenían que hacer planes, hablar de cosas. Tal vez por la mañana podrían concretar futuros encuentros para después de que el viaje terminara.

—Sí, bueno yo prefiero divertirme cada noche —gruñó Taye.

—Casi es medianoche —señaló Xuan, al tiempo que disimulaba un bostezo con delicadeza—. Es demasiado tarde para empezar a ver una película, al menos para mí.

—Tienes razón —intervino Hammond, consultó su reloj y se levantó—. Es hora de retirarse.

Taye se encogió de hombros. ¿En qué estaba pensando? Unas cuantas noches más en el yate, y después de vuelta a Blighty con los gemelos y su suegra. ¿Por qué estaba desperdiciando tiempo que podría emplear en hacer el amor?

Ashley estaba esperando. Aquella noche no tocaba película.

Al cabo de diez minutos de buscar a Renee, Hammond la descubrió en la cubierta superior, retirando los restos de la barbacoa. Enrojeció cuando le vio acercarse.

Den estaba con ella, limpiando detrás de la barra. Sin hacerle caso, el senador se encaminó hacia Renee.

—He de verte —dijo en voz baja—. ¿Dónde podemos estar juntos?

Ella se retorció incómoda. Al principio del viaje, su compatriota australiano Den había intentado iniciar un flirteo. Ella le había rechazado, no porque no le gustara, sino porque sabía que sería una estupidez empezar algo con un compañero de trabajo. No obstante, era un poco violento. No quería que Den pensara que había algo entre ella y el senador.

—Ahora no puedo hablar —susurró—. ¿Podemos encontrarnos aquí dentro de una hora?

—¿Una hora? No puedo esperar tanto —se quejó Hammond, con una expresión ultrajada en su insípido rostro—. ¿No te das cuenta de que he estado pensando en ti todo el día?

A Renee se le revolvió el estómago. Estaba halagada y excitada al mismo tiempo. ¡El senador Patterson era un hombre muy importante, y quería estar con ella!

—Tendrá que hacerlo —respondió, algo desesperada—. Estaré aquí. Se lo prometo.

—Muy bien. —Hammond miró a Den—. He perdido mis gafas de leer —dijo en voz alta—. ¿Alguien las ha visto?

—Lo siento, tío —contestó Den, y después recordó con quién estaba hablando—. Mmm, quiero decir senador Patterson.

—No se preocupe —dijo Hammond, mientras se alejaba a paso vivo—. Estoy seguro de que aparecerán.

Den salió enseguida de detrás de la barra y se acercó a Renee.

—¿Qué le pasa a ése? —preguntó.

Ella se encogió de hombros.

—¿Cómo quieres que lo sepa? —replicó, intentando aparentar indiferencia, cosa que no consiguió.

—Un poco más y se te tira encima —acusó él—. ¿Qué quiere ese viejo baboso?

—Ya le has oído —dijo Renee, con las mejillas ardiendo—. Sus malditas gafas de leer, y por cierto, no es tan viejo.

—Puede que no, pero está casado —señaló Den, y le dirigió una severa mirada—. Y eso significa que no deberías meterte en algo que no sabes manejar.

—¡Oh, por favor! —estalló la chica, muy frustrada—. Eres un capullo. No pasa nada.

—Sí, disimula —dijo con sarcasmo Den—. Se te nota demasiado.

Tener controlado a todo el mundo no era tan fácil como Mercedes había imaginado. Esperaba que a medianoche todos los invitados se hubieran retirado a sus aposentos. Y si bien la mayoría lo había hecho, aún quedaban rezagados. Flynn Hudson era uno. ¿Por qué estaba nadando a medianoche? Haciendo largos en la piscina como si se estuviera entrenando para los Juegos Olímpicos. Y el senador, siempre intentando tirarse a Renee. Mercedes decidió que debía hacer algo al respecto, encerrarles en algún lugar seguro para que no quedaran atrapados en el tiroteo, si es que había tiroteo, cosa que dudaba. Iban en un yate privado que surcaba el mar de Cortés, no en un viejo cascarón de nuez que se arrastraba a través del océano Índico cargado de petróleo. Nadie esperaba que les atacaran piratas. Sobre todo somalíes armados hasta los dientes con el objetivo de alcanzar el control de inmediato.

El capitán Dickson ya se había retirado, así como la mayoría de la tripulación.

El yate estaba anclado cerca de unas islas desiertas. Reinaban la paz y el silencio, aunque Mercedes había echado un vistazo al parte meteorológico y sospechaba que la tormenta llegaría antes de lo esperado. En otra vida habría podido triunfar como mujer del tiempo en la televisión, pensó. Tenía talento para hacer predicciones acertadas.

La adrenalina corría por sus venas cuando subió corriendo a la cubierta superior. Den estaba cerrando el bar y a punto de marcharse.

—¿Dónde has estado? —preguntó, irritado—. Tenías que ayudar a Renee a limpiar. ¡Joder! Eres una vaga de cojones.

—¿Desde cuándo te has convertido en Guy? —preguntó Mercedes airada.

—Desde que abusas de Renee sin parar —replicó Den—. La chica es un amor, y tú un...

—¿Un qué? —le retó Mercedes, con una advertencia de peligro en los ojos. Lo último que necesitaba era distracciones.

—¿Queréis dejar de hablar de mí los dos? —dijo Renee, salida de la nada—. Hasta mañana, Den. Mercedes, ¿puedo comentarte una cosa?

—Apuesto a que sé de qué va —comentó él, frunciendo los labios—. Algún cabrón se la quiere tirar. Tal vez puedas conseguir que entre en razón, golfilla.

Den la había llamado golfilla desde que habían subido al barco. Hijo de su madre desconsiderado. Sería mejor que bajara a su camarote de una vez antes de que se interpusiera en el camino de alguien.

Renee la estaba mirando con aquella expresión de culpabilidad tipo qué-voy-a-hacer. Mercedes esperó a que Den se marchara, y después la chica la informó.

—Llévale a nuestro camarote —dijo la mexicana—. Es todo tuyo. Quédate a pasar la noche, si quieres.

—¿Qué harás tú? —preguntó Renee, mientras se retorcía las manos—. No sería justo expulsarte de tu propia habitación.

—No pasa nada. Yo también tengo un rollo.

—¡Caramba! —exclamó Renee, muy emocionada—. ¿Quién es?

—Eso da igual. Llévale a nuestro camarote.

—Eres una compañera estupenda.

Mercedes se encogió de hombros.

—No hay para tanto —murmuró.

Era hora de volver con Kyril. Ya le había llevado un plato de *brownies*, cargados de sedantes. Ahora llegaba la hora de la verdad. Un tazón de chocolate caliente humeante, o como lo llamaba Mercedes en secreto, el Tranquilizante de Caballos Especial.

Kyril no tardaría en quedarse dormido como una abuelita nonagenaria.

78

Cashoo se jactaba en somalí de que se había corrido encima de la mujer del jefe. Imitó sus grandes pechos con la mano y lanzó carcajadas obscenas.

Sus acompañantes en el segundo barco se humedecieron los labios, mientras masticaban *khat* y se preguntaban si algún día serían tan osados como Cashoo. Era su Casanova, tenía muchas chicas en casa. Se sentían fascinados y admirados por sus aventuras amorosas. Les divertía con sus historias, y siempre le pedían más.

Amiin iba al mando de la segunda embarcación. Pensó en lo afortunado que era Cashoo por no jactarse delante de Cruz, porque el muy idiota no se daba cuenta de que la mujer del jefe debía ser la hermana de Cruz. Si éste se enteraba, le cortaría la polla con una navaja de afeitar oxidada.

No era problema de Amiin. Participaba en la misión por dinero, y punto.

Aunque también debía recordar que Cashoo era un pariente, y si algo le pasara, la hermana de su madre, Kensi (una verdadera bruja), le echaría alguna maldición.

Había cinco hombres apretujados en cada lancha motora. En la de Amiin iban Cashoo, dos piratas más, Daleel y Hani, y Viktor, el ruso. No estaba seguro de por qué Cruz había decidido separar a los dos rusos, pero imaginaba que el jefe tendría sus motivos.

Al principio, el mar se hallaba en calma, aunque a medida que la embarcación continuaba su periplo, el agua se fue embraveciendo. Amiin y sus hombres eran marineros curtidos. Viktor, no. Empezó a palidecer en cuanto las olas comenzaron a aumentar de tamaño.

Una vez más, los somalíes se burlaron y rieron de él. Uno de ellos le ofreció un puñado de *khat* para que lo masticara. Como el hombre se negó, rieron todavía con más fuerza.

«*Kamayo* —mascullaron—. *Guska meicheke.*» Chúpame la polla.

Victor no estaba seguro de si le ofrecían insultos o compasión. Sólo sabía que cuanto más movido estaba el mar, más se le revolvía el estómago. Él no se había apuntado para aquello.

Amiin llamó a Cruz por su transmisor-receptor.

—El ruso se está mareando —murmuró—. ¿Qué debo hacer?

—Si se marea demasiado, tírale al agua —respondió Cruz.

Amiin no sabía si estaba bromeando. En el fondo, pensaba que no.

Cuando empezó a llover, Cruz se alegró. Siempre había considerado la lluvia un buen presagio, una purificación.

Sus hombres rezongaron y empezaron a ponerse sudaderas gastadas y viejas chaquetas manchadas. Se acurrucaron juntos como un equipo, mientras Basra impulsaba la veloz lancha motora a través de las traicioneras aguas.

Al igual que su compañero Viktor, Maksim se estaba mareando mucho. Las olas eran enormes, lo cual provocó que los somalíes sacaran sus cuentas de oración y empezaran a canturrear.

Cruz logró encajarse en la boca un cigarrillo empapado. No pudo encenderlo, lo cual le enfureció. Maldita sea, nada resultaba fácil.

Maksim estaba acodado sobre un costado de la lancha, gimiendo y vomitando.

Un buen empujón, y adiós.

Cruz consideró las posibilidades. El sicario de Sergei ya no le vigilaría. Y si cambiaba de planes, eso era exactamente lo que iba a hacer, arrojar al ruso al agua. A su tripulación le daría igual: no existía afecto entre ellos y los hombres de Sergei.

Cruz no tenía agallas para hacerlo, de modo que se acercó a Basra, se encargó de pilotar el barco y le indicó por señas lo que quería que hiciera.

Basra, para quien la vida no significaba nada, no vaciló. Le gustaba la violencia. Era así desde que, de niño, había visto a su padre matar a su madre de una paliza.

Después de colocarse al lado de Maksim, esperó a que les alcanzara la siguiente ola, y tiró por la borda al ruso de un empujón, como si estuviera deshaciéndose de una bolsa de basura. Ni la menor emoción se pintó en su rostro esquelético.

Había sorprendido desprevenido a Maksim, y el fragor de la tormenta ahogó los gritos de auxilio del ruso.

Cruz miró hacia la segunda lancha para ver si alguien se había dado cuenta. La noche era oscura como boca de lobo, era imposible ver la mano extendida ante uno.

Cogió el transmisor-receptor.

—Deshazte del otro ruso —ordenó a Amiin—. Ya.

Había sido una suerte pensar en separarlos.

En su estado debilitado, ninguno de los rusos se dio cuenta de lo que se avecinaba, aunque el corpulento Viktor ofreció más resistencia, y casi se llevó a uno de los piratas con él.

—Hecho —informó Amiin a Cruz.

—Era preciso hacerlo —gritó el mexicano sobre los aullidos del viento—. Cambio de planes. No volveremos a la villa.

—Sí, jefe.

El trabajo de Amiin no era hacer preguntas, tan sólo obedecer.

79

Y mientras los piratas se disponían a apoderarse del *Bianca,* una noticia apareció publicada en la primera plana de un periódico sensacionalista de Nueva York, con uno de sus habituales titulares escandalosos:

PATTERSON IMITA A CLINTON

¡VOLVEMOS CON LAS BECARIAS!

El titular iba acompañado de una foto de Skylar con otra chica (las dos con sucintos tops y pezones prominentes), y ambas sacando la lengua ante la cámara.

Radical había elegido en persona la foto a partir de una selección encontrada en la página de Facebook de Skylar. El hecho de que la foto tuviera tres años de antigüedad no le preocupaba. Estaba buscando un enfoque provocador, y eso era justo lo que había conseguido.

—¡Mis padres me matarán! —dijo Skylar cuando la adolescente la abordó con la idea de vender su historia.

—Sí, pero serás una chica muerta rica —bromeó Radical—. Como yo.

Había heredado de su padre el poder de convencer a la gente de que le siguiera la corriente. Él había empleado su talento para convertirse en senador, mientras que Radical quería ganar montones de dinero.

Por lo tanto, había convencido a Skylar de que sus padres la estaban jodiendo y no harían nada con relación a las indiscreciones sexuales de Hammond, quien repetiría la jugada con otras chicas; así que era su deber correr la voz.

Y así, Radical, aunque era unos años menor que Skylar, se salió con la suya. Y las dos habían entrado en las oficinas de un periódico de Nueva York y vendido la historia por, en palabras de Radical, «una carretada de dinero».

El titular y la historia ya estaban en la calle. Nada podría detenerlos.

Cuando Eddie empezó a recibir llamadas a las cinco de la madrugada, flipó.

¿Qué... coño... pasa?

¿Cómo había pasado aquello?

Y con una sensación de profundo temor, supo que si alguien se iba a llevar las culpas, sería él.

80

La tormenta se desencadenó a la una de la madrugada. Era una tormenta de verano tropical, la peor variedad, violenta e impredecible.

Mercedes recorrió a toda prisa el yate para tomar nota de quién estaba levantado todavía. Cuando la gran embarcación empezó a dar bandazos, imaginó que algunos invitados se marearían y saldrían tambaleantes a las cubiertas superiores.

Se preguntó si el capitán Dickson aparecería. Probablemente no, era bastante pasivo.

Kyril se había sumido por fin en un sueño inducido por somníferos y roncaba como un tren de carga, su corpachón derrumbado en su silla, las piernas abiertas, la boca babeante.

Era el momento apropiado. Cruz y sus hombres abordarían el yate (si la tormenta no les retrasaba demasiado) dentro de unos veinte minutos.

No iba a ser tan fácil como habían pensado, con el barco dando bandazos a merced del frenético oleaje. Subir a bordo sería difícil. A Mercedes no le cabía la menor duda de que su papá lo conseguiría, como siempre.

Ya había descargado las armas de Kyril, de modo que le resultaran inútiles. Y antes se había colado en el camarote principal para incautarse del revólver que Kasianenko guardaba en un cajón cerrado con llave, al lado de su cama. Si alguien más del yate portaba armas, no las había encontrado, y durante los últimos días había llevado a cabo un registro minucioso.

Todo estaba a punto, y ella se hallaba preparada. Lo único que cabía hacer ahora era esperar.

—No serás tímida, ¿verdad? —preguntó Hammond. Aquella chica australiana le estaba impacientando, porque no le entregaba el coño tan deprisa como a él le habría gustado. Le había quitado el top y el sujetador (bonitos pechos), y pensó que si jugueteaba con ellos el rato suficiente ella se entregaría. El problema irritante era que, cada vez que intentaba bajarle las bragas, ella se revolvía como un potro nervioso.

Tenía unas ansias incontrolables de follársela y salir corriendo del miserable camarote al que le había llevado. Si eso no sucedía pronto, contemplaba la posibilidad de abofetearla hasta lograr su completa sumisión.

Estaban en una incómoda litera inferior, tendidos el uno al lado del otro. Él iba vestido de pies a cabeza, con la polla dura como una piedra.

—No soy... no soy tímida —susurró ella, y se estremeció cuando él le pellizcó un pezón con excesiva fuerza—. Es que... Sé que tendría que habértelo dicho antes.

—¿Decirme qué?

—Me da... mucha vergüenza.

—¿Qué? —tronó el senador, que empezaba a perder los estribos.

—Soy... virgen.

Para algunos hombres, aquellas dos palabras aniquilarían una erección con más rapidez que un cubo de agua fría. Hammond no era de esos hombres. Sus palabras le excitaron más que nunca.

Una virgen. A punto para ser desflorada. Ah, sí, él era el hombre perfecto para esa tarea.

El yate empezó a mecerse, pero él no se dio cuenta.

Ahora, tenía que poseerla.

No le cabía la menor duda.

—¿Qué está pasando? —preguntó Ashley, al tiempo que se incorporaba sobresaltada.

Taye estaba durmiendo como un tronco. Había practicado el sexo de una manera formidable con su esposa por cuarto día consecutivo y dormía como un semental satisfecho, soñando que ganaba la Copa del Mundo, y después se follaba a Angelina Jolie. ¿No soñaban todos los hombres con follarse a Angelina Jolie?

Ashley le sacudió vigorosamente el hombro. Taye gruñó y abrió un ojo.

—¿Qué pasa, tesoro? —musitó.

—El barco se está moviendo mucho —dijo ella con voz débil—. Estoy mareada.

Taye se incorporó. Oyó que la lluvia martilleaba contra la portilla y vio el destello de uno o dos rayos, seguidos del retumbar de los truenos.

—No es nada, cariño —la tranquilizó—. Una tormenta, eso es todo.

—Estoy mareada —repitió ella.

—¿Quieres que te sostenga la cabeza encima del váter?

—No, gracias —se encrespó ella—. No he dicho que vaya a vomitar, sólo que estoy mareada.

—Porque el barco se mueve. Pronto parará.

—¿Cómo lo sabes? —preguntó ella en tono acusador.

—Porque es una tormenta tropical, y enseguida parará, cariño. Apóyate contra mí y vuelve al País de los Sueños.

Por una vez, Ashley obedeció.

Sierra no podía dormir. Su mente se negaba a callar.

¿Se iba a producir un gran escándalo político sexual cuando regresaran a Nueva York? ¿Se vería obligada a apoyar a su marido, mientras él presentaba una untuosa disculpa televisada?

La buena esposa. La esposa obediente. La esposa estúpida que aguanta las indiscreciones de su marido y continúa apoyándole.

O tal vez Hammond pediría la ayuda de gente ducha en controlar daños. Aplastaría las acusaciones de la chica antes de que salieran a la luz. Después sobornarían a Skylar y a sus padres, y ahí acabaría todo. Nada de apariciones televisivas que dieran vergüenza ajena. Nada de disculpas falsas. Sin novedad en el frente político.

Lo cual reducía el problema a Radical. ¿Qué harían con ella? La chica era difícil, por decir algo. Odiaba a su padre tanto como éste la odiaba a ella.

Sierra suspiró. No podía intervenir. Así de sencillo.

Sus pensamientos derivaron hacia Flynn. El hombre al que siempre había deseado, el hombre que jamás sería suyo, al menos mientras Hammond existiera.

Era demasiado.

La tormenta rugía en el exterior, y el yate no paraba de dar bandazos. Apenas se daba cuenta.

Por cierto, ¿dónde estaba Hammond?

Ni lo sabía ni le importaba. Tal vez había resbalado y caído por la borda. Eso sí que supondría un alivio.

Jeromy tenía el estómago revuelto. Se sentía mareado y con ganas de vomitar. Furioso, comprobó que Luca dormía como un tronco.

Se encaminó tambaleante al cuarto de baño y se derrumbó en el suelo, al lado del váter. El barco oscilaba de un lado a otro. Oía el fragor de la tormenta, y eso le ponía nervioso. Una vez en el sur de Francia, una tormenta le había sorprendido a él y a unos conocidos en un velero. Aún recordaba las náuseas que le habían invadido, al igual que ahora; era una sensación espantosa.

Apoyó la cabeza contra la fría porcelana del retrete y rezó para que llegara la mañana.

—Tranquila —dijo Cliff a Lori cuando ésta se apretujó contra él—. El yate está construido para aguantar cualquier cosa.

—¿Sí? —preguntó ella, insegura—. La tormenta es muy violenta.

—Piensa en las turbulencias cuando vas en avión. No hay nada de qué preocuparse.

—¿Estás seguro? —se estremeció Lori.

Él la apretó contra sí.

—Por supuesto.

Flynn no llegó a la cama. Después de hacer unos cincuenta largos en la piscina, había ido al gimnasio y trabajado con pesas.

Había tomado la decisión de marcharse al día siguiente. Abandonar a Sierra y todo lo que había significado para él. Al fin se había dado cuenta de que no podía hacer nada para resolver la situación. Estaba casada con Hammond, y así eran las cosas. No había vuelta atrás. Después de los vigorosos ejercicios subió a la cubierta principal, aferró la barandilla y se inclinó para contemplar el turbulento mar negro hasta quedar empapado, pero le gustó la sensación de la lluvia azotándole la cara.

Destelló un rayo. Rugió el trueno. La naturaleza se había desencadenado.

Lástima que no tuviera a nadie con quien compartir la experiencia.

Xuan se tapó la cabeza con las mantas. Los rayos la aterrorizaban. Le recordaban cuando se escapó de la China comunista y se puso a correr, correr, correr.

La habían violado mientras rugía una tormenta aterradora. Cinco hombres. Cinco cerdos. Cinco penes que la habían taladrado hasta que perdió el conocimiento.

Había logrado sobrevivir a aquella noche horrible, pero los malos recuerdos todavía perduraban, sobre todo cuando veía los rayos y oía el fragor de los truenos.

¿Dónde estaba Flynn cuando le necesitaba?

Bianca se incorporó de repente en la cama.

—Hay tormenta —anunció, como si fuera la única en darse cuenta de aquel descubrimiento sorprendente.

Aleksandr ya estaba levantado, sentado en una silla mientras fumaba un puro.

—Esperaba que no te despertaras —dijo.

—¿Sabes una cosa? —replicó Bianca, y sus ojos verdes destellaron—. Siento debilidad por las tormentas.

—¿Sí? —preguntó Aleksandr. Bianca nunca dejaba de sorprenderle.

—Sí, desde que era pequeña —explicó, al tiempo que saltaba de la cama—. ¡Las tormentas son muy excitantes! Truenos y relámpagos, todo resulta muy sexy.

—¿Qué estás haciendo?

—Salir a ver la tormenta —contestó Bianca, con una sonrisa maliciosa en los labios cuando abrió las puertas de la terraza y corrió fuera.

—¿Estás loca? —rugió Aleksandr, cuando el viento empujó un diluvio de agua al interior de la habitación—. Es peligroso salir.

—No. Es un viaje bestial.

—Vas desnuda. Ponte algo encima.

—¿Por qué? Nadie puede verme. —Bianca saltó al *jacuzzi*—. Ven, ruso malvado mío. Quiero hacer el amor. Acerca el culo y reúnete conmigo.

La única persona con la que Mercedes no quería toparse era con Guy. Pero allí estaba, con pantalones de chándal, camiseta arrugada e impermeable, comprobando el estado de la cubierta central.

Antes de que pudiera alejarse, él la vio.

—¿Qué estás haciendo? —preguntó, y le lanzó una mirada suspicaz.

Aquello no le convenía. ¿Y si se fijaba en Kyril, derrumbado en un sopor inducido por las drogas mientras trabajaba? ¿Y si intuía que algo estaba a punto de suceder?

Compuso una expresión mohína.

—Estaba preocupada por los invitados —dijo—. Quería comprobar que no hubiera nadie mareado.

—Vaya, vaya, vaya —dijo Guy con expresión sorprendida—. La señorita Holgazana está preocupada.

—Nunca se sabe —repuso Mercedes, con su mejor expresión de inocencia y los ojos abiertos de par en par—. Hay gente que se marea mucho, y es una sensación horrible.

—¿Has visto a alguien por aquí? ¿Algún pasajero?

Mercedes negó con la cabeza.

—¿Estás segura? —preguntó Guy, pensando que tal vez había juzgado mal a la chica.

—Por completo.

—Bien, en ese caso será mejor que volvamos a la cama —dijo él, al tiempo que reprimía un bostezo.

—Sí —contestó Mercedes, consciente de que, en cualquier momento, Cruz y su banda atacarían. Dos barcas. Una a cada lado del yate. Piratas al abordaje. Con celeridad y furia.

—Buenas noches —dijo, y se alejó a toda prisa de la vista de Guy.

81

Los piratas estaban calados de pies a cabeza, congelados, cabreados y dispuestos a entrar en acción. Todos sabían lo que debían hacer, apoderarse del yate, lo cual significaba dominar a los tripulantes para poder controlarlos, retener a los invitados, y después mantener a todo el mundo en su sitio hasta que pagaran el rescate y pudieran irse de rositas.

Amiin había entregado a cada uno un tosco plano del interior del yate. Su trabajo consistía en agrupar a toda la tripulación en el comedor contiguo a la cocina, en las entrañas del yate, mientras Cruz se ocupaba de quien estuviera en el puente, o al menos en la sala de control, puesto que el yate había echado el ancla durante la noche.

La tormenta les había retrasado, pero por suerte, a medida que se iban acercando al *Bianca*, iba remitiendo, lo cual les facilitaría la labor de abordaje.

Todo el mundo tenía un trabajo que hacer, y como las dos barcas se estaban acercando por ambos lados del yate, todo debía suceder a gran velocidad. El elemento sorpresa era crucial, por eso Cruz había decidido lanzar el ataque en plena noche, cuando casi todos los tripulantes e invitados estarían durmiendo.

Cuando se acercaron al *Bianca*, ordenó apagar los motores de las lanchas, lo cual permitiría un abordaje sigiloso. Amarraron las barcas al yate con fuertes nudos antes de sujetar escalerillas de cuerda resistentes.

Al cabo de pocos segundos, los piratas estaban subiendo a bordo.

—No te muevas —ordenó Hammond, con la voz ronca de deseo—. Quédate quieta por completo.

Renee obedeció, abierta de piernas sobre la litera, completamente desnuda y algo temerosa, pero muy excitada cuando vio que Hammond se despojaba de la ropa. Observó que tenía un poco de tripa (no lo había esperado), y su virilidad no era muy impresionante. Pero era un Senador de Estados Unidos, y ella una sencilla chica de Brisbane. Era lo más emocionante que le había pasado jamás, y si eso significaba perder la virginidad, pues adelante.

Hammond se acercó a la cama. No tenía prisa, porque quería saborear cada momento.

—Relájate —dijo en tono tranquilizador—. Es posible que te haga daño uno o dos segundos, pero confía en mí, querida, cuando haya terminado contigo, suplicarás más.

Mercedes corrió a encontrarse con Cruz en la banda de estribor. Hasta el momento todo iba bien. Nadie se había dado cuenta de que había invasores a bordo. Era el mejor secuestro del mexicano hasta el momento.

Entregó a la joven una bolsa llena de candados reforzados, y dijo que los utilizara para encerrar a los invitados en sus camarotes hasta que llegara el momento de sacarlos.

—Será mejor que alguien se ocupe de Kyril —dijo ella, preocupada—. Antes de que los somníferos dejen de afectarle y se ponga hecho una furia.

—Yo me ocuparé de él —contestó Cruz.

Mercedes observó que había desenfundado la pistola. ¿Estaría a punto de liquidar al enorme ruso amante del chocolate?

No era problema suyo, tenía trabajo que hacer.

Al principio, Flynn pensó que sufría alucinaciones mientras contemplaba el mar. ¿Qué coño? Se acercaban barcas. Barcas en plena noche.

¿Alguien tenía problemas? ¿Qué estaba pasando?

La lluvia casi había parado, y desde su posición privilegiada distinguió figuras oscuras. Figuras oscuras que estaban sujetando cuerdas y subiendo por ambos lados del *Bianca*.

¡Por los clavos de Cristo! ¿Era posible que el *Bianca* estuviera siendo atacado por piratas?

—Estoy mareado —murmuró Jeromy, compadecido de sí mismo—. Muy mareado.

Luca no le oyó, porque continuaba dormido.

El interiorista había intentado despertarle, sin éxito. *Egoísta dios rubio estrella del pop. Ojalá fracase tu siguiente gira. Ojalá se disipe tu éxito de la noche a la mañana. Ojalá tu polla de oro se marchite y caiga.*

Jeromy salió del cuarto de baño, cogió su bata de seda con iniciales, se la puso, salió de la habitación y se dirigió hacia la escalera, con la esperanza de que el aire fresco contribuyera a su recuperación.

Cuando llegó a la escalera, se encontró con Mercedes.

—Gracias a Dios que hay alguien levantado —rezongó—. Ve a buscarme pastillas contra el mareo y una taza de té caliente. Tal vez alguna tostada sin nada, también. Deprisa. Estaré arriba.

Mercedes se quedó sin habla, pero sólo un momento.

—Será mejor que vuelva a su habitación —dijo con brusquedad—. El barco tiene una vía de agua.

—Necesito aire fresco —repuso Jeromy con expresión petulante—. Olvídate de tu estúpida inundación y ve a buscar lo que te he pedido. Estaré en la cubierta del medio.

—De acuerdo —dijo ella, y se fue.

—Ya —gritó Jeromy—. Hazlo ya.

La chica había desaparecido.

Cómo estaba el servicio. Grosera y arrogante. Jeromy decidió que se quejaría a Guy sobre la chica. Nunca le había caído bien, siempre hacía gala de mala disposición. La australiana era mucho más educada, y también más guapa.

En la cubierta de arriba, Cruz examinó al inconsciente guardia de seguridad ruso. Era un hombre grande, enorme, de hecho, un puto gigante.

¿De veras querrían enfrentarse a él cuando despertara?

Negativo.

Bianca, sumergida en el *jacuzzi*, emergió entre los fuertes muslos de Aleksandr. Parecía una foca lustrosa, con el largo pelo negro caído sobre la espalda, como si fuera una cola exótica.

—Eres extremadamente inventiva, querida mía —comentó Aleksandr, mientras intentaba recuperar el aliento después de una maratoniana sesión sexual submarina. Cuando Bianca estaba en forma, podía ser insaciable, pero él también, lo cual conseguía que fueran de lo más compatible en el dormitorio.

—Lo sé —ronroneó ella, mientras le acariciaba los muslos—. Ya te dije que nos íbamos a divertir.

—La tormenta se ha alejado, deberíamos volver dentro.

—No antes de que te...

El sonido de disparos la enmudeció.

Aleksandr se puso en guardia al instante.

—¿Qué ha sido eso? —preguntó Bianca.

Él salió del *jacuzzi*, mientras intentaba ponerse en contacto con Kyril, que no contestaba.

A lo lejos, oyó gritos y otro disparo.

Su instinto de supervivencia le puso en acción. Corrió al instante hacia el cajón de la mesita de noche para coger la pistola.

Había desaparecido.

Se volvió hacia Bianca.

—Vístete —ordenó, al tiempo que buscaba su ropa—. Algo va mal.

82

—¡Mierda! —exclamó Eddie March. Los teléfonos de la oficina no dejaban de sonar, y no podía ponerse en contacto con Hammond en el *Bianca*. Daba la impresión de que todas las líneas habían dejado de funcionar.

La oficina era un caos. La prensa se estaba congregando en la calle, a la espera de algo, lo que fuera, procedente del equipo del senador Patterson y relacionado con el escándalo sexual.

Radical se había esfumado. Habría cogido sus ilícitas ganancias y huido de la ciudad. Eddie no tenía ni idea de adónde iría. Y la verdad, le daba igual. Aunque ya podía imaginar otro inminente titular sensacionalista:

HIJA ADIOLESCENTE
DEL SENADOR PATTERSON DESAPARECIDA.

Martin Byrne se había transformado en un hombre poseído. Había entrado como una exhalación en el despacho de Eddie gritando y chillando algo acerca de que demandaría al senador por todas sus posesiones.

—Fue su hija quien vendió el reportaje —señaló Eddie.

—¡Porque ese degenerado con el que usted trabaja ordenó a su hija que la convenciera! —gritó Martin, a punto de estallar de ira.

Eddie no sentía compasión por ninguno de ellos. Estaba pensando seriamente en dimitir cuando Hammond regresara.

¿Cómo podía seguir trabajando con un hombre que, eviden-

temente, no albergaba el menor respeto por el cargo que ostentaba? Ni mucho menos por su hermosa esposa. No se lo merecía.

Entretanto, Radical había ligado con un chico al que había conocido y del que se había enamorado camino de Wyoming, antes
de que su madre muriera y antes de ir en busca de su padre.

Se llamaba Biff. Tenía diecisiete años e iba de gótico.

Ella le había enviado un billete de autobús y reservado una
habitación en un hotel cercano a Times Square. Lo había pagado
todo con el dinero que le había dado el periódico.

Radical era feliz por primera vez en años.

83

Poder. Sí, el poder era el afrodisíaco definitivo, y Hammond lo sabía muy bien cuando contemplaba a una virgen desnuda abierta de piernas en toda su gloria.

Hacía mucho tiempo que no se acostaba con una virgen, porque daba la impresión de que las chicas de hoy se lo montaban con sus novios cada vez más pronto. Era una pena, un desperdicio. Las chicas listas elegían a los hombres que sabían lo que hacían. Hammond Patterson era uno de dichos hombres. El senador Hammond Patterson.

Una sonrisa de lobo apareció en su cara cuando se puso encima de la chica temblorosa. Estaba nerviosa. Eso le gustaba, le excitaba todavía más. Una virgen delicada a la espera de que su amo la desflorara. ¿Qué podía ser más invitador?

Hammond Patterson. Máster del Universo. Recordaba al director de Hollywood James Cameron cuando subió a recoger el Oscar por *Titanic*, y se autodenominó Rey del Mundo. Sí, eso era lo que sintió en el preciso momento en que le hincó el pene a la chica y rompió la barrera, indiferente a sus gritos de dolor.

Había tomado un sendero que conducía a la gloria. Estaba a punto de follársela sin miramientos. Le daría algo en qué pensar, algo para recordar.

Hammond Patterson estaba que se salía.

Se produjo el pánico cuando varios tripulantes fueron sacados a rastras de sus camas por una feroz banda de hombres de aspecto patibulario, que les gritaban en un idioma extranjero y blandían armas de aspecto amenazador, como rifles de asalto y cuchillos.

Los tripulantes apenas opusieron resistencia, pues estaban demasiado estupefactos y asustados para hacer nada, mientras les empujaban en dirección al comedor en diferentes grados de desnudez.

Den intentó forcejear con un pirata y recibió un golpe de pistola en la frente, que le provocó un corte profundo. La sangre resbaló por su cara, mientras la gobernanta y las dos doncellas polacas chillaban aterrorizadas.

Una de las doncellas le ofreció un paño de cocina, que apretó contra la cabeza mientras buscaba a Renee y Mercedes. Ninguna de las dos estaba presente.

Un pirata armado con una pistola empujó a Guy al suelo.

—¡Qué coño! —gritó el australiano, cuando aterrizó en el suelo al lado de Den.

—Creo que estamos en un lío, tío —dijo el joven en voz baja—. En un lío de cojones.

Guy se puso en pie tembloroso.

—¿Dónde está el capitán? —preguntó, intentando adoptar un tono autoritario.

—No lo sé —contestó Den, mientras restañaba la hemorragia—. Siguen trayendo gente.

El director de actividades recreativas del *Bianca* sacudió la cabeza. Aquello no podía estar pasando. No era posible.

Por desgracia para todo el mundo que se encontraba a bordo del *Bianca*, sí era posible.

—Esto es lo que quiero que hagas —dijo Aleksandr a Bianca en voz baja y tranquilizadora.

Ella se había puesto unos *leggings* negros y una sudadera.

—¿Qué? —preguntó, intrigada por la repentina seriedad del multimillonario.

—Es posible que algo esté pasando.

—¿Qué puede ser? —inquirió ella con una mirada expectante.

—No estoy seguro, Bianca —repuso él con paciencia—. He de averiguarlo.

—¿Fueron disparos lo que oímos?

—Quizá —contestó él, fingiendo cierta indiferencia—. No te preocupes, haz lo que yo te diga hasta que descubra qué está pasando.

—¿Deberíamos ir a investigar?

—Yo lo haré, mientras tú te quedas aquí.

—¿No podemos llamar a alguien?

—El sistema telefónico interno está desconectado, y también los monitores de televisión.

Bianca experimentó un diminuto estremecimiento de aprehensión.

—¿Corremos alguna especie de peligro?

—Lo dudo. Sin embargo, por si surgen problemas, tengo un plan.

Jeromy se sentó en una cómoda silla del salón de la cubierta del medio y observó que la tormenta había pasado de largo y el mar estaba casi en calma de nuevo, lo cual consiguió que se sintiera muchísimo mejor. En cuanto aquella chica insolente le trajera el té y las pastillas contra el mareo, volvería a la cama. Por la mañana, procuraría por todos los medios que Luca se enterara de lo mal que se había encontrado, y con suerte se sentiría culpable por no haberse despertado para cuidarle.

La sala estaba a oscuras, pues no se había molestado en encender las luces, de modo que no vio a Cashoo hasta que el muchacho larguirucho se plantó ante él, blandiendo un cuchillo de aspecto mortífero.

—¡Muévete! —gritó Cashoo, utilizando con orgullo la única palabra inglesa que conocía—. Muévete, *kumayo*.

Jeromy estuvo a punto de caerse de la silla. ¿Era alguna especie de broma? ¿Alguna especie de plan estrafalario tramado por Suga para expulsarle de la vida de Luca?

—¡Muévete! —chilló de nuevo el chico, y esta vez agarró del brazo a Jeromy y le puso en pie.

—Pero ¿qué ocurré? —dijo Jeromy, muy ofendido.

Cashoo se había fijado en la bata de Jeromy. Se imaginó pavoneándose con ella delante de sus novias. Tenía dos novias en casa. Una de ellas estaba embarazada.

Le arrebató la bata a Jeromy, demasiado estupefacto para oponer resistencia. Tampoco lo habría hecho, porque siempre había aborrecido la violencia, salvo que fuera de tipo sexual. Cadenas, látigos, anillos para el pene… Todo estupendo en el momento oportuno.

Cashoo le asió el brazo en una presa de hierro y le empujó escaleras abajo en dirección al comedor.

Jeromy paseó la vista por la sala, horrorizado. ¿Dónde estaban los demás invitados? ¿Dónde estaban Bianca y Aleksandr? Por el amor de Dios, ¿por qué le mezclaban con la chusma?

Era algo completamente inaceptable.

Flynn se había visto atrapado en toda clase de situaciones. A lo largo de los años había recorrido zonas en guerra, entrevistado a terroristas enmascarados y encapuchados, estuvo a punto de ser capturado por bandidos en dos ocasiones, sobrevivió a dos terremotos y a un tsunami. Pero esto… ¿Qué coño era esto?

Estaban en el mar de Cortés, por los clavos de Cristo. En aguas seguras. Pero por lo visto, no. Se estaban apoderando del *Bianca*. ¿Qué debía hacer?

Sabía lo que iba a pasar. Hacía un par de años había interrogado a varios piratas somalíes, cuando estaba pensando en escribir un libro sobre la industria de la piratería en la edad moderna. Porque era una industria: ingresaban millones de dólares al año gracias a los rescates.

Mientras hablaba con los piratas en Eyl, la pequeña ciudad costera famosa por ser el centro de la actividad pirata, acompañado de cuatro guardaespaldas armados y un traductor, había descubierto que un gran porcentaje de ellos eran antiguos pescadores convencidos de que su sustento se había visto afectado por barcos de pesca ilegales que invadían sus aguas, de modo que era justo apoderarse de lo que no era suyo.

Aparte de los pescadores, algunos piratas eran ex milicianos, duros como el cuero viejo, y cada clan tenía su propio genio de la informática para lidiar con los teléfonos vía satélite y los sistemas GPS.

A los piratas les había gustado jactarse de sus actividades, de cuánto dinero ganaban, y de que habían logrado respeto, conducir coches grandes y casarse con las mujeres más bellas del clan.

Se negaron a hablar de la violencia y las armas que atesoraban.

Al final, Flynn había decidido abstenerse de escribir el libro. No confiaba en ellos, y sabía que de no haber estado protegido por guardaespaldas armados le habrían secuestrado de inmediato y retenido como rehén para pedir rescate. Era su costumbre.

Por lo general, no se adentraban en aguas desconocidas. ¿Qué hacían allí, invadiendo el *Bianca*? La situación era demencial.

A salvo en la cubierta superior, sabía que su seguridad duraría poco. Si aquellos intrusos eran en verdad somalíes (y a juzgar por las palabras sueltas que oía, lo eran), su siguiente movimiento sería tomar el control del barco, asegurarse de que tenían prisionero a todo el mundo y encerrarlos. Después llegaría el momento de pedir el rescate pertinente. Hasta entonces, el yate y sus ocupantes serían sus prisioneros.

Y si no pagaban el rescate…

Recordó que hacía dos años los somalíes habían secuestrado un yate con cuatro norteamericanos a bordo. Cristianos fanáticos de la Biblia. Los piratas asesinaron a los cuatro.

Flynn podía elegir. Podía intentar escapar en una de las barcas para pedir auxilio.

O quedarse.

Sierra se hallaba a bordo. Decidió quedarse.

84

Por lo general, Cliff dormía como un tronco, hasta el punto de que habría podido dormir durante toda la tormenta si Lori no le hubiera despertado. Podía dormir pasara lo que pasara, incluido el gran terremoto de Los Ángeles de 1994, pero aquella noche era diferente. Después de que Lori le despertara de un codazo no pudo volver a dormir, aunque la tormenta ya había parado y el yate sólo se mecía suavemente.

Como no quería molestar a Lori, que se había dormido, se levantó de la cama, entró de puntillas en el cuarto de baño, cerró la puerta, encendió la luz, meó, y después se detuvo ante el espejo que había encima del lavabo de mármol y estudió su reflejo.

Cliff Baxter. Superestrella.

Cliff Baxter. A punto de cumplir los cincuenta.

Cliff Baxter. Un hombre solo.

Tenía un rostro de facciones muy marcadas, no tan hermoso como aparecía en la pantalla. Cada día descubría nuevas arrugas alrededor de los ojos y mofletes, y el gris de su pelo se iba intensificando semana tras semana. Se negaba a teñírselo. No le gustaban los retoques artificiales. Nada de botox, rellenos o las mierdas maravillosas que dermatólogos famosos no paraban de inventar.

Se sentía a gusto con su aspecto. Sobre todo, se sentía a gusto con Lori.

Antes del viaje había pensado en cambiarla por una nueva modelo.

¿Por qué? ¿Por qué a Enid no le gustaba?

¿Por qué la prensa opinaba que debía cambiar de pareja cada año? Ligarse una novia joven para que pudieran hacer más fotos. Un nuevo cuerpo espectacular que posara a su lado en eventos de la industria, guapa pero callada.

Qué coño. Si no iba con cuidado, podrían tomarle fácilmente por un viejo verde, y ésa no era la imagen que deseaba proyectar.

Lori había estado fantástica durante este viaje. Cordial, divertida y tremendamente sexy, y a todo el mundo le había caído bien.

Así que... ¿Pensaría alguna vez en entablar una relación permanente?

No era una idea tan descabellada.

Mercedes había creído que iban a reunir a todo el mundo en el comedor, tripulantes e invitados por igual. No esperaba que encerraran con candado a los ricos y famosos en sus camarotes.

¿Cómo podría saquear sus habitaciones y llevarse el botín al que había echado el ojo? Pretendía que aquel viaje le reportara pingües beneficios: joyas, dinero en metálico y el premio gordo, el anillo de esmeraldas y diamantes que Aleksandr Kasianenko tenía guardado en su caja fuerte.

En su mente ya había trazado el mapa de su futuro. Basta ya de ser la pequeña colaboradora de papá: anhelaba una vida independiente. Y con las joyas y el dinero que pensaba robar aquella noche, podría conseguir todo cuanto deseaba. Al fin y al cabo, era la única que sabía lo del anillo. Y aparte de Cruz, ella era la única capaz de abrir una caja fuerte.

¿Para qué encerrarlos a cal y canto en sus camarotes? Eso no estaba previsto.

Tenía que convencer a Cruz de que reuniera a todo el mundo en el mismo lugar, y deprisa.

—¡Esto es indignante! —protestó en voz alta Jeromy, mientras el pirata larguirucho le empujaba hacia el comedor de la tripulación—. ¡No pienso aceptarlo!

¿Estaría soñando? ¿Se trataba de una pesadilla extravagante? Si cerraba los ojos, ¿todo desaparecería?

Cashoo era un joven feliz. Se puso la elegante bata de Jeromy encima de su ropa e imitó una salvaje, y algo obscena, danza en honor a Daleel y Hani, los dos sonrientes piratas plantados cerca de la puerta con las armas desenfundadas.

La estupefacta tripulación miraba horrorizada, anticipando su destino. Habían oído historias acerca lo que hacían los piratas a sus rehenes, y no era bonito.

—¿Dónde están las chicas? —susurró Den a Guy—. Renee y Mercedes.

El director no quería ni pensar dónde estarían.

A Cruz no le gustaba perder el tiempo. Todo el mundo tenía un trabajo que hacer, y el suyo consistía en pedir un rescate lo antes posible.

Estaba al mando, y sería mejor que todos le hicieran caso, porque cuanto antes pagaran el dinero, más fáciles serían las cosas para todos los implicados.

Se hallaba en posesión de un yate lleno de ricos y famosos. No tardarían en enviar una misión de rescate. Asimismo, no le cabía la menor duda de que, cuando los hombres de Sergei no regresaran con Kasianenko, el ruso montaría en cólera.

Cruz sólo podía imaginar la furia del ruso, que probablemente descargaría sobre Ina.

Lástima. Por desgracia, él no podía hacer nada al respecto. Tenía que pensar en sí mismo. Además, Ina y él nunca habían sido íntimos. Tal vez fuera su hermana, pero no le caía muy bien.

La clave para acelerar la operación era el propio Kasianenko. En cuanto lograra la cooperación del multimillonario ruso, todo iría como la seda.

Cruz confiaba en que muy pronto sería más rico de lo que jamás había imaginado.

—¿Qué coño es esto? —preguntó Bianca, con la vista clavada en su amante ruso.

Aleksandr había pulsado un botón oculto, y la pared acristalada que había detrás de la ducha se deslizó a un lado y reveló una habitación secreta.

—Una habitación del pánico —replicó sin inmutarse Aleksandr—. Para emergencias.

—¿Es esto una emergencia? —preguntó Bianca con los ojos abiertos de par en par.

—No lo sabré hasta que suba para ver qué está pasando. Y antes, he de procurar protegerte.

—¡Oh, Dios mío! —exclamó Bianca, que empezaba a experimentar oleadas de pánico—. Crees que estamos en peligro.

Siempre con mucha delicadeza, Aleksandr la hizo pasar a la habitación blindada, equipada por completo para cualquier tipo de situación, y que incluía un teléfono vía satélite.

—Llamaré cuando sepa con certeza qué está ocurriendo.

Bianca se hallaba casi en estado de shock. Vio estupefacta que Aleksandr sacaba una pistola de un aparador lleno de toda clase de suministros de emergencia. Después comprobó que el arma estaba cargada y se la embutió en el cinto. ¡Menudo macho! De alguna manera, era tranquilizador que mantuviera la calma.

—Entretanto —dijo Aleksandr—, ni se te ocurra salir hasta que yo regrese.

—Sí. Date prisa y ten cuidado.

—Sí, *angel moy*. No debes preocuparte por mí.

85

La aventura había sido siempre la especialidad de Flynn. Correr riesgos, zafarse de situaciones peligrosas, saber qué hacer y cuándo.

Estar atrapado en el yate de un multimillonario con un puñado de piratas sedientos de sangre no era una situación en la que hubiera imaginado encontrarse jamás. Pero aquí estaba, en pleno jaleo.

Era evidente que iban a por Aleksandr, aunque ¿quién sabía qué harían cuando descubrieran quién más había a bordo?

Recordaba sus conversaciones con los piratas que había entrevistado en Eyl. En aquel tiempo tenían retenido un petrolero de buen tamaño a la espera del rescate. Le habían informado con orgullo de que todos los cautivos estaban siendo bien cuidados y tratados como huéspedes de un buen hotel. Sólo más tarde descubrió que habían violado a dos mujeres y asesinado brutalmente a uno de los rehenes, aunque al final pagaron el rescate.

La mente de Flynn se aceleró.

Ventajas: conocía todos los detalles del yate. Era experto en artes marciales. Comprendía la mentalidad pirata. Hasta el momento no le habían descubierto.

Desventajas: no llevaba armas. No tenía ni idea de cuántos piratas eran. No había forma de comunicarse con el mundo exterior. Preocupante, por decir algo.

Había oído muchos gritos y un par de disparos. Eso no era bueno.

Su pensamiento principal era, *¿Es Hammond capaz de proteger a Sierra?*

Ni de coña.

Era él quién debía improvisar algo.

Mientras recorría el yate en busca de rezagados, y agitaba la pistola delante de él como si estuviera dispuesto a matar a cualquiera que le causara problemas, Basra componía una figura aterradora, con los ojos hundidos, la boca desdentada, el aspecto sucio y las rastas empapadas de lluvia.

Pasó ante la sala de seguridad, donde Kyril yacía en el suelo, con un agujero de bala en mitad de la frente.

¿Lo había hecho él? No se acordaba.

Al cabo de un momento dio media vuelta, entró en la habitación, arrancó el reloj de la muñeca de Kyril y se lo puso en su muñeca raquítica. El reloj era negro, con esfera roja. Barato y alegre.

A continuación, apartó a patadas el cadáver de Kyril y se sentó en la silla de mando ante una hilera de monitores de seguridad, todos ellos apagados, porque Cruz había cortado la corriente. Había un plato con *brownies* encima de un estante. Basra cogió uno y se lo metió en la boca. Dulce y sabroso. Devoró otro, y después un tercero.

Se reclinó en la silla y admiró su reloj negro nuevo, con la esfera elegante. El reloj de un hombre muerto era un estupendo recuerdo para él, sobre todo cuando lo exhibiera en casa para poner celosos a sus tres hijos.

Ay... Sus hijos, unos vagos *wacals*. Ya era hora de meterles un poco de sentido común en la mollera.

Tal vez se acordaría, tal vez no.

El primer día que los invitados habían subido al yate, Aleksandr había ofrecido generosamente a todo el mundo la oportunidad de recorrerlo. Flynn había aceptado la oferta, y ahora se alegraba de haberlo hecho, porque conocer la disposición del yate era fundamental.

Había cuatro niveles. El nivel inferior consistía en los aposentos de la tripulación, las cocinas y la sala de máquinas. En el siguiente nivel había una serie de lujosas suites, todas con sus propias terrazas, además del cine, el *spa* y otras instalaciones. En la cubierta del medio estaba la piscina, el gimnasio y diversas zonas de relajación y ocio, además del puente, el centro de comunicaciones y el camarote principal, con su terraza grande. Y, por fin, en el nivel superior estaban los salones, solarios y más zonas de ocio.

Flynn comprendió que debía encontrar una forma de localizar a Aleksandr, porque quizá, sólo quizá, Kasianenko seguía en su suite.

Tomó una decisión peligrosa, pero factible. Antes de que alguien le descubriera, saltó por la borda.

Después de esconder a Bianca en la habitación del pánico, Aleksandr se encaminó hacia la puerta. Ante su consternación, no se abrió ni un milímetro. Se inclinó y miró por la rendija, y pronto comprendió por qué: habían cerrado la puerta con un candado por fuera.

Se preguntó dónde estaría Kyril. El hombretón le había protegido durante muchos años, siempre estaba a su lado cuando lo necesitaba. De hecho, se había interpuesto en el camino de una bala disparada contra él en una ocasión, cuando un airado socio comercial intentó matarle. Kyril era un hombre leal en cuerpo y alma. Si estuviera vivo, estaría con él ahora.

Aleksandr sintió un nudo en la garganta. El instinto le decía que su guardaespaldas estaba muerto o gravemente herido.

Palpó su arma para tranquilizarse. Cabrones. Quienquiera que hubiera abordado el yate ya podía ir con cuidado. Aleksandr Kasianenko no iba a rendirse sin luchar.

Amiin sacó sin ceremonias al capitán Dickson de su cama, al tiempo que le daba un puñetazo en el estómago.

—Arriba, señor —gruñó—. Ahora este barco es nuestro.

La angustia se apoderó del capitán inglés cuando comprendió lo que estaba sucediendo. Durante todos sus años en el mar, éste era el momento que siempre había temido.

—¿Qué..., qué se proponen? —logró articular, apartándose del hombre de piel oscura que se alzaba ante él blandiendo una pistola.

—Venga. Sígame o le pegaré un tiro en las tripas.

—¿Puedo vestirme antes?

—Deprisa. —Amiin movió la pistola en el aire—. Hágalo deprisa.

El capitán se puso a toda prisa unos pantalones y una camisa. Después Amiin le condujo a punta de pistola hasta el puente, donde Cruz esperaba impaciente.

Cuando el capitán Dickson se encontró cara a cara con el hombre que supuso el líder, intentó hacer valer sus derechos de inmediato.

—Esto es un ultraje —dijo, con ese acento altivo tan decididamente británico—. ¿Quiénes son ustedes? ¿Qué quieren?

—¿Qué cree que queremos? —replicó Cruz, mientras se masajeaba la profunda cicatriz del cuello—. Adivínelo.

—No se saldrán con la suya —soltó el capitán Dickson, y después tragó saliva—. Mis hombres ya han avisado a la guardia costera. Han enviado ayuda.

—Todos sus putos hombres estaban dormidos en lugar de estar trabajando —se burló Cruz—. Abordar el barco fue como dar un paseo por el parque.

—¿Dónde están mis pasajeros? Si les han hecho algún daño...

—Cierre la puta boca y escúcheme —le interrumpió Cruz con brusquedad—. Vaya a buscar al cabrón ruso y tráigale aquí.

¿Comprendido? —Hizo un gesto en dirección a Amiin—. Acompáñale. Si te causa problemas, pégale un tiro en la cabeza.

El capitán Dickson tragó saliva de nuevo. Una oleada de miedo recorrió su cuerpo. Si sobrevivía a ésta, se jubilaría.

El «si» quedó flotando como un interrogante de neón ante sus ojos.

Entretanto, en el comedor, los piratas habían descubierto botellas de cerveza, y Daleel y Hani estaban bebiendo para saciar su sed, se reían de los rehenes, dedicaban gestos obscenos a las dos doncellas y a la gobernanta.

Jeromy estaba acurrucado en un rincón, todavía con el pijama de seda puesto, mientras intentaba pasar lo más desapercibido posible. Aquellos hombres eran unos salvajes peligrosos. Sólo Dios sabía de lo que eran capaces.

Guy efectuó un veloz recuento. Toda la tripulación se hallaba presente, salvo el capitán, Mercedes y Renee. Sentía miedo por las dos chicas. Había oído las historias, las violaciones no eran infrecuentes, y tanto Mercedes como Renee eran muy atractivas.

Den estaba pensando más o menos lo mismo, y pese a la herida de la cabeza estaba recuperando sus tendencias machistas. Renee era una chica dulce que no se merecía lo que le estaba pasando.

—¿Vamos a quedarnos sentados sin hacer nada? —susurró a Guy—. Estos gilipollas se están poniendo de cerveza hasta el culo. Hemos de hacer algo.

—¿Para que nos peguen un tiro? —Guy lanzó un vistazo a los tres piratas que, en teoría, se encontraban al mando—. Lo mejor será esperar.

—¿A qué? —preguntó Den, cada vez más furioso—. Hemos de rebelarnos.

Guy cayó en la cuenta de que Den era joven (veinticinco, veintiséis años), y no comprendía el peligro que corrían. No era un programa de la tele. Era la vida real. Él sabía que lo más inteligente era no hacer absolutamente nada.

Si no causaban problemas a los piratas, les enviarían ayuda. Tenía que conservar la fe.

86

El costado del barco estaba mojado y era resbaladizo. Para alivio de Flynn la lluvia había cesado, daba la impresión de que la tormenta se había disuelto, y el mar se hallaba casi en calma. Bajó poco a poco y con cautela por la estructura de metal con la ayuda de cabos resistentes que había encontrado en un armario de servicios. Continuó hasta posarse en la terraza que conducía al camarote principal.

Las puertas de cristal que daban acceso al interior estaban cerradas con llave. Vio a Aleksandr. Golpeó el cristal con los puños hasta que el ruso giró en redondo, le vio y corrió a abrirlas.

—¡Qué demonios! —exclamó Aleksandr—. ¿Qué está pasando, Flynn? ¿Lo sabes?

—Piratas. Se han apoderado del yate.

—No hablarás en serio.

—Muy en serio, me temo.

—Esto es un desastre. —Aleksandr sacudió la cabeza—. ¿Qué vamos a hacer?

—¿La puerta de esta habitación está cerrada con llave?

—No. Alguien la ha atrancado por fuera, no puedo salir.

—Ciérrala. Vendrán a por ti de un momento a otro.

—¿Por qué yo? —preguntó el ruso, con el ceño fruncido.

—Porque necesitan que hables con los gestores de tus negocios. Querrán que ordenes pagar un rescate de inmediato.

—¿Cómo lo sabes?

—Créeme, conozco sus métodos de trabajo.

—Estamos jodidos —dijo Aleksandr con expresión sombría.

—Sí, pero haremos lo posible por salir de ésta —dijo Flynn, con la intención de infundirle confianza—. ¿Dónde está Bianca?

—La he metido en la habitación del pánico.

Aleksandr cerró la puerta por dentro.

—¿Dónde está?

—Detrás de la puerta de la ducha de mi cuarto de baño. Fue una decisión de última hora incorporarla a los planos. Gracias a Dios que hice caso.

Flynn asintió.

—¿Cuánta gente cabe?

—Cinco o seis personas.

—Hemos de esconder a todas las mujeres dentro —dijo Flynn—. ¿Funciona algún teléfono?

—Por satélite.

—Llama a la Guardia Costera. Pide auxilio. ¿Tienes un arma?

—Sí.

—¿Más de una?

—Alguien se llevó el revólver que tenía escondido al lado de la cama.

—¿Crees que entraron aquí?

—No que yo sepa.

—Puede que tuvieran a alguien infiltrado. Tal vez un tripulante.

—¿Cómo vamos a manejar la situación? —preguntó Aleksandr, agradecido de que Flynn se encontrara a bordo.

—Envía una llamada de auxilio a la Guardia Costera, mientras yo intento localizar a los demás. No deben tener ni idea de lo que está pasando.

—¿Cómo vas a hacerlo?

—Del mismo modo que llegué aquí. ¿Quién hay en la suite de abajo?

Aleksandr pensó un momento, pero su mente siguió tozudamente en blanco.

—El futbolista —dijo por fin—. Ten cuidado.

Flynn asintió y se dirigió hacia la terraza.

—Volveré —prometió—. Haz esa llamada.

—Tendrías que haberlos reunido a todos en el comedor —se quejó Mercedes a Cruz—. No es seguro retenerlos en sus habitaciones.

—¿Por qué no? —replicó su jefe. Dio una calada al cigarrillo y escupió fragmentos de tabaco—. No pueden escapar. No tienen adónde ir.

—¿Has pensado que podrían saltar por la borda y huir nadando para pedir ayuda? Nunca se sabe.

—Mi pequeña *idiota* —dijo Cruz con una risita benévola, exhibiendo sus dos dientes de oro delanteros, mientras proyectaba un chorro de humo espeso—. ¿Quién va a correr el riesgo de ir nadando a una isla desierta en plena noche? Tú les encerraste. Lo único que pueden hacer es esperar.

—¿Y si el rescate tarda días en llegar? —insistió Mercedes—. ¿Dejarás que se mueran de hambre?

—¿Por qué estás tan preocupada? —preguntó Cruz con suspicacia.

Ella se mordió con fuerza el labio inferior. Él la conocía tan bien que era difícil ocultarle algo.

—Estaba pensando que podría registrar los camarotes, por si hay algo que valga la pena robar —dijo como sin darle importancia.

—¿De veras? —repuso Cruz con una sonrisita de complicidad—. Como si no hubieras cogido ya lo que te interesaba.

—Y en ese caso, ¿qué? Creo que me merezco un premio después de todo el trabajo que he hecho. No es divertido estar encerrada en este barco con un puñado de cabrones ricos que no paran de darme órdenes.

—¿Le has echado el ojo a algo bueno, *chiquita*?

Cruz muy pocas veces le dedicaba palabras de afecto. Le gustó.

—Oh, sólo ropa y tal —contestó vagamente—. Estas *putas* malcriadas tienen una tonelada de cosas bonitas.

—Te diré una cosa: Amiin se ha llevado al capitán para que traiga a Kasianenko. En cuanto consiga que el ruso deje claro a su gente que ha de pagar o acabará en el fondo del mar, los trasladaremos a todos arriba. ¿Eso te pondrá contenta?

—Gracias, papi —dijo ella, imaginando ya su futuro.

—No me llames así —replicó él. Su humor había cambiado.

Mercedes había olvidado por un momento que no le permitía llamarle «papi». Conseguía que se sintiera viejo delante de cualquier puta a la que se estuviera tirando.

—Lo siento..., Cruz —murmuró—. No lo volveré a hacer.

Como, por lo visto, no iba a llegar a ningún sitio con Guy, Den empezó a sondear a los demás miembros de la tripulación. Ninguno estaba dispuesto a hacer nada.

—Así que nos quedaremos sentados y punto —bufó el joven—. ¿Sabes en qué nos convierte eso? En una pandilla de gilipollas. ¿Por qué hemos de quedarnos esperando, cuando podríamos ir a por ellos? Venga, tíos, sólo son tres contra todos nosotros.

—Sí, para que nos vuelen la cabeza —replicó el chef, un inglés corpulento—. Nos quedaremos quietecitos y esperaremos a que paguen el rescate. Eso es lo que vamos a hacer. He de pensar en mi mujer y mis tres hijos.

Den se sentía frustrado. Los piratas estaban cada vez más borrachos. Si el resto de la tripulación colaboraba, estaba seguro de que podrían dar la vuelta a la situación.

¡Mierda! No era propio de él quedarse sentado sin hacer

nada, en plan víctima. Además, todavía estaba preocupado por Renee y Mercedes. Podrían tener problemas muy gordos.

Taye, quien tenía el sueño bastante ligero, se despertó al instante cuando oyó que alguien llamaba a las puertas de la terraza.

Saltó de la cama en pelotas, como dormía siempre, y caminó hacia allí, donde Flynn estaba esperando.

El futbolista las abrió.

—¿Qué coño pasa? —murmuró, desorientado—. ¿Te has caído por la borda o qué?

—Unos piratas se han apoderado del barco —dijo con brusquedad Flynn, y entró—. Hemos de llevar a Ashley a un lugar seguro. ¿Crees que logrará trepar por un cabo?

Taye sacudió la cabeza para asegurarse de que no estaba soñando. No. No estaba soñando. Flynn seguía delante de él, hablando de piratas.

—¿Es una broma? —preguntó, confuso.

—No, hablo muy en serio. Ha de subir a la habitación de Aleksandr ahora mismo. Hay una cuerda fuera. Ayúdala a subir. Aleksandr tiene una habitación del pánico.

—¡Joder! Lo dices en serio, ¿verdad?

—¿Quién duerme al lado? —le urgió el periodista.

—El senador. Siempre está chillándole a esa pobre esposa suya.

—De acuerdo. —Flynn se guardó esa información para más tarde—. Tú encárgate de Ashley. Intentaré advertir a todos los demás. Nos vemos arriba.

Se alejó de nuevo, sin saber si podría convencer a Hammond de que ayudara a Sierra a ponerse a salvo. Pero al menos lo iba a intentar.

Mientras acompañaba al capitán Dickson al puente, Amiin pasó por delante del centro de trabajo de Kyril y vio a Basra dormido en una silla delante de una fila de monitores apagados.

—Tú no te muevas —advirtió al capitán. Entonces, se puso a lanzar un torrente de invectivas a Basra en somalí. En esencia, le estaba diciendo que moviera su perezoso culo y que continuara buscando rezagados, que era lo que debería estar haciendo.

El tipo abrió los ojos con un esfuerzo, musitó una débil excusa, se levantó, cogió su arma y bajó.

Su trabajo consistía en inspeccionar los aposentos de la tripulación, comprobar que estuvieran todos agrupados en el comedor. Sí, y si se topaba con alguien, decidió en su estado mental aturdido, igual se lo cargaba de un tiro.

Basra sentía predilección por la violencia.

87

—¿Qué quieres decir con que no piensa salir? —preguntó Cruz, mientras fulminaba con la mirada a Amiin como si fuera culpa de él—. Abre la puta puerta y sácale.

—La ha cerrado por dentro —explicó Amiin.

—¡Joder! ¡Qué *cabrón*! —rugió Cruz—. Sacarle de ahí es por su propio bien.

—¿Qué quieres hacer con él? —preguntó Mercedes.

El capitán Dickson la miró consternado. La chica estaba allí, tan tranquila, allí como si fuera uno de ellos. Entonces, lo comprendió: era uno de ellos. ¡La zorra que había prohibido a Guy contratar era una pirata! Debía estar conchabada con ellos desde el primer momento.

Guy era un idiota. El capitán Dickson ardía en deseos de plantar cara al director de actividades de ocio, si tenía suerte de que ese día llegara, porque en aquel momento tenía una pistola apuntándole a la cara y ganas de cagarse encima.

Mercedes se sintió abrasada por el odio que rezumaban los ojos del capitán Dickson.

—Acaba de una vez —escupió Mercedes.

—Necesito a Kasianenko —replicó Cruz—. Para pedir el rescate.

El tiempo era importante. Esperaba que le pagaran el dinero antes de veinticuatro horas, y cada momento que transcurría significaba una pérdida de su precioso tiempo.

—Haz un agujero en la puerta y sácale a rastras —ordenó a Amiin—. Hazlo ya.

—Sí, jefe —contestó el hombre.

La puerta de la terraza de los Patterson no estaba cerrada con llave. Flynn la abrió, entró y se acercó a la cama.

Sierra estaba acostada. Hammond no.

Flynn inspeccionó el cuarto de baño. Vacío. Se inclinó sobre la cama y sacudió a Sierra para despertarla. Ella abrió los ojos y lanzó una exclamación ahogada.

—No te asustes —dijo él a toda prisa—. Hay piratas a bordo.

Ella se incorporó, y su cabello cobrizo se desparramó alrededor de su hermoso rostro.

—Flynn —murmuró, con los ojos abiertos de par en par—. Piratas. ¿Lo dices en serio?

—Sí, ya lo sé, parece una locura. Hasta a mí me cuesta creerlo.

—¿Estás seguro?

—Sí, estoy seguro. ¿Dónde está Ham?

—Yo… no lo sé. Todavía no se ha acostado.

—Ponte algo de abrigo y coge las zapatillas de deporte. Voy a llevarte a un lugar seguro.

Cashoo esperaba ver mujeres fascinantes en aquel yate de lujo, pero para su decepción las tres mujeres sentadas con los rehenes masculinos no eran nada especiales.

Como de costumbre, iba salido. No podía borrar de su mente a la mujerona de las enormes tetas, tetas con las que podría jugar todo el día, siempre que gozara de la oportunidad.

Intuía que no podría volver a la villa, teniendo en cuenta que Cruz había liquidado a los dos guardaespaldas rusos. Era una pena, porque le habría gustado juguetear un poco más con la mujer del jefe. De todos modos, Cruz siempre tenía un plan, y al final del plan siempre había un montón de dinero para compartir, de modo que no podía quejarse.

Una vez más, Cashoo echó un vistazo a la tripulación del *Bianca*. Un grupo de aspecto lamentable, y encima las tres cautivas no eran muy guapas.

Empezó a preguntarse dónde estaría Mercedes. Los dos se llevaban muy bien. Mercedes era una fiera, siempre dispuesta a todo. Era la clase de chica que le gustaba, bonita y peligrosa.

Cansado de vigilar a los rehenes, dijo a Daleel que tenía que mear y que volvería enseguida.

Daleel asintió, y Cashoo se fue en busca de Mercedes.

En cuanto se marchó, Den dio un codazo a Guy.

—Ya sólo quedan dos —masculló—. Vamos, tío, con dos cojones. Si todos atacamos a la vez, podemos reducirlos.

—Eso no va a suceder —replicó Guy, con ganas de que Den se calmara y dejara de tocarle los cojones—. Por si no te habías fijado, van armados. Nadie quiere correr el riesgo de recibir un disparo. Si conservamos la calma, ellos conservarán la calma —añadió, en un intento de autoconvencerse.

—¿Tú crees? —Den proyectó hacia delante la barbilla—. Se están emborrachando más a cada minuto que pasa. Si no hacemos algo, nos pasarán por la piedra. Añade eso a tu Librito de la Calma.

Jeromy, acurrucado en su rincón, pensó que, si asesinaban a todos los invitados y pasajeros, ¿quién se acordaría de que él iba a bordo? Los titulares hablarían de todos los famosos: Luca, Cliff Baxter, Taye, Bianca, el senador y, por supuesto, Aleksandr. Existían numerosas probabilidades de que no hablaran de él. Jeromy Milton-Gold: un cero a la izquierda.

Por oscuros motivos, experimentó una potente andanada de ira hacia Luca. ¿Dónde estaba su dios rubio? ¿Por qué no hacía algo?

Sabía que estaba pensando de una forma irracional, porque por desgracia Luca no podía hacer nada. Así de claro: nadie podía hacer nada.

Miró a Guy. ¿Era amigo o enemigo?

Esperaba que fuera amigo, porque necesitaba estar cerca de alguien en un momento tan aterrador.

Flynn saltaba de terraza en terraza como un gato, avisaba a todo el mundo y les decía que subieran a la suite de Aleksandr. Los dos únicos ausentes eran Hammond y Jeromy Milton-Gold. No tenía ni idea de dónde estaban, y en aquel momento era la última de sus preocupaciones.

Las mujeres resultaron formar un grupo resistente, treparon por los cabos como veteranas y se apretujaron en la habitación del pánico con Bianca. La habitación estaba insonorizada, y en lo alto del panel había una sección con un espejo bidireccional, que permitía ver a quien estaba dentro lo que pasaba fuera.

Una vez todos reunidos, Xuan le dijo a Flynn que quería quedarse con los hombres para enfrentarse a los piratas.

Él no quiso saber nada de ello.

—Te quedarás aquí hasta que vengamos a buscaros. No salgáis por nada del mundo y guardad silencio. Si hacéis eso, no os pasará nada.

Sierra le dirigió una larga mirada.

—¿Y tú? —preguntó en voz baja—. ¿Qué te va a pasar?

—Sé cuidar de mí mismo —replicó él, tirante. Señaló a los demás hombres—. Todos sabemos.

—¿Y Hammond? —preguntó.

—Le encontraremos —la tranquilizó Flynn, mientras se preguntaba si tanto le importaba aquel hombre.

Al otro lado de la puerta, Amiin se puso a chillar.

—¡Abrid o disparo!

Aleksandr cerró el panel de la habitación del pánico.

Flynn miró a Taye, Luca y Cliff.

—¿Vamos a ir a por ese hijo de puta, o nos quedaremos prisioneros como rehenes?

—Ni la menor duda, a por ese cabrón —dijo Taye, con los ojos centelleantes.

Cliff asintió para expresar su acuerdo.

—Lo he hecho en las películas bastantes veces —dijo con ironía—. Vamos a ver si soy capaz de hacerlo en la vida real.

—Estoy dispuesto —dijo Luca, nervioso por dentro, pero decidido a oponer resistencia. Estaba preocupado por Jeromy, pero ahora no podía pensar en ir a buscarle.

Aleksandr sacó la pistola del cinto.

—Todos estamos juntos en esto —dijo con determinación—. Los cinco, como un solo hombre.

—Exacto —dijo Flynn—. Dame la pistola. Creo que tengo más práctica que tú.

Aleksandr no discutió y le entregó el arma.

Al otro lado de la puerta, Amiin gritó una advertencia final.

—Abrid o me abro paso a balazos.

—Adelante, soplapollas —murmuró Flynn—. Te estamos esperando.

Hammond embestía a la chica con todas sus fuerzas, en un estado de dominio total.

En un momento dado, la muchacha (¿cómo se llamaba, Gemma, Renna? Ah, sí, Renee) le suplicó que parara. Él sabía que no lo decía en serio, sabía que estaba disfrutando cada segundo de su enorme miembro penetrando su territorio virgen.

Cuando oyó ruidos ahogados en el pasillo, no le concedió importancia. Estaba a punto de llegar al orgasmo definitivo.

Un poco más... Un poco más...

¡Y sí!

El cuerpo de Hammond se estremeció con la exquisita liberación, mientras Renee temblaba debajo de él.

Y en aquel preciso momento, la puerta de la habitación se abrió, y un aturdido Basra (que no estaba muy seguro de lo que estaba viendo) entró tambaleante, levantó el arma y disparó contra la figura desnuda que había encima de la chica.

Brotó sangre.

Y para el senador Hammond, la muerte y el orgasmo ocurrieron en el mismo momento.

88

Sergei paseaba de un lado a otro, sin dejar de consultar el reloj, mascullando para sí lo que le haría a Kasianenko cuando le tuviera encadenado en el sótano.

Al cabo de un rato, Ina salió del dormitorio, apenas cubierta con un camisón corto y zapatillas peludas de tacón alto.

—¿Cuándo vendrás a la cama? —lloriqueó.

—Cuando me apetezca —replicó él.

No albergaba la menor intención de dormir hasta que le entregaran prisionero al multimillonario, encadenado y atado, dispuesto a ser introducido en el horno y asado.

Ah, sí, a Sergei le gustaba la imagen de Kasianenko asándose como un cerdo en un espetón.

—No me siento segura si duermo sola —se quejó Ina, mientras retorcía alrededor del dedo un mechón de pelo suelto—. Este lugar me da miedo de noche. Ven a la cama.

Sergei la fulminó con la mirada.

—Deja de gimotear como una pequeña *pizda* —masculló—. Iré a la cama cuando me dé la gana.

No lo haría hasta que Maksim y Viktor regresaran con Kasianenko.

Consultó su reloj una vez más. Hacía cuatro horas que Cruz y sus hombres se habían ido. Deberían llegar de un momento a otro.

Sergei se humedeció los labios impaciente.

89

—Nunca os saldréis con la vuestra —advirtió el capitán Dickson, que intentaba con desesperación adoptar un aire de autoridad ante el mexicano de aspecto mugriento, con la espantosa cicatriz que recorría su cuello y la Uzi automática apoyada de manera precaria sobre la rodilla—. ¿Os habéis dado cuenta de a quién pertenece este yate?

—¿He dicho que pudieras hablar? —rugió Cruz, y dirigió al capitán Dickson una larga y feroz mirada.

—Esto es lo que va a suceder —continuó el capitán Dickson, que no quería dejarse intimidar—. Os apresarán y castigarán. Esto es traición en alta mar.

—¿De qué siglo eres? —se burló Cruz, mientras se pasaba el dorso de la mano sobre la boca.

—Te lo advierto, si hacéis daño a algún miembro de mi tripulación...

—Cierra la puta boca —dijo el mexicano, y después escupió en el suelo—. Cuando Kasianenko llegue aquí, te enviaré con tu puta tripulación. ¿Qué te parece?

El capitán Dickson guardó silencio. Prefería estar con su tripulación que en el puente con aquel maníaco armado.

Quédate quieta.
No te muevas.
¿Qué ha pasado?
¿Debería chillar?

Goteaba sangre sobre el cuerpo desnudo de Renee, mientras cien ideas desfilaban por su cabeza.

Sentía el peso de Hammond encima de ella, la aplastaba. El pene seguía sepultado en su interior.

¿O no? No lo sabía.

Se formaron lágrimas en sus ojos y resbalaron sobre sus mejillas.

Algo espantoso había pasado.

Sintió que la sangre de Hammond caía sobre su piel.

Paralizada de miedo, descubrió que era incapaz de moverse.

Entonces, alguien le quitó de encima al senador, le tiró al suelo con un golpe sordo, y se encontró mirando a los ojos del hombre de aspecto más aterrador que había visto en su vida.

Quiso chillar. Pero cuando abrió la boca, no salió el menor sonido.

Cashoo pilló a Mercedes en la escalera de arriba. Estaba esperando para bajar a las suites de los invitados cuando Amiin sacara a Kasianenko. Sólo pensaba en las joyas. Y en la ropa. Y en dinero, a montones.

El chico le dedicó una sonrisa jubilosa y un rápido abrazo. Su andrajoso vello facial le arañó la mejilla. No le importó. Siempre le había gustado Cashoo, desde que habían trabajado juntos en algunas ocasiones. Era joven y guapo, con sus pómulos altos, los ojos penetrantes y la suave piel de color marrón oscuro, y aunque ninguno de ambos sabía hablar el idioma del otro, siempre habían conseguido comunicarse.

Una vez le había practicado una rápida mamada, que progresó hasta que habían estado a punto de hacer el amor, pero Amiin les interrumpió y ordenó a gritos a su sobrino que nunca volviera a tocarla.

En aquel momento, Cashoo estaba decidido a no perder el tiempo. Se inclinó hacia delante y la besó, metiendo y sacando de su boca la escurridiza lengua como si fuera una serpiente.

Mercedes respondió con idéntico entusiasmo. Estaba tan caliente como él, puesto que en el yate no había podido jugar con nadie, sólo consigo misma, lo cual no era fácil con Renee durmiendo en la litera de arriba.

El muchacho le tocó los pechos, antes de bajarle a toda prisa los pantalones cortos y hundir la mano entre sus piernas.

Ella reaccionó acorde, le bajó la cremallera de los tejanos y liberó su erección pulsátil.

Cashoo era un chico grande, con mucho que ofrecer.

Mercedes agradeció la distracción. Sabía que sería veloz y furiosa, como el asalto al yate. Y de esa forma lo deseaba, porque su trabajo todavía no había terminado.

Después de desprenderse de los pantalones cortos, rodeó la cintura de Cashoo con sus piernas y sintió que la penetraba, tras lo cual procedieron a un salvaje meneo, ambos disfrutando del momento.

Sonaron disparos justo cuando estaban llegando al clímax.

—¡Mierda! —exclamó Mercedes, pero consiguió alcanzar un orgasmo satisfactorio.

Cashoo hizo lo mismo.

Después, sin intercambiar palabra, cogieron la ropa y se fueron en direcciones diferentes.

—Este viaje no está saliendo exactamente como habíamos planeado —dijo Bianca, tras decidir que, si iba a quedarse encerrada en un sitio tan estrecho con las demás mujeres, haría lo posible por tomárselo a la ligera—. ¿Alguien quiere beber algo? —preguntó, y señaló un estante lleno de latas de Coca-Cola y 7-Up.

—Gracias —dijo Lori, decidida a no demostrar miedo—. Tomaré una Coca.

—¿Cómo lo lleva todo el mundo? —preguntó Sierra.

—No muy bien —murmuró Ashley, con un leve temblor en la voz—. Me da claustrofobia. Estoy muy asustada.

—Has de respirar hondo —aconsejó Xuan—. Imagina algo que te da placer cuando lo haces. ¿Sabes meditar?

—Nunca lo he hecho —contestó Ashley, mientras ceñía alrededor del cuerpo la sudadera de terciopelo rosa de Victoria's Secret.

—Vamos —la animó Lori—. Piensa en tus gemelos. Taye me ha enseñado fotos de ellos. Son adorables.

—¿Y si nos pasa algo? —baló Ashley, que empezaba a ser presa del pánico—. ¿Quién cuidará de mis niños?

—Todo saldrá bien —la tranquilizó Sierra—. Flynn sabe lo que hace. Nos sacará de ésta.

—Debes conocerle muy bien —dijo Bianca, al tiempo que le dirigía una mirada penetrante.

—Ambas le conocemos —intervino Xuan—. Si alguien es capaz de sacarnos de ésta, ése es Flynn.

—En ese caso, supongo que hemos de mantener la calma y confiar en él —dijo Bianca con jovialidad, la perfecta anfitriona—. ¿De acuerdo, chicas?

—Al menos, lo intentaremos —contestó Xuan.

Entonces, todas enmudecieron cuando oyeron los disparos.

Pillado por sorpresa, convencido de que era él quien controlaba la situación, Amiin abrió de golpe la puerta del camarote principal y varios hombres se lanzaron al instante sobre él.

Antes de que pudiera ni siquiera pensar en utilizar el arma contra ellos, se la arrebataron y le inmovilizaron contra el suelo. Uno de ellos se sentó encima de él a horcajadas, mientras los demás le sujetaban los tobillos y las muñecas juntos con sábanas rasgadas a tiras.

—¿Cuántos sois? —preguntó Flynn—. Y no finjas que no me entiendes, porque sé que sí.

Amiin se sentía mortificado. Cruz le echaría la culpa, aunque no era cierto. Sólo debía haber una pareja en aquella habitación, y desarmada. Mercedes le había pasado la información al jefe. Había cometido un grave error, y ese error podía estropearlo todo. Era ella la culpable.

Amiin miró a sus captores con los ojos inyectados en sangre.

—No inglés —murmuró.

—No inglés, y una mierda —amenazó Taye—. Escúpelo, imbécil, o acabarás con los dientes alrededor del cuello.

Basra miró a la chica desnuda e hizo una mueca.

Ella se apartó de él horrorizada y abrió la boca como si fuera a chillar.

Pero no lo hizo. No podía.

Basra agradeció su silencio, porque estaba muy cansado. Había cumplido con su deber, eliminado a un rezagado que habría tenido que estar en el comedor con los demás, y ahora se merecía un descanso.

Aunque sólo sea un minuto, pensó, mientras se acomodaba en la litera al lado de la chica desnuda y cerraba los ojos. *Aunque sólo sea un minuto...*

Un segundo después estaba roncando como un cerdo.

Cruz hizo inventario. ¿Dónde coño estaba Mercedes? La había enviado a descubrir por qué Amiin tardaba tanto. Había oído los disparos. Amiin ya se habría apoderado de Kasianenko y estaría subiendo con él al puente.

Era hora de avisar a la gente del ruso para que empezaran a reunir el dinero del rescate. Sólo les concedería veinticuatro horas. Después, si no se plegaban a sus exigencias, le diría a Basra que empezara a trabajar. Basra no sentiría remordimientos por ir ejecutando a los rehenes uno a uno. Si Kasianenko no conseguía que su gente pagara el rescate, los muy cabrones lo tendrían bien merecido.

Cruz dio una calada al cigarrillo, mientras miraba ceñudo al capitán. No le gustaba, y quería perderle de vista. Al cabo de un momento, se puso en pie de un salto y gritó:

—¡Mercedes!

Ella entró corriendo en el puente. Parecía nerviosa.

—¿Por qué coño has tardado tanto? —preguntó—. Ve a buscar a Amiin y dile que mueva su perezoso culo. Quiero a Kasianenko aquí. ¡Y lo quiero ahora!

90

Con Amiin neutralizado, y la información que Taye había arrancado al pirata, habían descubierto que había al menos siete hombres más a bordo. Siete piratas armados, hombres para quienes matar no significaba nada.

Flynn intentó obligar al somalí a revelar en qué lugares exactos se encontraban, pero el tipo se había cerrado en banda. Le escupió un diente ensangrentado y se negó a confesar nada más.

Al menos, ahora contaban con dos armas. Flynn se quedó la pistola de Aleksandr, y Cliff la de Amiin. Al parecer, el actor había rodado varias películas en que debía utilizar pistola, por lo cual le aseguró que sabía lo que hacía.

Había que tomar decisiones, y deprisa. De alguna manera, Flynn se había convertido en el líder del grupo. No le molestaba, estaba acostumbrado a encontrarse en situaciones peligrosas.

—Luca y Taye, quedaos con nuestro prisionero —dijo, tomando el control—. Aleksandr, Cliff y yo iremos en misión de reconocimiento.

—No hace falta que nos quedemos dos con este cerdo —dijo Taye, siempre con ganas de acción—. Yo iré con vosotros.

Flynn meditó a toda prisa. ¿Sería capaz Luca de manejar la situación si otros piratas aparecían en busca de su camarada? No lo creía, sobre todo si los atacantes iban armados.

¿La respuesta? Ir todos juntos, con el pirata capturado a modo de escudo humano.

Sí, eso era. Tendría que haberlo pensado antes.

—Desátale los tobillos —ordenó Flynn—. Nuevo plan. Nos lo llevamos con nosotros.

—¿Por qué? —preguntó Cliff.

—Porque si alguien recibe un disparo, será él. ¿De acuerdo, chicos?

Todos asintieron.

Renee intentó moverse. Estaba desnuda sobre la litera manchada de sangre, aplastada contra la pared. El hombre que había disparado a Hammond se había aovillado a su lado y roncaba.

Estaba casi demasiado asustada para liberarse. No obstante, sabía por instinto que, para sobrevivir, eso era lo que debía hacer.

El hombre tendido a su lado era repugnante. El olor que proyectaba era pestilente. Su piel era del color del cuero viejo, arrugada y gastada. Su pelo estaba sembrado de rastas desaliñadas. Sus párpados eran negros sobre los ojos hundidos, y no tenía pestañas.

Repulsivo, asqueroso y asesino.

¡Muévete!, gritó su voz interior.

¡Vete!

¡Huye!

Con cautela, llevó a cabo un vano intento de zafarse.

No era posible, la tenía encajada contra la pared.

Comprendió que la única manera de escapar era deslizarse sobre él. Pero si hacía eso, ¿qué pasaría si despertaba?

Se estremeció sólo de pensarlo.

Sin apenas atreverse a respirar, empezó a moverse con cautela por encima de él, mientras la sangre de su cuerpo caía sobre la ropa sucia.

Por un momento, el hombre dejó de roncar.

Ella cesó en sus movimientos de inmediato, tendida encima

de él como si fueran amantes, mientras intentaba con desesperación controlar su cuerpo tembloroso.

Basra gruñó, se tiró un pedo y continuó con sus estruendosos ronquidos.

Renee continuó con su plan de huida.

Después de bajar la escalera, Mercedes se escondió en cuanto vio a Amiin salir del camarote principal rodeado de varios pasajeros.

Su corazón se aceleró. ¿Por qué estaban libres los hombres? ¿Cómo había pasado aquella mierda? Las cosas iban como la seda, ¿y ahora Amiin se había dejado capturar? Eso no entraba en el plan.

Sabía que debía avisar a Cruz de inmediato, pero se sentía más atraída por abrir la caja fuerte de Kasianenko. Además, Cruz estaba sentado arriba con la Uzi y otras armas. Le volaría la cabeza a todo el mundo a la menor señal de problemas.

Antes de que eso sucediera abriría la caja fuerte, cogería el anillo y los montones de dinero de cuya existencia sabía, y una vez hecho eso, iría en busca de Basra, Cashoo y los demás para ocuparse de los pasajeros.

Entonces, pasara lo que pasara, tendría el futuro asegurado.

¡A la mierda! Había llegado el momento de pensar en ella antes que en los demás.

En el comedor, los piratas estaban perdiendo el control. Daleel y Hani llevaban demasiado tiempo fuera de casa y su testosterona estaba por las nubes. Además, la cerveza estaba obrando su efecto.

Daleel no se molestó en ir a buscar un lavabo. Se sacó el pene y meó en dirección a los cautivos, mientras movía la polla de un lado a otro para que el chorro de orina saliera disparado en todas direcciones.

—¡Maldito capullo! —gritó Den, cuando el chorro de orina le dio en la cara.

Daleel lanzó una risotada y cogió el rifle de asalto que colgaba de su hombro. Lo agitó en el aire en actitud amenazadora.

—¿Todavía no queréis hacer nada? —murmuró Den a Guy, mientras Hani decidía disparar al techo.

La bala erró el techo y rebotó en una pared, alcanzando a Jeromy en el hombro.

El hombre chilló como un cerdo empalado. Descubrió horrorizado que le habían disparado, le habían alcanzado. Su rostro palideció, mientras se derrumbaba hacia delante aferrándose la herida; resbalaba sangre entre sus dedos.

—Voy a morir —gimió—. Voy a morir entre esta gente. Y nadie sabrá que estuve aquí.

Entonces, perdió el conocimiento.

Cruz no era un hombre al que fuera fácil pillar desprevenido. Mercedes siempre había dicho que su papi tenía ojos en el cogote. También era un tirador de primera, de modo que quien fuera a por él debía irse con cuidado.

Sin embargo, lo último que esperaba Cruz era ver a Amiin, atado y amordazado, que entraba a empujones en el puente con varios hombres detrás.

—Tira las armas —ordenó Flynn—. Hazlo o mataré a nuestro rehén.

A Amiin se le salían los ojos de las órbitas. Sabía lo que se avecinaba y no podía hacer nada para remediarlo. Su jefe no mostraría la menor compasión.

Cruz se puso en pie como una exhalación. Con los ojos llameantes, empezó a disparar. Varias balas alcanzaron de lleno a Amiin, y otra rozó la oreja de Flynn.

El capitán Dickson se acurrucó en un rincón, demasiado asustado para hacer nada.

Cruz actuaba como un demente, y blandía la Uzi como Al Pacino en *Scarface*.

—Atrás todos —gritó Flynn a los demás—. Hemos de protegernos.

No tuvo que repetirlo dos veces.

—¿Qué está haciendo? —susurró Ashley, mientras miraba a través del panel acristalado situado en lo alto de la entrada de la habitación del pánico.

Bianca se apretujó a su lado.

—Es esa camarera, no me acuerdo de su nombre.

—¿Deberíamos invitarla a entrar aquí con nosotras? —preguntó Sierra—. Hay que protegerla.

—Espera un momento —dijo Bianca—. Parece que intenta abrir la caja fuerte de Aleksandr.

—¿Bromeas? —preguntó Lori.

—¡Mierda! —exclamó la modelo—. Por lo visto, sabe la combinación.

Las mujeres se congregaron cerca del panel, y vieron que Mercedes lograba abrir la caja fuerte y empezaba a tirar el contenido en una bolsa de basura grande.

—¡La muy zorra! —gritó Bianca—. Debe ser cómplice de los piratas. ¿Qué podemos hacer?

—Nada —replicó Xuan—. Flynn y Aleksandr nos dijeron que nos quedáramos aquí hasta que ellos volvieran, y eso es lo que deberíamos hacer.

Bianca la fulminó con la mirada. Todavía no le caía bien, y oír a la mujer asiática pronunciar el nombre de Aleksandr la enfureció.

—Bien —replicó—, si crees que voy a quedarme mano sobre mano mientras esa puta roba a mi hombre, estás muy equivocada.

—No pensarás salir, ¿verdad? —preguntó Ashley alarmada—. Porque si lo haces, descubrirán dónde nos escondemos. Nos cogerán a todas, y quién sabe lo que pasará entonces.

—Tiene razón. No deberíamos salir de aquí —dijo Sierra, la voz de la razón—. Estamos en una situación peligrosa, y hemos de procurar que no empeore.

Bianca vaciló. No le gustaba que le dijeran lo que debía hacer, pero en el fondo sabía que la mujer tenía razón. Era mejor quedarse a buen recaudo en la habitación que correr el riesgo de ser capturadas.

—De acuerdo —dijo a regañadientes—. Me quedaré aquí. Pero creedme, preferiría estar ahí fuera dándole patadas en el culo a esa furcia.

—Estoy de acuerdo —murmuró Lori.

Con un último y frenético empujón, Renee resbaló hasta el suelo y aterrizó junto al cadáver de Hammond. Un chillido de terror se formó en su garganta, pero una vez más no surgió ningún sonido de su boca. Estaba traumatizada. Sólo podía pensar en escapar de aquella cámara de los horrores.

Sin pensar en nada que no fuera escapar, se tambaleó hacia la puerta y sus pies resbalaron en la sangre (la sangre de Hammond), que parecía estar por todas partes.

Su mano resbaló en el pomo de la puerta cuando la abrió y salió corriendo desnuda, manchada de sangre, al estrecho pasillo.

Iba en busca de alguien, quien fuera, que pudiera salvarla.

Iba en busca de la cordura.

91

La Uzi era un arma con la que no cabía discutir. El hombre que blandía la pistola automática con forma de subfusil tenía todo el poder, y lo utilizaría sin dudarlo.

Cruz era uno de esos hombres, un hombre que hervía de furia. En un momento dado era el rey del mambo, con un control total. Al siguiente, un puñado de civiles (cabronazos ricos que tendrían que habérselo pensado dos veces antes de tocar los huevos a Cruz Mendoza) se abalanzaban contra él con amenazas y un Amiin atado y amordazado, el idiota que se había dejado coger prisionero.

Cruz no vaciló. En su profesión, había descubierto que si vacilas eres hombre muerto.

Acribilló a balazos a los cabrones, aunque muchas de las balas impactaron en Amiin, y quizás alcanzaron a un par de ellos, antes de que su escudo humano cayera al suelo y ellos huyeran como conejos asustados.

Todavía acurrucado contra la pared, el capitán Dickson intentaba hacerse invisible, mientras Cruz desgranaba una letanía de groseros juramentos en su español nativo. El capitán se daba cuenta de que estaba atrapado con un hombre desquiciado, y una vez más temió por su vida.

No obstante, Cruz tenía otras cosas en qué pensar. Aquel secuestro no se desarrollaba como cabía esperar. Al principio todo transcurrió como una seda. Ahora las cosas se habían complicado.

«Cancelar» fue la palabra que acudió a su mente. Cancelar

la operación y salir cagando leches del yate. Los pasajeros iban armados, y eso era una putada.

Podía matarlos a todos. Pero si lo hacía, ¿quién pagaría el rescate?

Nadie, eso seguro.

Cruz escupió en el suelo, y notó un sabor amargo en la boca.

Por lo visto, Amiin estaba muerto. Había trabajado para él durante siete años. Era el líder del clan, su principal vínculo con los demás piratas, y era el único que hablaba inglés, lo cual le permitía comunicarse con los somalíes. Ahora Amiin ya no estaba, y todo era un desastre.

Cruz tomó una rápida decisión. Era inútil pensar en lo que habría podido suceder.

Tenía que huir del barco. Y deprisa.

Después de abrir la caja fuerte, Mercedes metió muy nerviosa los fajos de billetes en la bolsa de basura. Calculó que habría, por lo menos, cien mil dólares.

Era rica por fin, y lo mejor, todo era suyo.

El estuche del anillo estaba delante, y en el centro, un verdadero premio que debía disfrutar. Recordó la primera vez que había visto el rutilante anillo de diamantes y esmeraldas, tan magnífico que la había dejado sin aliento.

El tiempo pasaba, pero no podía resistir la tentación. Abrió el estuche y admiró una vez más el anillo. Era algo realmente hermoso, y debía valer una fortuna.

Una idea cruzó por su mente. ¿Y si se lo ponía en el dedo? Entonces, sería realmente suyo.

Antes de poder hacerlo, sonaron disparos, y supo que se avecinaban más problemas.

Agarró el anillo y la bolsa de basura llena de dinero, salió corriendo del camarote y fue a ver qué pasaba.

—Ponte delante de mí —ordenó Cruz al capitán Dickson, al tiempo que agitaba la Uzi en las narices del hombre—. Muévete.

Dickson contempló horrorizado al pirata muerto caído en el suelo, con el cuerpo acribillado. El marino era muy consciente de que su destino podía ser el mismo, aunque por suerte Flynn y los demás no eran unos bárbaros. No le matarían como a un perro, como Cruz había hecho con su hombre.

¿O sí?

No. No lo harían, estaba seguro.

No estaba tan seguro acerca de aquel mexicano descontrolado. ¿Y si el maníaco le metía una bala en la espalda sólo para divertirse?

—Muévete —repitió Cruz—. Hazlo ya, cabrón.

En cuanto Cashoo regresó al comedor donde estaban reunidos los rehenes, Daleel se revolvió contra él, y quiso saber por qué había tardado tanto en mear y qué estaba pasando.

El chico se consideraba tan importante como los demás somalíes. Tal vez fueran mayores que él, pero más listos no, desde luego.

No iba a entrar en discusiones acerca de cuánto tiempo invertía en mear. Daleel tenía celos de él. En Eyl, Cashoo siempre se llevaba las chicas más bonitas, mientras que él no podía zafarse de su gorda esposa y sus dos hijos llorones.

Hani rió. Se había servido un tazón de sopa caliente, y con la sopa y unas cuantas cervezas de más que había bebido se sentía muy cansado.

Mientras veía discutir a los dos piratas, Den ardía de frustración. Ojalá pudiera animar a la tripulación a entrar en acción, en lugar de seguir sentados como un puñado de chicas asustadas. Si era capaz de eso, sabía que existían bastantes probabilidades de hacerse con el control.

Guy estaba ocupado cuidando de Jeromy, el cual había recobrado la conciencia y lloriqueaba como un cachorrillo herido, aferrado al director como si fuera un salvavidas en mitad de una tormenta.

Pese a lo sucedido entre ellos, Guy sabía lo que debía hacer, y aseguró a Jeromy que todo terminaría bien.

Den se había colocado al lado del primer oficial y un par de marineros, y estaba intentando motivarlos para entrar en acción.

El primer oficial, un australiano, parecía por la labor. Los marineros, temerosos de recibir un balazo, no tanto.

Y mientras los piratas discutían entre ellos, y Den intentaba convencer a sus compañeros, una aparición irrumpió en la sala.

Era Renee. Su cuerpo desnudo estaba manchado de sangre. Tenía el pelo apelmazado y enmarañado de sangre. Una mirada vacía en sus ojos vidriosos. Entró en la sala, con los brazos extendidos, caminando como un fantasma.

Por un momento nadie se movió, hasta que en su mejor imitación de Tom Cruise, Den se abalanzó sobre un sorprendido Cashoo y le arrebató la pistola de la mano, con la esperanza de que los tripulantes le imitaran y no se quedara solo en su apuesta por la libertad.

92

Habían transcurrido seis horas, y Sergei estaba empezando a experimentar la sensación de que algo iba muy mal. No podía ponerse en contacto ni con Maksim ni con Viktor, lo cual ya le enfurecía bastante. Ambos llevaban teléfono. Ninguna señal. *Nada*.

¿Le habría traicionado Cruz?

¿Habría osado monopolizar el secuestro del *Bianca*?

¿Planeaba retener a Kasianenko, reclamar la recompensa y soltar a ese hijo de puta?

Si Cruz hacía algo por el estilo, nada podría impedir que él ordenara liquidarle, aunque antes de morir le torturaría, porque nadie se la jugaba a Sergei Zukov y vivía para contarlo.

¡Hijo de puta!

Sacó a Ina de la cama y le leyó la cartilla.

—No es culpa mía que haya hecho algo malo —lloriqueó ella—. Yo no puedo decirle lo que ha de hacer.

—¿Te quiere mucho el cerdo de tu hermano? —preguntó Sergei, con el tic de la mejilla izquierda descontrolado.

—No lo sé —contestó ella, sumisa—. Somos de padres diferentes, ya lo sabes.

Como si eso significara alguna diferencia. Ambos habían salido de entre las piernas de la misma puta.

—Si tu hermano no vuelve pronto —amenazó Sergei—, si me ha jodido..., ya puedes recoger tu mierda y largarte. ¿Me has entendido, *pizda*?

Ina le había entendido.

93

Después de ponerse a cubierto, Flynn intentó pensar en el siguiente movimiento. Iba acompañado de un grupo de hombres inexpertos, que no sabían nada de técnicas de combate. Tampoco es que se encontraran en Afganistán, pero aun así se trataba de territorio peligroso y no quería que nadie saliera herido.

Una bala le había rozado la oreja; poca cosa. Estaba más preocupado por Aleksandr, que había recibido un balazo en el muslo y sangraba profusamente. Le habían conducido a la habitación de Kyril, donde habían descubierto el cadáver del guardaespaldas.

El ruso había sacudido la cabeza, consternado.

Dos muertos ya. ¿Cuántos más? Flynn no quería pensar en eso. Su principal preocupación era que Sierra y las demás mujeres estuvieran a salvo.

—Temo que has quedado fuera de juego —informó a Aleksandr—. Luca y Cliff, quedaos con él. Si alguien se acerca, no lo dudéis: disparad.

Cliff asintió. ¡Mierda! Tenía un poco de miedo. Esto no era una película, y la pistola que sostenía conseguía que sus manos se cubrieran de sudor. Por no hablar del cadáver de Kyril, una señal de que los piratas iban muy en serio.

—Me gustaría tener una pistola —dijo Taye, oscilando sobre los talones de sus pies, pletórico de energía nerviosa.

—Y a mí una cerveza fría —replicó Flynn—. Pero tendremos que conformarnos con lo que tenemos. De modo que tú y yo vamos a ver qué está pasando. ¿Te apetece una aventura?

El futbolista no tenía miedo. Haberse criado en una dura zona de Londres le había enseñado a ser espabilado y unos cuantos trucos más.

—Yo iré delante —indicó Flynn—. Si me vuelan la cabeza, coge mi pistola y mándalos a todos al infierno. ¿De acuerdo?

—Lo he pillado —dijo Taye, con la esperanza de que las palabras de Flynn fueran su idea de una broma.

Manaba sangre de la oreja de Flynn, que aterrizaba sobre su cuello. Mientras no la viera, le daba igual. Estaba participando en una cacería, dispuesto a disparar contra cualquiera que se interpusiera en su camino.

Un triunfal Den inspeccionaba la escena. ¡Por fin los tenían! Los tres piratas y nadie herido, salvo Jeromy, quien había recibido un disparo antes.

Uno de los marineros había ido a buscar unas buenas cuerdas, y después de dominar a los tres piratas los habían atado.

Ahora, no sólo tenían tres prisioneros, sino también sus armas, lo cual lograba que Den se sintiera más seguro sobre el futuro de todos.

Guy se había hecho cargo de una incoherente Renee, a la cual envolvió en la bata de Jeromy y animó a beber agua, mientras le repetía que ya estaba a salvo.

Renee no podía hablar todavía. Resbalaban lágrimas sobre sus mejillas, mientras se abrazaba el cuerpo y se balanceaba de un lado a otro.

Guy la acercó a Jeromy y la sentó a su lado.

—Cuida de ella —dijo con severidad—. Quién sabe lo que la pobrecilla ha sufrido.

Jeromy estuvo a punto de protestar, pero luego se lo pensó mejor. Guy le había demostrado amabilidad, por lo tanto tenía que responder con la misma moneda a pesar de la herida, que probablemente le estaba robando la vida, aunque el director de actividades de ocio le había hecho un torniquete improvisado que, quizá, salvaría su miserable existencia.

El interiorista no era un hombre religioso. Sólo había ido a la iglesia dos veces en sus casi cuarenta años, y eso únicamente para contentar a uno de sus ex amantes. Derrumbado en el suelo del comedor de un lujoso yate, de repente se descubrió rezando a un Dios al que antes nunca se había encomendado. Un Dios en el que no creía, pero ahora sólo le quedaba Él.

Tocó el brazo de Renee.

—Calma, calma, querida —dijo en tono consolador—. Todo acabará bien.

Mercedes, sin dejar de aferrar su botín, subió al puente.

Ni rastro de Cruz.

Amiin estaba muerto.

Se quedó horrorizada. Amiin era el brazo derecho de Cruz. ¿Quién podía haberle hecho aquello? ¿Y dónde estaba su papi?

Se alejó del puente y, cuando pasaba ante la habitación de Kyril, Luca Pérez la asió con fuerza y le habló en español.

—Hay piratas a bordo, muchacha. Entra aquí. Estarás a salvo con nosotros.

—Lo sé —contestó ella, mientras su cerebro buscaba una salida—. No me han visto. Estoy..., buscando armas.

—¿Hay armas? ¿Dónde?

—Sé de un lugar.

—Has de quedarte aquí —dijo Luca en inglés—. Estos tipos son salvajes sedientos de sangre. Han matado incluso a uno de los suyos.

—¿Amiin?

Dijo su nombre antes de poder reprimirse.

Cliff dio un paso adelante.

—¿Qué has dicho?

—Amén —murmuró ella, mientras se persignaba.

—Eres una chica. Si te cogen, no pinta bien —le advirtió Luca.

—Gracias por su preocupación, señor Pérez. La cuestión es que conozco muy bien el barco, de modo que no me cogerán.

—¿Qué llevas en esa bolsa? —preguntó Aleksandr, al tiempo que se levantaba de la silla de Kyril.

—¡Oh, Dios! Creo que he oído a Renee —gritó Mercedes—. Volveré con armas. No se preocupen por mí. Sé lo que hago.

Salió corriendo antes de que pudieran detenerla.

La pregunta que la atormentaba era: ¿cómo se habían liberado los prisioneros? ¿Le habían dicho la verdad? ¿Era posible que Cruz hubiera disparado contra Amiin?

En ese caso, ¿por qué lo había hecho?

Eran muchas preguntas, y nadie podía contestarlas. La más acuciante era: ¿dónde estaba Cruz?

¿Iba a abandonar el barco? ¿La dejaría tirada?

Conociendo a su papi, era muy posible.

Pensó deprisa. No cabía duda de que se había producido un enfrentamiento. Lo más probable era que los pasajeros hubieran utilizado a Amiin como escudo humano, y Cruz lo había matado para salvarse. Después debió decidir largarse ante el cariz que había tomado la situación, y en este momento se estaría dirigiendo hacia una de las lanchas motoras para huir.

El instinto de Mercedes la advertía de que debía darse prisa si quería alcanzarle. El capitán sabía que ella estaba conchabada con los piratas, de modo que no podía quedarse a bordo y continuar con la farsa.

¡Mierda! Era la hostia. Tenía lo que quería. El dinero. El anillo. Mejor salir pitando mientras pudiera.

—Me siento como si estuviera actuando en *CSI* o *Ley y orden* —bromeó Taye, intentando aportar alegría a una situación difícil, mientras seguía de cerca a Flynn, quien se movía sigilosamente con la pistola desenfundada—. Ojalá tuviera una puta pistola. Me sentiría mucho más seguro.

—Haremos lo siguiente —aconsejó el periodista—. Si empiezo a disparar, te lanzas sobre ellos, los placas por las rodillas y los derribas. Después coge todas las pistolas que puedas.

—Sí, guay, eso si no me vuelan las pelotas antes —replicó Taye, imaginando lo peor.

—No lo harán —le aseguró Flynn con una sonrisa sombría—. Tenemos esto.

—Tú lo tienes —repuso el futbolista, mientras se pasaba la mano por la cabeza afeitada—. Yo no, desde luego.

Exploraron toda la cubierta superior: no había nadie.

Taye iba pegado a Flynn, su nuevo héroe. El tipo parecía intrépido, y él se regodeaba con el aire de confianza que proyectaba.

El futbolista se preguntó cómo estaría Ashley. Si su esposa se enterara de esto, a estas alturas sería presa de la histeria. Estar sometida a presión la afectaba mucho, aunque lo había hecho muy bien cuando había tenido que escalar por el costado del yate. Estaba orgulloso de ella.

Flynn bajó por la escalera hasta la cubierta central. Una vez más, todo estaba despejado.

—Los piratas tienen lanchas motoras en cada banda del yate —dijo—. Un pirata custodia cada lancha. Si podemos sorprenderlos, serán dos preocupaciones menos.

—¿Sorprenderles? ¿Quieres decir matarlos? —preguntó Taye, que intentaba aparentar frialdad.

—No —replicó Flynn con sarcasmo—. ¿Qué te parece si los invito a subir a bordo para tomar una taza de tu té inglés favorito?

—Vale, vale, lo pillo —comentó el futbolista, escarmentado—. ¿Dónde crees que está la tripulación?

—Yo diría que los habrán reunido en la cubierta inferior. Ese tío de arriba era el líder. El que resultó muerto debía ser su lugarteniente. Luego están los dos de las lanchas. Quedan cuatro más. Dos, como mínimo, estarán vigilando a la tripulación. Es a los otros dos a los que hemos de buscar.

Taye no pudo reprimir la curiosidad.

—¿Has disparado alguna vez contra alguien? —susurró mientras avanzaban con sigilo hacia la escalera.

—¿Por qué no cierras el pico y te concentras? —murmuró Flynn; notaba el escozor en la oreja, que seguía sangrando.

—Vale. Estoy en ello.

—Bien. Vamos a lo nuestro.

94

Una vez Cruz tomaba una decisión, no había marcha atrás. Cada fibra de su cuerpo le advertía que debía huir cuanto antes del *Bianca*.

Amiin estaba muerto. Los demás piratas no significaban nada para él, no eran más que mano de obra. Amiin era el único que le podía haber importado algo.

Maldita sea, su mano derecha había sido lo bastante estúpido para dejarse coger prisionero, lo cual no había concedido a Cruz otra posibilidad que disparar, puesto que estaba en la línea de fuego.

Se dirigió hacia la lancha motora del lado izquierdo del yate, mientras iba empujando hacia delante al capitán Dickson, utilizándole como escudo, para que si volaban balas lo alcanzaran a él.

Por un breve momento pensó en Mercedes y se preguntó dónde coño estaría. Después recordó que era una chica lista que sabía cuidar de sí misma. No le necesitaba de canguro. Le había enseñado a ser una superviviente, igual que él.

El capitán Dickson jadeaba. Un miedo abyecto se había apoderado de él, y pensaba que en cualquier momento caería fulminado por un infarto.

Cruz le hundió la Uzi en la espalda y le gritó que caminara más deprisa.

El capitán se esforzó por obedecerle, pero no logró moverse lo bastante deprisa para su gusto.

El mexicano le dio una brutal patada, y el marino cayó escaleras abajo. Cruz masculló una letanía de maldiciones, fue a por él y le puso en pie.

—Si vuelves a hacer eso, eres hombre muerto —gruñó.

A medida que transcurría el tiempo, Ashley empezó a perder los estribos. No había palabras de consuelo que lograran apaciguarla.

—He de salir de aquí —gimoteó, pensando en los gemelos y en que no podrían salir adelante sin ella—. No puedo quedarme aquí. Me siento mareada. Estoy a punto de desmayarme.

—No es cierto —repuso Xuan con severidad—. Lo que vas a hacer es sentarte, cerrar el pico y agachar la cabeza entre las piernas.

—No puedo hacer eso —aulló—. ¿Es que no lo comprendes? Todas hemos de salir de aquí. De todos modos, nos encontrarán, así que ¿a qué estamos esperando?

—Estamos esperando a que Aleksandr y los demás vuelvan —dijo Bianca, que empezaba a perder la paciencia—. Y no nos estás facilitando la espera. Así que, como ha dicho Xuan, cierra el pico.

—Escucha, ya sé que todas estamos asustadas —comentó Sierra, convencida de que Flynn no les fallaría—. Sin embargo, lo más importante de todo es no perder el control. Pelearnos no servirá de nada.

—Tiene razón —manifestó Lori—. No debemos perder los nervios.

—Oh, callaos —replicó Ashley—. Qué sabrás tú. No eres más que una mantenida.

—¿Perdón? —preguntó Lori, tensa.

—Calma, calma, señoras —intervino Bianca—. No es el momento de montar un cirio.

Ashley se derrumbó en el banco que corría a un lado de la pequeña habitación.

—¡Oh, Dios mío! —gimió—. Tengo una premonición. Vamos a morir todas aquí. Nos van a violar, y después nos matarán. Lo sé.

—Cállate, estúpida —le espetó Xuan con determinación—. Estás diciendo tonterías. Y será mejor que cierres el pico antes de que yo te obligue a ello.

—Hemos de ir a investigar. Hay que descubrir qué está pasando —insistió Den a Guy, una vez que los tres piratas estuvieron atados de pies y manos.

El director, mucho más valiente ahora que cuando le apuntaban con una pistola, protestó.

—No olvidemos quién manda aquí —respondió—. Soy el más veterano. Yo decidiré lo que haremos a continuación.

—¿Dónde estaba esa veteranía cuando te suplicaba que animaras a la tripulación a hacer algo?

A Guy no le hizo gracia el tono del joven.

—Deberíamos quedarnos aquí —replicó—. Es mejor estar todos en el mismo sitio.

—Eres un calzonazos —dijo Den asqueado—. ¿No entiendes lo que está pasando? Ya no eres mi jefe, ni el de nadie. Es una situación de mierda, y no pienso quedarme sentado a esperar a que empeore.

Ignorando a Guy, Den empezó a hablar con algunos tripulantes, quienes al parecer se habían dado cuenta por fin de que tenían pelotas, y todavía mejor: ahora tenían armas.

El joven propuso que varios de ellos fueran a averiguar qué sucedía. El primer oficial y los tripulantes aceptaron.

Den se puso al frente.

Jabrill, un hombre demacrado de ojos entrecerrados y boca en mal estado, vigilaba la lancha motora situada en la banda de babor del yate. Antiguo pescador, no estaba tan sediento de sangre como sus camaradas, y prefería estar sentado algo apartado, masticando *khat* mientras pensaba en su novia etíope y el dinero que le aguardaba.

Jabrill estaba ansioso por volver a casa. Confiaba en que pagaran pronto el rescate, para poder marcharse cuanto antes.

Cuando Cruz apareció, se sintió contento. Daba la impresión de que todo había sucedido con más rapidez de lo esperado, aunque no había oído el ruido de ningún helicóptero, porque por lo general entregaban de esa forma el rescate, y en metálico.

Cruz no iba solo. Le acompañaba un hombre blanco desconocido, un hombre al que empujó hacia la lancha a punta de pistola.

Jabrill miró a su jefe y se preguntó dónde estaría Amiin. Cruz nunca efectuaba un movimiento sin Amiin a su lado. El hombre era su conexión con los piratas, el único que podía traducir sus órdenes.

—Vámonos —gritó el mexicano, saltando a la lancha.

El somalí le continuó mirando, con expresión de estupor.

—¡Vamos! —chilló Cruz—. Pon la lancha en marcha, imbécil.

Jabrill no entendía ni una palabra de lo que estaba diciendo.

Den, un líder natural, no experimentó temor alguno cuando él y varios miembros de la tripulación empezaron a registrar el yate. En el nivel superior se encontraron con Aleksandr, Cliff y Luca, e intercambiaron información a toda prisa.

Una vez que vieron el cuerpo sin vida de Kyril, todos se dieron cuenta de la gravedad y el peligro extremo de la situación.

Den estaba encendido. Tenían armas. Tenían pelotas. Decidió que, si salía vivo de aquélla, se dedicaría a la industria de la seguridad. Tal vez fundaría su propia empresa. Sí, se acabó la mierda de camarero, estaba preparado para montar algo propio.

Sugirió a Cliff y Luca que llevaran a Aleksandr al comedor, y señaló que era más seguro estar todos juntos.

El actor y el cantante consideraron la idea inteligente, y el multimillonario accedió.

—Deberíamos ir en busca de Flynn y Taye, para informarles de lo que está pasando —dijo Cliff, armado con un rifle AK—. Yo lo haré.

—Y yo te acompañaré —dijo Den, pensando en la cara que pondría su madre si supiera que se hallaba en una misión peligrosa al lado de una estrella de cine.

Oh, sí, a su madre le daría un ataque. Como también a su hermana casada, que estaba muy colgada de Cliff Baxter. Siempre había considerado a su hermano pequeño un perdedor, ¡así que te den, hermana mayor!

Den nunca se había sentido más vivo.

La estrella de cine y el barman se fueron en busca de Flynn y Taye, mientras Luca y varios tripulantes ayudaban a Aleksandr a bajar la escalera.

Al ruso no le gustaba el papel de víctima. Era un hombre fuerte y poderoso, y ser incapaz de caminar debido a la herida le enfurecía.

Estaba repasando en su mente lo que había sucedido y quién era el responsable. Tenía enemigos. Todo hombre de negocios que triunfa tiene enemigos. Además, estaban los hermanos de su esposa. No lo podía descartar. Eran una pandilla de cerdos celosos y codiciosos, convencidos de que era deber de Aleksandr sustentarlos.

Se prometió que, tardara lo que tardara, encontraría a la persona que había tramado aquel ultraje, para castigarla como era debido. No sólo por la ley, sino por su propia mano.

Y él nunca hacía una promesa que no pudiera cumplir.

—¡Está muerto! —gritó Renee, con los ojos desorbitados de miedo—. Un hombre... Un hombre muy malo le disparó.

—¿Qué has dicho? —preguntó Jeromy, y se acercó más a la chica. Eran las primeras palabras que pronunciaba y no podía entenderla. No tenía mucho sentido.

—Muerto —repitió ella, temblando de una manera incontrolable, el rostro pálido como el de una muerta.

—¿Quién ha muerto? —le preguntó; estaba cada vez más aterrado, porque aquello no podía ser verdad.

—El senador —dijo con voz ahogada Renee, y se puso a llorar—. Estaba encima de mí... El hombre le disparó... Podría haberme matado a mí también.

A Jeromy no le gustaba lo que estaba oyendo. Llamó a Guy, quien se acercó con una manta con la que envolvió a Renee.

—Está diciendo algo acerca de que han disparado al senador —le informó Jeromy—. No puede ser cierto, ¿verdad?

—¡Dios, no! Estoy seguro de que no. Está traumatizada, no sabe lo que dice.

—Hay un hombre malo en mi camarote —susurró Renee, casi incapaz de hablar—. Está dormido en la cama. Tiene una pistola. Si despierta, vendrá a matarnos a todos.

Guy paseó la mirada a su alrededor.

¿Dónde estaba Den?

Mercedes llegó a la lancha motora justo cuando Cruz estaba gritando a Jabrill que la pusiera en marcha. Bajó por la escalerilla y saltó a la embarcación, aferrando la bolsa de basura con el dinero, y el anillo embutido dentro del sujetador por si acaso.

—¿Os ibais sin mí? —preguntó en tono acusador.

—¿A quién crees que estábamos esperando? —mintió Cruz—. A ti, por supuesto.

—¿Por qué está él aquí? —preguntó Mercedes, indicando al capitán.

—Porque podría sernos útil —respondió el mexicano—. Y

si no nos sirve de nada, le tiraremos por la borda. Dile a este cabrón que ponga en marcha el motor y nos saque de aquí.

Mercedes sabía algunas palabras de somalí, suficientes para decirle a Jabrill que se fueran.

Pero el hombre se negó. Presentía que algo andaba mal, y quiso saber dónde estaban los demás, Cashoo, Hani y, sobre todo, Amiin.

Cruz lanzó un grito de frustración cuando Flynn y Taye aparecieron en la cubierta.

Al ver a Mercedes y al capitán Dickson en la lancha, Flynn imaginó que los habían secuestrado a ambos, y supo al instante que debía hacer algo.

—Sal de la lancha con las manos en alto —gritó a Cruz—. Se acabó. La Guardia Costera viene de camino. Ya podéis rendiros.

—Que te jodan —chilló el mexicano, levantó la Uzi y lanzó una ráfaga de balas.

Jabrill se puso en acción. No era propenso a la violencia, a menos que fuera absolutamente necesario. A la mierda los demás piratas, estarían bien en la otra lancha. Puso en marcha el motor, y al cabo de pocos segundos la potente embarcación se alejó.

95

—¡Fuera! —gritó Sergei, al tiempo que arrancaba las mantas de la cama.

Ina abrió un ojo.

—¿Qué? —musitó.

—Ya me has oído. ¡Fuera! ¡Ya! Fuera de mi vida, puta intrigante. Seguro que estás conchabada con el ladrón de tu hermano. Los dos os habréis reído de mí a mis espaldas. No tendría que haber confiado en vosotros.

—Yo no he hecho nada —lloriqueó Ina—. ¿Por qué me culpas de las malas acciones de mi hermano?

—Malas acciones, ¿eh? —chilló Sergei, mientras la agarraba del pelo y la sacaba de la cama a la fuerza—. De modo que sabías desde el primer momento lo que ese *pizda* planeaba. ¡Lo sabías!

—No —protestó Ina—. Yo no sabía nada. ¿Qué ha pasado? ¿Por qué estás tan enfadado?

—Como si no lo supieras —rugió él—. Quiero que te vayas de esta casa. ¡Ahora!

—Es noche cerrada, Sergei. Si lo dices en serio, me iré mañana y volveré a Acapulco hasta que te calmes.

—No volverás a ningún sitio. Se ha terminado. Y considérate afortunada porque te dejo marchar.

—Pero, Sergei...

—Cinco minutos, Ina —amenazó el ruso—. Si no te has ido en cinco minutos, prometo que te moleré a palos.

96

Si algo sabía FLynn, era que no podía permitir que aquel hijo de puta huyera con la joven camarera y el capitán Dickson. Sólo Dios sabía lo que les haría. El pirata había tiroteado a su propio hombre, lo cual significaba que era capaz de todo.

—¿Estás bien? —preguntó a Taye.

—Ni un rasguño.

—Vamos a ir por ellos —dijo Flynn en tono perentorio—. Hemos de apoderarnos de la otra lancha.

—¿Cómo vamos…?

Antes de que Taye pudiera terminar la frase, Flynn ya se había puesto en movimiento. Se dirigió hacia la banda de estribor del yate, e indicó al futbolista con un ademán que no dijera nada.

Galad, el pirata a cargo de la segunda lancha motora, no era tan lerdo como Jabrill. Había escuchado disparos esporádicos durante la última hora, y estaba alerta.

Flynn, decidido a no perder tiempo, sorprendió al pirata con un tiro en el brazo derecho, de forma que Galad dejó caer el arma y lanzó un chillido de dolor. El periodista procedió con rapidez, saltó a la lancha, dejó inconsciente al somalí con un certero golpe en la cabeza y después le arrastró hasta la popa de la embarcación.

Taye bajó por la escalerilla y se quedó estupefacto. Daba la impresión de que Flynn era capaz de actos que nadie habría sospechado. ¡Maldita sea! ¿Acaso había sido un Navy SEAL en otra vida? La verdad era que no le habría sorprendido.

—¿Vienes? —gritó el reportero.

—Sí —replicó Taye, todavía estupefacto—. No me lo quiero perder.

Flynn le tiró la pistola del pirata y puso en marcha el motor. La persecución había empezado.

La mente de Cashoo daba vueltas. Atado de pies y manos, se sentía furioso y frustrado. ¿Cómo había permitido que aquello sucediera? Lo mismo podía decirse de Hani y Daleel. ¿En qué habían estado pensando?

Había perdido la concentración un segundo, contemplando a una chica desnuda como si nunca hubiera visto unas tetas. Entonces, un civil se había lanzado sobre él, varios tripulantes habían atacado a los demás, y la situación había dado un giro de ciento ochenta grados. Hani, Daleel y él eran prisioneros.

A Cruz no le haría ninguna gracia, ni tampoco a Amiin. Cashoo imaginaba que aparecerían de un momento a otro, disparando sus armas, para liberarlos.

Esperaba que sucediera pronto. A Cruz no le gustaban los retrasos.

Guy, agachado al lado de Renee, estaba convencido de que un pirata la había violado, y quizá más de uno. Pobre chiquilla, se encontraba en un estado lamentable.

—Dime qué te ha pasado, querida —inquirió compasivo, mientras una de las doncellas polacas le acercaba un tazón de té caliente y se acuclillaba a su lado.

—No para de hablar de un hombre armado con una pistola —comentó Jeromy, que se aferraba el hombro para que todo el mundo se diera cuenta de que estaba malherido—. Por lo visto, ese hombre disparó contra el senador Patterson.

Renee, que empezaba a sentirse más lúcida, notó que se le despejaba la cabeza, consciente de que debía contar su historia antes de que el hombre repugnante que había asesinado a Hammond viniera a por ella.

—El senador y yo… estábamos en mi camarote —dijo, mientras tomaba el té a sorbitos, con las manos temblorosas y el líquido caliente desbordando sobre el borde de la taza.

Guy frunció el ceño.

—¿Qué estaba haciendo el senador Patterson en tu camarote? —preguntó.

—No…, no me acuerdo —farfulló ella—. Puede que… estuviera huyendo del monstruo de la pistola.

—Ah, debes referirte al monstruo que te violó y disparó contra el senador —dijo Jeromy en tono sarcástico, empezando a pensar que la historia se le antojaba algo exagerada, deseoso de que Guy le prestara más atención a él. Al fin y al cabo, era él quien había recibido un tiro y casi había muerto. Él debería ser el centro de atención.

—Exacto —musitó Renee.

—Deberías saber que unos piratas se han apoderado del yate —explicó Guy—. El hombre que te atacó ha de ser uno de ellos. Es importante que nos digas dónde le viste por última vez.

—Ya se lo he dicho. —Renee temblaba de manera incontrolable—. Está durmiendo en mi camarote. Y el senador está muerto, tirado en el suelo.

Antes de que alguien pudiera extraerle más información, estalló en sollozos incontrolables.

Flynn conducía la lancha motora como si lo hubiera hecho toda la vida.

Y probablemente lo haya hecho, pensó Taye. *Aquí tenemos a un tipo capaz de hacer cualquier cosa que se le pase por la cabeza.*

No estaban muy lejos de la otra lancha, y las distancias se iban acortando.

—Ata a ese capullo —ordenó Flynn, al tiempo que arrojaba a Taye un trozo de cuerda.

El futbolista supuso que se refería al pirata todavía inconsciente. Obedeció a Flynn, utilizando su mejor técnica de practicar nudos corredizos, aunque estaba seguro de que el periodista conocería algún método mejor.

Al menos, no lo había matado, lo cual era un alivio.

—¿Cómo vamos a detenerlos? —gritó Taye por encima del rugido del motor.

—Nos preocuparemos de eso cuando estemos más cerca.

—¿Tienes algún plan?

—La gente que hace planes acaba jodida. Hay que proceder por instinto.

Taye apenas podía creer que se tratara del mismo sujeto relajado con el que había pasado unos días en el yate. ¿Quién podía imaginar que Flynn Hudson era una especie de superhéroe?

Estaba rompiendo el alba, y podían distinguir con toda claridad la lancha que les precedía. El mar se hallaba en calma, aunque la otra embarcación estaba provocando cierto oleaje, de manera que su lancha saltaba sobre las olas y la espuma les azotaba la cara.

Flynn estaba disminuyendo la distancia a marchas forzadas.

Taye era consciente de que el hombre salvaje de la otra lancha iba armado con una Uzi.

¿La utilizaría?

Por supuesto.

¡Joder! Si le pegaba un tiro, Ashley nunca se lo perdonaría.

—Está todo demasiado silencioso —dijo Lori, quien al igual que Ashley estaba empezando a sentirse atrapada en el confinado espacio—. ¿Falta mucho para que podamos salir de aquí?

—No saldremos hasta que Aleksandr nos lo diga —contestó Bianca, tan aprensiva como las demás. Estaba preocupada por lo que estaría pasando al otro lado de la habitación del pánico. También se sentía furiosa porque la camarera había saqueado la caja fuerte de su amante. Si no estaba equivocada, habría jurado ver a la chica abrir una cajita, para después sacar el anillo guardado dentro, y no podía evitar preguntarse si era un anillo de compromiso.

¿Era posible que Aleksandr se propusiera pedirla en matrimonio?

La idea era excitante.

Ashley había dejado de quejarse. Estaba derrumbada en el banco y mascullaba para sí.

Xuan estaba cantando una especie de mantra, sentada en el suelo con las piernas cruzadas.

Sierra estaba pensando que esta situación era casi una señal de Dios; si sobrevivían, debía abandonar a Hammond.

Y lo haría. Sin más excusas.

—Cabrones —rugió Cruz, cuando comprendió que la otra lancha iba a darles alcance—. ¡Más deprisa! —gritó al somalí—. ¡Dale más velocidad a este trasto!

Mercedes tradujo a Jabrill, quien se mostraba francamente descontento con la situación.

El capitán Dickson estaba acurrucado en la popa de la lancha, rezando a Dios para salir vivo y reunirse con su esposa, con la que llevaba casado veinte años.

—¿Qué iban a hacer con él?

Ahora había dejado de resultarles útil.

Como si leyera su mente, Cruz tuvo el mismo pensamiento. El capitán no les servía de nada, de manera que era mejor deshacerse de él.

Flynn tenía la vista clavada en la embarcación de delante. Imaginó que, si era capaz de adelantarla, podría cortarle el paso, obligarles a parar el motor y rescatar a los rehenes.

No tenía en cuenta al hombre de la Uzi, ni al conductor de la lancha, quien sin duda iría armado también. Sólo podía pensar en que debía convencer a los piratas de que entregaran a sus dos rehenes, la chica y el capitán. Después le daba igual que esos tipos se marcharan.

No iba a ser fácil. Nada lo era nunca.

Entonces, pensó, ¿y si ofrecía un intercambio? ¿Su pirata inconsciente a cambio de los dos prisioneros?

Se le antojaba un buen trato, siempre que pudiera convencer al chiflado de la Uzi de que le escuchara.

Estaba pensando en todo esto mientras aceleraba la lancha, con la intención de darles alcance. Entonces, ante su sorpresa, alguien de la lancha de delante arrojó por la borda lo que parecía ser un cuerpo.

Flynn giró a toda prisa, cortó el motor y detuvo la lancha.

—¡Cuidado con lo que haces, tío! —protestó Taye, que había perdido el equilibrio—. ¡Qué coño!

97

—Quiero que me traigas a uno de los prisioneros —ordenó Aleksandr a Guy. Se había acomodado en el comedor, con la pierna en alto.

—Hay tres, señor, y no hablan inglés —advirtió el australiano—. A juzgar por su aspecto, suponemos que son somalíes.

—En ese caso, no te molestes —dijo el multimillonario, y sacudió la cabeza—. ¿Están bien atados? ¿Pueden escapar?

—De ninguna manera, señor Kasianenko. —Guy carraspeó—. El problema es que no sabemos cuántos más podría haber.

—La Guardia Costera viene de camino. —Aleksandr examinó la sala—. Todo el mundo ha de permanecer en el mismo sitio hasta que lleguen. ¿Entendido?

—Sí, señor. —Guy vaciló un momento—. ¿Puedo preguntar dónde están las señoras?

—A salvo. Sin embargo, lamento decirte que mi guardaespaldas, Kyril, está muerto.

—Lo siento.

Habría querido saber más detalles, pero no se atrevía a preguntar.

—Y yo. Era un empleado muy leal y competente.

—Debo informarle, señor, de que una de las camareras ha desaparecido. Y Renee, la otra camarera… —Bajó la voz—. Temo que haya sido violada. También ha dicho algo acerca de que han disparado contra el senador Patterson, pero esto no lo hemos confirmado.

—¡Por dios! —tronó Aleksandr—. Esto es abominable.

—Lo sé, señor, es una situación terrible.

—Esos hijos de puta lo pagarán caro —afirmó el ruso con el rostro congestionado de furia—. Te doy mi palabra.

Cliff se sentía muy estimulado. No era que le gustara la violencia, pero el hecho de que él y el joven australiano estuvieran dispuestos a defender el yate y cazar a los piratas… Bien, le proporcionaba mucha energía. Al fin y al cabo, no se trataba de un plató cinematográfico. No estaba rodeado de recaderos dispuestos a complacer todas sus necesidades. Esto era la vida real, no una película.

Por una vez, Cliff era responsable de su destino. Ya no era el Hombre Vivo Más Sexy, un título que le gustaría ver enterrado de una vez por todas. Era un ser libre, hacía lo que consideraba correcto, sin que una pandilla de asesores le dijera lo que debía hacer para que la prensa no malinterpretara sus acciones.

Que les den.

—Todo despejado en la cubierta central —anunció Den—. Deberíamos bajar a la primera.

—Te sigo —dijo Cliff, empuñando la pistola. Hacía mucho tiempo que no se sentía tan hombre.

—Siento mucho que te haya pasado esto —manifestó Luca, apiadado de Jeromy, quien no había tardado nada en decirle que había estado a punto de morir.

—Me duele el hombro muchísimo —murmuró el inglés, y se encogió para que Luca se diera cuenta de hasta qué punto sufría.

—Te estás portando como un valiente.

—Ha sido una experiencia espantosa. Además de muy humillante. —Una pausa significativa—. ¿Te imaginas, ser arrastrado hasta aquí y arrojado con la tripulación? Qué degradante.

—Al menos, ahora estamos a salvo —comentó Luca, que intentaba apoyar a su pareja.

—¿De veras? Esa chica dice que hay un hombre con una pistola dormido en su camarote. Afirma que disparó contra Hammond.

Luca miró a Renee.

—Bien, eso es absurdo —replicó—. Estará alucinando después de todo lo que ha sufrido.

—¿Dónde está Hammond? ¿Alguien le ha visto?

Luca pensó que nadíe había visto al senador.

—Esa historia de un hombre dormido en su camarote... ¿Alguien ha ido a comprobarlo?

Jeromy empezó a encogerse de hombros, y después se estremeció de dolor.

—Nadie quiere hacerlo —repuso.

—Tal vez debería ir yo —sugirió Luca.

—¡No! Deja que lo haga uno de los hombres.

—¿Los hombres, Jeromy? —preguntó Luca, y le dirigió una mirada de incredulidad—. ¿Eso en qué me convierte?

—Ya sabes a qué me refiero —contestó el inglés, dando marcha atrás a toda prisa—. No te compete. Eres demasiado...

—¿Demasiado qué? —le interrumpió Luca, que había comprendido por fin lo que Jeromy opinaba de él.

—Olvídalo —zanjó, y lanzó un profundo gemido—. Me duele tanto el hombro. ¿Y si me deja una cicatriz? ¿Crees que podría demandar a Aleksandr?

Luca meneó la cabeza asqueado. Ahora sabía más que nunca que, si sobrevivían a aquella odisea, había llegado el momento de rehacer su vida.

Gracias a Dios que había amanecido, porque de haber estado a oscuras no habrían podido encontrar el cuerpo en el mar.

¿Era eso lo que iban buscando?, se preguntó Flynn. ¿Un cuerpo? ¿Le habría disparado el pirata antes de arrojarle por la borda?

—¿Ves algo? —preguntó al futbolista.

Los ojos de Taye barrieron el mar, hasta que al final divisó unos brazos que se agitaban sobre el oleaje.

—Voy a lanzarme al agua. Hay alguien ahí —gritó.

—¿Nadas bien? —preguntó Flynn, mientras tiraba por encima de la borda un salvavidas.

—Más que la mayoría —se jactó Taye, al tiempo que se quitaba los pantalones y la camiseta, y saltaba por la borda.

La corriente era muy fuerte, pero no paró a Taye. Nadó con valentía hasta los brazos que se agitaban y agarró a la víctima.

—¡Gracias a Dios! —jadeó el capitán, mientras el astro del balompié lo llevaba hacia el barco, donde Flynn le ayudó a izarle a bordo.

La otra lancha se había perdido en la distancia. Flynn decidió que debían seguirla para salvar a la chica.

—¿Qué chica? —preguntó el capitán Dickson, mientras tosía y escupía agua de mar.

—La camarera —contestó Flynn—. No podemos permitir que se la lleve.

—No se moleste —dijo el capitán Dickson, aliviado de que sus oraciones hubieran sido escuchadas—. Es una de ellos.

Los tranquilizantes de caballo afectan a los humanos de formas variadas, en función de la cantidad ingerida. Basra había tomado suficientes para dejar inconsciente a una persona normal durante muchas horas. Sin embargo, él no era normal.

El principal fármaco de los tranquilizantes de caballo, la ketamina, afectaba a la mente. Después de devorar varios de los *brownies* que Mercedes había manipulado con la sustancia, el somalí despertó con un dolor de cabeza letal y unas intensas ganas de mear.

Su mente era una pizarra en blanco. No sabía dónde estaba o qué estaba haciendo.

Se incorporó, apoyó los pies en el suelo y descubrió el cuerpo empapado en sangre de un hombre desnudo.

Después de regurgitar una bola de flema, la escupió sobre el cadáver.

A continuación, recogió su rifle AK, se lo colgó al hombro y salió a descubrir dónde estaba.

Basra padecía un aturdimiento mortal.

98

Con el capitán Dickson a salvo a bordo, y la noticia de que Mercedes, la camarera, estaba relacionada con los piratas, Flynn dio media vuelta y dirigió la lancha de nuevo hacia el *Bianca*.

Galad continuaba atado e inmóvil en la popa, aunque había recuperado la conciencia y lanzaba miradas asesinas contra sus captores. Nadie le hacía caso, mientras el capitán Dickson les informaba de todo cuanto sabía, lo cual no era mucho. Tan sólo que el mexicano iba al frente de la operación y que no había demostrado el menor remordimiento por abandonar a sus hombres, ni siquiera por disparar contra ellos.

Flynn intentó descubrir más cosas acerca de la chica. El capitán carecía de más información sobre ella, aparte de que Guy, el director de actividades de ocio, la había contratado en contra de sus deseos.

El periodista recordó el día en que había visto a Mercedes salir de su camarote. Tendría que haber sospechado entonces, pero ella le había dado una excusa muy plausible acerca de que había ido a examinar el contenido del minibar, y en aquel momento su mente estaba concentrada en Sierra.

Así que Mercedes era una infiltrada de los piratas. Entonces, ¿quién era el mexicano que dirigía el espectáculo? Como periodista de investigación e invitado a bordo del yate, tenía que averiguarlo. Necesitaba saberlo para su tranquilidad.

La gran pregunta era: ¿quién había tomado como objetivo a Aleksandr Kasianenko, y por qué?

Entretanto, a bordo del yate había cosas que dilucidar. ¿Cuántos piratas continuaban sueltos? ¿Tres, quizá cuatro?

Como su líder había huido, tal vez se habrían rendido. Flynn confiaba en ello. Ya estaba harto de acción. Además, estaba ansioso por saber cómo estaba Sierra.

—Tenemos que ser precavidos —advirtió a Taye y al capitán cuando la lancha motora se acercó al *Bianca*—. Si alguien os ataca, como ya he dicho antes, disparad a las rodillas.

El capitán rezongó.

Taye, sin embargo, estaba por la labor.

Pensamientos aleatorios cruzaban por la mente de Cliff mientras Den y él exploraban cada cubierta empuñando las pistolas.

¿Cuántas veces había interpretado escenas similares en una película? Aunque en una película cada paso estaba coreografiado, cada movimiento calculado por un doble profesional. Había mucha sangre falsa cuando era necesario. Pistolas que disparaban salvas. Actores que conseguían dotar de realismo a cada escena.

Cliff tenía dominada la postura. A lo largo de los años había interpretado a tres detectives, dos policías, un traficante de armas arrepentido, un hombre dispuesto a vengar el asesinato de su esposa y un vaquero inconformista.

Cuando tenía seis años, su madre había disparado a su padre entre los ojos. Era un secreto de su pasado que había logrado ocultar al mundo. Oh, sí, Cliff Baxter y las armas estaban íntimamente relacionados. Sin embargo, se negaba a tener una en su casa, por si un visitante la descubría y disparaba a alguien por accidente.

Hasta el momento, Den y él no habían encontrado piratas emboscados.

—Creo que han salido cagando leches —dijo el joven, cuando terminaron de explorar la cubierta inferior—. Debieron darse cuenta de que habíamos capturado a sus camaradas, así que se largaron.

—¿Tú crees? —preguntó Cliff, y bajó la pistola.

—Pandilla de malditos bastardos. Hemos terminado.

—Pero no hemos encontrado ni a Flynn ni a Taye.

—Estarán en el salón con Aleksandr —repuso Den, muy pagado de sí mismo—. Quiero decir con el señor Kasianenko.

—Exacto.

—Deberíamos ir con ellos —propuso Den, mientras se preguntaba si alguien tendría una cámara para hacerle una foto de recuerdo con Cliff Baxter. Menudo golpe.

—Me parece un buen plan.

Den se desvió en la otra dirección, y entonces apareció Basra.

El pirata tenía una pinta grotesca. Demacrado y macilento, con las rastas apelmazadas y la ropa mugrienta empapada en sangre. Su rostro era cadavérico, los ojos de un maníaco. Parecía un animal feroz atrapado en una jaula de acero.

Den le daba la espalda, en dirección al comedor.

Pero Cliff estaba de cara a él.

Hombre a hombre.

Allí estaban, el horripilante pirata asesino y el apuesto actor de cine.

Ambos levantaron sus armas.

Sonó un disparo y uno de ellos cayó al suelo.

Den giró en redondo. Era demasiado tarde para que pudiera hacer nada.

Demasiado tarde.

99

El patrullero de la Guardia Costera *Sunrise*, de ciento quince metros de eslora y construido para resistir las pruebas más duras en el mar, amarró al lado del *Bianca*. Varios miembros de la tripulación abordaron de inmediato el yate, con las pistolas preparadas.

Flynn les recibió.

—Llegan demasiado tarde —les informó con una cínica sacudida de cabeza—. Yo diría que hemos hecho su trabajo.

El capitán Dickson estaba en la cubierta. Condujo a los guardias hasta donde estaban los piratas capturados, Cashoo, Hani, Daleel y Galad, a quienes esposaron y se llevaron.

También subió a bordo personal médico, que empezó a acomodar heridos sobre las camillas, antes de trasladarlos al helicóptero del patrullero.

Aleksandr insistió en que se hicieran cargo antes de sus invitados. Jeromy recibió el tratamiento estelar, seguido de Renee, después Den, y por fin el oligarca ruso, pero no antes de asegurarse de que Bianca y las demás mujeres se hallaban a salvo.

Un médico intentó atender a Flynn, pero éste le rechazó con un ademán.

—Estoy bien —afirmó.

Aleksandr en persona dio a Sierra la noticia sobre Hammond. Su reacción no fue la esperada. Siguió con los ojos secos, mostrando una calma sorprendente.

Entonces, llegó la parte morbosa. La toma de fotografías y el traslado de los cadáveres. Primero el senador Patterson, después Kyril, el guardaespaldas, y al final los dos piratas muertos.

Cliff Baxter fue saludado como un héroe, porque había sido él quien mató al hombre que había violado brutalmente a Renee y asesinado al senador Patterson.

En su mente, Renee se había convencido de que así había sucedido exactamente todo. Era una víctima, y había referido su historia con gran convicción. Ella estaba en el camarote cuando el pirata entró, la atacó y violó. El senador Patterson irrumpió en un intento de salvarla, pero resultó muerto.

Nadie preguntó por qué el senador estaba desnudo. Aleksandr había hablado por teléfono con ciertas personas poderosas, y la investigación fue superficial.

Caso cerrado.

A nadie le importaba un pirata somalí muerto.

Den, el barman se sentía algo ninguneado. No le había sonreído la suerte, y fue la estrella de cine la que acabó con el cabronazo. Tendría que haber sido él. Él era la persona que merecía el tratamiento de héroe.

Todos los invitados estaban ansiosos por abandonar el *Bianca* lo antes posible. La tripulación también.

El capitán Dickson volvió a Cabo San Lucas a toda velocidad, donde les esperaba el caos.

La prensa mundial se hallaba en estado de éxtasis. ¡Vaya historia! Una de las más espectaculares de la historia. Un montón de estrellas. Poder. Dinero. Fama. Sexo. Asesinato. Lujo.

Los titulares recorrían el mundo. Internet hervía.

El escándalo sexual del senador Patterson quedó olvidado. Junto con Cliff Baxter, el senador era ahora un héroe. Un héroe muerto, cierto, pero héroe al fin y al cabo.

Aleksandr se ocupó de que un ejército de guardaespaldas recibiera al *Bianca* cuando atracó en el muelle. Una flota de aviones privados aguardaba a los honorables invitados para conducirles a donde quisieran.

El médico personal de Aleksandr había llegado para atenderle. Por suerte, la herida del muslo no era tan grave como temían, y voló a Moscú con Bianca a su lado.

Ashley y Taye volvieron a Inglaterra, donde la prensa británica los esperaba. Montones de fotógrafos, montones de flashes que les cegaron al bajar en el aeropuerto.

Sus dos madres estaban esperando para recibirlos, acompañadas de los gemelos, Aimee y Wolf, vestiditos igual.

Ashley lanzó un chillido de alegría cuando se agachó para abrazarlos.

—Mami ha vuelto a casa —canturreó—. Y os prometo que nunca os volverá a dejar.

—Ya lo puedes decir —comentó un sonriente Taye.

Para disgusto de Jeromy, Luca le dejó languideciendo en un hospital de Cabo San Lucas, mientras él volaba a Miami.

—Si me quedo, la prensa nos volverá locos —explicó el cantante—. Será mejor que te recuperes con tranquilidad, sin el engorro de que yo esté cerca.

Jeromy no se sentía nada feliz. Cliff, ensalzado como héroe, evitaba la prensa por completo. Lori y él regresaron a Los Ángeles y se refugiaron en su mansión, mientras el furor se calmaba.

—No soy un héroe —seguía repitiendo a su círculo íntimo.

Pero todo el mundo, incluida Lori, sabía que sí.

Xuan rechazó la oferta de un avión privado y tomó un vuelo comercial a Siria, donde le habían encargado escribir un artículo para el *Huffington Post*.

Lo cual dejaba a Sierra y Flynn.

¿Y cuál era su situación, exactamente?

Perfecta, no, porque si bien conservaba la calma de puertas afuera, Sierra estaba horrorizada por lo sucedido. Puede que odiara a su marido, pero nunca le había deseado algo semejante.

Flynn intentó consolarla.

Ella le rechazó. No quiso escucharle.

Se separaron sin solucionar nada.

Sierra viajó a Nueva York.

Flynn voló a París.

Ambos eran conscientes de que, de momento, lo suyo no era posible.

Epílogo

Tres meses después

Los escándalos van y vienen. Siempre está ocurriendo algo escandaloso en los titulares, ya sea de cariz político, sexual o económico. A veces, los tres se entremezclan.

Los acontecimientos a bordo del *Bianca* constituían la combinación suprema, por más que los protagonistas intentaran que se olvidaran.

Aleksandr Kasianenko sería siempre conocido como el oligarca ruso cuyo yate fue atacado por unos piratas.

Bianca, la famosa *top model* cuyo nombre era sinónimo de escándalo, sería siempre conocida por ser la chica con cuyo nombre habían bautizado el infausto yate.

La prensa no se cansaba nunca de escribir sobre el ataque pirata al *Bianca*. Sobre todo porque el jefe de la banda y la misteriosa muchacha infiltrada a bordo nunca fueron capturados. Su lancha motora se había desvanecido, y como una segunda tormenta estalló avanzado aquel mismo día, la teoría más popular era que ésta les había alcanzado en mar abierto, y que su embarcación se había hundido y ambos se habían ahogado.

Mercedes no podía reprimir una sonrisa cuando leía los artículos en Internet. ¡Eso sí que había sido una fuga limpia!

Después de que Cruz arrojara al capitán por la borda, una maniobra que ella consideró genial, se habían deshecho de Jabrill de la misma manera, aunque al desdichado somalí nadie había acudido a rescatarle.

En cuanto solucionaron ese problema, Cruz llevó la lancha hacia una de las islas menos infestadas de turistas, la vendió a un pescador local con la condición de que la escondiera hasta que le cambiara el nombre y la volviera a pintar, y después se había marchado casi sin despedirse.

«Estaremos en contacto, cariño», se limitó a decir a su única hija.

¿De veras? ¿Dónde y cuándo?

A Mercedes no le había importado. ¿Por qué? Tenía el dinero y el anillo. Cruz había estado demasiado concentrado en huir para molestarse en preguntarle qué llevaba en la bolsa de basura.

Después de llegar a Madrid, donde conocía a gente influyente, se había puesto en contacto con un hombre que le consiguió una nueva identidad y un pasaporte, y después voló a Argentina, porque estaba lo bastante lejos y había leído en una revista que era muy bonito.

Ahora se hallaba felizmente instalada en Buenos Aires, donde vivía con un joven jugador de polo al que había conocido en el bar de un gran hotel. El chico tenía veintidós años y sus padres eran riquísimos. Naturalmente, no aprobaron su elección.

¿Le importaba a ella? No. Él la quería. Como debía ser. Mercedes conocía trucos sexuales que jamás se le habían pasado por la imaginación al pobre muchacho.

Sí, estaba muy satisfecha. El nombre que constaba en el nuevo pasaporte era Porsche. Era una chica con un novio sexy, cierto dinero, y guardado en una caja fuerte estaba el anillo de esmeraldas y diamantes. Su merecido premio. Su pensión.

Mercedes estaba preparada para el siguiente capítulo.

El capitán Dickson decidió que había llegado el momento de jubilarse. No le gustaba la fama que le rodeaba, ni tampoco a su mujer. Por más que había disfrutado de sus años en el mar, los acontecimientos que habían tenido lugar en el *Bianca* habían sido demasiado para él.

Se instaló en su casa de los Cotswolds, y nunca más volvió a surcar los mares.

Cashoo, Daleel, Hani y Galad fueron detenidos y arrojados a una celda, donde se les interrogaba sin cesar mediante un intérprete.

Ninguno de ellos dijo una palabra. Abrazaron el código del silencio.

En el fondo de su corazón, Cashoo estaba convencido de que Cruz volvería para rescatarles.

Tres meses después, aún seguía esperando.

Expulsada en plena noche de la alejada villa, con tan sólo su ropa a cuestas, Ina ardía en deseos de vengarse de Sergei. Se había cruzado con la chica equivocada. Ella no era la guardiana de su hermano. No era culpa suya que Cruz le hubiera jodido.

Temblando de frío y empapada por la tormenta, había llegado a una carretera estrecha, y se acurrucó bajo un árbol hasta el amanecer, cuando el camión de un jardinero paró y la recogió.

Lo había perdido todo. Su casa. Su ropa. Su vida.

Pero Ina no era la hermanastra de Cruz en vano. La vena vengativa era una característica familiar.

Si iba a terminar sin nada, la misma suerte correría Sergei.

Era un señor de la droga. Conocía muchos de sus secretos, y estaba dispuesta a revelarlos.

Con la única tarjeta de crédito que había ocultado dentro de la ropa, compró un billete para Ciudad de México y fue directamente a la policía.

Después el gobierno se ocupó de ocultarla y ofrecerle protección, a la espera de que testificara en el juicio de Sergei.

Por desgracia, esto nunca ocurrió, porque aunque estaba en custodia protectora, un asesino logró burlar a sus dos guardaespaldas y la mató a tiros mientras dormía.

Al menos, no se enteró.

Guy regresó a su casa de Melbourne con su fiel pareja. Había decidido tomarse libre uno o dos meses antes de volver al trabajo.

Se sentía muy confuso. ¿Cómo había podido Renee cambiar su historia y salir bien librada? Había explicado con toda claridad a él y a Jeromy Milton-Gold que el senador estaba encima de ella cuando el pirata entró en el camarote. Después, había cambiado y afirmó que era el pirata quien estaba encima de ella, violándola, cuando el senador Patterson irrumpió para salvarla.

Fue entonces cuando dispararon contra el senador. En la espalda, nada más y nada menos.

Ninguna de ambas historias era creíble. Y lo que no tenía ni pies ni cabeza era que el senador Patterson estuviera desnudo.

Guy se dio cuenta de que no debía hacer preguntas. Había recibido un buen rapapolvo del capitán Dickson por haber contratado a Mercedes, para empezar. La chica infiltrada. La insolente putilla. ¿Quién lo habría pensado?

Mientras rememoraba todo el drama, cayó en la cuenta de que Mercedes había sido muy escurridiza, siempre haraganeando, nunca estaba cuando la necesitaba.

No había hecho nada para vengarse de Jeromy Milton-Gold. ¿No era suficiente venganza que le hubieran pegado un tiro al muy perverso?

El karma era una zorra de mucho cuidado.

Den aprovechaba todas las oportunidades posibles. Al regresar a su Australia natal, apareció en incontables programas de televisión, concedió entrevistas y, de paso, se convirtió en una minicelebridad.

Disfrutaba de la atención que recibía. Su familia también. Por desgracia, no duró mucho. ¿Qué podía hacer?

Aprovechó la oportunidad y envió una carta y un currículum vítae a Aleksandr Kasianenko, le recordó el papel que había desempeñado en el *Bianca*, y le solicitó trabajo como guardia de seguridad. Ante su asombro, varias semanas después recibió la respuesta, acompañada de una oferta de empleo. En aquel momento, estaba haciendo las maletas, preparado para trasladarse a Moscú.

Al igual que Guy y Den, Renee volvió a Australia, pero al contrario que Den, se negó a conceder entrevistas. Aún estaba conmocionada por todo lo sucedido.

Antes de abandonar el yate, Aleksandr Kasianenko se la había llevado aparte y le entregó un cheque por valor de cien mil dólares.

«Es mejor que mantengas silencio —le había asvertido—. A la prensa le encanta inventar cosas, y no querrás que pase eso, ¿verdad, querida?»

No. No lo quería.

El silencio es oro. Sobre todo cuando se trata de proteger la reputación de un senador de Estados Unidos.

Cruz pensó en regresar a su recinto custodiado de Eyl. Después se lo pensó dos veces.

Sergei sabría dónde encontrarle. ¿Y los amigos y parientes de los piratas fallecidos?

Ocho piratas habían partido. Ninguno había vuelto.

Habría madres, padres, esposas y demás parientes, deseosos de partirle en mil pedazos.

Huyó a Brasil, con la intención de pasar desapercibido durante un tiempo. Su vida corría peligro, y así, al igual que su hija, se hizo con una nueva identidad y empezó a pensar en lo que haría a continuación.

Fuera lo que fuera, ganaría dinero. Cruz siempre caía de pie.

Como una serpiente a la espera de golpear, Sergei esperaba el momento apropiado. Podía ser paciente cuando era necesario. Había esperado mucho para seguir la pista del asesino de su hermano. Ahora, esperaría a que Cruz, aquella escoria, emergiera a la superficie, y sólo entonces se haría justicia.

Del mismo modo que se había librado de Ina, se libraría de Cruz.

Y en algún momento en el futuro, también de Aleksandr Kasianenko.

No había terminado... En absoluto.

Lugar: Londres

Jeromy Milton-Gold regresó por fin a Londres después de pasar una semana en un hospital de Cabo San Lucas. Una semana solo. Una semana durante la cual Luca dio la impresión de pensar que con una o dos llamadas sería suficiente.

No podía creer que se atreviera a tratarle de una forma tan despreocupada, después de todo lo que había padecido. Maldito fuera el cantante pop prefabricado con delirios de superestrella. No era más que un chico afortunado seleccionado entre los coristas para masajear el enorme ego de Suga.

Jeromy estaba enfadado. Y resentido. Y lleno de envidia porque sólo las estrellas del crucero salían en los titulares.

Era a él a quien habían disparado. Sin embargo, daba la impresión de que a todo el mundo se la sudaba.

Salvo Lanita y Sidney Luttman, quienes habían ido a verle al hospital y habían querido saberlo todo.

Jeromy se esforzó al máximo, y desenterró los detalles más salaces que acudieron a su mente.

Los Luttman acordaron encontrarse con él en Londres, donde habían decidido comprar una casa.

—Tú te encargarás de todo —le había informado Lanita, al tiempo que agitaba en el aire una muñeca incrustada de diamantes—. Sidney mea dinero. Puedes gastar lo que te dé la gana.

Jeromy sabía que era muy capaz de hacerlo.

Dos semanas más tarde, Sidney Luttman sufrió un infarto en la pista de tenis. Murió al instante.

Unas semanas después, Lanita llegó a Londres, y Jeromy no tardó en compartir cada vez más tiempo con ella. La mujer descubrió que el interiorista era el acompañante perfecto, y en ocasiones pareja sexual cuando montaba una o dos orgías. La mujer siguió adelante con la compra de la casa en Londres, dispuesta a gastar una cantidad de dinero escandalosa. Un día, se sentó en la sala de exposición de Jeromy, le dirigió una mirada penetrante, y después le hizo una propuesta a la que él no pudo negarse.

Bien, habría podido. Pero ¿quién lo haría?

Lanita era superrica.

Lanita era una *friki* sexual.

Lanita era generosa.

Lanita quería un marido a su lado, y Jeromy era el hombre en el que había pensado.

—¿Tienes claro que soy gay? —preguntó él.

—Cariño, gay o no, ya nos lo montaremos.

Y así, tras un acuerdo económico cuidadosamente planificado, Jeromy se convirtió en el señor de Lanita Luttman. Un papel para el que estaba muy dotado.

Lugar: Miami

—Deberíamos tener otro hijo —anunció Luca.

Hacía tiempo que habían tenido lugar los acontecimientos del *Bianca*. Jeromy era historia. Y hacía poco, había convencido a Suga de que vendiera su mansión de Miami y se fuera a vivir con él. Luca júnior se sintió emocionado al ver a sus padres juntos de nuevo.

—Soy demasiado vieja, *cariño* —respondió Suga, mientras le acariciaba la mejilla—. Además, tú y yo... Nuestros días de hacer el amor han terminado.

—No estaba pensando en eso. Estaba pensando en adoptar.

—¿De veras? —preguntó ella, mientras reflexionaba en lo relajado y feliz que estaba Luca desde que se había librado de Jeromy. Estaba saliendo con un hombre más o menos de su edad. Hacían una buena pareja. Y la mejor noticia de todas era que Suga y él se llevaban bien.

—Imagina la pasada que sería tener un bebé en casa otra vez —dijo Luca, entusiasmado—. Una niña. Una pequeña Suga.

—Si eso es lo que quieres, hagámoslo.

—¿Deberíamos pedirle su opinión a Luca júnior?

—Tal vez, o podríamos darle una sorpresa.

—En ese caso, mañana hablaré con mi abogado y pondremos el asunto en marcha.

Intercambiaron una sonrisa, cómodos en una relación que les convenía a ambos.

Luca estaba feliz de haber recuperado a Suga.

Suga era como la luz del sol, y después de Jeromy, eso era justo lo que necesitaba.

—Wolf es un mocoso con mucho talento —dijo Taye, cuando entró desde el jardín con su hijo de seis años en equilibrio precario sobre los hombros—. Un día de éstos, este pequeño hijo de puta me va a superar en el campo de fútbol.

Padre e hijo iban vestidos con el equipo de entrenamiento y ambos sonrieron a Ashley, idénticas sonrisas que le produjeron un estremecimiento de placer.

Hijos. ¿Acaso no giraba la vida en torno a eso? Criarlos. Educarlos. Alimentarlos.

Desde su viaje a bordo del *Bianca*, Ashley había cambiado su actitud ante la vida. Había dejado de trabajar en la firma de diseño de Jeromy, y poco después había despedido a la canguro de los niños.

—Lo único que quiero es pasar el tiempo con nuestra familia —había informado a un complacido Taye.

—Si eso te hace feliz, tesoro, yo te apoyo —contestó.

Ashley era feliz. Más feliz que nunca.

Aimee llegó corriendo con un tutú rosa, seguida de la abuela Elise o, como prefería ella, Mu-Mú.

—No me voy a quedar —anunció Elise, y guiñó el ojo a Taye—. Voy a cenar con un caballero muy distinguido que he conocido en una página de citas de Internet.

—Vaya —replicó Taye, al tiempo que enarcaba una ceja escéptica—. ¡Procura que no te quite las bragas!

—Oh, eres horrible —respondió Elise con una risita traviesa—. ¡Y delante de los niños, encima!

—Adiós, mamá —dijo Ashley, y le dio un beso en la mejilla—. Hasta mañana.

—Sí, si continúas con vida —bromeó Taye—. Nunca se sabe con esos fulanos que ligas en Internet. Podría ser un asesino en serie.

—¿Mu-Mú va a morir? —preguntó Wolf.

—Pues claro que no —contestó Ashley, y miró a Taye con el ceño fruncido.

—No quiero que Mu-Mú muera —lloriqueó Aimee.

—¿Ves lo que has conseguido? —preguntó Ashley, y meneó la cabeza.

—Ellos saben que sólo estaba bromeando —se defendió Taye, y rió mientras bajaba a Wolf de los hombros.

—Id a ver CBeebies, niños —ordenó Ashley con sequedad—. Como algo muy especial.

Aimee y Wolf salieron corriendo.

—¿Y yo? —preguntó Taye, mientras se acercaba y acariciaba con la nariz el cuello de su esposa—. ¿No voy a recibir algo muy especial?

Ashley sonrió. Una sonrisa cálida. Una sonrisa afectuosa.

—Pues sí —dijo en voz baja.

—¿Qué? —Taye aprovechó el momento—. ¿Vamos a sobarnos un poco arriba? Venga, tesoro, eso sí que sería algo especial.

—Todavía mejor —susurró ella, sin dejar de sonreír—. ¿Adivinas?

—¿Qué?

Ella respiró hondo.

—Estamos embarazados —anunció.

El grito de alegría de Taye se oyó en kilómetros a la redonda.

Lugar: Los Ángeles

Los Globos de Oro. Una auténtica noche de Hollywood.

Cliff Baxter. Una verdadera estrella de cine. Un verdadero héroe en la vida real, además. Apuesto, seductor, un buen actor y muy popular.

Cliff Baxter.

Un hombre soltero.

La prensa le amaba. Las presentadoras de todos los programas de televisión populares se derretían de placer cuando le entrevistaban. Era su Cliff. Su larga lista de novias eran simples acompañantes. Durante escaso tiempo.

Hasta Lori.

Lori, con la espectacular melena de pelo rojo, piernas de caballo de carreras y cuerpo atlético.

Lori, la chica que más le había durado.

Pero ¿no le había llegado ya el momento?

Por lo visto, Enid pensaba que sí. Al igual que la gente de relaciones públicas de Cliff, su agente, su mánager y todas las esposas de sus numerosos amigos.

Había llegado el momento de Lori.

¿O no?

Cliff siempre seducía en las ceremonias de entrega de premios con su sonrisa autoparódica, su aire de sofisticación combinado con ese pequeño toque de chico malo.

Oh, sí, Cliff Baxter era un hombre del pueblo, con un toque sexy.

Aquella noche se hallaba en la cúspide de su fama, con Lori (ataviada con un elegante vestido plateado y Louboutins de tacón altísimo) a su lado. Era su primera aparición en público desde la tragedia del *Bianca*. Las expectativas sobre lo que haría y diría eran elevadas. ¿A quién hablaría? ¿Qué afortunado periodista se llevaría la exclusiva?

Nadie lo sabía.

Todo el mundo estaba interesado.

De entre todos, eligió a Jennifer Ward. Era inteligente y vivaz, y a él siempre le gustaba que le entrevistara.

—Bien, señor Baxter —dijo Jennifer, la cabeza inclinada a un lado, flirteando un poco—, ¿querría hablarnos de sus vacaciones de verano?

Cliff sonrió. Sonrisa de estrella de cine. Dientes de estrella de cine.

A su lado, Lori sintió un cálido resplandor.

—No, Jennifer —repuso con cordialidad—. Creo que ya se ha escrito bastante sobre eso, ¿no crees?

—Nuestros espectadores se mueren de ganas de saber más. —Jennifer le acercó más el micro—. Es usted el gran héroe, y tan modesto.

—Sé que estás ansiosa, de modo que tengo algo para tus espectadores. —Cliff acercó a Lori—. De hecho, los dos tenemos algo.

Jennifer enarcó las cejas.

—¿Los dos? —preguntó, porque el actor no solía incluir en las entrevistas a sus novias.

—Sí —contestó Cliff—. Escucha, sé que dije que nunca lo haría, pero... —Se inclinó hacia Lori y le dio un beso en los labios—. Esta hermosa pelirroja y yo... nos vamos a casar. De manera que, señoras, hagan el favor de borrarme de sus listas. Esta vez me han pillado.

Lugar: París

Bianca siempre sería una superestrella. No necesitaba a un oligarca ruso multimillonario que le diera credibilidad.

Después del ataque pirata al *Bianca,* las cosas entre Aleksandr y ella no habían ido bien. En primer lugar, la modelo no tenía paciencia para las enfermedades. No era que Aleksandr estuviera enfermo, sino que iba con muletas, y eso no le gustaba. Debía mantener una cierta imagen, y esa imagen no incluía a un lisiado a su lado.

¿Dura?

Sí. Pero Bianca no era otra cosa que sincera.

En Moscú no dejaban de pelearse, prolongados concursos de chillidos sobre el tiempo que pasaba con sus hijas, y por qué estaba tardando tanto el divorcio. No hacían el amor. Aleksandr nunca estaba de humor.

Lo que más irritaba a Bianca era que nunca había hablado del anillo, y ella habría podido jurar que había visto a la chica robar un anillo de la caja fuerte.

Una fría mañana de Moscú, se despertó y pensó: *¿Qué estoy haciendo aquí?*

Unas horas más tarde, tomó un avión a París. Desde entonces, residía allí.

Aleksandr no la había seguido.

A ella le daba igual.

Al cabo de unas semanas, ligó con un *friki* de Internet que había ganado millones vendiendo una serie de complicadas aplicaciones para teléfonos móviles y páginas web.

Un mes después, se casaron en Tahití.

El Friki de Internet no le pidió que firmara un acuerdo prematrimonial.

Lugar: Moscú

Dos semanas después de que Bianca se marchara de Moscú, Aleksandr llamó a Xuan. Entablaron una cortés conversación telefónica, hasta que sugirió que le iba a enviar un avión para que fuera a verle a Moscú.

—Tenemos muchas cosas de que hablar —le informó él, muy serio.

Xuan se mostró cautelosa.

—¿Sí?

—Sí. El orfanato, otros asuntos. ¿Dónde estás?

—En Vietnam.

—Por supuesto. Te enviaré el avión.

—No. Iré ahí por mi cuenta.

—Como quieras.

Xuan no se dio prisa. Llegó a Moscú diez días después y se registró en un hotel. Sólo entonces comunicó su llegada a Aleksandr mediante un mensaje de texto.

—Te enviaré un coche —dijo él.

—Iré a pie.

—No seas testaruda. El coche te recogerá dentro de veinte minutos.

Xuan dejó de discutir y pensó en todo el bien que podía hacer en el mundo si estaba con un hombre como Aleksandr.

Pero estaba con Bianca.

O quizá no. Había oído rumores de que la modelo le había abandonado y estaba con otro.

Se preparó. Si Aleksandr quería algo más que una relación comercial, ¿podría salir bien?

Era un hombre muy atractivo e intrigante.

No tenía nada de malo descubrirlo.

Lugar: Nueva York

Sierra regresó a Nueva York y a los brazos amantes de su familia. Ya no se la consideraba una buena esposa de político. Ahora era la Viuda. Una figura hermosa pero trágica, ensalzada por todo el mundo como la mujer valiente que siempre había apoyado a su marido.

El escándalo sexual había desaparecido hacía mucho, borrado de las primeras planas en un instante.

El senador Hammond Patterson había perdido la vida defendiendo la virtud de una joven inocente. Era un héroe norteamericano.

Eddie March corrió al lado de Sierra. Localizó a Radical, envió al novio gótico de vuelta a Wyoming y se ocupó de colocarla en primera fila durante el funeral de su padre, al lado de la afligida esposa de Hammond.

Sierra vivió todo el proceso como en una nube. Era demasiado para asimilarlo de golpe. ¿Había deseado la muerte de Hammond? ¿Era culpa suya su prematuro fallecimiento?

No lo sabía. Estaba confusa. Estaba henchida de tristeza. Y cuando Flynn intentó ponerse en contacto con ella, le dijo que necesitaba tiempo para serenarse, que ya le llamaría cuando se sintiera preparada.

Entretanto, se entregó al trabajo. El centro de crisis de violaciones. Los hogares para mujeres maltratadas. Cualquier cosa que la mantuviera ocupada todo el día.

Eddie siempre estaba a su lado. Amable y comprensivo. El hombre que Hammond nunca fue.

Sierra no tenía ni idea de qué le deparaba el futuro. Vivía al día.

Lugar: París

Flynn regresó a Afganistán, un lugar donde, cosa extraña, se sentía a salvo. Estaba trabajando en un reportaje sobre un líder rebelde, y se alojaba en un hotel con otros compañeros periodistas de todo el mundo. Su camaradería era justo lo que necesitaba. A ninguno de ellos le importaba una mierda el *Bianca* y lo que había sucedido, aunque una compañera le preguntó cómo era Bianca en la vida real.

Se quedó varias semanas antes de volver a su apartamento de París.

Sierra le había dejado en blanco. Era evidente que no deseaba seguir en contacto.

Por él, bien. Era su elección, y si era eso lo que deseaba, adelante.

Basta de obsesionarse con una mujer. Por fin, estaba empezando a darse cuenta de que no era posible volver a recuperar el pasado. Habían sucedido demasiadas cosas. Demasiados obstáculos.

Aleksandr se puso en contacto con él para ofrecerle la cantidad de dinero que quisiera por localizar al hombre que había tramado el ataque al *Bianca*.

—No quiero tu dinero, Alek —dijo Flynn—. Pero lo investigaré, a ver qué puedo averiguar.

Aún tenía contactos en Eyl, y como los piratas debían ser de allí, una pequeña investigación podía dar grandes frutos.

—Xuan está aquí —le informó Aleksandr—. ¿Te parece bien?

—Muy bien —le tranquilizó Flynn—. Siempre pensé que hacíais muy buena pareja.

Desde que había vuelto a París, había salido con Mai un par de veces. Su relación, en caso de serlo, se mantenía en un nivel desenfadado. Era justo lo que necesitaba.

De momento.

En algún lugar le estaba esperando su chica ideal, y cualquier día iba a conocerla.

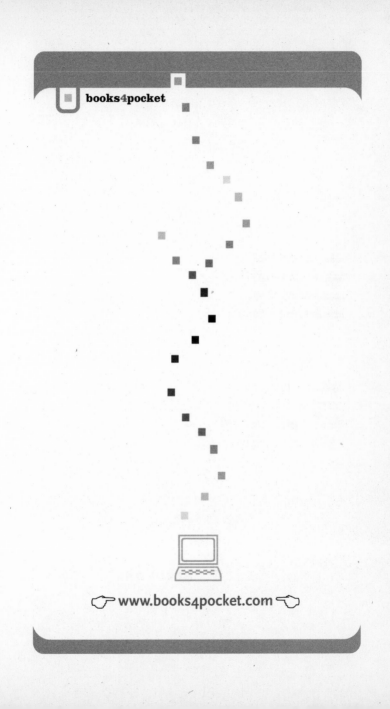

books4pocket

www.books4pocket.com